Emily Bold

Der Duft von Pinienkernen

Roman

Ullstein

Besuchen Sie uns im Internet:
www.ullstein-taschenbuch.de

Originalausgabe im Ullstein Taschenbuch
1. Auflage Oktober 2017
2. Auflage 2017
© Ullstein Buchverlage GmbH, Berlin 2017
Umschlaggestaltung: zero-media.net, München
Titelabbildung: © FinePic®, München
Satz: Pinkuin Satz und Datentechnik, Berlin
Gesetzt aus der Janson
Druck und Bindearbeiten: CPI books GmbH, Leck
ISBN 978-3-548-28908-3

1

Der Raum wirkte fremd. So ohne Möbel. Ohne Katrins überquellende Bücherregale und die Leinwände, auf denen sie sich ausgetobt hatte. Er roch sogar fremd. Breite Wintersonnenstrahlen fielen durch die gardinenlosen Fenster und verwandelten die hellen Stellen auf dem Parkett, wo zuvor die Möbel gestanden hatten, in Mahnmale. Unübersehbare Zeichen für das Ende einer Ära.

Greta strich das Paketband über dem Umzugskarton vor sich glatt und versuchte, nicht die kahlen Wände anzusehen. Sie seufzte und ließ sich auf einen Küchenhocker sinken, den die Möbelpacker erst morgen abholen würden.

Kurz dachte sie an all die Abende, an denen sie mit Katrin, Stefan und einigen Freunden auf diesen Hockern gesessen, gefeiert und gemeinsam gegessen hatte. Die Küche war der Mittelpunkt ihrer WG gewesen. Der Dreh- und Angelpunkt ihrer langjährigen Freundschaft. Hier hatten sie gelacht, als Greta ihr verkorkstes Mikro-Tattoo hatte stechen lassen, das ursprünglich ein rückengroßes florales Motiv werden sollte, am Ende wegen der unerträglichen Schmerzen aber gerade mal eine winzige, kaum erkennbare Blüte auf ihrem Schulterblatt geworden war. Sie hatten in diesen vier Wänden gefeiert, als sie die Nudelbar in der Kaufinger Straße eröffnet hatten, kaum einen Steinwurf entfernt vom Marienplatz. An diesem Tag vor fast vier Jahren war ein Traum wahr geworden, und Greta erinnerte sich noch ganz genau, wie glücklich sie gewesen war. Sie hatten hier am Tisch aber auch geweint. Sie hatten die missglückte Beziehung zwischen Greta und Sebastian beweint, die es leider nicht über die ersten leidenschaftlichen Wochen hinausgeschafft hatte, hatten sich hier jedes Mal mit Schokoladeneis getröstet, nachdem sie sich die *P.S.-Ich-liebe-dich*-DVD angesehen hatten, und auch, als Gretas Großmutter in Apulien gestorben war. Auch wenn das Schokoladeneis in diesem Fall nicht gegen den Kummer ankommen konnte.

Greta schluckte hart und ließ ihren Blick durch die offene Wohnküche schweifen. Dort drüben am Kühlschrank hatten sie ihre Rezepte für die Nudelküche angepinnt und so lange verfeinert, bis sie damit zufrieden gewesen waren. Erst wenn sie beide begeistert waren, hatten sie neue Gerichte der Karte der Nudelbar hinzugefügt.

Dort auf dem Bord über dem Herd reihten sich noch immer die Kochbücher aneinander, die ihnen Inspiration für ihre eigenen Kreationen geliefert hatten. Kreationen, die nun niemand mehr essen würde, denn Greta hatte einen Fehler gemacht. Einen Fehler, der sie so viel mehr gekostet hatte als nur die Nudelbar!

Und was für einen! Einen unverzeihlichen Fehler, das wusste sie selbst. Schwer wie Granit lag ihr dieses Wissen im Magen und raubte ihr seit Wochen alle Energie. Sie hatte sich selbst ein Bein gestellt und war so richtig auf die Schnauze gefallen. Und dabei hatte sie nicht nur sich verletzt, sondern auch noch die Menschen, die ihr am wichtigsten waren.

Greta biss sich auf die Lippe. Es half nichts, jetzt hier zu sitzen und sich selbst zu bemitleiden. Das alles änderte nichts mehr. Sie hatte längst alle Tränen vergossen, bis am Ende keine mehr übrig waren. Sie hatte alles verloren. Mehr, als sie es je für möglich gehalten hätte. Dinge, die sie für selbstverständlich gehalten hatte. Dinge, die sie ausmachten. Und nun saß sie da, ohne Plan, ohne Hoffnung auf ein gutes Ende und ohne ihr gewohntes Leben.

Ohne die Routine eines gemeinsamen Frühstücks, ohne Eier für Katrin und Marmeladenbrötchen für sie selbst. Kein schwarzer Kaffee für Katrin mehr, keine große Tasse Milch für Greta. Kein gemeinsamer Trip zum Großmarkt, wo sie gemeinsam die frischesten Lebensmittel für ihr Lokal auswählten, kein Streit bei der Buchhaltung, die für Greta ein Buch mit sieben Siegeln war, und kein gemeinsames Jubeln mehr, wenn am Abend das Lokal, ihr Lokal, brechend voll war und alle Gäste ein zufriedenes Gesicht machten. Kein Feierabenddrink mehr mit Katrin und ihrem Freund Stefan auf der Couch ihrer WG. Keine gemeinsamen, furchtbar schiefen Karaoke-Abende, bei denen ihnen der Bauch vor Lachen weh tat. So würde es nie wieder sein.

Die Welt fühlte sich kalt an. Verändert und unfreundlich, als hätte Greta verspielt, ein Teil davon zu sein. Sie war allein. War sie je zuvor so allein gewesen?

Ihr Atem klang laut in den hohlen Räumen, und Greta zwang sich, aufzustehen und ihre restlichen Sachen einzupacken. Viel war es ja ohnehin nicht mehr. Wie so oft in den letzten Tagen befahl sie sich, nicht den Kopf in den Sand zu stecken, sondern weiterzumachen. Das musste jetzt die Devise sein. So schwer ihr das auch fiel. Schließlich hatte sie gekämpft. Hatte mit Katrin gestritten und geweint, hatte versucht, das alles irgendwie ungeschehen zu machen, irgendetwas von ihrer gemeinsamen Zeit, von ihrer gemeinsamen Existenz zu retten – ohne Erfolg. Katrin mauerte sich ein. Und sie war nicht bereit, Greta zuzuhören.

»Katrin, bitte!«, hatte sie gefleht. »Hast du noch nie einen Fehler gemacht?«

Katrins eisiger Blick streifte sie wie eine Unwetterfront. »Doch!«, gestand sie bitter. »Ich habe den Fehler gemacht, dir zu vertrauen.«

Greta stand auf, griff nach den Kochbüchern und versuchte, die schmerzlichen Erinnerungen loszuwerden. Ein ums andere Buch voll köstlicher Rezepte wanderte in den Umzugskarton. *Kochen können wie ein Profi*, *Italienische Rezepte mal anders*, *1000 Nudelrezepte* und viele mehr. Ganz hinten dann das Buch, dem sie die Nudelbar verdankten. Das alte Familienkochbuch ihrer Großmutter Vittoria. Schwer wog das in dunkelrotes Leinen gebundene Buch in Gretas Händen, und sie streichelte zärtlich über den Einband. Durch viele Hände war das Buch gewandert, bis es schließlich in dieser Küche gelandet war. Vittoria hatte schon vor sechzig Jahren damit begonnen, die Rezepte ihrer eigenen Mutter, ihrer Schwester Aurora und sogar die ihrer Großmutter darin zu sammeln, und dann Jahr für Jahr weitere hinzugefügt. Gretas Mutter hatte dann mit weniger Leidenschaft damit weitergemacht und es ihr schließlich geschenkt, als Katrin und sie angefangen hatten, von der Nudelbar zu träumen. Hier zwischen den Seiten hatten sie das Rezept für ihre erste Tomatensoße gefunden. Aufgeschrieben von Vittoria, die nicht damit gespart hatte, in dem Buch neben ihren Kochkünsten auch Lebensweisheiten weiterzugeben.

Greta legte das Buch auf den Küchentisch, anstatt es zu den anderen in den Karton zu packen. Keine Weisheit der Welt würde ihr helfen, die Dinge ungeschehen zu machen, die Zeit zurückzudrehen. Das wusste sie, denn in ihrer Verzweiflung hatte sie bereits vor Wochen durch die Seiten geblättert und nach einem Rat gesucht. Sie hatte ihre Leben ordentlich vergeigt.

Doch es war das Buch gewesen – oder nicht allein das Buch –, das ihr nun einen Ausweg bot. Einen Ausweg, der sich wie eine Flucht anfühlte. Und vermutlich war es das auch. Übermorgen sollte es losgehen, aber Greta fühlte sich noch gar nicht bereit.

Langsam sank sie zurück auf den Hocker und schlug die Hände vors Gesicht. Sie würde so viel zurücklassen. Ihre Freundschaft zu Katrin, die Nudelbar, die gemeinsame Wohnung ... ihr bisheriges Leben.

»Verdammt!« Ihre geflüsterten Worte hallten durch die unmöblierte Wohnung.

Wie hatte nur alles so schrecklich schiefgehen können?

2

Fünf Wochen zuvor

»Bitte sehr. Guten Appetit.« Greta servierte den dampfenden Teller Spaghetti Vongole und nickte dem Gast zu.

Sehr merkwürdig, dieser Typ mit seiner engen Krawatte und den tiefliegenden Augen, die alles zu sehen schienen. Merkwürdig, weil er in dieser Woche schon zum dritten Mal hier aß, aber weder Greta noch Katrin ihn je zuvor hier gesehen hatten. Nicht, dass sie kein Interesse an einem neuen Stammkunden hatten, aber ihr Gefühl sagte Greta, dass mit ihm irgendetwas nicht stimmte. Der kam nicht nur zum Essen her.

Betont lässig kehrte sie an die Bar zurück, strich sich das dunkle Haar auf den Rücken und beobachtete unauffällig, was der Gast tat.

Er stocherte mit dem Besteck in den Nudeln herum, untersuchte die frischen Muscheln und schnupperte an der Soße, als wäre er ein Trüffelschwein in einem Wald im Piemont.

»Was macht der da?« Katrin duckte sich hinter Greta und spähte ihr neugierig über die Schulter. Katrins blonde Locken kitzelten Greta, und sie funkelte sie warnend aus ihren dunklen Augen an.

»Keine Ahnung. Dasselbe Spiel wie gestern. Er bestellt sich mindestens drei Gerichte, stochert dann darin herum und isst so gut wie nichts davon.«

Wie nebenbei griff sich Greta das Geschirrtuch und polierte das Besteck, um sich zumindest den Anschein von Beschäftigung zu geben – ganz im Gegensatz zu Katrin, die nun ungeniert zusah, was der Gast tat.

Katrin rümpfte die Nase. »Gesundheitsamt!«, prophezeite sie. »So führt sich doch nur jemand vom Gesundheitsamt auf.« Sie wischte sich die Hände an der Kochschürze ab und warf dem Kerl stechende Blicke zu.

Gerade nahm er erneut die Speisekarte in die Hand und blätterte durch die Seiten.

»Er hat die Tortellini noch nicht mal angerührt – und von den Vongole höchstens zwei Gabeln probiert«, schimpfte Greta. »Wenn er jetzt noch was bestellt, erkläre ich ihm mal, dass wir hier nicht nur zur Dekoration kochen!«

Katrin griff beschwichtigend nach Gretas Hand. »Kann es sein, dass dein italienisches Temperament gerade mit dir durchgeht?« Sie grinste. »Wir wollen doch keinen Behörden-Futzi verärgern, der im schlechtesten Fall befugt ist, uns den Laden dichtzumachen, oder?«

Greta schüttelte den Kopf und machte einen Schmollmund. »Der ist doch von keinem Amt!« Sie neigte den Kopf in seine Richtung. »Um diese Uhrzeit findest du in ganz München keinen Beamten mehr bei der Arbeit. Und außerdem«, sie legte die polierten Besteckteile in die entsprechenden Fächer und nahm neue aus der Spülmaschine, »glaube ich nicht, dass einer vom Gesundheitsamt hier drei Tage hintereinander herkommt. Das macht doch keinen Sinn.«

»Macht denn irgendwas an dem Sinn?«, fragte Katrin und knabberte an ihrer Lippe herum. Das tat sie immer, wenn sie nervös war. »Warum fragst du ihn nicht mal, was er mit unserem leckeren Essen da so macht?«, schlug sie kaum hörbar vor.

Greta lachte. »Frag du ihn doch.«

»Nein, auf keinen Fall. Mein Platz ist in der Küche. Und da geh ich jetzt auch wieder hin.«

»Du lässt mich mit dem Kerl allein?« Greta versuchte, ein erschüttertes Gesicht zu machen.

»Du bist nicht allein. Alle Tische sind besetzt. Und übrigens«, Katrin zwinkerte ihr amüsiert zu, »ist es kein Wunder, dass wir nicht weiter expandieren können, wenn unsere Gäste über ihren leeren Gläsern verdursten müssen. Du solltest also vielleicht …«

»Verschwinde in die Küche, du Sklaventreiberin!«, schimpfte Greta und schlug mit dem Geschirrtuch nach ihrer Freundin, verfehlte sie aber.

Den Seitenhieb mit der Expansion hatte sie aber dennoch bemerkt. Wie sollte sie auch nicht, schließlich trällerte Katrin dieses Lied beinahe täglich. Doch darum ging es jetzt nicht.

Sie lugte wieder zu dem merkwürdigen Gast hinüber. Einen Tag würde sie diesem Kerl noch geben. Vielleicht war er ja auch nur auf der Durchreise. Aber sollte er diese Nummer morgen wieder abziehen, dann …

Greta überlegte noch, zu welch drastischer Maßnahme sie dann greifen würde, als besagter Gast die Hand hob, um ihre Aufmerksamkeit zu erregen. Als hätte er die nicht eh schon.

Mit zusammengepressten Lippen ließ sie das Geschirrtuch sinken und näherte sich seinem Tisch. Zwei beinahe unangerührte Teller mit Nudeln standen vor ihm. Der herrliche Duft der Muscheln stieg Greta in die Nase.

»Stimmt etwas mit dem Essen nicht?«

So ein Unsinn! Mit dem Essen war alles in Ordnung – das *wusste* sie.

»Nein, nein. Danke der Nachfrage. Alles bestens.« Er nahm die Karte zur Hand. Seine tiefliegenden Augen huschten über die Zeilen. »Ich würde gerne noch einen Blick auf Ihre Penne mit Tomatenpesto werfen.« Er senkte die Karte und zog die Mundwinkel leicht nach oben, was wohl wie ein Lächeln wirken sollte.

»Einen *Blick darauf werfen*?«, wiederholte Greta ihn irritiert und deutete auf die noch vollen Teller. »Ich verstehe nicht, … warum Sie … das alles bestellen, aber nichts davon essen.«

Er lehnte sich in seinem Stuhl zurück und kniff die ohnehin schon schmalen Augen noch weiter zusammen. »Ich nehme an, Sie sind eine Servicekraft?«, fragte er blasiert und strich einen Krümel Petersilie von der Tischdecke. »Und ich bin ein zahlender Gast. Sollten Sie nicht einfach meine Bestellung aufnehmen?«

Greta spürte, wie ihr italienisches Temperament, auf das Katrin immer jeden Gefühlsausbruch schob, mit ihr durchgehen wollte. Sie räusperte sich und zählte im Geist bis fünf, um sich zu beruhigen. Dann beugte sie sich leicht zu ihm hinab, um die anderen Gäste auszuschließen: »Sie irren sich. Ich bin keine Servicekraft. Ich bin die Eigentümerin. Und zahlende Kunden sind mir immer willkommen.« Sie machte eine Pause und strich sich die schwarze Schürze glatt, die sie und ihre übrigen Servicekräfte trugen. »Allerdings mögen wir es nicht, wenn volle Teller zurückgehen. Wenn Sie mir also verraten könnten, was mit all den Speisen nicht gestimmt hat, die Sie in den vergangenen Tagen bestellt, aber nicht gegessen haben ... dann würde ich Ihnen vielleicht auch die Penne mit Pesto bringen.«

Seine Augen wurden groß, und er zupfte sich am Krawattenknoten herum. »Sie sind die Eigentümerin? Und wer ist für die Rezepte verantwortlich? Ihre Köchin?«

»Die Rezepte? Äh ... also, ich bin Köchin, und die Rezepte sind von mir und meiner ...«

»Von Ihnen!« Er rückte euphorisch seinen Stuhl zurück und erhob sich, um den freien Stuhl gegenüber herauszuziehen. »Das trifft sich gut. Bitte setzen Sie sich. Ich möchte Ihnen gerne ein Angebot unterbreiten.«

Greta ließ den Block sinken und sah verwirrt zurück zur Theke. Dumm, dass heute in der Küche so viel los war. Sie wechselten sich wöchentlich in der Küche und im Service ab. Das war Katrins Küchenwoche. Trotzdem hätte sie Katrin jetzt gerne an ihrer Seite gehabt. Sie wartete, ob der Kerl noch etwas sagte.

»Mein Name ist Holger Frischmann«, stellte er sich vor, als Greta keine Anstalten machte, seiner Einladung zu folgen. »Und Sie sind mein neuer Star!«

Die Gäste drehten sich schon nach ihnen um, so laut redete der Kerl. Greta setzte sich. Zum Teil widerwillig, zum Teil neugierig auf das, was sie erwartete. Wieder suchte sie die Nudelbar mit den Augen nach Katrin ab, aber wie so oft machte die sich dünn, wenn etwas heikel war.

»Um was geht es denn?«, hakte sie halblaut nach, um vielleicht auch ihr Gegenüber dazu zu bringen, die Stimme zu senken. »Wie Sie sehen können, ist heute recht viel los, und ich habe eigentlich keine Zeit …«

Frischmann setzte sich und tat ihren Einwurf mit einer Handbewegung ab. »Dieses Lokal hat etwas Erfrischendes, wenn ich das so sagen darf. Alte italienische Rezepte, das erkenne ich auf Anhieb – in einer modernen, jungen und leichten Auslegung. Das ist es, was ich suche.« Er glättete seinen Seitenscheitel, und wieder wanderten die Hände an seinen Krawattenknoten. Der saß so fest, dass sein Adamsapfel regelrecht unters Kinn gepresst wurde. »Und Sie haben Glück – Sie sind äußerst ansehnlich. Das ganze Paket hat also großes Potential.«

Äußerst ansehnlich? Sollte das ein Kompliment sein? Greta verstand überhaupt nichts mehr. »Wovon reden Sie überhaupt?«, hakte sie nach.

Frischmann stockte kurz. Dann lachte er knapp, fasste sich aber sofort wieder. »Ich spreche von einem Kochbuch. Einer ganzen Kochbuchreihe, vielleicht, wenn es gut läuft, einer Fernsehkochkarriere. Was halten Sie davon?«

»Ich … äh …«, Greta schüttelte verwirrt den Kopf. »Kochbuch?« Sie versuchte zu verarbeiten, was der Kerl meinte.

»Ja! Eine kulinarische Reise durch Italien – wie klingt das?« Sein Adamsapfel sah bei jedem Wort aus, als hüpfe er in freudiger Erwartung ihrer Reaktion auf und ab.

»Äh … klingt … äh …« Sie schüttelte den Kopf

und sah hilfesuchend zur Theke, wo aber statt Katrin nur eine Mitarbeiterin Bier zapfte. »Ich verstehe nicht ganz«, gab sie zu.

Frischmann legte die Hände flach auf die Tischdecke und sah sie direkt an. »Die Branche braucht einen neuen Star«, erklärte er. »Die Muttis am Herd haben genug von den 15-Minuten-Rezepten irgendwelcher Sterneköche. Genug von Zutaten, die ohnehin niemand zu Hause hat. Back to basics, wenn man so will. Die südländische Küche ist und bleibt trendig, aber modern soll sie werden. Und das will ich vermitteln. In einem Kochbuch. Mit Ihren Rezepten.«

»Dann sind Sie wohl nicht vom Gesundheitsamt.«

Frischmann lachte und strich sich sofort wieder den Scheitel glatt, als hätte der spontane Ausbruch von Gefühl seine Frisur ruiniert. »Aber nein. Mein Verlag geht andere Wege – und wenn Sie am Montag in mein Büro kommen würden, könnten wir die Details meiner Idee umfassend erörtern.«

Greta nickte unsicher. »Ich … aber ich arbeite nicht allein. Katrin …« Sie deutete auf die Küchentür. »… Katrin und ich, wir sind ein Team.«

Frischmann schob den Teller mit den Vongole von sich und faltete die Serviette zusammen, ehe er sie auf die Nudeln legte. »Wir können kein Duo verlegen. Das passt nicht. Die Hausfrau hat ja in ihrer Küche auch niemanden, der ihr zur Hand geht. Sie kann sich viel leichter mit *einer* Köchin identifizieren. Und Sie, mit ihrem südländischen Teint und … darf ich fragen, welche Abstammung hierfür verantwortlich ist?«, unterbrach er sich selbst.

Verlegen fasste Greta ihre dunklen Haare zusammen. »Meine Mutter ist Italienerin, mein Vater Deutscher.«

»Da haben wir's. Das passt perfekt. Wir fangen Ihre italienischen Wurzeln ein, das macht sich super in Ihrer Vita.«

»Und was ist mit Katrin?« Egal, wie flehentlich Greta die Küchentür anstarrte, ihre Freundin kam nicht heraus.

»Sehen Sie das doch mal so. Jemand muss doch hier die Stellung halten.« Er stand auf und reichte Greta die Hand.

»Stellung halten?«

»Natürlich. Wenn Sie für das Kochbuch Italien bereisen, muss doch hier jemand die Stellung halten. Ihr Restaurant ist wundervoll. Das Essen ein Erlebnis.«

Greta fragte sich, woher er das wissen wollte, schließlich hatte er ja nur in den Menüs herumgestochert. Trotzdem schüttelte sie ihm automatisch die Hand, in der sich danach wie durch Zauberei eine Visitenkarte befand.

»Kommen Sie einfach in den nächsten Tagen in mein Büro. Dann klären wir alles Weitere.«

Als er verschwunden war, rochen die Vongole plötzlich fischig, und die Gespräche an den Nebentischen verursachten Greta einen dröhnenden Kopf. Die Visitenkarte lag schwer wie Blei in ihrer Hand, und sie versuchte, sich dieses verwirrend unwirkliche Gespräch noch einmal in allen Einzelheiten in Erinnerung zu rufen.

Holger Frischmann, *Verleger*, *Produzent*, stand auf seiner Karte. Und er wollte sie und ihre Rezepte groß herausbringen. An sich nicht die schlechteste Idee, aber was war mit Katrin?

Sie beide hatten immer alles gemeinsam gemacht. Hatten zur gleichen Zeit eine Zahnspange getragen, dieselben Bands toll gefunden, für dieselben Jungs geschwärmt, ja, sogar am selben Tag ihre Regelblutung bekommen. Sie hatten sich gemeinsam durchs Abi gequält und eine gemeinsame Wohnung genommen, als Katrin ihr Betriebswirtschaftsstudium und Greta ihre Kochausbildung begonnen hatte. Die Nudelbar war das Ergebnis ihrer vereinten Fähigkeiten, und sie hatten von Beginn an jeder die gleiche Arbeit hineingesteckt. Jede von ihnen spülte die schmutzigen Töpfe, jede von ihnen stand mal vor dem Herd, und jede von ihnen quälte sich durch die Buchhaltung und die Verträge. Sie hatten Pläne für die Nudelbar. Besonders die ehrgeizige Katrin sah schon ein regelrechtes Nudel-Imperium vor sich, mit weiteren Filialen in anderen Städten. Sie war die Visionärin – und sollte nun dennoch außen vor bleiben?

Unschlüssig starrte Greta noch immer auf die Karte, als sie von hinten angestupst wurde.

»Und?«, fragte Katrin und nahm dabei die beiden unangetasteten Teller vom Tisch. »Hast du ihn rausgeworfen?«, hakte sie nach. »Weißt du, was der hier wollte?«

Gretas Finger zitterten, als sie die Visitenkarte unauffällig in ihrer Hosentasche verschwinden ließ. Sie rang sich ein Lächeln ab und gab sich gleichmütig.

»Du hattest recht. Er war vom Gesundheitsamt«, log sie einem Impuls folgend und spürte sogleich, wie ihr das Blut in die Wangen stieg, weil sie ihre beste Freundin anlog.

Katrin zuckte zusammen. »Shit!«, keuchte sie und sah sich hastig nach den Gästen um. »Und? Was sagt er?«

Greta lächelte schief. »Alles bestens bei uns. Sag bloß, du hattest etwas anderes erwartet?« Um ihre zitternden Hände zu verbergen, nahm sie Frischmanns geleertes Weinglas und den Brotkorb, den sie zur Beilage reichten.

»Nein, ich … ich frag mich nur, warum er sich die Küche nicht angeschaut hat. Oder unseren Kühlraum. Machen die das nicht normalerweise?«

Greta biss die Zähne zusammen. Sie hasste, was sie tat, aber solange sie das Gespräch mit diesem Kerl nicht gründlich durchdacht hatte, wollte sie Katrin nichts davon erzählen. Schließlich hatte Frischmann sie regelrecht ausgeschlossen. Das würde sich für Katrin doch scheiße anfühlen. Also zwang sie sich zu einem weiteren falschen Lächeln und zog ihre Freundin mit sich hinter den Tresen.

»Sei doch froh, dass wir den so schnell wieder losgeworden sind. An einem Abend wie heute, wo das Lokal brummt, hätten wir es ja kaum gebrauchen können, dass der seine Nase überall hineinsteckt und den ganzen Betrieb aufhält.«

»Da hast du auch wieder recht.« Katrin trug die Teller in den Bereich der Küche, wo eine Aushilfe das schmutzige Geschirr in eine Industriespülmaschine räumte und Essensreste entsorgte.

Hier war es dampfig und warm, und Greta brauchte einen Moment, um sich daran zu gewöhnen. Töpfe klapperten hinter ihr, und das Zischen des Wodkas, mit dem gerade Lachsnudeln flambiert wurden, reizte ihre Nerven. Sie kippte das Brot in den Biomüll und stellte den Korb ans Spülbecken. Alles, ohne Katrin auch nur anzusehen. Bestimmt würde die ihr sofort ansehen, dass etwas nicht stimmte. Sie wischte sich den Schweiß von der Stirn und strich sich die Haare auf den Rücken.

»Sobald wir hier heute fertig sind, sollten wir unbedingt darauf anstoßen«, schlug Katrin gut gelaunt vor, und in Greta wuchs die Hoffnung, dass sie vielleicht doch mit ihrer Notlüge davonkommen würde. Dieser Frischmann würde schon sehen, was sie davon hielt, wenn man ihr Team auseinanderreißen wollte. Sie würde einfach nicht zu seinem vorgeschlagenen Termin erscheinen.

»Außerdem muss ich dir was erzählen«, fügte Katrin hinzu, nahm einen kleinen Löffel und kostete vorsichtig die Tomatensoße, die in einem großen Topf vor ihr blubberte. Sie nickte ihrer Küchenhilfe kurz anerkennend zu und wandte sich wieder an Greta: »Ein ehemaliger Kommilitone bat mich, an einer Fortbildung zum Thema Systemgastronomie teilzunehmen. Ich weiß, das ist bisher nicht ganz unser Thema, aber wenn wir jemals expandieren wollen ...« Sie sah Greta begeistert an. »Stefan hält es für eine gute Idee, und ich denke, ich werde mich da anmelden.«

3

Katrin lag in Jogginghosen an Stefan angekuschelt auf dem Sofa und erzählte ihm von dem Erlebnis mit dem Mitarbeiter des Gesundheitsamts. Dass Greta sich ungewohnt still verhielt, merkte sie nicht. Aber was sollte Greta schon sagen? Sie wollte ihre Lüge nicht noch weiter aufbauschen. Sie war so wütend, dass dieser Frischmann sie in so eine Lage brachte, dass sie seine Visitenkarte zerknüllt und in den Papierkorb geworfen hatte. Allerdings hatte sie sie zu ihrer eigenen Schande fünf Minuten später wieder herausgeholt. Und das war es auch, was ihr jetzt solche Bauchschmerzen bereitete.

Sie war im Grunde genommen nicht scharf darauf, der neue Stern am medialen Kochhimmel zu werden. Aber nach nunmehr drei Jahren Nudelbar hatte leider auch das seinen Reiz etwas verloren. Und wenn sie sich Katrin so ansah, ging es ihr wohl genauso, denn sie sprach immer öfter davon, alles größer aufzuziehen – was auch immer sie genau darunter verstand.

Mit zusammengekniffenen Lippen beobachtete Greta von ihrem gemütlichen Platz im Sessel aus, wie Stefan Katrin auf den Hals küsste, während die noch immer berichtete, wie Frischmann in den Vongole herumgestochert hatte.

»Können wir nicht mal das Thema wechseln?«, fragte Greta genervt und rollte mit den Augen. »So spannend war das ja nun auch wieder nicht.«

Katrin runzelte die Stirn. »Lass mich doch erzählen – ist ja nicht so, als wäre im letzten halben Jahr auch nur etwas annähernd so Spannendes passiert.«

»Wir haben neue Schürzen bestellt – das war ja wohl auch recht spannend.«

Stefan enthielt sich wie immer jeden Kommentars. Er grinste Greta nur schelmisch aus seinen klaren blauen Augen an, als wolle er sie dafür rügen, seine Freundin zu ärgern, und verzog seine Lippen unter dem goldblonden Dreitagebart.

»Ja, super spannend war das.« Katrin machte ein Schmollgesicht und kuschelte sich näher an Stefans trainierte Brust, während sie nach der Fernbedienung griff.

»Wenn dir das alles zu langweilig wird, dann mach doch was anderes!«, murrte Greta. Sie war überrascht, dass ihr das rausgerutscht war, denn die Nudelbar war doch trotz der eingekehrten Routine ihr Leben.

Der Blick in Katrins Gesicht zeigte, dass auch sie überrascht war. »Ach so? Ist das seit neuestem so einfach? Wer keinen Bock mehr hat, steigt aus?«

»Du bist es doch, die mit der Nudelbar nie zufrieden zu sein scheint. Du redest doch ständig davon, zu expandieren.«

»Mädels ...«, mischte sich Stefan nun doch beschwichtigend ein. »Es ist spät, ihr seid müde ... und gereizt, wenn ich das so sagen darf, ohne dass ihr eure Wut dann an mir auslasst. Wir sollten ins Bett gehen und dieses Gespräch vergessen.«

Katrin murrte etwas Unverständliches, das Greta aber als Zustimmung deutete, erhob sich vom Sofa und ging zum Bad. Sie schlug die Badezimmertür hinter sich zu, was Greta zusammenzucken ließ.

Stefan stand auf und streckte sich gähnend, wobei sich sein Shirt hob und den Blick auf seinen Waschbrettbauch freigab. Wie so oft verspürte Greta diesen altbekannten Stich der Eifersucht. Der Freund ihrer besten Freundin hätte auch ihr gefallen. Das war an sich keine Überraschung, denn sie und Katrin hatten schon immer ähnliche Vorlieben.

Sie hatten Stefan im Sommer vor zwei Jahren im Freibad kennengelernt. Er war Bademeister und hatte in seiner Badehose einfach eine zu gute Figur gemacht. Greta hatte ihn angesprochen und eingeladen, sich zu ihnen aufs Handtuch zu setzen, was er nur zu gerne angenommen hatte. Einige sommerliche Flirts später war klar, dass sein Herz für Katrin schlug, und Greta hatte sich zurückgezogen. Sie freute sich für Katrin, denn Stefan war ein toller Fang. Er sah super aus, war selbstbewusst und hatte Humor. Es war viel lustiger in ihrer WG, seit Stefan hier beinahe jeden Tag ein und aus ging. Manchmal kam es ihr vor, als führten sie eine Beziehung zu dritt. Geheimnisse gab es zwischen ihnen nicht. Greta hatte sich damit arrangiert. Stefan war ein guter Kumpel, und sie bereute nicht eine Sekunde, ihn damals angequatscht zu haben. Trotzdem gab es Momente wie diesen, wo sie selbst eine Schulter zum Anlehnen gebraucht hätte.

»Was ist denn heute mit euch los?«, fragte er und schlenderte an Greta vorbei an die offene Küchentheke, wo er sich ein Glas Wasser eingoss.

Schulterzuckend stemmte sich Greta aus dem Sessel und folgte ihm. »Keine Ahnung, war einfach ein stressiger Tag.«

»Du bist doch nicht böse, weil Katrin diese Schulung besuchen will, oder?« Seine blauen Augen glitten beinahe analysierend über ihr Gesicht. »Sie hat mir gesagt, dass sie dir davon erzählt hat.«

Greta winkte ab. Sie griff nach dem Wasser. Da es beinahe leer war, verzichtete sie auf ein Glas und trank aus der Flasche. »Ach Quatsch. Ist doch gut, wenn sie eine Perspektive für uns entwickelt. Wir treten ja offenbar irgendwie auf der Stelle.«

»Klingt so, als siehst du das anders.«

Greta zuckte als Antwort nur mit den Schultern. Sie würde sich bei Stefan lieber nicht ausheulen, denn obwohl sie ihm vertraute, war er eben dennoch Katrins Freund.

»Du musst dir auch keine Gedanken ums Lokal machen. Wenn Katrin bei diesem Kurs ist, kann ich dir im Service aushelfen. Das mach ich gerne, das weißt du.«

Er knuffte ihr mit der Faust gegen die Schulter, und Greta lächelte ihn zerknirscht an.

»Ich weiß. Ich mach mir auch keine Sorgen. Und wenn du im Service aushilfst, werden wir definitiv neue weibliche Gäste anlocken.«

Stefan lachte und zwinkerte ihr zu. »Du wirst schon sehen, Greta, das wird eine lustige Woche«, prophezeite er ihr und stellte dann sein Glas ab. Sein Blick ging hinüber zur Badezimmertür, hinter der Katrins elektrische Zahnbürste brummte. »Wir werden überhaupt nicht merken, dass sie weg ist«, murmelte er verschwörerisch und fasste nach Gretas Hand.

Sie zwang sich zu einem Lächeln. Es war spät, sie war müde und ihre Laune nach dem Streit mit Katrin im Keller. Vielleicht entging ihr deshalb der Unterton in Stefans Stimme, der Blick, den er ihr zuwarf, und das kurze Streicheln seines Daumens auf ihrem Handrücken. So aber war sie einfach nur dankbar für den Hauch von Trost, den er ihr spendete, und ließ zu, dass er sie umarmte.

»Gute Nacht«, flüsterte sie, als er sie freigab, und strich sich müde das Haar auf den Rücken. »Und sag Katrin noch mal, dass ...« Sie schüttelte den Kopf, als sie an die Lüge mit Frischmann dachte. »... vergiss es, ich ... war, nichts Wichtiges.«

Am nächsten Morgen hatte Greta keine Lust aufzustehen. Sie musste zum Großhändler fahren, die Einkäufe ins Restaurant bringen und sich vor allem überlegen, wie sie nun mit dem merkwürdigen Angebot von diesem Frischmann umgehen wollte. Sie kuschelte sich tiefer in die Bettdecke und versuchte, Katrins und Stefans Stimme aus dem Wohnzimmer zu überhören.

An Katrin wollte sie jetzt schon gar nicht denken.

Sie zog sich seufzend die Decke über den Kopf. Was war nur mit ihr los? Warum war sie in letzter Zeit so ruhelos? So unausgeglichen? Sie fühlte sich eingeengt und fast ein wenig erdrückt von ihrem Leben. Von der permanenten Nähe zu Katrin, deren Beziehung mit Stefan, der Arbeit im Lokal und davon, rund um die Uhr von denselben Menschen umgeben zu sein. Wann hatte sie zuletzt ein Gespräch geführt, an dem nicht Katrin oder Stefan beteiligt gewesen waren?

Sie zog eine Grimasse, auch wenn die keiner sah.

Die Antwort auf die Frage gefiel ihr nicht. Denn es war gestern gewesen. Das Gespräch mit Frischmann.

»Und da haben wir es wieder«, flüsterte sie frustriert. »Warum geht mir dieser Kerl einfach nicht aus dem Kopf?«

Sie schlug die Bettdecke zurück, setzte sich auf und baumelte mit den Füßen. Selbst von hier aus sah sie die Visitenkarte im Halbdunkel auf ihrem Schreibtisch liegen.

Sie knipste die Nachttischlampe an und gab dem Impuls nach, sich die Karte noch einmal anzusehen. Das war ja nicht verboten. Es war nicht mal verkehrt, denn sie hatte ja nicht vor, sein Angebot anzunehmen. Sie und Katrin gab es schon immer nur im Doppelpack. Und wer das nicht wollte, konnte ihr gestohlen bleiben. Holger Frischmann konnte ihr gestohlen bleiben. Und mit ihm seine Idee einer italienischen Kochbuch-Karriere.

Langsam ließ sich Greta wieder auf die Matratze sinken. Sie brauchte natürlich kein Kochbuch – aber eine Idee dafür hätte sie schon. Sie könnte einige der Rezepte aus dem Kochbuch ihrer Großmutter überarbeiten und neu auflegen, so, wie sie es auch für die Nudelbar gemacht hatten. Der Erfolg mit dem Lokal gab ihr dabei ja recht. Warum sollten sich die Rezepte dann nicht auch in Buchform super verkaufen? Es war beinahe verwunderlich, dass Katrin und sie nicht schon längst selbst auf die Idee gekommen waren. Allerdings hatten sie vom Verlagswesen überhaupt keine Ahnung.

Und ein Kochbuch lebte ja nicht nur von den Rezepten. Die Bilder gaben zumindest bei Greta doch recht oft den Kaufanreiz.

»Daran würde es schon scheitern«, murmelte sie und verwarf den Gedanken, mit Katrin in Eigenregie ein Kochbuch herausbringen zu wollen.

In der Wohnung herrschte inzwischen Stille, was Greta vermuten ließ, dass Katrin nun selbst zum Großmarkt gefahren war.

»Dann eben nicht!«, schimpfte sie genervt, warf die Visitenkarte zurück auf die Schreibtischplatte und ging ins Bad. Auf dem Weg dorthin stellte sie fest, dass Stefan noch vor der Tageszeitung saß und seinen Kaffee austrank.

»Ich dachte, ihr seid gegangen«, stellte Greta verwundert fest.

»Katrin wollte dir, glaube ich, aus dem Weg gehen«, gab er zu und zuckte mit den Schultern.

»Wegen gestern?« Es war ungewöhnlich, dass Katrin nachtragend war.

Wieder zuckte Stefan mit den Schultern. »Vielleicht. Sie hat nichts gesagt. Ich hatte nur den Eindruck.«

»Ist sie zum Großmarkt?«

Er grinste. »Entweder das, oder sie kauft sich neue Schuhe – gegen den Frust.«

Sein Kommentar sollte ihr ein Lächeln entlocken, aber Greta blieb ernst. »Sie schiebt in letzter Zeit ziemlich viel Frust, wenn du mich fragst. Ständig diese Launen! Als hätte ich ihr was getan …«

Stefan hob beschwichtigend die Hände. »Ihr seid beide etwas … schwierig zurzeit. Das fällt nicht nur mir auf, auch Frank hat schon bemerkt, dass seine Schwester leicht reizbar ist. Vielleicht solltet ihr euch mal 'ne Weile aus dem Weg gehen?«

Greta lachte bitter. Die Idee kam garantiert von Frank – Katrins Bruder. Der fand für jedes Problem eine simple Lösung. Eine, die unmöglich umzusetzen war. »Super Idee – bei einer gemeinsamen Wohnung und einem gemeinsamen Lokal. Wirklich, Stefan. Das ist eine super Idee! Warum bin ich nicht schon selbst darauf gekommen?«

Sie schüttelte immer noch den Kopf über diesen Unsinn, als sie schon die Badezimmertür hinter sich schloss. Katrin und sie brauchten keine Auszeit! Und selbst wenn, sie konnten sich überhaupt keine Auszeit nehmen.

»Ich brauch einen Freund mit eigener Wohnung«, murmelte Greta ihrem Spiegelbild zu und fuhr dabei mit den Fingern über die leichten Schwellungen unter ihren Augen. Die Arbeitszeiten in der Gastronomie waren einem gesunden Teint wirklich nicht zuträglich. Sie sah müde aus. Ihr olivfarbener Teint wirkte heute blass und ihre dunklen Augen gerötet von der zu kurzen Nacht.

»Und alles nur wegen diesem blöden Frischmann!«

4

Greta trocknete die Edelstahlfläche am Getränkeausschank mit dem Lappen nach und beobachtete Stefan beim Einsammeln der Tischtücher.

»Wohin damit?«, fragte er und kam schwer beladen auf Greta zu. Er war unter dem Berg schmutziger Tischdecken kaum mehr zu sehen. Seine Stimme klang gedämpft, und er erinnerte Greta an eine Zeichentrick-Mumie.

Kichernd deutete sie auf einen großen Korb neben der Küchentür. »Einfach da rein. Das holt morgen Vormittag eine Firma ab und bringt dafür saubere. Das ist wirtschaftlicher, als selbst zu waschen, sagt zumindest Katrin.«

Er ließ die Tücher in den Korb fallen und strich sich lässig das in Unordnung geratene Haar nach hinten. Dann kam er näher und griff über Greta hinweg nach einem sauberen Weinglas.

»Was für ein Abend.« Er lehnte sich gegen den Tresen und lächelte sie an. »War ordentlich was los heute. Ich hätte echt nicht gedacht, dass du in der Küche überhaupt noch hinterherkommst.« Er trat an den klimatisierten Weinschrank und nahm eine Flasche samtroten Lambrusco heraus.

»So ist das eben, wenn eine ganze Reisegruppe auf einmal einfällt. Ich hätte Katrin heute in der Küche wirklich gut gebrauchen können. Hast du eigentlich mal was von ihr gehört? Wie läuft ihr Seminar?«

Greta sah zu, wie Stefan die Flasche entkorkte und sich ein halbes Glas eingoss. Er schwenkte es im Kreis, und kleine Kohlensäurebläschen entstiegen dem spritzigen Wein. Mit einem fragenden Blick in ihre Richtung hob er die Flasche an.

Sie nickte und nahm sich ebenfalls ein Glas. Als sie es Stefan reichte, umfasste er ihre Finger und hob das Glas ein wenig an, um ihr leichter eingießen zu können. Als er fertig war, hielt er ihre Finger noch immer fest. Sein Blick wanderte von ihren Lippen über ihren Hals.

Sie schluckte und löste sich aus seiner Berührung, darauf bedacht, ihre plötzlich zitternden Finger zu verbergen. Sie musste sich echt zusammenreißen. Was war nur mit ihr los, dass sie Stefans beiläufige Berührung für einen Flirt hielt? Sehnte sie sich so nach einem Freund, dass sie schon Gespenster sah?

»Also?«, hakte sie nach, um die plötzliche Spannung in der Luft zu entladen. »Hat sich Katrin bei dir gemeldet? Wie ist denn ihr Kurs?«

Stefan lächelte. Greta kam es vor, als belächelte er ihren vergeblichen Versuch, sich vor Augen zu führen, dass er Katrins Freund war – und nicht ihrer.

»Sie hat sich gemeldet«, gab er nach kurzem Zögern Auskunft. »Es gefällt ihr. Offenbar hat sie schon tausend Ideen, die ihr nach ihrer Rückkehr besprechen könnt. Sie hat Großes vor!«

Etwas anderes war ja bei Katrins Ehrgeiz auch nicht

zu erwarten gewesen. Irgendwie frustrierte Greta dieses ständige Streben nach mehr.

»Mir reicht die Nudelbar, wie sie ist. Besonders nach so einem hektischen Abend«, gestand Greta matt.

»Du warst großartig. Von Hektik war im Gastraum nichts zu merken.«

Sie versuchte, bei Stefans Lob cool zu bleiben und ihren Puls zu beruhigen, der noch weiter stieg, als Stefan mit seinem Glas sanft gegen ihres stieß.

»Wir sollten auf den gelungenen Abend anstoßen«, schlug er vor, »denn ich finde, wir waren ein echt gutes Team.«

Greta lächelte. »Das waren wir. Aber morgen darf es trotzdem gerne etwas ruhiger zugehen.«

Beide nippten an ihrem Wein und blickten schweigend ins Halbdunkel des verlassenen Gastraums. Die Tür war abgeschlossen, der burgunderrote Samtvorhang gegen Zugluft vor der Tür war zugezogen und schuf eine heimelige Atmosphäre. Man hörte leise die Stimmen der Passanten, die auf der Straße vorbeigingen. Ein paar Jugendliche riefen sich auf dem Weg zum Marienplatz derbe Sprüche zu, und Greta schüttelte darüber den Kopf.

»Die wollen mit Sicherheit ein Mädchen beeindrucken«, erklärte Stefan grinsend und beugte sich erneut dicht über Greta, um die Stereoanlage anzuschalten. »Müssen aber noch viel lernen.« Passend zum restlichen italienischen Ambiente des Lokals drang die samtige Stimme von Eros Ramazzotti aus den Deckenlautsprechern.

»Was …?« Greta schluckte nervös. »Was … wird

denn das?«, versuchte sie, ihr lautes Herzklopfen zu übertönen. *Du fehlinterpretierst das! Er ist Katrins Freund!*, hallte es schrill in ihrem Kopf.

Stefan lächelte nur. »Das wird nichts«, beruhigte er sie, ohne die Distanz zwischen ihnen zu vergrößern. »Wir stehen nur hier, trinken ein Glas Wein …«, er zwinkerte, »oder zwei. Hören Musik und … und reden über alte Zeiten.«

Greta versuchte, sich zu entspannen. Sie bildete sich das doch alles nur ein. Wie Stefan sagte: Sie waren zwei Freunde, die gemeinsam gearbeitet hatten und nun einen Feierabenddrink nahmen.

»Alte Zeiten?«, versuchte sie, ihr Gefühlschaos zu verdrängen und sich stattdessen auf das Gespräch zu konzentrieren. »Was meinst du denn?«

Stefan fuhr sich durchs Haar, und seine blauen Augen funkelten amüsiert. »Lass uns doch mal von dem Tag im Freibad reden«, schlug er vor. »Du weißt schon. Der Tag, als du mich angesprochen hast.«

Greta lachte. Nicht, weil die Erinnerung so lustig war, sondern weil es sie peinlich berührte, daran zu denken. »Oh nein, darüber reden wir jetzt garantiert nicht!«

»Warum nicht? War doch ein toller Tag! Ich weiß noch genau, wie sexy du damals in deinem schwarzen Bikini ausgesehen hast.«

Greta spürte das Blut in ihre Wangen steigen. »Katrin sah auch super aus«, erinnerte sie ihn.

»Klar, ihr wart beide echte Sahne!«

»Echte Sahne?« Sie hob schockiert die Augenbrauen. »Wenn du uns das damals so gesagt hättest, hätten wir ganz sicher keinen Platz auf unserer Decke für dich gehabt!«

Er lachte und zwinkerte Greta verschmitzt zu. Dabei goss er ihr Wein nach. »Warum habt ihr mich denn überhaupt auf eure Decke eingeladen?«

Greta verdrehte die Augen. »Dumme Frage, Stefan! Du weißt ganz genau, dass du ... ebenfalls echte Sahne warst.«

Er grinste, als wäre er sich dessen durchaus bewusst. »Du sprichst in der Vergangenheitsform. Bin ich das heute etwa nicht mehr?«

»Also echt! Wie bist du denn heute drauf?« Greta lachte. »Ich muss dir doch wohl wirklich nicht sagen, dass du heiß bist, oder?« Sie nahm einen großen Schluck Wein, um die Röte auf ihren Wangen und die Hitze in ihrem Blut dem Alkohol zuschreiben zu können. »Außerdem ... schaut man den Freund seiner Freundin nicht soooo genau an. Das gehört sich nicht!«

Greta fühlte sich langsam unwohl. Stefan war ihr bei weitem nicht gleichgültig genug, als dass ihr seine Nähe nichts ausmachen würde. Sämtliche Alarmglocken schrillten, und zugleich genoss sie die süße Versuchung, den Hauch von Erregung, der ihre Nervenbahnen zum Vibrieren brachte. Ihr letzter Flirt lag Monate zurück.

Das Lachen von Passanten vor der Tür drang leise zu ihnen herein, als wolle es Greta zeigen, dass dies das echte Leben war. Dass dieser Moment keine Phantasie war, die sich später einfach fortwischen lassen würde. Wegpusten, wie eine Feder, ohne Spuren zu hinterlassen. Sie musste das Geplänkel beenden. Stefan wegschicken. Ihren Gefühlen einen Riegel vorschieben, ehe sie sich lächerlich machte.

»Du hast dich also nie gefragt, wie … oder ob wir beide … nicht auch zusammengepasst hätten?« Stefan sah ihr in die Augen. Er schien die Wahrheit zu ahnen, doch Greta wollte sich darauf nicht einlassen.

»Nein«, log sie. »War ja ziemlich schnell klar, dass du Katrin magst. Wozu sollte ich mich das also fragen?«

Stefan leerte sein Glas. »Weil …« Er stellte es ab und fuhr sich durch die Haare. Dabei rückte er wie zufällig näher. »Weil ich mich ja auch immer wieder gefragt habe, wie du … und ich … zusammen … wie das wohl wäre.«

»Und was ist mit Katrin?« Greta war aufgelöst. Ihre Stimme zitterte, und sie fragte sich, was sie eigentlich von ihm hören wollte.

»Katrin wird sich das, denke ich, eher nicht fragen«, scherzte er gelassen.

»Idiot!« Greta stieß ihn in die Seite und schaffte sich damit etwas Raum. »Du weißt, was ich meine!«

Sein Lachen vibrierte in ihrem Magen, und sein herausfordernder Blick machte ihr Angst, jagte ihr aber zugleich köstliche Schauer über den Rücken. Das war verrückt – und sie wusste es.

»Du denkst zu viel an Katrin«, überging er ihren Ausbruch und kam wieder näher.

»Und du denkst offenbar zu wenig an sie!«, protestierte Greta und verschränkte schützend die Arme vor der Brust.

»Ich hab doch gesehen, wie du mich damals angeschaut hast. Wie du mich in den vergangenen zwei

Jahren immer wieder heimlich gemustert hast. Denkst du, ich hab das nicht bemerkt?«

Greta warf die Hände in die Luft. »Gott, Stefan!« Sie schüttelte den Kopf. »Was erwartest du denn? Du siehst super aus, bist ständig um mich herum – oft nur in Unterhosen, wenn ihr es euch mal wieder im Wohnzimmer gemütlich macht. Natürlich ... nehm ich dich wahr. Du bist Katrins Freund. Was ich sonst so denke, ist doch nicht wichtig.«

Er fasste nach ihren Händen und suchte ihren Blick. »Und wenn es doch wichtig ist?« Er senkte den Kopf, und sein Atem strich über ihre Wange. Er war nah. Viel zu nah. Sie spürte seinen Dreitagebart auf ihrer Haut.

»Hör auf!«, presste sie hervor, so leise, dass es kaum ein Flüstern war.

»Ich kann nicht.« Seine Lippen streiften ihre. Flüchtig, wie in einem Traum. Seine Hände wanderten ihre Arme hinauf und umfassten ihre Schultern, um sie näher an sich zu ziehen.

»Du musst!« Gretas Protest war schwach.

Zu lange hatte sie sich ihre Gefühle für ihn verboten, ihre Sehnsucht nach Zärtlichkeit hintenangestellt, hatte zugesehen, wie Katrin das Glück auskostete, das ihr verwehrt blieb. Ein Seufzen rutschte ihr heraus, und sie lehnte schwach die Stirn gegen Stefans Brust. Sie nahm seinen Duft wahr. Unauffällig atmete sie ein, um mehr davon zu bekommen.

Mit dem Finger hob er ihr Kinn an, und Greta blickte geradewegs in seine bodenlosen blauen Augen, die von hellen Wimpern umrahmt beinahe zu schön für einen Mann waren.

»Ich muss nur eines tun«, flüsterte er drängend und senkte seine Lippen auf ihre.

Greta wusste, sie sollte ihn aufhalten. Wusste, dass dies ein Fehler war, aber als seine Zähne so neckend an ihrer Lippe zupften, seine Zunge so flehend Einlass erbat, war sie zu schwach, das Richtige zu tun. Sie legte den Kopf in den Nacken, um den Kuss zu vertiefen, ließ ihre Zunge in seinen Mund gleiten, wie er es bei ihr tat, und genoss das Gefühl seiner Hände auf ihrem Rücken. Sie erschrak, als er sie hochhob und auf den Tresen setzte, aber sie ließ ihn gewähren. Sein Atem auf ihrer Haut setzte sie in Flammen, und seine Küsse waren köstlicher, als sie sich je hatte träumen lassen. Und geträumt hatte sie heimlich schon viel zu lange von ihm. Sie legte ihre Hände in seinen Nacken, spielte mit seinem kurzen Haar und öffnete die Knie, damit er zwischen ihre Beine treten konnte.

Als hätte er diese Einladung gebraucht!

Hungrig zog er Greta an sich, löste ihr die Schleife der Schürze im Rücken und fuhr mit den Händen unter den Stoff. Er zupfte ihr das Shirt aus der Jeans, und Greta zitterte, als sie seine Haut auf ihrer fühlte.

Sein Kuss wurde drängender und schürte auch ihr Verlangen. Sie schmeckte den Lambrusco auf seiner Zunge und spürte seinen Herzschlag unter ihren Fingern. Sie musste endlich wissen, wie er sich anfühlte. Ob sein trainierter Bauch wirklich so fest war, wie er aussah? Ob es so sein würde, ihn zu streicheln, wie sie immer gedacht hatte?

Nur kurz löste Stefan sich von ihr, um auch die Schleife in ihrem Nacken zu lösen. Begierde glomm in seinen Augen, und er atmete schwer, als wäre er gerannt. Mit einem Ruck riss er ihr die Schürze herunter und warf sie achtlos hinter sich. Dann war er wieder bei ihr. Er grub seine Hände in ihr ebenholzfarbenes Haar und versiegelte erneut ihren Mund mit seinen Lippen.

Gretas Welt stand kopf. Stefan nahe zu sein, seine Berührung und seine Küsse, das alles war wie in einem Traum. Sie wollte nicht, dass es endete, aber zugleich hatte sie Angst vor dem, was passieren würde.

Schon jetzt konnte sie sich seinem Zauber nicht entziehen. Konnte – oder wollte ihn nicht daran hindern, seine Hände unter ihrem Shirt immer höher wandern zu lassen. Sie drängte sich lustvoll an ihn, als er endlich mit dem Daumen über ihre Brüste strich, und erschrak über ihr Stöhnen.

»Greta!«, raunte er, und seine Zunge zeichnete eine heiße Spur ihren Hals hinab. Sie spürte ihren Puls unter seinen Lippen rasen, kostete das Prickeln seiner Küsse hemmungslos aus und schloss die Augen.

Es war wie im Traum. Er umfasste ihre Brüste und schob ihr Shirt nach oben, um seine Küsse tiefer wandern zu lassen.

Irgendwo in der Nähe ging die Alarmanlage eines Wagens los. Gelächter drang durch die Nacht und verhöhnte Eros Ramazzottis Versuch, eine romantische Stimmung zu erzeugen.

Greta blinzelte. Die indirekte Beleuchtung hinter der Bar warf lange Schatten, und mit einem Mal spürte sie schmerzhaft den Zapfhahn an ihrer Wirbelsäule.

»Stefan«, keuchte sie und hob die Hände an seine Schultern. »Shit!« Ihr wurde ganz schlecht. »Shit!«, wiederholte sie laut. »Stefan, warte …« Sie rückte von der Zapfsäule weg und schob ihn energisch von sich. »Hör auf!«

Stefan trat einen Schritt zurück und fuhr sich durchs Haar. Verwirrt schüttelte er den Kopf. »Was ist los?«

Er fasste nach ihrer Hand und suchte ihren Blick, aber Greta riss sich los. Beschämt richtete sie ihren BH, zog sich das Shirt über den Bauch und drängte sich gehetzt an Stefan vorbei hinter dem Tresen hervor.

»Greta?« Er folgte ihr, streckte die Hände nach ihr aus, aber sie schüttelte hysterisch den Kopf.

»Scheiße, siehst du nicht, was wir hier machen?«, schrie sie zitternd und schlang die Arme um sich selbst. »Verdammte Kacke!«

Stefan blieb stehen. Wieder fuhr er sich durchs Haar. »Komm schon, Greta. Was tun wir denn?« Er machte eine unschuldige Bewegung. »Wir sind zwei Erwachsene, die … etwas Spaß haben. Niemand muss davon erfahren!«

»Spinnst du?« Sie traute ihren Ohren nicht. »Was ist mit Katrin? Sie ist meine Freundin! Wie konnten wir nur so …«

»Du tust ja so, als wär hier irgendwas passiert. Wir haben nur rumgeknutscht. Uns ein bisschen angeheizt. Das musst du jetzt nicht groß aufblasen.«

Greta glaubte, ihr Kopf müsse explodieren. Sie presste die Hände an ihre Schläfen und suchte in ihren verworrenen Gedanken nach einer Antwort auf diesen Schwachsinn.

»Wir müssen es Katrin sagen!«, stellte sie tonlos fest. »Sie sollte das erfahren.«

»Bist du bescheuert?« Stefan wurde laut. »Was denkst du denn, was Katrin dazu sagen wird?«

»Na, ich nehme an, das werden wir dann schon hören!«

»Das werden wir nicht hören, denn wir halten beide den Mund!« Er nahm das Rotweinglas wieder auf und leerte es in einem Zug. »Katrin braucht das echt nicht zu erfahren.«

»Du willst sie anlügen? Und einfach weitermachen wie bisher? Wie stellst du dir das vor? Sie wird das doch merken!«

»Dann musst du dir eben etwas Mühe geben!«

»Du willst sie echt anlügen?« Greta hätte das nie von Stefan gedacht. Seine Gleichgültigkeit ekelte sie an. Sein ganzes Gebaren ekelte sie an. Wie hatte sie nur so dumm sein können?

»Willst du ihr die Wahrheit sagen? Sie derart verletzen?«

»Falls es dir entgangen ist: Verletzt haben wir sie schon. Mit dieser Nummer hier!«

Stefan lachte bitter. Er zuckte mit den Schultern. »Na bitte, dann wünsch ich dir viel Spaß, ihr zu erklären, dass du so feucht wie ein Schwamm nach Schulschluss bist, nur weil ich dir die Zunge in den Hals gesteckt habe. Bin gespannt, wie sie das findet.« Er zog sein Handy aus der Hosentasche und hielt es Greta hin. »Soll ich sie anrufen? Willst du ihr das nicht am besten gleich sagen, solange deine Nippel noch hart von meinen Küssen sind?«

Greta griff nach der Weinflasche und schleuderte sie in Stefans Richtung. »Verschwinde!«, schrie sie, während die Flasche berstend auf dem Boden aufschlug und sich der blutrote Wein im ganzen Lokal verteilte. »Hau ab! Und lass dich hier nie wieder blicken!«

Dass er wirklich ging, sah Greta nur durch einen dichten Tränenschleier hindurch. Ihr Herz schmerzte, ihr Magen krampfte sich zusammen, und jeder Knochen im Leib zitterte, als sich die Tür hinter ihm schloss. Erst dann gab sie ihrer Schwäche nach und ließ den gequälten Schrei entweichen, der bitter wie Säure in ihrer Kehle steckte. Verloren ging sie in die Knie, presste sich die Hände vors Gesicht und weinte.

Was hatte sie nur getan?

5

Greta stand an der Nudelmaschine und walzte den Teig. Immer wieder führte sie den Teigstreifen durch die Walzen, aber die gewünschte Dicke hatte er noch nicht erreicht. Die Küchenarbeitsplatte war mit feinem Mehlstaub bedeckt, Gretas Schürze ebenfalls. Aber das gehörte eben dazu.

Immer wieder sah sie bang auf die Uhr. Heute würde Katrin von ihrem Seminar zurückkommen. Und Greta hatte keine Ahnung, was sie ihr sagen sollte. Sie wusste nicht, ob Stefan Katrin schon etwas von ihrem furchtbaren Zwischenspiel gesagt hatte. Seit dem Abend vor vier Tagen hatte sie ihn nicht mehr gesehen – es aber auch nicht gewagt, Katrin einfach anzurufen.

Unter normalen Umständen hätte sich Katrin sicher mal gemeldet. Schließlich waren sie beste Freundinnen – oder waren es zumindest gewesen.

Greta ließ die Hände sinken, und der lange Teigstreifen bekam einen Riss.

»Mist!«, flüsterte sie. Ihre Stimme zitterte. Frustriert knetete sie den Teig erneut zu einer Kugel.

Ihre Stimme zitterte aus Angst vor dem Moment, in dem die Wohnungstür aufgehen und Katrin hereinkommen würde. Solange die Tür zublieb, war alles, wie immer. Zumindest konnte sie sich das einreden. Es war, als könnte sie so den Moment einfrieren. Den Moment, in dem zwischen ihr und Katrin alles gut war. In dem Katrin nichts davon wusste, dass Greta mit Stefan herumgemacht hatte, und demnach auch nicht wütend und verletzt war. Solange die Tür zublieb, war alles gut.

Der Teig in Gretas Händen war viel zu warm, um sich noch gut in der Nudelmaschine verarbeiten zu lassen. Matt legte Greta ihn beiseite und sah sich die Verwüstung in der Küche an. Auf einem hölzernen Gestell trockneten goldgelbe Bandnudeln, auf dem mit Backpapier ausgelegten Blech schmetterlingsgleiche spinatgrüne Farfalle, und die köstliche Ricottafüllung, die in der Schüssel neben dem Herd einen herrlichen Duft nach Knoblauch, Olivenöl und sonnengereiften Tomaten verströmte, wartete nun vermutlich vergeblich darauf, zwischen zwei Teigbahnen gebettet zu werden.

Mit hängenden Armen stand Greta da. Sie verzog das Gesicht, als sie an den handgeschriebenen Rat in dem Buch dachte, dem sie dieses Küchenchaos zu verdanken hatte:

In meinem Leben begleiten mich viele Menschen, ich bin nie allein. Doch nur die, die immer ehrlich sind, nenne ich meine Freunde.

Wieder sah Greta auf die Uhr. Katrins Zug müsste schon angekommen sein. Bestimmt würde es nicht mehr lange dauern, dann …

»Verdammt!«, fluchte sie und wischte sich fahrig die Haare über die Schulter. Dann trat sie ans Spülbecken und wusch sich das Mehl von den Händen. Sie konnte sich hier nicht hinter Eiern und Mehl, hinter Nudelteig und schlauen Sprüchen vergraben. Sie musste irgendetwas tun. Musste herausfinden, was Katrin wusste ... oder nicht wusste.

Sie schnappte sich ihr Handy und suchte Stefans Nummer heraus. Schon nach dem dritten Klingeln meldete er sich.

»Na, Frau-wir-lügen-Katrin-nicht-an, was kann ich für dich tun? Die Scherben einsammeln? Willst du ...«

»Halt doch mal die Klappe!« Gretas Herz hämmerte schmerzhaft in ihrer Brust. Sie spähte zur Wohnungstür und lief unruhig auf und ab. »Ich muss wissen, was du zu ihr gesagt hast«, verlangte sie.

Stefan lachte. »Geht dir die Muffe, oder was?«

»Herrgott, Stefan! Ich weiß nicht, was ich tun soll! Ist dir das denn alles scheißegal? Du weißt doch genau wie ich, dass unser Kuss ein Fehler war! Ein Riesenfehler!«

»Klar, das hab ich ihr auch gesagt.« Stefan lachte leise. »Wenn ich mich recht erinnere, hab ich gesagt ... Katrin, Babe ... sei nicht so streng mit Greta. Sie hat einen Fehler gemacht.«

»Spinnst du?« Schrie sie. »Du ... du kannst das doch nicht auf mich schieben!«

»Du hast mir die Pistole auf die Brust gesetzt, Greta. Erinnere dich mal richtig. *Ich* wollte überhaupt nichts sagen. Zu Recht, denn Katrin hat das nicht so wirklich gut aufgenommen. Jetzt sind wir wohl beide abgeschrieben – aber tja, was soll ich sagen ... c'est la vie!«

Greta legte auf.

»C'est la vie!«, murmelte sie fassungslos. Katrin wusste also schon Bescheid.

Mit zitternden Knien schleppte sich Greta zum Sofa. Etwas von dem feingesiebten Mehl auf ihrer Schürze rieselte auf die Kissen, aber das war ihr egal. Reue, Scham und Verzweiflung waren das Einzige, was sie empfand. Das Blut kochte ihr in den Wangen wie das rote Mal einer Ehebrecherin. Katrin würde nie verstehen, dass … dass sie doch nur auch ein winziges Stück von deren Glück hatte abhaben wollen. Dass sie ihr nichts hatte nehmen wollen, nur …

Das war jämmerlich! Sogar vor sich selbst klang das erbärmlich! Aber was sonst konnte sie schon sagen?

Sie war noch zu keiner vernünftigen Antwort gekommen, als die Wohnungstür geöffnet wurde.

Greta stand auf und sah schweigend zu, wie Katrin ihren Koffer neben die Tür stellte, ihre Jeansjacke an die Garderobe hängte und schließlich die Tür schloss. Tausend Gedanken gingen ihr durch den Kopf. Worte der Entschuldigung sammelten sich auf ihrer Zunge, aber sie schluckte sie hinunter. Stattdessen presste sie ein beschämtes »Hi!« heraus, zu feige, auch nur einen Schritt in Katrins Richtung zu machen.

Die kniff unversöhnlich die Lippen zusammen und warf ihr einen eiskalten Blick zu. Sie hob die Hand, wie um Greta zu stoppen.

»Kein Wort!«, herrschte sie sie an. »Ich will kein Wort hören! Ich bin nur hier, um meine Sachen zu holen!«

»Du willst deine Sachen holen?«

Katrin ignorierte sie, nahm ihren Koffer und ging in Richtung ihres Zimmers.

»Was meinst du damit? Katrin?« Greta erwachte aus ihrer Starre und folgte ihr. »Hör mal, das mit Stefan …«

»Ich will kein Wort hören, hab ich gesagt!«, fuhr Katrin sie an und donnerte ihren Koffer auf den Boden. »Ich hätte echt nie gedacht, dass du so … so falsch sein kannst! Dass du mich so hintergehen könntest!«

»Ich wollte nicht …«

»Die beste Freundin – und dann so was!«

»Wirklich, Katrin, ich schwöre dir! Ich wollte das nicht! Es ist … einfach so passiert!« Greta faltete flehentlich die Hände. »Du musst mir glauben, ich …«

Katrin trat drohend näher und pikte Greta mit dem Zeigefinger hart gegen die Brust.

»Du hast dich an meinen Freund rangemacht!« Noch mal stieß sie zu. »Hast es ausgenutzt, dass ich nicht da war.« Wieder bohrte sich ihr Finger in Gretas Brustbein. »Hast mit ihm rumgeknutscht und wer weiß was gemacht!«

»Wir haben überhaupt nicht mehr gemacht!«, verteidigte sich Greta und schlug Katrins Hand weg, ehe die erneut zustechen konnte. »Und ich hab mich überhaupt nicht an ihn rangemacht! Es ist einfach passiert!«

»So was passiert nicht einfach!« Katrin schüttelte den Kopf und sah Greta verloren an. »Nein, so was passiert nicht einfach.« Sie bückte sich nach ihrem Koffer. »Du hast dich seit längerem verändert. Ich sehe keine Ziele, keine Zukunft, so, als denkst du, hier mit Stefan und mir – das könne für uns alle ewig so weitergehen. Dabei will ich mich weiterentwickeln.« Sie sah ihr direkt in die Augen. Kalt, ohne Mitgefühl. »Das hier«, Katrin machte eine Bewegung, die alles einschloss. »Das hier ist doch seit langem eine reine Greta-Show! Du willst nicht, dass sich daran irgendwas verändert. Alles muss immer so weitergehen! Aber damit ist es jetzt vorbei!«

»Du spinnst doch!« Greta machte einen Schritt zurück, um zu verhindern, dass sie von Katrin geschüttelt wurde. Wie konnte die so einen Mist von sich geben? »Ich habe vielleicht mit Stefan einen Fehler gemacht! Das gebe ich zu! Und es tut mir unendlich leid, dich damit hintergangen und verletzt zu haben, aber ...«

»Es tut dir leid? Ja, wie reizend. Dann ist ja jetzt alles wieder gut!«

»Hör mir zu!«

»Ich will nicht! Du bist der letzte Mensch, dem ich zuhören will! Ich will dich noch nicht mal sehen, also lass mich in Ruhe!«

»Du kannst mir nicht so einen Quatsch an den Kopf werfen und erwarten, dass ich mir das alles stillschweigend gefallen lasse!«

»Doch! Genau das erwarte ich! Du hast mir weh getan.« Katrin kniff die Lippen zusammen, als müsse sie sich zwingen, manche Worte nicht zu sagen. »Und das Schlimmste ist, dass es mich im Grunde überhaupt nicht wundert. Es ist beinahe so, als hätte ich schon lange darauf gewartet, dass so etwas passiert. Ich meine nicht das mit Stefan, sondern, dass du ... eben einfach dein Ding machst, ohne einen Gedanken an mich.«

»Das ist so ein Riesenunsinn!« Greta rannte in ihr Zimmer, um Frischmanns Visitenkarte zu holen. »Wenn ich so ein Egoist wäre, wie du sagst, dann hätte ich das Angebot dieses Typen längst angenommen.« Greta reckte Katrin die Karte entgegen. »Du denkst, ich mach hier eine Greta-Show? Du irrst dich! Frischmann will eine Greta-Show machen, aber ich hab ihm gesagt, dass es mich nur im Doppelpack mit dir gibt!« Sie stemmte die Hände in die Hüften.

»Welcher Frischmann?«

»Der Kerl vom Gesundheitsamt war nicht vom Gesundheitsamt! Er ist Produzent oder so was. Will ein Kochbuch mit mir machen!«

»Du hast gesagt, er wäre vom Gesundheitsamt.« Katrin war leise geworden. Ihre Schultern sackten nach vorne, als wäre ihr alles zu viel.

»Ich weiß. Ich wollte dir eben nicht weh tun! So bin ich nämlich. Ich will dir überhaupt nicht weh tun. Stefan hat mich überrumpelt. Es ist alles seine Schuld.«

Katrin schenkte der Karte kaum Beachtung. Sie atmete aus und nickte schwach.

»Du irrst dich. Es ist meine Schuld. Denn ich habe euch vertraut. Ich habe echt gedacht, ich kenne dich. Aber jetzt frage ich mich, ob du dich überhaupt selbst noch kennst. Hör dir mal zu. Du erwartest ernsthaft, dass ich mich darüber freue, dass du mich auch schon in anderen Angelegenheiten hintergangen und angelogen hast.«

Katrin trat in ihr Zimmer und griff schutzsuchend nach der Tür. »Ich ziehe aus. Die Angelegenheiten mit der Nudelbar wird Frank mit dir regeln. Er weiß schon Bescheid und leitet die rechtlichen Dinge in die Wege. Ich will nichts mehr mit dir zu tun haben.« Dann schloss sie die Tür.

Greta blieb zurück, unfähig zu verstehen, wie das Gespräch so aus dem Ruder hatte laufen können. Warum versuchte Katrin denn nicht mal, sie zu verstehen? War ihr ihre Freundschaft so gleichgültig, dass sie diese mit einem Schulterzucken einfach beenden konnte? Und war sie ihr so zuwider, dass sie ihren Anwaltsbruder Frank brauchte, um zu klären, wie es mit der Nudelbar weitergehen sollte? Was meinte sie überhaupt damit? Was gab es da zu regeln? Sie würde doch aus der Sache nicht wegen eines bescheuerten Kusses aussteigen, oder?

Mit schweren Schritten schleppte sich Greta in die Küche. Sie öffnete die Schranktür unter der Spüle und nahm den Mülleimer heraus. Dann wischte sie die gewalzten Bandnudeln vom Trockengestell, direkt in den Eimer. Es folgten die grünen Farfalle und die duftende Füllung mitsamt der kleinen Schüssel.

Wenn doch, war eh alles egal!

6

Greta blickte die cremefarbene Fassade hinauf. Bogenfenster mit wunderschönen Friesen reihten sich aneinander und gewährten Einblick in die dahinterliegenden Büros von Frischmanns Verlag.

Sie mochte diese prunkvollen Altbauten mit den hohen Decken und den knarzenden Treppen ohne Fahrstuhl. Nicht, dass sie den Komfort eines Lifts nicht zu schätzen wusste – gerade in hohen Schuhen, aber zu so einem Haus passte das einfach nicht.

Zögernd trat sie einen Schritt zurück, darauf bedacht, nicht in einen der grauen Schneematschhaufen zu treten, die die gesamte Bordsteinkante entlang aufgeschüttet waren. Sie wartete auf ein Zeichen. Schließlich hatte sie überhaupt nicht vorgehabt herzukommen. Im Grunde war sie einfach nur aus ihrer Wohnung geflohen, als Katrin mit ihren Eltern am Morgen zum Möbelpacken angerückt war. Greta glaubte nicht, dass die, im Gegensatz zu Katrins Bruder Frank, überhaupt wussten, was los war. Sie hatten Greta wie immer herzlich umarmt und die offensichtliche Spannung zwischen Katrin und ihr verwundert wahrgenommen. Und weil Greta keine Lust hatte, neugierige Fragen zu beantworten, war sie gegangen. Sie war gegangen, weil das Gespräch mit Frank schon so schmerzlich verlaufen war. Er hatte ihr sehr geschäftsmäßig erklärt, dass Katrin den Pachtvertrag für die Nudelbar auflösen wollte. Eine gemeinsame Zusammenarbeit schloss sie demnach für die Zukunft aus. Der pragmatische Frank hielt das in Anbetracht der Situation für eine gute Lösung. Aber das war ja schon immer seine Stärke gewesen. Lösungen zu finden. Nur warum fühlte sich seine Lösung diesmal nicht befreiend, sondern wie ein Todesurteil an?

Greta blinzelte. Sie spürte die Kälte an ihren Wangen beißen, aber das schmerzte nicht annähernd so sehr wie die Tatsache, dass Katrin ihr mit einem einzigen Anwaltsschreiben sämtliche Perspektiven für die Zukunft nahm.

Katrin schien nicht zurückzublicken. Sie zog aus der WG aus, beendete die Zusammenarbeit und gab Greta nicht einmal die Möglichkeit zu kämpfen. Sie ging ihr einfach aus dem Weg, nicht bereit, irgendeine ihrer Entscheidungen auch nur im Ansatz zu diskutieren. Seit Katrin von ihrem Seminar zurückgekommen war, hatten sie die Nudelbar aufgelöst, den Pachtvertrag fürs Lokal gekündigt und den Mietvertrag für die Wohnung gekündigt – ohne sich dabei auch nur einmal in die Augen zu blicken.

Und weil Greta das nicht ertrug, hatte sie heute Morgen ihre Wohnung verlassen. Ohne Ziel – so hatte sie zumindest geglaubt.

Und so stand sie jetzt frierend vor dem Frischmann-Verlag auf der Straße. Sie hatte ja nicht mal einen Termin. Und selbst wenn, in Jeans und Rollkragenpulli würde sie eh nicht unbedingt ein Gespräch über ihre Zukunft führen wollen.

Sie kaute nachdenklich auf ihrer Lippe. Im Grunde hatte Greta überhaupt keine Zukunft, über die es zu reden wert gewesen wäre. Vielleicht hatte ihr Weg sie deshalb hierhergeführt?

Wieder blickte Greta die Fassade hinauf. Eine Taube saß dick aufgeplustert auf einem der schönen, mit Eiszapfen verzierten Friese und blickte mit schräg gelegtem Kopf auf sie hinab.

»Was soll ich nur machen?«

Greta kam sich vor wie ein Verräter, weil sie nur hier stand. Weil sie auch nur daran dachte, den goldenen Klingelknopf zu drücken. Sie wollte nichts ohne Katrin machen. Wollte kein Kochbuch ohne ihre beste Freundin veröffentlichen. Aber was sie wollte, interessierte ja wohl außer ihr niemanden. Am allerwenigsten Katrin.

Frustriert über deren schlichte Weigerung, ihr auch nur einmal zuzuhören, schnaubte sie. Die Taube an der Ecke ließ ein Häufchen direkt vor Gretas Füße fallen.

»Hast recht!«, murrte sie. »Scheiß drauf!« Dann presste sie ihren Daumen auf die Klingel.

»Ja bitte?«, ertönte es blechern aus dem Lautsprecher.

»Ähm ...« Greta beugte sich vor. »Ähm ... hier ist Greta Martinelli. Ich ... ich möchte zu ... Herrn Frischmann.«

Es knackte in der Leitung.

»Ich kann nicht sehen, dass Sie einen Termin haben«, kam blechern zurück.

»Ja, das ist, ähh ... weil ... Herr Frischmann gesagt

hat, ich solle einfach in den nächsten Tagen vorbeikommen.«

Vermutlich rechnete Frischmann schon nicht mehr mit ihr. Es war ja schon gute drei Wochen her, dass er ihr seine Karte in der Nudelbar in die Hand gedrückt hatte. Vermutlich machte er sein Kochbuch längst mit jemand anderem.

»Verstehe. Dann kommen Sie herein. Die Treppe hoch, bis in den ersten Stock.«

Der Türöffner surrte, und Greta stemmte sich dagegen.

»Danke«, presste sie heraus, nicht wissend, ob die Empfangsdame sie überhaupt noch hören konnte.

Dunkle muffige Wärme schlug ihr entgegen, und ein dunkelblau gemusterter Teppich schluckte ihre Schritte, als die Eingangstür krachend hinter ihr zuschlug.

Altbau eben.

»Was mach ich hier eigentlich?«, fragte sie sich, als sie zögernd die mit dem blauen Teppich bespannten Stufen hinaufstieg. Dem schwarzlackierten Handlauf fehlte an manchen Stellen schon etwas Farbe, so dass man den alten burgunderfarbenen Lack darunter erkennen konnte. Wie viele Schichten mochten sich darunter wohl noch verbergen? Wie tief müsste man graben, um den Ursprungston zu erkennen? Und würde Greta gefallen, was sie dort finden würde?

Sie blieb stehen und schabte mit dem Fingernagel an einer Ecke, wo der Lack ohnehin schon abgeplatzt war.

War das nicht auch die Frage, die ihr eigenes Leben betraf?

Hatten sie und Katrin Kratzer im Lack ihrer Freundschaft einfach immer wieder übergepinselt? Überdeckt und damit vor aller Augen verborgen? Den schönen Schein gewahrt und damit zugleich den wahren, womöglich morschen Kern übersehen?

Der Kuss mit Stefan hatte einen Kratzer in den schönen Lack geschlagen. Hatte die Makel darunter zum Vorschein gebracht.

»Hallo?«, hallte eine Frauenstimme von oben herab. Ein kurzer, rötlich brauner Pagenkopf wurde in der ersten Etage übers Geländer gereckt. »Kommen Sie einfach hoch.«

Greta schnippte sich den kleinen Lacksplitter vom Fingernagel und lächelte die Dame freundlich an.

»Danke, mach ich. Ich war nur ... etwas unsicher.«

Als Greta den Treppenabsatz erreicht hatte, schüttelte ihr der Pagenkopf leicht die Hand.

»Kein Problem. Ich dachte nur, die Tür hätte geklemmt. Das passiert manchmal, wenn es längere Zeit feucht ist.«

Sie führte Greta an einem geschwungenen Empfangstresen vorbei, der mit Plakaten von Sachbüchern und TV-Sendungen beklebt war. Einiges davon kam Greta sogar bekannt vor, aber der Pagenkopf ließ ihr keine Zeit, sich eingehender damit zu befassen. Sie führte sie um den Tresen herum, einen Gang entlang, von dem mit gläsernen Wänden abgetrennte Büros abzweigten. Dadurch war die gesamte Etage viel heller, als Greta beim Anblick der Fassade zuvor vermutet hatte. Der Teppich aus dem Treppenhaus hatte hier einem kunstvoll gemusterten Parkett Platz gemacht, und an den hohen Decken über ihnen schwebten moderne Leuchter an verchromten Schienensystemen, die einen krassen, aber durchaus ästhetischen Gegensatz zu dem feinen Stuck darüber boten.

»Ich hoffe, ich komme nicht ungelegen«, versuchte Greta den Pagenkopf dazu zu bewegen, etwas langsamer zu gehen.

»Herr Frischmann ist noch in einem Meeting. Ich denke nicht, dass es noch recht lange dauert. Wenn Sie also warten möchten?«

»Ja, gerne. Danke.«

Die Dame mit dem Pagenkopf öffnete ihr die Tür zu einem Wartebereich mit einigen bequem aussehenden Sesseln vor dem Fenster und einem deckenhohen Bücherregal, in dem offensichtlich die erfolgreichsten Verlagsveröffentlichungen ausgestellt waren.

Ein Mann wartete hier bereits. Er blickte nur kurz auf, als Greta eintrat, vertiefte sich dann aber wieder in seine Zeitschrift.

Greta wählte den Sessel am weitesten von ihm entfernt und schlüpfte aus ihrer Daunenjacke. Unschlüssig legte sie sie sich kurzerhand über die Beine und tat so, als wäre sie nicht da. Denn was ihr gerade noch gefehlt hatte, war, ein Gespräch zu beginnen. Schließlich wusste sie überhaupt nicht, was sie hier wollte. Sie rückte sich den feinen Schulterriemen ihrer Handtasche an der Schulter zurecht und nahm das schwarze Täschchen wie einen kleinen Hund auf den Schoß. Plötzlich kam sie sich unvorbereitet vor. Sie hatte nicht einmal etwas zum Schreiben dabei.

Andererseits waren ihre Klamotten wenigstens sauber. Ganz im Gegensatz zu den ausgefransten Hosenbeinen des Typen hinter der Zeitung. Es war ein Magazin über Fotografie, wenn sie das richtig sah.

Ein Mitarbeiter von der Presse vielleicht?

Greta senkte den Blick. Sie wollte nicht neugierig erscheinen. Dabei fielen ihr die graumelierten Socken in offenen Treckingsandalen auf, und sie musste sich hustend ein Lachen verkneifen.

»Gesundheit!«, murrte der Mann, der das offenbar für ein Niesen gehalten hatte.

»Danke.« Sie fuhr sich durch die Haare und schielte dabei unauffällig zu ihm herüber. Allerdings war er so vertieft in sein Magazin, dass sie ihn wohl auch ganz direkt hätte mustern können.

Durchschnittlicher Typ. Etwas größer als sie selbst, aber bestimmt fünf Jahre älter. Greta schätzte ihn auf Mitte dreißig. Sie konnte nicht sagen, ob er sportlich war oder nicht, denn er trug gleich mehrere Lagen Kleidung. Ein schwarzes Shirt schaute unter dem grau-blau karierten Hemd hervor, und darüber trug er einen olivfarbenen Parka mit aufgesetzten Taschen.

Der markante Rahmen der Brille war fast etwas zu viel in seinem ebenfalls markanten Gesicht. Das Einzige, an dem Greta auf Anhieb nichts auszusetzen hatte, war sein dunkles kurzgeschnittenes Haar, das er ohne Gel lässig verstrubbelt trug. Die Frisur hätte aber besser zu einem jüngeren Mann gepasst.

Wieder musste Greta schmunzeln. Der Typ war ganz eindeutig Single. Eine Frau würde ihren Freund ja niemals so rumrennen lassen. Sandalen im Februar! Greta schüttelte sich. Überhaupt waren Sandalen alles andere als schick.

Jede weitere Analyse wurde durch Pagenkopfs Rückkehr verhindert. Sie lächelte beide kurz an, wendete sich dann aber an den Mann.

»Chris, du kannst jetzt rein. Er ist eben aus dem Meeting gekommen.«

Der nickte wortlos und stand auf. Die Zeitschrift rollte er ein und klemmte sie sich unter den Arm, als er mit einem kurzen Nicken in Gretas Richtung hinausging.

Die Empfangsdame lächelte Greta entschuldigend an.

»Es dauert noch einen Moment. Aber ich habe Sie angekündigt. Herr Frischmann empfängt Sie gleich.«

»Danke.«

Die Tür wurde leise geschlossen, und Greta fragte sich, wie dieser Typ namens Chris zu dem Bild passte, das sie von Holger Frischmann hatte. Sie mussten ja wohl gut bekannt sein, wenn der Pagenkopf ihn beim Vornamen nannte.

Greta stand auf und trat ans Bücherregal. Einige Kochbücher fanden sich unter den Ausstellungsstücken.

Vegane Küche, Low Carb, Barbecue für echte Männer.

Greta musste grinsen. Sie sah die bärtige Zielgruppe mit ihren Bierbäuchen und einem Jagdgewehr im Anschlag direkt vor sich. Echte Männer!

»Pah!« Greta schnaubte.

Einen echten Mann hatte sie lange nicht gesehen. Und Stefan, den sie ja sogar für das Ideal eines echten Mannes gehalten hatte, hatte sich als Arschloch entpuppt. Sie würde also in Zukunft um jeden Kerl einen großen Bogen machen, der dieses Kochbuch sein Eigen nannte.

Sie blätterte durch die Rezepte. Alles sehr Chili-lastig oder mit Bier mariniert – na klar, für echte Männer eben!

Einzig die Bilder des saftigen Grillguts konnten überzeugen. Ansonsten fehlte es den Rezepten eindeutig an Abwechslung.

»Frau Martinelli?«, die Empfangsdame war zurück. »Herr Frischmann erwartet Sie.«

Greta schlug das Buch zu und stellte es zurück. Dann folgte sie dem Pagenkopf bis ans Ende des Flurs. Zu ihrer größten Überraschung saß der Mann mit den schmutzigen Hosen leicht seitlich neben dem Stuhl, auf dem sie offenbar Platz nehmen sollte.

Frischmann kam um seinen Schreibtisch herum, ein Lächeln, das seine Augen nicht erreichte, umspielte seine schmalen Lippen, und seine tiefliegenden Augen musterten sie stechend.

»Frau Martinelli!« Er schüttelte ihr knapp die Hand, als würde das schon zu viel seiner Zeit in Anspruch nehmen. »Schön, dass Sie meiner Einladung doch noch gefolgt sind. Ich hatte ehrlicherweise schon nicht mehr mit Ihnen gerechnet.«

Er wies ihr den Stuhl vor seinem mit Dokumenten überladenen Schreibtisch zu und setzte sich selbst zurück an seinen Platz.

»Ja, ich … ich musste mir über Ihren Vorschlag erst einmal klarwerden. Außerdem muss ich gestehen, dass ich wohl nicht so recht verstanden habe, was Sie genau vorhaben.«

Unsicher blickte sie von Frischmann zu dem Kerl aus dem Wartezimmer. Der blätterte schon wieder in seiner Zeitung.

Frischmann lehnte sich in seinem Sessel zurück.

»Ich will einen Star aus Ihnen machen!«

Er breitete die Arme aus, als wolle er ihr zeigen, wie groß seine Pläne waren.

»Ein Kochbuch ist nur der Anfang. Wir könnten Sie super positionieren. Der ganze Markt der mediterranen Küche steht uns offen, denn da gibt es kein Gesicht, das für diese Nische steht – und wir sprechen von einer riesigen Nische. Jeder kennt Jamie Oliver, britische Küche, Limetten, Chili, Koriander – das macht es bei ihm aus.« Er rückte näher an die Tischkante, als teile er mit Greta ein Geheimnis. »Das verbinden die Leser und Zuschauer mit ihm. Deshalb stört es auch nicht, dass Nigella Lawson mit ihren fetttriefenden Zucker-Sahne-bomben-Rezepten ebenfalls aus England kommt.« Sein Gesichtsausdruck machte deutlich, dass er davon nicht viel hielt.

Greta vermied es, ihm zu sagen, dass sie einige von Nigellas Rezepten schon nachgekocht hatte. Stattdessen nickte sie höflich, was ihn veranlasste weiterzusprechen.

»In Deutschland haben wir Starköche wie Lichter, Rach, Mälzer und einige mehr, die über TV-Shows nicht nur ihre Lokale anheizen, sondern mit ihren medial aufgewerteten Namen auch den Kochbuchmarkt beherrschen. Und dort will ich Sie hinbringen.«

Greta knetete sich unsicher die Finger.

»Ich bin keine Sterneköchin.«

Frischmann winkte ab.

»Das spielt keine Rolle. Wenn wir ein gutes Produkt schaffen, machen die Medien Sie zum Star – und sorgen für Umsätze. Wir testen mit einem authentischen Kochbuch an, wie das Publikum Sie annimmt, ehe wir an eine Serienproduktion auch nur denken. Aber ich habe ein gutes Gefühl.«

»Ich schreibe also ein Kochbuch? Eine Handvoll Rezepte, oder wie?«

Frischmann strich sich den Scheitel glatt.

»Mit einer Handvoll Rezepte ist es nicht getan. Ich denke an ein echtes Erlebnis. Nehmen Sie die Leser mit auf eine kulinarische Reise. Italien ist laut Umfragen bei vielen Deutschen ein echtes Sehnsuchtsland. Zeigen Sie ihnen mehr von Land und Leuten, stürzen Sie sich hinein in das, was man la dolce vita nennt. Und transportieren Sie das durch die Seiten, durch die Rezepte und Zutaten in die Küche der Leser. Wir wollen Bilder von Nudeln, Nudelteig, Olivenhainen und Zypressen. Dazu Fisch und Lamm, Muscheln, Rosmarin und herrlich rote Tomaten.«

Unerwartete Leidenschaft sprach aus seinen Worten, und selbst der Kerl in der Ecke ließ kurz die Zeitung sinken.

Als bemerke Frischmann dies selbst, hob er die Hand an seinen Scheitel und glättete seine Haare. Gefühlsausbrüche waren offenbar nicht sein Ding.

Greta schmunzelte.

»Das klingt toll, aber ... aber was genau wollen Sie dafür von mir?«, hakte sie nach und rückte bis auf die Stuhlkante nach vorne. »Was steuere ich bei? Rezepte? Weil, wenn Sie von Bildern sprechen, Herr Frischmann, dann ... ich hab ja nicht mal 'ne Kamera.«

Katrin hatte eine. Und da sie, wann immer es eine Gelegenheit für ein Foto gegeben hatte, ohnehin beisammen gewesen waren, hatte das auch ausgereicht. Meistens hatten sie gemeinsam in die Kamera gelacht.

»… nicht Ihre Sorge sein«, riss Frischmann sie aus ihren Gedanken.

»Wie bitte?«

»Die Bilder – müssen nicht Ihre Sorge sein.« Er deutete auf den unbeteiligt wirkenden Mann in der Ecke. Der hatte sich die Zeitung inzwischen wieder zusammengefaltet unter den Arm geklemmt und sah Greta leidenschaftslos an. »Unser Stammfotograf Christoph Schilling wird Ihre kulinarische Reise in entsprechenden Bildern festhalten.«

In Gretas Kopf wirbelten die Gedanken.

Wenn Frischmann ständig von dieser Reise sprach – war das eine reale Reise, oder meinte er das irgendwie im übertragenen Sinn? Und dieser Schilling? Sollte der in irgendeinem Studio Teller fotografieren oder ebenfalls nach Italien reisen – oder auch nur im übertragenen Sinn?

Sie sah Frischmann verwirrt an, aber es war der Fotograf, der ihr eine Antwort bot.

»Ich werde Sie natürlich nicht permanent begleiten können. Es hat sich so ergeben, dass ich für einen Fotokalender sowie für einen Reiseratgeber, den Holger … ich meine Herr Frischmann herausbringen wird, die nächste Jahreshälfte im Süden unterwegs sein werde.« Man sah ihm bei seiner Ausführung nicht an, ob ihn diese Aussicht erfreute, auch wenn seine Stimme einen beruhigenden Klang hatte. »Wir werden uns abstimmen. Wenn Sie ein passendes Ambiente gefunden haben, einen besonderen Ort, eine besondere Küche – eben das, was Ihnen und Holger in den Sinn kommt, dann rufen Sie mich an, und ich werde die passenden Aufnahmen machen.«

Greta runzelte noch immer die Stirn.

»Warum dieser Aufwand? Warum ...«

Frischmann unterbrach sie schroff.

»Wir wollen ein ehrliches Produkt verkaufen. Sie sollen ein ehrliches Produkt sein. Greta Martinelli – das Gesicht für Italiens Küche. Wenn es der Erfolg des Kochbuchs sinnvoll erscheinen lässt, würden wir die Serie für eine TV-Ausstrahlung in Italien produzieren. Dafür müssen wir im Vorfeld sehen, wie Sie sich dort schlagen.« Er stand auf und ging auf den Stuhl in der Ecke zu. Er legte seine Hand freundschaftlich auf Schillings Schulter. »Ich arbeite seit vielen Jahren erfolgreich mit Christoph Schilling zusammen. Wenn er sagt, Sie wirken vor der Kamera, dann bekommen wir das Ding auch vermarktet.«

Greta sah von einem zum anderen. Beide musterten sie wie ein Versuchskaninchen – aber keiner lächelte. Selbst Frischmanns Adamsapfel schien sie anzustarren.

»Und ... und ...« Greta räusperte sich. »Und wie finanziere ich ...« Es war ihr peinlich, danach zu fragen, weil sie sich ja noch überhaupt nicht entschieden hatte, das Angebot auch nur in Betracht zu ziehen. Nur weil sie gerade mal Ärger mit Katrin hatte, musste sie ja nicht gleich ins Ausland fliehen. Und vermutlich wäre es genau das. Eine Flucht.

Frischmann nickte ernst.

»Wir übernehmen natürlich Ihre Reisekosten und Spesen zu einem gewissen Teil, der in Relation zu den

Ergebnissen steht. Darüber hinaus geben wir Ihnen die Freiheit zu entscheiden, wohin die Reise gehen soll. Wichtig ist nur, ein breites Spektrum abzudecken. Am liebsten von Venetien bis Apulien.« Er setzte sich zurück auf seinen Stuhl. »Lassen Sie sich alles durch den Kopf gehen.« Er warf einen Blick auf seine glänzende Armbanduhr und kniff die Lippen zusammen. »Aber grübeln Sie nicht zu lange, sonst muss ich den Platz im Verlagsprogramm anderweitig füllen.«

Greta nickte. Sie wusste nicht, was sie sagen sollte. Geschweige denn, was sie davon hielt. Unsicher erhob sie sich, weil Schilling ebenfalls aufstand. Sie schüttelte beiden Herren die Hand.

»Ja, ich ... denke darüber nach. Das klingt ja alles recht ... aufregend.« Sie schob ihren Stuhl zurück, und während Frischmann ihr von seinem Platz hinter dem Schreibtisch aus noch einmal zunickte, hielt Schilling ihr die Tür auf. »Sie hören dann von mir«, hörte sie sich selbst murmeln, ehe sie mit unerklärlich zitternden Beinen in den Flur trat.

Sie blickte über die Schulter in Christoph Schillings markantes Gesicht, und zum ersten Mal verzog er die Lippen zu einem Lächeln. Es war nur ein halbes Lächeln, aber es wirkte beruhigend.

Automatisch erwiderte Greta es und fühlte sich dadurch auch noch ermutigt, als Schilling schon die Tür geschlossen hatte.

»Wie findest du sie?«, hörte Greta Frischmanns Stimme durch die Tür hindurch. Sie stockte ... und trat noch einmal näher, denn die Antwort, die von Schilling kommen musste, war kaum zu hören. »... sehr natürlich, sehr hübsch. Sie macht einen netten Eindruck, wenn auch wenig professionell.«

Greta presste die Lippen zusammen und drückte den Rücken durch.

»Was bildet der sich denn ein?«, murrte sie leise, als sie den Flur zurück in Richtung Anmeldung ging. Sie war es ja schließlich nicht, die in schmutzigen Hosen hier aufgetaucht war!

Es war spät, als Greta sich endlich zurück in ihre Wohnung wagte. Schon als sie den Schlüssel ins Schloss steckte, spürte sie, dass alles anders war. Der Hall aus dem leer gefegten Raum dahinter drang kalt bis durch die Tür an ihr Ohr. Sie zögerte hineinzugehen. Dunkel und verlassen lag der ehemals so gemütliche Raum vor ihr. Sie knipste das Licht an, und es schien ihr, als reflektierte der Boden nun gnadenlos die Leere. Schnell knipste Greta die Lampe wieder aus. Sie stand im finsteren Treppenhaus und spürte eine leichte Panik in sich aufsteigen.

Vorsichtig wagte sie sich in die Wohnung vor. Wartete, bis sich ihre Augen an das Dunkel gewöhnt hatten und die ungewohnten Konturen der Kartons, die Katrin hinterlassen hatte, an Klarheit gewannen. Der Raum roch fremd, und Gretas Schritte hallten laut wider. Sie tastete sich bis in die Küche vor und schaltete erst dort das Licht an. Die Küche war im Großen und Ganzen ihr Reich, darum hielten sich die Umzugsverwüstungen hier in Grenzen. Greta wusste, dass sicher einige Töpfe fehlten, oder einige Teller. Aber zumindest die Möbel waren ihr geblieben. Sie stellte die Handtasche ab und setzte sich auf einen der Hocker. Die Umrisse der Bilder waren noch deutlich an den Wänden zu erkennen, und schon in diesem Moment fehlten Greta die Farben. Katrin hatte ein Talent für Farben. Einige ihrer Bilder hatten sogar schon den Weg in eine Galerie gefunden. Verkauft hatte sie aber noch keines. Darüber hatten sie so oft gescherzt, dass Greta nun ganz trübselig wurde.

Im Grunde hatten sie Rückschläge immer so gehandhabt. Darüber gelacht – und einfach weitergemacht.

»Hallo!«, rief Greta in die Leere, ohne eine Antwort zu erwarten. Sie wollte nur hören, wie hohl ihr Leben nun klang. Und ja, es war ihr Leben, welches ihr so dumpf von den Wänden widerhallte. Katrin war weg, die Nudelbar Geschichte und Greta im Grunde ein arbeitsloser Single in den Endzwanzigern.

Wie sie nun darüber lachen sollte, war ihr ein Rätsel. Und die einzige Chance weiterzumachen, die sie sah, bot ihr ausgerechnet Holger Frischmann. Und der war ihr mit seiner Emotionssparflamme noch nicht einmal sympathisch. Konnte sie so einem zugeknöpften Kerl wirklich ihre Zukunft in die Hände legen?

Sie stand auf, öffnete den Kühlschrank und goss sich ein Glas Rotwein ein. Sie sollte warten, bis er etwas Temperatur angenommen hätte, aber dafür fehlte ihr jetzt die Geduld. Darum nippte sie so daran, während ihr unruhiger Blick die Küche nach Ablenkung durchstreifte.

Wie so oft fiel ihr das Kochbuch ihrer Großmutter im oberen Regal ins Auge, und sie streckte sich danach. Der Bücherstapel neigte sich gefährlich, als sie es aus der Mitte der Kochbücher herauszog.

Es waren nicht die Rezepte, die sie an diesem Abend

durch die dicken Seiten blättern ließen, sondern die verstreuten und gutgemeinten Lebensweisheiten. Über manchen Rat konnte sie nur lächeln, anderes machte sie nachdenklich, aber hängen blieb ihr ruheloser Geist erst bei einer Seite, die wie für sie gemacht schien.

Ein kleiner Teigklumpen – oder war es pappiges Mehl – hatte die Seite mit der vorhergehenden verklebt, so dass Greta sich nicht wirklich wunderte, sie übersehen zu haben. Vorsichtig, um das Papier nicht zu beschädigen, löste Greta die Seiten voneinander und musterte überrascht ihren Fund.

Eine handgezeichnete Karte des italienischen Stiefels lag nun offen vor ihr. Die Regionen wie Kalabrien, das Piemont oder die Toskana waren farblich schraffiert. An manchen Stellen waren Herzen gezeichnet, an anderen ein Glas mit Wein oder ein Teller mit Pasta. *Federico*, war quer über Apulien mit Tusche geschrieben. Greta glaubte beinahe, ihre Großmutter Vittoria vor sich zu sehen, wie sie mit verliebt-verklärtem Blick den Namen auf der Karte verewigte. Von Federico hatte Vittoria oft geschwärmt, auch wenn sie schließlich auf Drängen ihrer Eltern, Gretas Großvater geheiratet hatte. Sie war in ihrer Ehe glücklich geworden, hatte Federico aber nie vergessen können.

Greta blickte aus dem Buch auf und schüttelte den Kopf. Ihre Großmutter hatte gleich zwei Männer gehabt, die sie liebte. Sie selbst konnte nicht mal einen vorweisen.

Erneut fiel ihr Blick auf den Ratschlag, der ihr die Fingerspitzen kribbeln ließ, als sie zärtlich über die verblichenen Worte strich.

»Du hast erst dann richtig gelebt, richtig geliebt, richtig gelacht und richtig geweint, wenn du jede Facette Italiens gesehen hast. Eine Reise durch Italien ist wie eine Reise zu dir selbst.«

»Wenn das kein Wink mit dem Zaunpfahl ist …«, flüsterte sie, weil ihre Stimme in der Leere so fremd klang.

Eine Reise nach Italien, vielleicht ein Kochbuch und neue Erfahrungen – aber in jedem Fall eine Reise zu sich selbst. Womöglich war es genau das, was Greta jetzt brauchte.

Sie klappte das Buch zu, behielt aber den Finger zwischen den Seiten. So eine Reise erforderte eine gewisse Vorbereitung. Mit etwas mehr Mut als zuvor sah sie sich um. Katrins Umzugsteam hatte an diesem Tag einiges geleistet. Soweit Greta das von ihrem Platz am Tresen aus sehen konnte, war Katrins gesamtes Zeug, alle Möbel, ja, jedes bisschen Nippes verschwunden. Nur noch ihre eigenen Sachen lagen verstreut oder schon in Kisten gepackt herum. Sie würde etliche neue Möbel anschaffen müssen, um die sechzig Quadratmeter wieder komplett einzurichten. Dabei brauchte sie für sich selbst gar keine so große Wohnung.

Greta blickte aus dem Fenster in den Nachthimmel. Es war eine mondlose Februarnacht, dunkel und geheimnisvoll. Wie wohl der Himmel über Italien in diesem Moment aussah? Konnte man da die Sterne sehen? Den Mond? Sicher würde die Luft im Süden schon mehr nach Frühling riechen, die Sonne tagsüber mehr Kraft haben und die Gemüter der Menschen schon leichter sein.

Italien …

Je länger sie darüber nachdachte, umso mehr gewann die Idee an Reiz.

Ihre Sachen waren eh schon halb gepackt. Die Wohnung gekündigt und die Zeit für einen Neuanfang nie reifer gewesen.

»Italien«, murmelte Greta, als wolle sie das Wort auf ihrer Zunge ausprobieren.

»Greta Martinellis kulinarische Reise durch Italien«, versuchte sie, sich das von Frischmann beschriebene Kochbuch vor Augen zu führen. »Klingt ja gar nicht mal so übel.«

Zögernd schlug sie das Kochbuch an der Stelle wieder auf, an der sie ihren Finger stecken hatte. Die Seite mit der handgezeichneten Karte. Sie betrachtete die Herzen, die kaum zu entziffernden Randnotizen und die feinen Striche der Tuschezeichnungen. Es steckte so viel Liebe, so viele Geschichten in dieser Karte, in dieser Seite, als hielte Greta das Leben selbst in Händen.

Sie sah auf und traf eine Entscheidung:

Sie hatte bisher nie gewagt, den Schutz, den ihr die Freundschaft und Nähe zu Katrin geboten hatte, zu verlassen. Hatte nie eine eigene Geschichte geschrieben, sondern war nur Mitwirkende in den Lebensgeschichten anderer gewesen. Das Einzige, was sie selbst bisher erreicht hatte, war die Nudelbar – und auch die war nun verloren.

Also warum keinen Neuanfang wagen? Warum sich nicht auf dieses Abenteuer einlassen? Warum nicht alles einpacken, einlagern und eine Auszeit nehmen?

Vielleicht, mit etwas Glück würde der Abstand zu

Katrin ihr auch zeigen, wie und ob ihre Freundschaft noch irgendwie zu retten war. Vielleicht hatten sie ja nach den vielen Jahren einfach Abstand nötig – um, wie Katrin gesagt hatte, herauszufinden, wer jede von ihnen eigentlich war. Oder geworden war. Natürlich hatten sie sich verändert. Sie waren ja keine Kinder mehr. Und vielleicht hatten diese Veränderungen zur Folge, dass sie nicht länger harmonierten, weil sie unterschiedliche Vorstellungen vom Leben entwickelt hatten.

Greta biss sich nachdenklich auf die Lippe. Wenn sie ehrlich war, hatte sie überhaupt keine Vorstellung vom Leben. Sie hatte nie an den nächsten Tag gedacht. Das änderte sich nun. Entschlossen leerte Greta ihr Weinglas und legte das Buch beiseite. Großmutter Vittoria hatte ihr an diesem Abend Trost gespendet – und einen Weg gezeigt.

Ab morgen würde Greta ihr Abenteuer planen. Sie würde sich Ziele setzen und Frischmann zusagen. Und dann würde sie die Reise ihres Lebens antreten und dabei ihren italienischen Wurzeln auf den Grund gehen.

7

Heute

Am Münchner Hauptbahnhof auf Gleis 7 herrschte dichtes Gedränge. Zum zehnten Mal kramte Greta ihr Ticket hervor und kontrollierte Gleis und Abfahrtszeit.
Gleis 7 – 11.38 Uhr.
Sie schaute auf die Uhr. Noch vier Minuten, bis der Zug abfahren sollte – und das Gleis war immer noch leer. Das machte sie nervös. Ihre Finger froren, aber sie traute sich nicht, ihren Koffer auch nur eine Sekunde loszulassen. Allein reisende Frauen mussten besonders wachsam sein. Schließlich befand sich in dem Koffer alles, was sie in den nächsten Monaten brauchen würde. Andererseits, sollte ihr jemand hier am Bahnhof wirklich etwas stehlen wollen, dann bestimmt nicht den Koffer mit Unterhosen, sondern eher die Laptoptasche, die sie über der Schulter trug. Sicherheitshalber umfasste sie die Tasche fester und drückte sich noch näher an den Betonpfeiler der gläsernen Überdachung. Ihr war kalt, denn die Februarsonne schaffte es heute kaum durch die dicken Wolken. Beinahe so, als wolle München ihr den Abschied leichtmachen. Der Wind biss ihr in die Waden unter ihrem schwarzen Cordrock, und sie fragte sich zum wiederholten Mal, warum sie nicht einfach eine Jeans angezogen hatte.

Dass sie bei ihren ersten Schritten in Richtung Neuanfang gut hatte aussehen wollen, regte sie nun auf. Als würde ihr irgendjemand Beachtung schenken – mit oder ohne kurzen Rock.

Wieder warf sie einen Blick auf die Uhr. 11.37 Uhr.

War sie wirklich am richtigen Gleis? Sie verrenkte sich den Hals, um die Anzeigentafel über dem Bahnsteig sehen zu können.

München Hbf–Venezia Santa Lucia

Sie war schon richtig. Aber wo blieb der Zug? Ihr Neuanfang hatte doch nicht etwa Verspätung? Gerade wollte sie den Herrn neben sich darauf ansprechen, als in der Ferne der Zug auszumachen war.

»Na endlich«, murrte sie, drückte ihre schlotternden Knie zusammen und hob den Koffer an. Der war ordentlich schwer, und ihr Versuch, den Herrn, der eben noch neben ihr gestanden hatte, mit einem Lächeln um Hilfe zu bitten, scheiterte. Der tat so, als ginge ihn Gretas Koffer nicht die Bohne an.

Der Zug fuhr ein, und am Bahnsteig brach Hektik aus. Ein Teenager mit knallroten Kopfhörern rempelte Greta von hinten an, ein älteres Paar vor ihr stand ratlos vor der verschlossenen Zugtür, während einen Waggon weiter schon alle Fahrgäste eingestiegen waren.

»Drücken Sie auf den Knopf!«, rief Greta und sah ihr neues Leben schon davonfahren. »Drücken Sie doch endlich!«

Sie überlegte, zum anderen Waggon zu rennen, aber auch dessen Tür war inzwischen geschlossen. Eine Schaffnerin ganz vorne am Triebkopf machte sich daran, zurück in den Zug zu steigen.

»Herrgott!«, rief Greta, drängelte den grauhaarigen Mann beiseite und hämmerte ungeduldig mit der Faust auf den Türöffner.

»Steigen Sie ein!«, forderte sie panisch. »Oder lassen Sie mich durch!«

»Also so was!«, die alte Dame fasste sich an die weinrote pelzbesetzte Hutkrempe. »Wie unhöflich!«, beschwerte sie sich und stieg in aller Seelenruhe ein, während ihr Mann Greta böse Blicke zuwarf.

In letzter Sekunde wuchtete Greta ihren Koffer in den Zug, im Ohr schon den Pfiff der Schaffnerin. Dann wurden die Türen geschlossen, und der ICE setzte sich mit einem Ruck in Bewegung. Greta fasste nach einer Haltestange und atmete durch.

Das ging ja gut los! Wann immer sie bisher verreist war, hatte sich Greta einfach an Katrins Rockzipfel gehängt. Gedanken um Bahngleise oder Abfahrtszeiten hatte sie sich da nie machen müssen.

Eine Träne stieg ihr in die Augen, und sie wischte sie wütend weg. Das lag nicht an Katrin, redete sie sich ein. Das war nur der Abschied von München. Die Nervosität vor der Reise. Die Ungewissheit vor dem, was sie erwartete.

Der Zug hatte den Bahnhof verlassen und nahm Fahrt auf. Durch den Lautsprecher scholl die Stimme des Lokführers, der sie auf der Direktverbindung nach Venedig begrüßte, eine voraussichtliche Fahrtzeit von sechseinhalb Stunden prophezeite und zudem noch erklärte, dass aktuell in Venedig die Sonne bei angenehmen vierzehn Grad schien.

Wieder rollte eine Träne über Gretas Wange.

Diesmal ließ sie sie zu und gab sich den Moment, den Abschied von Katrin zu betrauern.

Als der Zug immer mehr an Fahrt aufnahm, kramte sie ihr Zugticket noch einmal hervor und checkte ihre Sitznummer, ehe sie sich auf die Suche nach ihrem Platz machte.

Sie eckte mehrfach mit dem Koffer an, blieb mit der Laptoptasche hängen und murmelte Entschuldigungen, bis sie schließlich ihren Sitz ausmachte.

»Das war ja wohl klar!«, murrte sie ungläubig, als sie sah, dass ihr das ältere Ehepaar genau gegenübersaß.

Sie wuchtete ihren Koffer unweit in eine Gepäcknische und setzte sich mit gesenktem Kopf ans Fenster, dankbar für die Tischplatte, die sie von dem Ehepaar trennte.

»Unhöflich!«, hörte sie die Frau leise meckern, tat aber so, als würde sie nichts mitbekommen. Stattdessen blickte sie aus dem Fenster, umklammerte ihre Laptoptasche und betete, dass ihr Koffer, den sie nun nicht mehr im Blick hatte, später immer noch da stehen würde. Dann schloss sie die Augen und träumte von Sonne und angenehmen vierzehn Grad am *Canal Grande*.

Die Fahrt durch die endlosen Tunnel war ermüdend, und Greta verlor jedes Zeitgefühl. Zu ihrem Glück war das Pärchen bereits nach zwei Stunden umgestiegen, und sie hatte seitdem ihre Ruhe. Nicht, dass ihr die Ruhe guttat, denn sie zweifelte plötzlich an ihrem Vorhaben.

Was sollte sie allein in Venedig? Wie sollte sie dort einem leckeren Rezept für das Kochbuch auf die Schliche kommen? Ein Motiv für den Fotografen finden? Und etwas erleben, das sie dem Leser ihres Kochbuchs später als das Herz der venezianischen Küche oder Lebensweise verkaufen sollte?

Die Adresse des kleinen Hotels in Bahnhofsnähe wog plötzlich schwer in ihrer Tasche, und es kostete sie einige Anstrengung, eine aufkeimende Panik niederzuringen.

Sie hatte ja Frischmanns Nummer eingespeichert, falls es irgendwelche Probleme geben sollte. Außerdem befand sich nach dessen Angaben auch dieser Christoph Schilling irgendwo in der Region. Sie sollte ihn in einer Woche treffen, konnte sich aber bei ihm melden, wenn Fragen auftraten. Sie war also gar nicht so allein, wie sie sich fühlte.

Der ICE pflügte wie ein Pfeil durch die schneebedeckte Alpenregion und duckte sich dann wieder schutzsuchend in einen der finsteren Tunnel. Gretas Augen schmerzten, von dem ständigen Wechsel zwischen schneeweiß funkelnden Berghängen und der erdrückenden Finsternis, die nur durch die schwache Beleuchtung im Zuginneren gemildert wurde. In der Sitzreihe vor ihr lief ein Pixar-Film auf einem Laptop, und sie schielte gelegentlich zwischen den Polstern hindurch, um etwas davon mitzubekommen. Doch ohne dazugehörigen Ton war auch das schnell ermüdend.

Sie knetete sich die Waden, um einer Thrombose vorzubeugen, blätterte gelangweilt durch das Bahnmagazin, das im Zug auslag, und gönnte sich zum Abendessen einen Snack aus dem Zugrestaurant, der überraschend schmackhaft war. Dann stellte sie enttäuscht fest, dass es bereits dämmerte, als die Reisezeit sich dem Ende näherte.

Es war Mitte Februar, und um sechs Uhr abends wurde es auch in Italien um diese Zeit schon dunkel. Aus einem Besuch am *Canal Grande* bei vierzehn Grad und Sonnenschein würde wohl zumindest heute nichts mehr werden. Trotzdem war Greta froh, endlich anzukommen. Sie fand ihren Koffer in dem Gepäckfach vor, wie sie ihn zurückgelassen hatte, und schleppte das schwere Ding bis zur Bahntür. Dort bot ihr ein italienischer Mitreisender freundlich seine Hilfe beim Aussteigen an, und Greta bemerkte, dass er wohlwollend ihre Beine betrachtete. Der Rock war also doch eine gute Idee gewesen.

»Grazie!«, bedankte sie sich lächelnd, als der Fremde ihr kurz darauf am Bahnhof in ein Wassertaxi half. Sie war zweisprachig aufgewachsen und würde keine Mühe haben, sich in den nächsten Monaten zu verständigen. Tatsächlich fühlte sich das kurze Gespräch mit dem Italiener sogar befreiend an. Sie hatte Deutschland vorerst hinter sich gelassen, und der Abstand verlieh ihr eine unerwartete Leichtigkeit. Obwohl ihre Beine von der langen Fahrt geschwollen waren, durchströmte sie Energie. Sie war plötzlich wieder hellwach, ihre Müdigkeit wie weggeweht von der kalten Februarluft, die in trägen Nebelschwaden über dem *Canal Grande* hing. Das Boot unter ihren Füßen schwankte leicht in der Strömung. Samtig und dunkel umfloss das Wasser den Bootsrumpf und schwappte mit einem satten Klang gegen den glänzend polierten Schiffskörper.

»Signora«, forderte der Taxifahrer sie freundlich auf, Platz zu nehmen, aber Greta lehnte lächelnd ab.

»Ich würde lieber hier stehen, wenn ich darf.«

»Natürlich. Aber der Fahrtwind ist heute Abend recht frisch.«

»Das macht nichts«, erklärte Greta lächelnd und lehnte sich an die Reling. Tief durchatmend ließ sie ihren Blick über die mondbeschienenen Silhouetten der Häuser wandern und bewunderte das Farbenspiel der tausend Lichter auf der Wasseroberfläche. Venedig erstrahlte in einem beinahe märchenhaften Glanz, der Greta eine Gänsehaut der Freude bereitete. »Ich habe gar nicht daran gedacht, dass Karneval ist«, flüsterte sie ehrfürchtig, als sie unter der ersten Brücke hindurchfuhren. Über ihnen beugten sich silbern gewandete Gestalten anmutig übers Geländer, riefen und winkten und verschmolzen dabei mit dem Marmor der Treppe, auf der sie tanzten.

»Die Stadt ist voll von ihnen«, erklärte der Fahrer und deutete auf eine Gondel im Nebenarm. Wie ein roter Feuervogel sah die Frau in ihrem voluminösen Kostüm aus, die sich darin eine Rundfahrt gönnte. Ihre leuchtenden Schwingen mussten mit LEDs illuminiert sein, und die Menschen am Ufer applaudierten ihr. Auch Greta winkte ihr zu.

»Das ist doch verrückt!«, lachte sie und lächelte den Fahrer an. Wie gerne hätte sie eine Runde durch die ganze Stadt gedreht, ehe er sie am Hotel absetzen würde, aber die Kälte kroch ihr schon jetzt unangenehm unter den Rock.

Zum Glück war Morgen ja auch noch ein Tag.

Schweigend genoss sie den Rest der Fahrt und checkte, ermattet von all den Eindrücken, in ihr schmuckes Hotel ein. Der Portier sah gut aus, und Greta nahm sich vor, ihn am nächsten Tag noch einmal einer genaueren Musterung zu unterziehen. Seine dunklen Augen und die Grübchen, die beim Lächeln auf seinen Wangen erschienen, gefielen ihr aber schon sehr gut. Nicht, dass sie auf der Suche nach einem Mann wäre. Von denen hatte sie schließlich vorerst die Nase voll. Aber gucken durfte man ja. Sie gab ihm ein Trinkgeld, nachdem er ihr die Koffer bis ins Zimmer getragen hatte, und lehnte sich dann erschöpft gegen die Tür. Der Raum war klein und wirkte durch die glänzend rote Seidentapete sehr venezianisch. Goldene Schnörkel auch auf den Bettvorhängen, die bis hinab auf den mit edlem Parkett ausgelegten Fußboden reichten. Dunkles und helles Parkett war in Mustern gelegt und gab ihr das Gefühl, in einem Prinzessinnenschloss zu sein. Die großen Balkonfenster eröffneten ihr einen Blick auf den nächtlichen Kanal.

Greta machte den Sitztest auf der Matratze, seufzte und schlüpfte aus ihren Schuhen. Direkt beim Check-in hatte sie sich eine Rodetto bestellt und hoffte nun, dass die typisch venezianische Fischsuppe hielt, was ihr Magen sich erhoffte. Dazu ein Glas Bardolino – und sie wäre wirklich angekommen.

Katrin würde das gefallen, so viel war sicher!

8

Der Karneval in Venedig war vielseitiger, als Greta erwartet hatte. Nicht nur die Kostüme waren viel prunkvoller als gedacht, sondern auch die Darbietungen. Auf unzähligen kleinen Bühnen in der Stadt wurden die unterschiedlichsten Künste dargeboten. Gesang, Tanz, Akrobatik – dies alles vermischte sich zu einem kreativen Feuerwerk, dessen funkelnden Sternen man sich unmöglich entziehen konnte.

Seit mehreren Tagen schlenderte Greta immer wieder ziellos durch die engen Gassen und tauchte ein in die Menge der Feiernden. Gestern hatte sie an einem Stand ein wundervolles Armkettchen aus funkelndem Perlmutt gekauft, weil es sie an Katrin erinnerte. Die hatte ein ähnliches Schmuckstück. Greta hatte einfach nicht daran vorbeigehen können. Nun, wo sie das sanfte Gewicht an ihrem Handgelenk spürte, fühlte sie sich auf unerklärliche Weise mit Katrin verbunden. Heute Morgen hatte sie sich noch eine türkis glitzernde Maske für die Augen gekauft und umgebunden, um den Hauch des Geheimnisvollen aufzufangen, den jeder hier verströmte. Nun war auch sie ein Geist der Fassnacht und losgelöst von allen Zwängen. Sie wippte mit den Hüften im Takt der Musik, die mit ihren Glöckchen und Flöten beinahe mittelalterlich anmutete. Gut gelaunt setzte sie sich an den trockenen Rand einer kleinen Freilichtbühne und streckte die Füße von sich. Die hatten sie heute schon weit getragen und eine kleine Pause verdient. Sie beobachtete gerade einen Stelzenläufer im Silber schimmernden Gewand, als sie auf der Bühne hinter sich eine Bewegung wahrnahm.

»Ciao, Bella«, wurde sie von dem schmächtigen Mann begrüßt. Er sprang leichtfüßig von der Bühne und kam lächelnd auf sie zu. Greta stand auf und wischte sich den Staub vom Po.

»Entschuldigung, ich wollte nicht …«

»Ah! Kein Problem! Bleiben Sie doch sitzen, Signorina! Sie sind das Schönste, was je auf dieser Bühne zu sehen war!«

Er lächelte offen und zeigte dabei perfekte und strahlend weiße Zähne. Sein Anzug war schwarz und schlicht, aber edel. Beinahe zu erlesen für einen Mann. Und selbst im schillernden venezianischen Karneval war die goldene Fliege ein auffälliges Accessoire. Zusammen mit seinen feinen Augenbrauen, die bis zum letzten Härchen akkurat gezupft waren, und der Art, wie er die perfekt manikürte Hand an seine Hüfte stützte, ließ sie keinen Zweifel an seiner sexuellen Orientierung.

Greta grinste ihn an, leicht errötend über dieses übertriebene Kompliment, das sie, wie sie vermutete, nur der glänzenden Maske verdankte, die sie trug.

Zögernd setzte sie sich wieder, rückte aber etwas beiseite, um ihm ebenfalls Platz zu machen.

»Ist das Ihre Bühne?«, fragte sie und deutete auf die

kunstvoll bemalte Kulisse, die sie von ihrem Platz an der Seite aus erspähen konnte. Er setzte sich neben sie und schlug galant die Beine übereinander.

»Sí. Oder ... vielmehr no. Sie gehört mir zwar, aber eigentlich gehört sie ... meinen Puppen.« Er hob den schweren Holzdeckel einer Kiste an, die neben der Bühne stand.

Säuberlich angeordnet saßen mindestens acht Puppen an Fäden darin und blickten mit hängenden Köpfen aus ihren bunten Kostümen hervor.

»Sie sind Puppenspieler?«

Greta beugte sich nach vorne, um die vielen Details in den handgestalteten Gesichtern der Puppen zu bewundern.

»Im Grunde bin ich nur ein willenloser Geist dieser Stadt, aber sí. Ich bin Puppenspieler. Oft spiele nicht ich die Puppen, sondern sie spielen mich.«

Er griff nach einem Holzkreuz und hob eine der kostbaren Puppen heraus. Über Kreuze und zig Fäden steuerte er mit beiden Händen die Bewegungen so fließend und echt, dass Greta nur staunen konnte.

Die Puppe sah ihrem Besitzer sehr ähnlich, und er legte den Kopf schief, wie er es die Puppe tun ließ. Greta lachte über diese treffende Nachahmung.

»Sind Sie das?«, fragte sie, obwohl sie die Antwort kannte.

»Das ist Nino der Zweite.« Er lachte. »Ich habe ihn kreativerweise nach mir benannt. Und obwohl ich das Original bin, will der da unten das oftmals nicht wahrhaben.« Er zwinkerte ihr verschwörerisch zu, und die Puppe nahm eine schmollende Haltung an.

»Was? Sie haben Streit mit Ihren Puppen?«, kicherte Greta ungläubig.

»Streit ist das falsche Wort. Aber ... Uneinigkeiten. Sí, manchmal sind wir uns uneinig.«

Die Puppe an den Fäden bewegte sich auf Greta zu und flirtete sie ganz ungeniert an.

Greta lachte.

»Sie scheinen sich tatsächlich nicht so ähnlich wie auf den ersten Blick anzunehmen.«

Nino lächelte und hob die Puppe auf seinen Schoß. Liebevoll strich er über den Holzkopf und das dunkle aufgeklebte Haar, das seinem so ähnlich war.

»Piccolo Nino ist geprägt. Er ... er kann alles sein, was er will, aber allzu oft wagt er nicht zu sein, was er ist.«

»Das klingt kompliziert.«

Greta musterte Nino. Trotz der guten Laune, die er versprühte, wirkte er nachdenklich.

»Das Leben ist kompliziert, Bella. Aber wir halten ja selbst die Fäden in der Hand.« Er hob das Holzkreuz an und ließ die Puppe winken.

Greta lächelte. Hielt sie wirklich selbst die Fäden in der Hand? Sie hatte vielmehr das Gefühl, ständig über ihre eigenen Füße zu stolpern. Vielleicht wäre etwas Führung von oben gelegentlich gar nicht schlecht. Ihre Fäden schienen jedenfalls verknotet und verwirrt.

»Und wann kann man Ihre – oder die Show Ihrer Puppen sehen?«

»Sie wollen uns sehen?«

»Natürlich. Jetzt, wo ich Piccolo Nino kennengelernt habe, will ich unbedingt wissen, was er so treibt.«

»Tut mir leid, Signorina, aber die nächste Show ist erst morgen. Ich bin nur hier, um die Kiste abzuholen.«

»Bitte, nennen Sie mich Greta. Schließlich ... kenne ich Ihren Namen ja auch schon.«

»Greta – ein schöner Name für eine noch viel schönere Donna.«

Greta lachte. »Hören Sie schon auf, ich habe doch schon gesagt, dass ich mir Ihre Aufführung ansehen werde. Sie müssen mir nicht schmeicheln.«

Der Italiener wirkte gekränkt. »Sie missverstehen mich, Bella. Ich würdige Schönheit, wo immer sie mir begegnet.«

Wieder lachte Greta und sah sich dabei um. »Dann haben Sie aber viel zu tun«, scherzte sie und deutete auf all die kunstvollen Kostüme und herausgeputzten Besucher der Stadt.

Nino schüttelte den Kopf und grinste. »Schönheit ist nicht nur das, was man sieht. Schönheit ist das, was in Ihnen liegt. Ihr Lachen, Ihre Freundlichkeit.« Er sah sich ebenfalls um und machte Greta auf eine kaum wahrnehmbare Bewegung aufmerksam. Am anderen Ufer des schmalen Kanals erleichterte ein kaum den Kinderschuhen entwachsener Taschendieb die feiernden Touristen mit geschickten Fingern um ihre Geldbörsen.

Greta schrak auf.

»Er beklaut die Leute!«, rief sie, ohne dass ihr jemand Beachtung schenkte. Selbst die Passanten, die direkt an ihr vorbeigingen, wandten kaum die Köpfe.

»Sí.« Nino zuckte mit den Schultern. »Das meine ich mit Schönheit. Auf den ersten Blick ist vieles schön, was auf den zweiten Blick beinahe traurig wirkt.« Er sah sich um, und seine Miene wurde ernst. »So wie diese sinkende Stadt.«

Greta verstand ihn nicht. Sie stand von ihrem Platz am Bühnenrand auf und trat nahe an den Kanal. Die andere Uferseite war kaum vier Meter entfernt. Feuchtigkeit färbte das untere Mauerwerk dunkel, und an morschen Pfosten waren einige Boote befestigt und schlugen in der schwachen Strömung leise aneinander.

»Ich liebe Venedig«, verteidigte sie die Stadt scheu, ohne Nino anzusehen.

»Oh, Bella, ich liebe Venedig auch.« Er kam zu ihr und lächelte, obwohl Greta Schmerz in seinen feinen Zügen erkannte. »Aber oft ist das, was wir lieben, auch unser Verhängnis!«

Greta schwieg. Auf einen schwulen Mann, einen schwulen Italiener, mochte das tatsächlich zutreffen. Leicht hatte Nino es sicher nicht. Doch wie genau er damit bei Greta ins Schwarze traf, konnte der charismatische Puppenspieler nicht ahnen. Stefans gutes Aussehen war ihr zum Verhängnis geworden.

»Es wird bald dunkel«, wechselte sie nachdenklich das Thema. »Ich sollte mich mal auf die Suche nach meinem Hotel machen. Ich fürchte …« Sie sah sich unsicher um. »… Ich fürchte, ich habe mich verlaufen.«

»Ich rufe Ihnen gerne ein Wassertaxi«, bot Nino an und hob schon den Arm, um einen der Kanalbootfahrer auf sich aufmerksam zu machen. »Und ich würde mich freuen, Sie morgen hier begrüßen zu dürfen. Meine Puppen … sie sind schon ganz aufgeregt.«

»Ich werde es nicht verpassen, versprochen!«, rief Greta und nahm dankbar die Hilfe des Fahrers beim

Einsteigen in das wankende Taxi an. »Ciao!«, rief sie und winkte, bis der Puppenspieler in der Menge der Menschen auf dem Kai verschwand.

Obwohl Greta eigentlich vorgehabt hatte, zurück ins Hotel zu fahren, wies sie den Fahrer an, zuerst eine Runde durch die Lagune und die schmalen Kanäle zu drehen. Hinter ihrer Maske fühlte Greta sich frei, die unbeschreibliche Architektur, die verwunschenen Wasserwege und verzauberten Brückchen zu erkunden. Das Gespräch mit dem Puppenspieler hatte ihre Neugier geweckt, und sie fragte sich, ob sie in der Lage sein würde, hinter den schönen Schein zu blicken und das wahre Venedig zu sehen. Sie dachte an das Holzgeländer in Frischmanns Verlagshaus. Der schöne Schein … hatte sie ähnliche Gedanken nicht auch schon selbst gehabt?

Sie blickte nach oben, zum weißen Putz der Seufzerbrücke, die im Blitzlichtgewitter der Touristen erstrahlte, und atmete tief durch, als der Fahrer die Weite der Lagune erreichte. Er steuerte in einem Bogen um das verkehrstechnische Herz Venedigs, die Anleger am Markusplatz, herum und wieder hinein in den *Canal Grande*. Die auf Pfeilern übers Wasser ragenden Häuser zu beiden Seiten wirkten wie gemalt, doch wie Nino gesagt hatte, zeigten die Stützpfeiler deutliche Anzeichen von Verfall. Das Wasser hinterließ seine Spuren. Und nicht nur das Wasser. Ihr fiel auf, wie viel Unrat im Wasser trieb, und schon bei ihren Erkundungstouren der letzten Tage hatte sie erkannt, dass dies nicht nur im Wasser so war. Die Unmenge an Touristen, die sich hier dicht an dicht durch die engen Gassen wälzte, setzte der Reinheit der Stadt zu. Manche Gassen waren regelrecht verkommen. Einfach überstrapaziert.

Greta fasste an ihr Armkettchen. Sie und Katrin hatten auch einige Ecken ihrer Freundschaft verkommen lassen. Hatten manches ebenfalls überstrapaziert.

»Wo bleibst du denn?«, hatte Greta böse gerufen, als Katrin sich erst zwei Stunden nach den ersten Gästen des Tages in der Nudelbar hatte blicken lassen. Ihr war der Schweiß den Rücken hinuntergelaufen, aber Katrin hatte nur mit den Schultern gezuckt.

»Vielleicht verkaufe ich endlich eines meiner Bilder!«, hatte sie gerufen, als wäre damit alles erklärt. »Freu dich doch für mich!«

Die Bilder der Stadt verschwammen Greta vor den Augen. Sie hatte sich für Katrin gefreut. Immer. Egal, wie sie selbst sich gelegentlich neben ihrer Freundin gefühlt hatte. Nun weinte sie um ihre Freundschaft, denn wie die Menschen hier wollte sie nur das Schöne sehen. Sollte die Stadt, ebenso wie ihre Freundschaft, jemals zugrunde gehen, würde auch niemand mehr fragen, was schlecht daran gewesen war. Dann würde man um das Schöne weinen, das man verloren hatte. Alles andere war bedeutungslos.

Am nächsten Tag machte Greta ihr Versprechen wahr und besuchte die Aufführung von Nino und seinen Puppen. Die kleine Bühne war umringt von begeisterten Zuschauern, die auch dann noch lautstark applaudierten, als Nino schon den Deckel der Kiste über den Puppen schloss. Obwohl sie heute keine Maske trug, schien er sie wiederzuerkennen, denn ehe sie sich abwenden konnte, sprach er sie an.

»Ciao, Bella! Wie schön, dass Sie wirklich gekommen sind.«

»Ich habe doch gesagt, dass ich das auf keinen Fall verpassen will. Und ich muss sagen, es war wundervoll! Ich hätte nie gedacht, dass man eine Oper, wie »La Traviata« mit Handpuppen so überzeugend nachspielen kann, dass das Publikum in Tränen ausbricht!« Gretas Begeisterung war kaum zu übersehen. »Sie waren wundervoll!«

»Sie schmeicheln mir, Bella.«

»Niemals! Ich meine jedes Wort ernst. Ihr Stück hat mich regelrecht fertiggemacht. Ich bin total erschöpft – und das nur vom Zusehen.«

»Nun, also ehe Sie mir hier vor Schwäche umfallen … haben Sie denn schon etwas gegessen, Bella? Wenn nicht, dann … dann wäre es mir ein Vergnügen, Sie einzuladen.«

Greta zögerte. Eine allein reisende Frau sollte sicher nicht einfach Einladungen von Fremden annehmen, auch wenn sie nicht das Gefühl hatte, Nino sei ein Fremder. Das Stück hatte sie wirklich berührt, und sie glaubte beinahe, einen Seelenverwandten vor sich zu haben. Wie gerne würde sie ihr Gespräch über Venedig mit ihm fortführen, wie gerne noch mehr über ihn herausfinden …

»Essen ist genau mein Thema«, gab sie deshalb zu, ohne sich schon entschieden zu haben. »Ich bin eigentlich nur hier, um Rezepte für ein Kochbuch zu sammeln.«

Nino wirkte erfreut.

»Das ist ja phantastisch. Dann müssen Sie mit mir kommen. Ich weiß, wo Sie hier in Venedig den besten Risotto bekommen. Vertrauen Sie mir, Bella, Sie werden es nicht bereuen.«

Seine Begeisterung war ansteckend, und Greta merkte plötzlich, dass sie Hunger hatte. Eine gute Portion Risotto schien ihr plötzlich sehr verlockend.

»Wissen Sie was, Nino? Ich nehme Ihre Einladung an. Führen Sie mich zum besten Risotto des Vèneto, denn ich habe einen Bärenhunger!«

Nino grinste, bückte sich nach der Puppenkiste und lud sie wortlos in eines der angeleinten Boote. Dann stieg er selbst hinab und hielt Greta die Hand hin.

»Kommen Sie, Bella Greta, lassen Sie uns diesen Hunger stillen!«

Als sie wenig später Ninos kleines, leuchtend blaues Häuschen auf der nahe an Venedig gelegenen Insel Murano erreichten, waren sie beim Du angekommen. Nino hatte eine Extrarunde durch die Lagune gedreht, um Greta einen Blick auf die Luxusyachten der Promis werfen zu lassen, die an den Docks vor Anker lagen, und nun rätselten sie, wem die *Ocean Diva* und die *Ironheart* wohl gehören mochten.

»Ich tippe auf Mariah Carey«, schlug Greta vor. »Sie soll doch so eine Diva sein.«

Nino legte nachdenklich den Kopf schief, während er Greta aus dem Boot half.

»Aber würde sie sich selbst auch als Diva bezeichnen? Für mich klingt das nach einem Mann, der sein Schiff für eine Diva hält, weil er es nur schlecht unter Kontrolle hat.«

Greta lachte und schwankte leicht gegen Ninos Brust. Obwohl sie nun wieder festen Boden unter den Füßen hatte, spürte sie noch das Heben und Senken der Wellen.

»Entschuldige«, murmelte sie und stich sich verlegen die Haare auf den Rücken.

»Macht doch nichts«, beschwichtigte er und legte ihr galant den Arm um die Schultern, während er sie zur leuchtend gelben Haustür führte. Doch noch ehe er den Schlüssel ins Schloss stecken konnte, wurde ihnen geöffnet und ein großer, dunkelhaariger Italiener erschien in der Tür.

»Ich möchte wirklich den Tag erleben, an dem du nicht mit einer schönen Frau im Arm nach Hause kommst«, schimpfte er gespielt theatralisch, musterte Greta aber interessiert.

»Er macht nur Scherze!«, versicherte Nino ihr und trat zu dem Riesen. Er war gute zwei Kopf größer als Nino und Greta. »Seine Eifersucht lässt ihn seine Höflichkeit vergessen«, erklärte er und strich seinem Lebensgefährten über den Arm. »Luca, das ist Greta. Sie ist auf der Suche nach dem besten Risotto Italiens.«

Nino lächelte Luca verliebt an, als dessen Gesicht zu leuchten begann.

»Wirklich? Na, dann ist sie hier genau richtig!«, rief er und fasste nach Gretas Hand. »Komm mit in die Küche, Schönheit. Denn wie ich Nino kenne, lässt er dich ohnehin erst dann wieder gehen, wenn seine Neugier gestillt ist.« Er blickte seinen Freund über die Schulter hinweg an. »Er ist der neugierigste Mensch der Welt – und du bist offenbar interessant.«

»Ich?« Greta lachte. »Ich bin sicher nicht interessant. Genaugenommen bin ich vermutlich todlangweilig.«

»Das sehe ich anders, Bella!«, rief Nino, der noch die Puppenkiste auslud, hinter ihnen her. »Der traurige Glanz in deinen Augen macht dich rätselhaft. Aber nach einem Teller Risotto al nero di seppia und einem Glas Wein werden Luca und ich schon herausfinden, welch düsteres Geheimnis dich umgibt.«

»Oje! Du erwartest ein düsteres Geheimnis? Na, wenn du da mal nicht enttäuscht wirst.«

Sie stiegen eine schmale Treppe hinauf in eine winzige Küche. Ein glänzender Perlenvorhang ersetzte das Türblatt, für das in dem kleinen Raum schlichtweg der Platz fehlte. Bunte Kissen hoben sich leuchtend von den blassgelben Wänden ab und vermittelten Greta sofort das Gefühl von Gemütlichkeit. Bunte Lampenschirme fächerten das Licht in vielen Farben auf und erzeugten optische Wärme.

»Zieh deinen Mantel aus, Bella, und setz dich«, bot Luca an und goss ihr, Nino und sich selbst ein Gläschen Ramazzotti ein. Nino kam dazu, legte seinen Arm um die Taille des sehr viel Größeren und prostete ihr zu.

»Auf einen schönen Abend!«

Greta grinste und rollte die Ärmel ihrer Bluse nach oben. Nach dem Tag in der Kälte war ihr in der kleinen Wohnung ziemlich warm.

»Auf einen unvergesslichen Risotto«, verbesserte sie ihn. »Schließlich bin ich nur dafür in dieser Affenkälte den weiten Weg über die Lagune hierhergekommen.«

»Wenn du meinen schwarzen Risotto erst probiert hast, wirst du sehen, dass es die Mühe wert war«, versprach Luca und nahm eine alte gusseiserne Pfanne aus dem Küchenschrank. Er schob Greta vor den Herd und reichte ihr eine Flasche mit dunklem Olivenöl. »Zuerst braten wir Zwiebeln und Knoblauch an. Dann dünsten wir den Reis mit an. In dieser Zeit bereiten wir den Fisch vor.«

Ehe Greta sich versah, hielt sie ein Messer in den Händen und schnitt das weiße Fleisch der frischen Tintenfische, die Nino für sie vorbereitet hatte, in Streifen.

Luca schälte Zwiebeln, und Nino lehnte lässig in der Tür und schaute zu.

»Wer hat dir das Kochen beigebracht?«, fragte Greta, als sie sah, wie geschickt Luca die Zwiebeln zerkleinerte. Das Messer flüsterte beinahe übers Schneidbrett, mit Bewegungen, die Greta an die Wellen in der Lagune erinnerten. Dabei stieg ihr der scharfe Geruch in die Nase, und sie blinzelte die Zwiebeltränen weg.

»Meine Mutter. Und Großmutter«, überlegte Luca. »Und meine Schwester auch ein wenig. Im Grunde hat mir jede Frau in meinem Leben etwas beigebracht.« Er zwinkerte Nino verschwörerisch zu. »Sie wussten schon sehr früh, dass ich … anders bin.«

Greta entging der Blick nicht.

»Haben sie es gleich akzeptiert?«

»Ja. Meine Sexualität war nie ein Thema. Ich konnte sein, wer immer ich sein wollte.«

Greta kniff die Lippen zusammen. »Wenn ich den Worten meiner besten Freundin Glauben schenken kann, weiß ich nicht mal, wer ich eigentlich bin.«

»Ist es das, was dich so traurig macht?«, fragte Nino leise von der Tür her.

»Ich bin doch nicht traurig. Ich habe hier bei euch viel Spaß!«

Greta versuchte, das plötzliche Zittern ihrer Finger zu verbergen, indem sie schnell den nächsten Tintenfisch zerschnitt.

»Ich rede von der Traurigkeit in deinen Augen. Woher kommt sie, Bella?«

Greta hörte auf zu schneiden. Sie legte das Messer weg und atmete tief durch. Zwiebeldunst brannte ihr in den Augen. Sie kannte diese beiden Männer doch gar nicht. Warum sollte sie sich also gerade hier ihre Probleme von der Seele reden? Allein der Gedanke an Katrin machte sie unglücklich, und sie fürchtete, zu viel von ihrer Schwäche preiszugeben, wenn sie jetzt davon anfing.

»Meine Augen sind einfach so«, redete sie sich heraus und wischte sich eine Träne von der Wange. »Das machen die Zwiebeln. Es geht mir gut.«

Luca lächelte sie verständnisvoll an und löste die Spannung, indem er ihr das Schneidbrett mit den Tintenfischen abnahm.

»Nicht so viel reden – kochen!«, wies er die beiden streng an, gab Olivenöl in die Pfanne und legte die beiden Knoblauchzehen in die Presse. »Ich habe Hunger.«

»Ich auch«, stimmte ihm Greta dankbar zu und stellt sich näher zu ihm, um ihm bei der Zubereitung über die Schulter schauen zu können.

»Wie bekommst du den Reis nachher schwarz?«

Er griff sich ein dunkles Fläschchen und öffnete den Schraubverschluss.

»Das ist Sepiatinte. Man braucht nicht viel, aber es verwandelt das Essen in ein mystisches Gericht und verleiht ihm den letzten Schliff – zumindest, wenn man wie wir jetzt Tintenfische ohne Tintenblase zur Hand hat. Ansonsten gibt man etwas von der Tinte dazu.«

»Nach was schmeckt das?« Greta schnupperte in den Flaschenhals und versuchte, den leicht salzigen Geruch zu ergründen.

»Es schmeckt nach Fisch. Zumindest etwas. Und nach Salz und Öl. Ich habe immer den Eindruck, es unterstreicht einfach die bereits im Gericht vorherrschenden Aromen.«

Mit lautem Zischen landeten die Zwiebeln und der Knoblauch in der Pfanne. Süße Röstaromen schwängerten die Luft in der kleinen Küche, und Greta lief das Wasser im Mund zusammen. Sie gab einen Tropfen der Sepiatinte auf ihren Finger und kostete. Sie nickte anerkennend und grinste über den blauen Fleck, der nun ihren Zeigefinger zierte.

»Ich hatte mit meiner Freundin Katrin eine Nudelbar in München. Dort hatten wir eine Meeresfrüchte-Pasta auf der Karte. Ich könnte mir gut vorstellen, dass die Sepiatinte das Gericht aufgewertet hätte.«

Greta wünschte, Katrin könnte die dunkle Flüssigkeit probieren. Sie sah sich um und erkannte, dass sie sich überhaupt wünschte, Katrin wäre jetzt hier. Es hätte ihr gefallen. Ihre Bilder würden sich super in dieser kunterbunten Wohnung machen, und sie glaubte, dass gerade Luca auch einen guten Draht zu ihr hätte haben können. Sie war Luca irgendwie ähnlich.

»Was arbeitest du eigentlich?«, fragte sie aus dem Impuls heraus zu sehen, *wie* ähnlich sich die beiden wirklich waren.

»Ich bin Glasbläser hier in Murano. Ich fertige Glaskunst in Handarbeit. Besonders stolz bin ich auf meine Lampenschirme.« Er deutete auf die Raumdecken. »Hier kannst du einige meiner Anfänge sehen.«

»Wow!« Greta wischte sich die Hände an den Jeans ab und legte den Kopf in den Nacken, um die Glasarbeit zu bewundern. »Gleich beim Reinkommen sind mir die Lampen ins Auge gefallen. Sie sind phantastisch.«

Greta hatte sich also nicht geirrt. Luca und Katrin waren sich wirklich ähnlicher als gedacht. Beide Künstler, beide gesegnet mit einem Händchen für gute Rezepte – und beide ganz besonders liebenswert.

»Komm, ich zeige dir seine Arbeiten«, schlug Nino vor und führte Greta aus der Küche. Die protestierte.

»Warte, ich muss doch …« Sie zeigte auf die Pfanne, aber Nino schüttelte den Kopf.

»Unsinn. Da kommt jetzt nur der Reis dazu. Dann wird alles mit dem Fischfond und dem Weißwein aufgerührt, ehe der Tintenfisch und …«

»Tu nicht so, als wüsstest du, wie man das kocht!«, beschwerte sich Luca.

»Ich tu nicht nur so. Ich hab dir oft genug dabei zugeschaut. Und außerdem habe ich Greta gefunden. Du wirst mir also etwas Zeit mit ihr zugestehen müssen.«

»So ist das immer!«, beklagte sich Luca. »Er will immer alles Schöne nur für sich.«

»Darum will ich ja auch dich – und darüber hast du dich ja auch noch nie beklagt!«, wies Nino ihn zurecht und warf ihm eine Kusshand zu, ehe er Greta nun ohne Widerstand ins Wohnzimmer führte.

»Männer!«, stöhnte er.

Greta lachte. Sie dachte an Katrin. »Frauen sind auch nicht einfacher«, gab sie zu, während sie die bunten Lampenschirme betrachtete, die überall in der Wohnung hingen. »Was kostet so einer?«

Nino überlegte.

»Die hier sind unverkäuflich, aber drüben im Laden gibt es ähnliche schon ab vierzig Euro.«

»Ich könnte Katrin einen mitbringen«, überlegte sie leise und berührte sachte ihr neues Armkettchen.

»Reist du denn schon wieder ab?«

»Nein. Ich weiß nicht, wie lange ich unterwegs sein werde. Ich mache ja eine Tour. Und das hängt auch etwas von dem Fotografen ab. Mit dem muss ich mich in drei Tagen zum ersten Mal treffen. Er fotografiert für das Kochbuch.« Greta sah sich noch einmal in der bunten Wohnung um. »Das hier wäre übrigens eine tolle Kulisse. So echt!«

Nino lachte schallend.

»Das könnte daran liegen, dass es echt ist! Unser Leben ist eben keine Kulisse, Bella.«

»Du bist Puppenspieler. Ich dachte, da verschmilzt die Realität mit der Bühne.«

Nino schüttelte den Kopf, aber es war Luca, der hinter ihr in der Küchentür stehend antwortete:

»Ninos Puppen sind seine Realität. Sie sind ihm manchmal näher als ich. Er vertraut ihnen Dinge an, die er mit mir niemals teilen würde.«

Nino wirkte verlegen.

»Wenn du sie einmal selbst spielst, wirst du sehen, warum das so ist. Die Fäden in deinen Händen zeigen dir eben all das ... was du bist, ob es dir gefällt oder nicht.«

»Klingt ja furchtbar!«, scherzte Greta und dachte an Katrins Worte. Vielleicht wollte sie überhaupt nicht wissen, wer sie in Wirklichkeit war.

»Nein, es ist befreiend. Nur sind wir zu Beginn nicht gewöhnt, frei zu sein. Darum haben viele Hemmungen, die Puppen zu spielen.«

»Du möchtest, dass ich sie spiele?«, fragte Greta unsicher.

»Das muss warten!«, wehrte Luca entschieden ab und hob den ersten vollbeladenen Teller hoch. Auf glänzend schwarzem Reis thronten, eine Handvoll roséfarbener Tintenfischstreifen, bestreut mit frischgehackter Petersilie. »Jetzt essen wir, ehe dieses köstliche Mahl kalt wird.«

9

Am nächsten Tag fand sich Greta zu ihrer eigenen Überraschung an Lucas Seite in Verona wieder. Sie hatten am Abend zuvor noch darüber gesprochen, dass sie für ihr Kochbuch noch viel mehr von Venetien sehen musste als nur Venedig selbst. Und schon hatte Nino ihr seinen Freund als Fremdenführer angeboten. Etwas überrumpelt hatten beide dem Vorschlag zugestimmt, und nun parkte Luca den kleinen Fiat direkt vor dem Eingang der Kathedrale *Santa Maria Matricolare*. Es sah lustig aus, wie der großgewachsene Luca sich aus dem winzigen Innenraum herausfaltete. Beinahe wie die Puppen, die Nino platzsparend in der Kiste verstaut hatte.

Luca reckte sich und bog nach der eineinhalbstündigen Fahrt in dem Kleinwagen nun genießerisch den Rücken durch. Auch Greta war froh, endlich angekommen zu sein, denn die Fahrt durch die engen Gassen Veronas war mehr als nur abenteuerlich gewesen. Eine Einbahnstraße mündete hier in die nächste, und sie hatte vollkommen die Orientierung verloren und sich einfach auf Luca verlassen, der zwar mehrmals laut geflucht, aber am Ende doch dort angekommen war, wo er wollte.

Nun stand sie vor den weißen Säulen der Kathedrale und bewunderte deren Glanz in der milden Winterluft.

Der März stand vor der Tür, und im Gegensatz zu den Temperaturen der letzten Tage in Venedig war es hier geradezu warm. Die Sonne stand hoch am wolkenlosen Himmel, und ihre Kraft ließ Greta die Knöpfe ihres Mantels öffnen. Sie drehte sich einmal um sich selbst, um sich einen Überblick zu verschaffen.

»In welche Richtung gehen wir?«, fragte sie, während sie in ihrer Handtasche nach der Sonnenbrille kramte.

»Das überlasse ich ganz dir. Wenn du nur wegen des Essens hier bist, hast du die freie Wahl. Wenn du natürlich Julias Balkon sehen willst, dann müssen wir in diese Richtung gehen.«

Er deutete an der Kathedrale vorbei nach Süden. »Wir könnten aber auch der Etsch folgen und am Flussufer entlang einen Bogen um die Innenstadt machen.«

»Natürlich will ich den Balkon sehen. Aber lass uns mitten durch die Stadt gehen. Die vielen rotbraunen Gebäude gefallen mir, und ich will mich gerne noch etwas umsehen.«

Sie schob sich die getönten Gläser vor die Augen und lächelte Luca an. Der Ausflug war genau das Richtige, nachdem sie die halbe Nacht wach gelegen und über ihre Freundschaft zu Katrin nachgedacht hatte. Der Tag mit Luca würde sie auf andere Gedanken bringen.

Sie hakte sich bei ihm ein und genoss das Gefühl der Geborgenheit, das seine Größe mit sich brachte. An unzähligen Bogentüren vorbei, unter geschmiedeten Straßenlaternen hindurch und mit Blick auf olivgrüne Fensterläden vor den verzierten Fassaden schlenderten sie der Beschilderung folgend in Richtung *Casa di Giulia*. Auf einem Balkon über ihnen bepflanzte eine Frau Blumenkästen, und feine Erde rieselte herab. Luca wechselte auf die andere Straßenseite und schimpfte einem Auto hinterher, das zu nah an ihnen vorbeigefahren war.

Ein kleines Lokal in einer Seitengasse öffnete gerade, und eine rundliche Kellnerin deckte die wenigen Tische ein.

»Willst du hier deine Recherche beginnen?«, fragte Luca und deutete auf die Stühle.

Obwohl es fast noch zu kalt war, um draußen zu essen, setzten sie sich an den Tisch in der Sonne und blätterten durch die Speisekarte. Zu jedem Menü wurde Polenta gereicht, und Luca bestand darauf, dass Greta die Leber mit Röstzwiebeln probierte.

»Das ist ein typisches Rezept für das Veneto«, erklärte er und bestellte sich selbst mit Gnocchi di san zeno ebenfalls ein traditionelles Gericht.

»Leber ist ja nicht so mein Fall«, gestand Greta zweifelnd, vertraute aber schließlich seiner Empfehlung.

»Schade, dass ich heute Ninos Puppenspiel verpasse«, überlegte sie und sah auf die Uhr. Es war fast Mittag, und sie waren gerade erst angekommen.

»Bestimmt gibt er dir eine Privataufführung, wenn wir zurück sind.«

»Das muss er nicht. Ich will ihm keine Mühe machen.«

Luca lachte und winkte ab.

»Das macht ihm keine Mühe. Nino liebt seine Puppen. Und er ist froh über jede Gelegenheit, sie aus ihrer Kiste zu befreien. Er wird dich überreden wollen, mit ihm zu spielen.«

»Das kann ich nicht. Ich ... bin zu ... nüchtern für so was. Ich käme mir komisch vor.«

»Ich weiß, was du meinst. Ist mir am Anfang auch so gegangen. Man überlegt sich, was die Puppe wohl tun könnte, was sagen ... und es fällt einem einfach nichts ein. Aber wenn man die Fäden eine Weile in der Hand hält, dann ... passiert etwas Magisches. Sie fangen einfach an, sich zu bewegen. Sie lassen die Arme kreisen, gehen einige eckige Schritte und hüpfen. Und dann sagen sie, was du denkst. Sie sind ehrlich. Kennen keine Scheu.« Luca lachte. »Es ist erschreckend, *wie* ehrlich sie sein können.«

»Was meinst du? Hast du ein Beispiel?«

Luca wurde rot, was bei seiner bronzefarbenen Haut fast unmöglich schien.

»Ich sollte dir davon nicht erzählen«, wehrte er grinsend ab und schien froh, als sein Essen serviert wurde. Sein geheimnisvolles Getue weckte Gretas Neugier, aber sie wartete, bis die Kellnerin serviert hatte, ehe sie nachbohrte.

»Na komm, sag schon. Was war das mit den Puppen?«

Luca grinste und nahm einen Löffel seiner käsebuttrigen Gnocchi.

»Na schön, ich ... ich erzähle es dir. Aber du darfst Nino nichts davon sagen, sonst reißt er mir den Kopf ab und lässt mich auf der Couch schlafen.«

»Du machst es ja spannend.« Greta lachte und schnitt sich ein Stück von der dunkel gebratenen Leber ab. Während sie es durch die Soße zog und mit Röstzwiebeln überhäufte, blickte sie ihn unverwandt an.

»Na gut, wo fang ich an ...« Luca überlegte kauend. »Es war eines Abends, Nino und ich, wir ... kannten uns noch nicht lange – und noch nicht so gut. Über unsere Gefühle hatten wir bis dahin noch nie gesprochen.«

Greta lächelte. Sie liebte Liebesgeschichten, und das hörte sich ganz nach einer an. Sie ließ sich ihr Menü auf der Zunge zergehen und fand, dass der bittere Geschmack der Leber sich samtig zur Polenta ergänzte. Der weiche Maisgrießkuchen gab dem Menü die nötige Süße. Am liebsten hätte Greta genießerisch die Augen geschlossen, um den Geschmack voll auszukosten, aber ihre Neugier für Lucas Geschichte hielt sie davon ab.

Unter ihrem erwartungsvollen Blick erzählte er weiter.

»Wir saßen also zusammen, und keiner von uns brachte den Mut auf, den ersten Schritt zu machen, da …« Luca sah verträumt aus. »… da holte er eine Puppe aus der Kiste. Ich war überrascht, wie ähnlich mir die Puppe sah. Sie war langgliedrig.« Luca hob seine langen Arme und streckte unter dem Tisch demonstrativ seine Beine. »Und etwas größer als die anderen in seiner Kiste.« Luca lächelte. »Er hat mich gut getroffen. Hat mein Kinn, meine Nase – und vor allem meine Augen erstaunlich gut kopiert.«

Greta betrachtete das Gesicht vor sich und stellte sich vor, wie schwer es sein musste, aus der Erinnerung heraus ein Gesicht nachzuempfinden.

»Er muss dich lange betrachtet haben«, schlussfolgerte sie.

»Das habe ich auch gedacht. Und ich fühlte mich geschmeichelt. Ich muss ihn fasziniert haben, sonst hätte er das doch sicher nicht gemacht.«

»Du musst in jedem Fall Eindruck auf ihn gemacht haben.«

»Mit der Puppe, die aussah wie ich, hat er auf jeden Fall auf mich Eindruck gemacht. Ich war regelrecht gerührt.« Luca kratzte die Soße auf seinem Teller zusammen und steckte sich den letzten Löffel in den Mund. Dann tupfte er sich die Lippen an der Serviette ab und lehnte sich zurück. »Er legte mir die Fäden in die Hand, und wir berührten uns. Zaghaft, zärtlich, aber ohne … ohne Druck. Ich war scheu. Wusste nicht, was ich jetzt tun sollte, aber Nino erwartete nichts. Er nahm Piccolo Nino aus der Kiste und lächelte mich an.« Lucas Blick war verklärt – beinahe nach innen gerichtet, als durchlebte er den Abend noch einmal. »Dann war alles einfach. Piccolo Nino war mutiger als Nino selbst. Er tanzte leichtfüßig zu mir herüber und ließ auch mich meine Puppe zum Leben erwecken. Wir lachten viel, als ich die Puppe versuchte zu beherrschen.«

Greta vergaß zu essen. Sie schaute in Lucas Gesicht und verspürte einen Hauch von Eifersucht, als sie erkannte, wie tief seine Gefühle für Nino gehen mussten, wohingegen sie selbst niemanden hatte, den sie liebte.

»Was ist dann passiert?«, flüsterte sie andächtig.

»Seine Puppe tanzte, kess und lebensfroh, aber in Ninos Gesicht war Unsicherheit. Ich wusste, er würde den ersten Schritt nicht machen – oder vielleicht hatte er ihn mit der Puppe gemacht –, aber nun lag es an mir. Also habe ich mich auf die Fäden konzentriert, und mit einem Mal ging es ganz einfach. Ich ließ die Puppe zu ihm gehen, hob den Arm …« Luca lachte. »… und schlug ihm ins Gesicht.«

»Was?« Greta prustete ungläubig über den Tisch. »Du hast was …?«

Lucas Lachen hallte durch die enge Gasse und schreckte eine Taube über ihnen auf.

»Ich wollte mit der Puppe Piccolo Nino streicheln, wollte ihm zeigen, dass …«

»Dass du ihn verprügeln willst?«, kicherte Greta und presste sich die Serviette auf den Mund.

»Ja, so kam es wohl rüber, aber mein entsetzter Gesichtsausdruck muss wohl für mich gesprochen haben, denn Nino lachte, legte die Fäden aus der Hand und kam zu mir. Er legte mir die Hand auf den Rücken und fuhr damit bis in meinen Nacken. Dann hob er meine Arme und breitete sie aus.« Luca streckte die Arme, um zu zeigen, was er meinte. »Er sagte: *Wenn du deine Puppe jemanden schlagen lassen willst, dann muss die Bewegung von unten kommen.* Dann zupfte er an meinem Shirt, als zöge er an den Fäden.« Luca lächelte Greta an. Wieder scheu und doch stolz. »Ich habe ihm gesagt, dass meine Puppe nicht schlagen wollte. Du hättest seinen Blick sehen sollen. *Was wollte die Puppe denn machen?*, hat er gefragt und dabei den Kopf so leicht schief gelegt und mich mit seinen rehbraunen Augen angesehen.«

»Was hast du geantwortet?«

Luca lachte.

»Nichts. Ich habe die Arme gehoben und gesagt, dass ich das machen wollte. Und dann habe ich ihn an mich herangezogen und geküsst.«

»Wie romantisch!« Greta ertappte sich bei einem breiten Grinsen und klatschte leise in die Hände. »Das ist wirklich die süßeste Geschichte, die ich je …«

»Sie ist nur dann süß, wenn sie genau hier endet«, unterbrach Luca sie und zwinkerte ihr zu. »Wenn ich dir sage, was meine Puppe an diesem Abend noch für Bewegungen gelernt hat, dann ...«

»Oh Gott!« Greta warf die Serviette nach ihm. »Wehe, du zerstörst diese schöne Geschichte jetzt mit Informationen, die eindeutig nicht für Außenstehende gedacht sind!«

Lucas schallendes Gelächter ließ sogar Passanten in der Querstraße die Köpfe zu ihnen umdrehen.

»Und wenn ich nun tanzen oder so gemeint habe?«, foppte er sie mit spitzbübischem Grinsen.

»Hast du denn tanzen gemeint?«, ließ sich Greta nicht darauf ein und trommelte abwartend mit den Fingern aufs Tischtuch.

»Nein!«, gestand er. »Denn wenn Nino eines nicht kann, dann ist es tanzen.«

»Julias Balkon!«, flüsterte Greta eine Stunde später mit ehrfürchtigem Staunen. Sie staunte nicht so sehr über den Balkon an sich, wie über das Gefühl, das sie bei seinem Anblick überkam. Eine Gänsehaut überzog ihre Arme, und sie fragte sich, warum ein Stück Literatur es schaffte, so viele Menschen zu bewegen. Und dass die Menschen, die hierherkamen, bewegt waren, bewiesen die unzähligen Botschaften, die an den Wänden hinterlassen wurden. Namen von Liebenden, Briefe, Fotos. Der Innenhof war gepflastert mit dem ewigen Wunsch nach Liebe.

»Wusstest du, dass es Romeo und Julias Geschichte schon lange vor William Shakespeare gab?«

Greta nickte.

»Ja, ich weiß. Er hat ja im Grunde nur das Werk des

Schriftstellers Arthur Brooke in ein Bühnenstück adaptiert. Und ich glaube, auch Brooke hat sich irgendwo inspirieren lassen. Die Geschichte von Romeo und Julia gibt es jedenfalls in etlichen, sich jeweils ähnelnden Versionen schon seit dem frühen sechzehnten Jahrhundert.«

Luca hob überrascht die Augenbrauen.

»Ich bin beeindruckt!« Er deutete auf die übrigen Besucher in dem kleinen Innenhof und senkte die Stimme. »Ich wette, mehr als die Hälfte dieser Touristen kennt Romeo und Julia nur aus dem Kino und denkt an einen halbwüchsigen Leonardo DiCaprio, wenn sie sich Romeo vorstellt.«

Greta grinste.

»Autsch! Du triffst den Nagel auf den Kopf. Obwohl ich weiß, dass Romeo Italiener war und vermutlich keine blonden Haare hatte, denk ich automatisch auch an Leo. War einfach ein süßer Film.«

»Was ist süß daran, wenn die beiden am Ende tot sind?«

»Keine Ahnung, aber wenn man sich all die Liebesbotschaften hier an den Wänden anschaut, hatte dieses Drama doch ein durchaus positives Ende, oder nicht?«

Luca zuckte mit den Schultern.

»Sind es wirklich Liebesbotschaften, oder verbirgt sich nicht auch hinter all diesen Worten ein Drama? Wie viele dieser Briefe sind wohl von unglücklich Verliebten verfasst? Oder handeln von unerwiderter oder verlorener Liebe? Schließlich haben Romeo und Julia auch viele Fehler gemacht – und am Ende dafür bezahlt.«

Greta drehte sich im Kreis und sah sich die Zettel

noch einmal an. Diesmal mit anderen Augen. Waren die Menschen hinter den Botschaften verzweifelt? Unglücklich? Bereuten einen Fehler, der sie die Liebe und Zuneigung einer Person gekostet hatte? Suchten sie hier Vergebung oder hofften, dass irgendeine höhere Macht das Glück, das sie vielleicht in diesem Moment noch in den Händen hielten, bewahren würde, weil sie selbst zu schwach dafür waren?

»Ich will auch eine Botschaft hierlassen!«, beschloss sie spontan und tastete unauffällig nach ihrem Armkettchen. »Keine Liebesbotschaft, denn vielleicht hast du recht. Vielleicht ist dies kein Ort für die Liebe. Sondern ein Ort, der einen aufrüttelt, Fehler zu erkennen und zu bereuen. Und ich habe einen verdammt großen Fehler gemacht!«

»Welchen Fehler denn, Bella?«

»Ich ... ich will nicht darüber reden, aber ... aber vielleicht hilft mir ja die schöne Julia, wieder mit mir ins Reine zu kommen.«

Am Abend in ihrem Hotel dachte Greta über ihre Botschaft für Julia nach. Sie hatte sich ihren Kummer von der Seele geschrieben und fühlte sich jetzt tatsächlich leichter. Ihre Schuld – das war ihr klar – wurde dadurch nicht kleiner, aber sie lastete nicht mehr so schwer auf ihr.

Ob Katrin durch die Zeit, die nun schon verstrichen war, wohl ebenfalls bereute, was geschehen war? Nicht, dass sie etwas falsch gemacht hätte, aber die Kälte, mit der sie Greta von sich gestoßen hatte, hatte Greta dennoch überrascht.

Überrascht und erschreckt. Es gab nur wenige Menschen in Gretas Leben. Wenige, die ihr so viel bedeuteten wie Katrin. Und darum würde sie alles tun, um die Kluft zwischen ihnen zu überbrücken. Sie würde *alles* tun – aber sie wusste nicht, *was*! Wie ließe sich dieser Fehltritt ungeschehen machen?

Nachdenklich rollte sie sich vom Rücken auf den Bauch und starrte in ihren Koffer. Sie hatte es noch nicht geschafft, ihre Klamotten in den Schrank zu hängen – vermutlich würde sie das auch nicht mehr machen. Zwischen ihren Jeans und den Socken lugte Großmutters Kochbuch hervor. Sie hatte sich selbst für verrückt erklärt, das schwere Ding mit auf die Reise zu nehmen, aber irgendetwas in ihr hatte darauf bestanden.

Nun reckte sie sich nach dem Buch, um dabei nicht aufstehen zu müssen. Sie war erschöpft. Der Abend mit Luca und Nino gestern war lang gewesen, und der Ausflug heute hatte sie stundenlang zu Fuß durch Verona geführt. Luca hatte sie eingeladen, bei ihnen zu essen, aber die Müdigkeit hatte sie zurück in ihr Hotel getrieben.

Und jetzt lag sie da und fand keine Ruhe, weil ihr Katrin einfach nicht aus dem Kopf ging. Das war wirklich schlimmer als jeder Liebeskummer!

Sie ächzte, als sie das schwere Buch auf die Matratze zog. Wie immer fuhr sie zärtlich über den Einband, ehe sie ziellos durch die Seiten blätterte und in Großmutters Ratschlägen nach einer Anleitung zum Glücklichsein suchen.

Erst das Klingeln ihres Handys eine ganze Weile später ließ sie das Buch wieder schließen. Hektisch sprang sie auf, denn außer Katrin riefen für gewöhnlich nicht viele Leute an.

»Hallo?«, meldete sie sich beinahe atemlos und versuchte dabei, die fremde Nummer auf dem Display irgendeinem Gesicht zuzuordnen.

»Frau Martinelli? Christoph Schilling hier.«

»Ach – Sie sind es nur«, entfuhr es Greta, und sie schlug sich überrascht auf den Mund.

»Ja, äh ... sieht so aus.«

»Entschuldigung, das war ... ich hatte jemand anderen erwartet.«

»Nun, sollen wir dann später noch mal telefonieren? Ich möchte nicht Ihre Leitung belegen, wenn Sie einen Anruf erwarten.«

Greta strich sich das Haar auf den Rücken und betrachtete ihr Spiegelbild in dem goldgerahmten Spiegel neben der Zimmertür. Obwohl Schilling sie ja nicht sehen konnte, streckte sie den Rücken durch und versuchte sich an einem professionellen Ton.

»Nein, nein. Ich ...« Es würde nichts helfen, das Gespräch zu verschieben, denn vermutlich würde Katrin in hundert Jahren nicht bei ihr anrufen. »Lassen Sie uns ruhig sprechen. Sie stören nicht.«

»Wo sind Sie denn?«, fragte Schilling, und Greta erhob sich aus dem Bett. In Socken trat sie an das große Bogenfenster und blickte hinaus auf den Kanal. In den Sternenhimmel über Venedig.

»In meinem Hotel. Herr Frischmann hat ein sehr schönes Zimmer für mich im Herzen Venedigs reserviert. Es ist wirklich toll. Ich blicke gerade auf den Kanal.«

»Den *Canal Grande*?«

Greta lachte leise. »Nein, ein vollkommen unbedeutender Nebenarm, aber hübsch ist es trotzdem.«

»Das glaube ich Ihnen. Ich komme gerade aus Mailand, aber das Wetter beziehungsweise der Himmel gibt zu wenig her, um vernünftige Kalenderaufnahmen schießen zu können. Die Fotos für den Reisebericht habe ich …« Er unterbrach sich, und Greta konnte hören, wie er sich mit der Hand über die Bartstoppeln strich. »… Das ist ja für Sie nicht von Interesse. Warum ich anrufe: Ich würde die Gelegenheit gerne nutzen und anders als geplant schon morgen die ersten Bilder für Ihr Kochbuch machen.«

»Morgen?« Gretas Puls beschleunigte sich, und sie fing an, nervös durch das plötzlich viel zu kleine Hotelzimmer zu streifen. »Also, ich weiß nicht, ich …«

»Haben Sie eine passende Küche gefunden? Eine Vorstellung Ihrer Rezepte? Etwas, das sie authentisch mit Venetien und der venezianischen Küche vereint?«

»Was …? Ähm …« Greta war vollkommen überrumpelt. Offenbar hatte sie sich nicht zielstrebig genug um ihr Projekt gekümmert, denn auf keine von Schillings Fragen hatte sie eine passende Antwort.

»Wir haben nur zwei Tage, denn ich bin nächste Woche mit einem Architekten in Pisa verabredet«, erklärte er weiter.

»Ja, also … sicher, ich bin so weit«, log sie. »Ich weiß genau, was ich will. Das wird super!«

Sie raufte sich die Haare und bemerkte hektische rote Flecken auf ihren Wangen, als sie bei einer ihrer nervösen Runden durch den Raum am Spiegel vorbeikam.

Das wird super? Das endete ganz bestimmt in einer Katastrophe! Sie hatte ja noch nicht mal eine Idee für ein Rezept. Aber wenn sie das diesem Schilling jetzt gestehen würde, würde er womöglich Frischmann von ihrer Untätigkeit in Kenntnis setzen und der dann das ganze Projekt beenden. Sie brauchte also dringend einen Plan. Und ein Rezept. Und Hilfe!

10

Nino entwirrte konzentriert die Fäden einer seiner Marionetten, und Greta wartete auf eine Antwort. Weil die ausblieb, wiederholte sie ihre Frage:

»Was hältst du von einem Foto von mir in einer venezianischen Gondel?«

»Hm ...« Er sah nicht auf, sondern zupfte zaghaft an einem der Führungsfäden. Es sah aus, als würde die Puppe winken. »... ich weiß nicht recht. Venezianische Gondel – im Februar – ohne Sonne am Himmel und ...« Nun sah er doch auf. »... ist das nicht überhaupt etwas oldstyle? Schon tausendmal da gewesen? Im Grunde ... unkreativ?«

»Na, herzlichen Dank! Hast du eine bessere Idee?« Greta schaute unruhig auf ihre Uhr. In einer Stunde würde sie sich mit Schilling auf der Rialtobrücke treffen. Und sie hatte immer noch keinen Plan.

»Willst du Lucas schwarzen Risotto für dein Buch verwenden?«, hakte Nino nach und strich endlich den Faden glatt. Sofort tanzte die Puppe wieder leichtfüßig über die kleine Bühne.

»Ich habe ihn gefragt, und er sagt, es wäre ihm eine Ehre, mir sein Rezept zu überlassen. Also würde ich es schon gerne verwenden. Es sieht einfach spektakulär aus. Schilling wird tolle Fotos machen können. Und ich bin echt froh, dass ihr mich in eure Küche lasst.«

»Wozu sind Freunde denn da?«

Seine gutgemeinte Frage versetzte Greta einen Stich, und sie verzog das Gesicht.

»Keine Ahnung. Ich ... ich fürchte, ich habe über Freundschaften alles verlernt, was ich je geglaubt habe zu wissen.«

Nino legte die Puppe aus der Hand und sah Greta forschend an.

»Du hast ein Problem, Bella«, erklärte er ihr. »Gleich musst du für irgendwelche Fotos strahlen, aber deine Augen sind stumpf vor Kummer. Willst du nicht endlich sagen, was dich bedrückt?«

Greta wand sich. Dieser Italiener ging ihr unter die Haut. Er schien die Wahrheit förmlich anzuziehen.

»Mich bedrückt nichts. Ich hatte vor meiner Abreise Stress mit einer Freundin – und das hängt mir irgendwie nach.«

»Mit dieser Katrin, von der du schon gesprochen hast?«

»Ja. Aber das wird sich schon irgendwie regeln. Jetzt muss ich erst mal diesen Schilling beglücken!«

Nino lachte.

»Na, er wird sicher beglückt sein, wenn du ihn beglückst!«

»Ha! Wenn das so einfach wäre.« Greta schnaubte und dachte an Schillings schmuddelige Hosen und seine Gleichgültigkeit ihr gegenüber zurück. »Der ist überhaupt nicht mein Typ – und ich garantiert auch nicht seiner.«

»Glaub mir, Bella, Männer sind in der Regel nicht besonders wählerisch.«

Warum unterhielt sie sich mit Nino jetzt über Männer? Beiläufig nahm sie eine der Puppen auf und versuchte sich daran, ein Bein vor das andere zu setzen. Das war schwerer als gedacht.

»Brauchst du mir nicht zu sagen!«, flüsterte sie und dachte an Stefan. »Katrins Freund ... er ...«

»Er hat sie betrogen?«

Greta schämte sich. Sie sah Nino von unten herauf schuldbewusst an.

»Ah – so ist das also!« Nino machte große Augen und nahm sich ebenfalls eine Puppe.

»Ich bin Katrin«, sagte er und ließ die Marionette mit den Händen wackeln.

Greta lachte. Diese etwas füllig ausgestopfte Puppe mit dem matronenartig pausbackigem Gesicht sah so gar nicht nach Katrin aus.

»Nie im Leben ist das Katrin!«, prustete sie und deutete in Ninos Puppenkiste. »Die da, mit den blonden Locken. Das könnte Katrin sein.«

»Na schön, dann eben diese hier.« Er legte die eine Puppe zurück und nahm die andere heraus. »Ist es so besser?«

Die Katrin-Puppe bewegte sich gleich ganz anders. Leichtfüßiger, und die Art, wie Nino sie sich das lockige Haar aus der Stirn streichen ließ, erinnerte in der Tat etwas an Gretas Freundin.

»Viel besser!« Greta lächelte. »Aber was wird das jetzt? Therapierst du mich?«

Nino grinste.

»Wenn, dann therapierst du dich selbst.« Er ließ die Schultern kreisen, hob die Hand mit den Marionettenfäden und zwinkerte Greta zu. »Also, ich bin Katrin. Hast du mir irgendwas zu sagen?«

Greta rollte mit den Augen. Das war doch bescheuert. Sie konnte weder die Puppe anständig bewegen, noch wollte sie hier in aller Öffentlichkeit ihr Privatleben durchkauen. Trotzdem hob auch sie den Arm.

Ihre Puppe humpelte gebeugt wie der Glöckner von Notre Dame über die Bühnenbretter. Greta musste lachen, aber Ninos Puppe tappte ungeduldig und beinahe abweisend mit dem Fuß auf.

»Drückt dich dein Gewissen zu Boden?«, fragte er spitz und verschränkte Katrins Arme vor der Brust.

Greta warf ihm einen bösen Blick zu, versuchte aber, ihre Puppe etwas aufzurichten.

»Hallo, Katrin«, murmelte sie leise, nicht so recht wissend, was Nino von ihr erwartete.

»Hallo?«

Greta schluckte. Das war doch echt doof. Am liebsten wäre sie gegangen, aber Nino sah sie so herausfordernd an, dass es ihr wie eine Flucht erschienen wäre. Noch eine Flucht!

»Ich ... ich wollte ... dich um Verzeihung bitten«, presste sie schnell heraus, ehe sie es sich anders überlegen würde. »Ich hab Mist gebaut. Ich wollte Stefan nicht küssen!«

»Du lügst!«, donnerte Nino ihr überzeugend entgegen.

»Was?« Greta ließ die Puppe sinken und sah den Italiener irritiert an. »Inwiefern soll es mir bitte helfen, wenn du mich eine Lügnerin nennst?«, wollte sie von ihm wissen, aber er deutete nur mit dem Kopf auf ihre Puppe.

»Stefan war mein Freund. Du hast ihn geküsst – es aber nicht gewollt? Hat er dich gezwungen? Oder hast du es nicht vielleicht doch gewollt, du Lügnerin!«

Greta schluckte hart. Zwar klang Nino nicht wirklich nach Katrin, denn die verwendete üblicherweise in ihren Sätzen viel mehr Worte, aber seine Worte verfehlten ihre Wirkung nicht. Sie fühlte sich angegriffen und verletzlich.

»Ich kann das nicht!«, murmelte sie und zog die Finger zurück, als hätte sie sich an den Fäden der Marionette verbrannt. Sie stand auf und strich sich den Mantel glatt, ohne Nino, der noch immer abwartend am Bühnenrand saß und die Katrin-Puppe in den Händen hielt.

»Du haust ab?«, fragte er mit vorwurfsvoll verstellter Stimme, als würde nicht er das wissen wollen.

»Ja. Ich …« Greta nahm ihm seine Puppe ab und legte sie neben ihre. »… will das nicht.« Sie atmete durch und trat ein Stück zur Seite. Hin, zu den Menschen, die nun, wo der Karneval sich dem Ende neigte, noch einmal zu kostümtechnischen Höchstleistungen aufliefen. Und weg von Nino, dessen analysierender Blick sie sich ganz schlecht fühlen ließ. »Ich muss los. Schilling wird sich schon fragen, wo ich bleibe.«

»Du hast noch Zeit, Bella«, beruhigte Nino sie, aber Greta schüttelte den Kopf und deutete auf die Puppen.

»Nicht dafür.« Sie zwang sich zu einem Lächeln. »Sehen wir uns noch?«

»Natürlich, Bella. Ich bin hier, wenn du mich brauchst. Und unsere Küche steht dir jederzeit offen.«

Greta wurde wieder etwas leichter ums Herz, und sie umarmte den Puppenspieler eilig.

»Danke. Und das hier … Es tut mir leid, ich weiß einfach, dass Katrin mir nicht vergeben wird. Egal, ob wir heile Welt spielen.«

Nino nickte.

»Eine heile Welt wird es nur dann, wenn du anfängst, dir selbst zu vergeben, Greta. Das Leben steckt voller Fehler. Wir müssen vom richtigen Weg abkommen und stolpern, um zu erkennen, dass wir ihn verlassen haben.«

Greta grinste.

»Das klingt, als käme es aus Großmutters Kochbuch. Sie ist die Meisterin der guten Ratschläge. Vielleicht sollte ich anfangen, so was aufzuschreiben.«

»Nein. Du solltest lieber damit anfangen, das umzusetzen und dir zu vergeben. Dann hast du eben ihren Freund geküsst! Finde für dich selbst den Grund dafür. Erkenne, warum das passieren musste – und dann vergib dir deinen Fehler!«

»Du sagst das so leicht. Du spielst den ganzen Tag mit deinen Puppen, hast eine kunterbunte Insel-Wohnung und einen Freund, der dich liebt. Du hast keine Ahnung, wie es sich anfühlt zu wissen, dass man alles kaputtgemacht hat, was einem jemals etwas bedeutet hat.«

Ein Schatten zog über Ninos Gesicht. Für einen kurzen Moment war sie gefallen, seine Maske, und Greta fragte sich, was es war, das er dahinter so Dunkles verbarg.

Ein kostümierter Passant rempelte Greta an, und sie

bekam Angst, als sie sich umsah. Überall Masken. Lachende Gesichter, aber was ging wirklich in den Menschen vor? Auch Nino lächelte wieder, als sie sich zum Abschied zu ihm umwandte. Und doch war sie da gewesen. Die Dunkelheit. Finsterer als ihr eigener Kummer.

»Hallo! Frau Martinelli!«, ertönte hinter Greta ein Ruf, als sie gerade erst die Stufen der beeindruckenden Rialtobrücke erklommen hatte. Sie drehte sich um und sah Christoph Schilling auf sich zukommen. Wie schon im Frischmanns Wartezimmer trug er den olivfarbenen Parka mit den aufgesetzten Taschen und offene Sandalen mit Socken. Dazu eine Kamera um den Hals und eine Fototasche mit Stativ unter dem Arm.

Er ging im Stechschritt, und Greta wartete, bis er sie durch die Touristenmenge hindurch erreichte.

»Hallo, Herr Schilling. Soll ich Ihnen etwas abnehmen?«, fragte sie, als er zum Händedruck sämtlichen Kram an sich presste, um nichts fallen zu lassen.

»Nein, nein. Das geht schon.« Er blickte in den Himmel. »Ich bin froh, dass wir wenigstens stellenweise blauen Himmel haben. Da sollten wir aus den Außenaufnahmen wenigstens etwas herausholen können. Sind Sie bereit?«

Greta hätte am liebsten den Kopf geschüttelt.

»Ich weiß nicht«, stammelte sie unsicher. »Ich hab keine rechte Vorstellung, was Frischmann haben möchte«, gestand sie.

»Frischmann lässt Ihnen ziemlich freie Hand – zumindest habe ich das so verstanden.«

Greta schnaubte leise. Freie Hand zu haben war ja

gut, aber wenn sie doch überhaupt keine Ahnung hatte, was sie tun sollte …?

»Na schön, dann …« Sie musste improvisieren. »Dann …«

»Ich schlage vor, wir setzen Sie als das neue Gesicht der italienischen Küche erst mal in Szene. Wo ist Ihr Hotel?«

»Warum Hotel? Wollen wir nicht hier draußen Bilder machen?«

Schilling lachte.

»Natürlich, aber wir müssen Sie doch erst mal herrichten. Make-up, Haare … oder wollen Sie *so* fotografiert werden?«

So? Wie er das betonte, gefiel Greta nicht. Besonders, da er selbst ja aussah, als wäre er aus einem fahrenden Zug gefallen. Seine Hose war zwar diesmal sauber, aber am Saum ebenfalls ausgefranst. Und das Hemd, das er unter dem offenen Parka trug, war so knittrig, als hätte er darin geschlafen.

Offenbar entging Schilling ihre Musterung nicht, denn er grinste einseitig. Und das war interessant, denn so ein Grinsen hatte Greta noch nie gesehen. Er zog nur einen Mundwinkel nach oben, der andere blieb gerade, als würde sich sein Gesicht nicht entscheiden können, ob die Situation lustig war oder nicht.

»Schauen Sie mich nicht so an«, verteidigte er sich. »Ich stehe hinter der Kamera. Aber mit Ihrem Lächeln wollen wir einen Bestseller landen.«

»Ich dachte, Frischmann wollte Authentizität?«, hakte Greta immer noch gekränkt nach. »Da muss ich mich doch nicht mit Schminke zukleistern!«

»Verwechseln Sie Authentizität nicht mit Realität«, mahnte Schilling und deutete auf den im heute nur schwachen Sonnenschein schimmernden Kanal. »Sagen Sie mir, was Sie sehen«, forderte er sie auf, und Greta sah sich um.

»Eine Möwe auf einem Pfahl, Gondeln, die durchs Wasser gleiten, und Häuser, die sich darin spiegeln«, fasste Greta zusammen.

»Eine typische, reale venezianische Kulisse. Aber nicht ausreichend, um ein Kalenderbild abzugeben. In einem authentischen Kalenderbild müsste sich weder an den Gondeln noch an der Möwe etwas ändern. Aber an der Beleuchtung. Die Spiegelung muss verstärkt werden, die Tiefen geschärft, die hellen Bereiche vergoldet werden. Der Himmel muss satter sein und die Fassaden in warmem Licht erstrahlen.« Er sah Greta analysierend an, wie er es eben mit der Landschaft getan hatte. »Und bei Ihnen müssen wir auch die Fassade etwa aufmotzen!«

»Sehr charmant!«, murrte Greta und fühlte sich befangen. Sie strich sich übers Haar und über den Mantel, überhaupt nicht wissend, was er an ihr bemängelte.

»Ich bin nicht Ihr Prinz Charming. Ich bin Ihr Fotograf. Und jetzt sollten wir uns an die Arbeit machen, ehe das Licht sich verändert.«

Er machte sich ungeduldig auf den Weg, die Stufen der riesigen Brücke hinabzusteigen, stets darauf bedacht, mit seiner Ausrüstung nirgendwo anzuecken.

»Herr Schilling!«, rief Greta ihm zerknirscht nach und deutete in die andere Richtung. »Wir müssen hier entlang!«

»Sagen Sie das doch gleich, Herrgott.« Er kehrte um

und kam zurück. »Na los, gehen Sie schon voran. Das dauert ja alles ewig!«

»Ich sehe aus, wie eine Prostituierte!«, beschwerte sich Greta und reckte ihrem Spiegelbild die Zunge heraus. Schon drei Mal hatte sie Schilling zuliebe noch mehr Rouge auf ihre Wangen gepinselt und den Lidstrich nachgezogen. Sie ging zurück ins Hotelzimmer, wo der Fotograf ungeduldig mit dem Fuß wippend auf ihrer Bettkante saß und wartete. Wie schon zuvor gefiel ihr nicht, wie nüchtern er sie musterte. Überhaupt hatte ein Mann sie noch nie so gleichgültig angesehen.

»Passt«, stellte er emotionslos fest und stand auf. »Und … haben Sie zufällig ein helleres Oberteil?«
»Bitte?«
»Ein helleres Oberteil. Das wirkt freundlicher.«
Greta rollte mit den Augen.
»Sicher doch.«
Als sie ganz nach Schillings Vorstellungen hergerichtet war, war Gretas Laune auf dem Tiefpunkt. Was bildete sich dieser Kerl eigentlich ein? Kritisierte ständig an ihr herum und tat so, als hätte er Ahnung von Mode. Dass er die aber ganz sicher nicht hatte, bewies sein eigener Look. Trotzdem wusste sie, dass ihr nichts anderes übrigblieb, als zu tun, was er wollte.

»Vertrauen Sie mir!«, hatte er mehrfach vergeblich versucht, sie zu beschwichtigen, und das hatte Greta noch mehr in Rage versetzt. Sie vertraute ihm nicht! Kannte ihn ja nicht mal, und so unbeteiligt, wie er sich ansonsten gab, hatte er auch nicht vor, daran etwas zu ändern. Kein persönliches Wort – nur Anweisungen für das Shooting. Er sah in ihr offensichtlich nicht mal einen Menschen, sondern nur ein Motiv!

»Perfekt!«, lobte er, als Greta schließlich gestylt neben ihm über den Markusplatz hastete. Allerdings galt sein Lob nicht ihr, sondern dem aufreißenden Himmel. »So habe ich mir das vorgestellt.«

Er knipste Greta an verschiedenen Plätzen der Stadt, zusammen mit kostümierten Venezianern, Gondolieri und vor kleinen Restaurants inmitten kleiner Gässchen, bis die Dämmerung hereinbrach.

»Ich denke, für heute haben wir eine ganz gute Ausbeute.« Er klang zufrieden. »Sie kommen auf den Bildern gut rüber, und wir haben von Venedig erst mal genug Material. Wir können uns morgen also um Ihre Gerichte kümmern. Wollen wir dann zusammen zu Ihren Bekannten fahren?«

»Gerne.« Zum ersten Mal an diesem Tag nahm Schilling Tempo heraus und schlenderte beinahe neben Greta her. »Wann sollen wir uns dann treffen?«

Schilling überlegte.

»Ziemlich früh. Allerdings sollten Sie noch genug Zeit haben, sich ... wie heute herzurichten. Make-up, nettes Outfit ...«

»Ja, ja, ich versteh schon, was Sie meinen!«, murrte sie schroff und kniff die Lippen zusammen.

»Sie müssen mich nicht ankeifen. Mir persönlich ist Ihr Look vollkommen gleichgültig.«

»Na, Sie wissen aber, was Frauen hören wollen!«, sagte Greta spöttisch, aber Schilling lachte nur leise.

»Es geht hier doch nur um Ihr Buch. Ich will das Beste für Ihr Kochbuch.«

Greta schwieg. Vielleicht hatte er recht, und sie regte sich unnötig über ihn auf. Sie waren ja keine Freunde, noch nicht mal Bekannte. Sie sollte dankbar für seine Professionalität sein, wo sie selbst doch so ein Laie war.

»Ich habe überhaupt keine Vorstellung von diesem Kochbuch«, gestand Greta, als sie auf einer kleinen Holzbrücke das Wasser überquerten. Sie blieb stehen und sah Schilling unsicher an. »Den ganzen Tag habe ich versucht, das vor Ihnen zu verbergen, aber …«

Er lachte, klemmte sich das Kamerastativ zwischen die Knie und fischte ein Päckchen Kaugummi aus der Tasche seines Parkas.

»Das war mir klar!«, murmelte er kauend und bot auch ihr einen Kaugummi an. »Sie sind schlecht vorbereitet. Sie wirken abgelenkt, aber wir haben ja noch einige Wochen Zeit, das Projekt zu einem guten Ende zu bringen.«

Greta fühlte sich ertappt. Sie war tatsächlich abgelenkt. Das zu leugnen wäre Schwachsinn gewesen. Trotzdem wunderte es sie, dass das so offensichtlich war.

»Es ist noch nicht das richtige Wetter, um sich von Bella Italia inspirieren zu lassen. Aber das ändert sich ja bald. Ab nächster Woche wird es milder«, überraschte er Greta mit mehr Einfühlungsvermögen, als sie ihm zugetraut hatte.

»Danke, dass Sie so … geduldig mit mir sind. Wird Herr Frischmann nicht fragen, wie es läuft?«

Schilling zuckte mit den Schultern, schob sich die Brille wieder höher auf die Nase und schlenderte langsam weiter.

»Man soll den Tag nicht vor dem Abend loben – und

ein Projekt nicht kritisieren, ehe es abgeschlossen ist. Das wird schon.«

Greta sah ihm nach. Er war wirklich ein merkwürdiger Kauz. Trotzdem kam sie langsam zu dem Schluss, dass er für ihr Kochbuch vielleicht nicht die schlechteste Wahl war. Es sollte ja zumindest einer von ihnen wissen, was er tat. Und das war definitiv nicht sie. Zögernd folgte sie ihm, was nicht schwer war, da er vor einem Schaufenster mit Süßgebäck stehen geblieben war.

»Haben Sie Hunger?«, fragte Greta, der nun erst bewusst wurde, dass auch sie seit dem Morgen nichts gegessen hatte.

»Ja, ich glaube, ich hole mir eine Tüte dieser süßen Zaletti.«

Greta überlegte. Die goldgelb gebackenen Zaletti sahen köstlich aus, und obwohl sie draußen vor dem Laden standen, glaubte Greta, den süßen, teigigen Duft in der Nase zu haben.

»Wir können auch gerne … wenn Sie mögen noch zusammen Abend essen«, schlug Greta unsicher vor. Sie wollte nicht aufdringlich wirken, aber den Abend allein in ihrem Hotel zu verbringen schien ihr auch nicht so verlockend.

»Oh.« Schilling sah sie etwas betroffen an. »Das … das geht nicht. Ich bin noch verabredet.« Er nahm die Brille ab und polierte die Gläser am Hemdzipfel. »Ein andermal vielleicht.«

Greta war überrascht. Irgendwie hatte sie nicht mit einer Absage gerechnet, und auch, wenn sie Schilling ja nun nicht so besonders mochte, traf sie sein Korb.

»Ja, äh … dann … dann sehen wir uns also morgen.«

»Genau. Treffen wir uns um neun am Anleger von Murano.«

Greta nickte und wartete, bis er in der Bäckerei verschwunden war, ehe sie sich langsam abwandte.

Vielleicht war es nicht schlecht, den Abend allein zu verbringen – und sich mal endlich Gedanken um dieses Kochbuch zu machen.

11

Hochmotiviert kletterte Greta am nächsten Morgen in Murano aus dem Wassertaxi. Sie hatte sich die ganze Nacht Rezepte überlegt und in einer Datei am Laptop zusammengefasst. Inspiriert von ihrem Ausflug mit Luca, von ihren Eindrücken der Städte Verona und Venedig. Polenta und Meeresfrüchte, Spargel und Radichio und viele weitere Zutaten, die ihr für die norditalienische Region Venetien typisch erschienen. Sie war regelrecht stolz auf sich, als sie mit den Ergebnissen ihrer nächtlichen Arbeit auf dem Rezeptblock den Anleger für die Fährschiffe verließ und in Richtung Inselinneres schlenderte.

Ob Schilling wohl schon da war? Sie sah sich um, aber weder hielt ein Boot auf den Anleger zu, noch war er sonst irgendwo zu sehen. Es war kühl an diesem Morgen, und lichte Nebelschwaden zogen geisterhaft über den Boden. Trotzdem sah es so aus, als würde es ein angenehmer Tag werden, denn die Sonne glitzerte bereits in den Wellen der Lagune. Schon bald würde ihre Kraft ausreichen, den Nebel zu vertreiben.

»Frau Martinelli!«, rief Schilling und kam ihr entgegen. »Da sind Sie ja endlich. Ich bin schon eine ganze Weile hier.« Über der Schulter trug er eine wuchtige

Kameratasche, die Kamera hing bereits um den Hals, und ein riesiges Objektiv ragte ihr entgegen. Anders als zuvor hatte er heute keinen Parka an, sondern nur ein dickes, blaugrau gemustertes Flanellhemd. Darin machte er zu Gretas Erstaunen gleich eine viel bessere Figur. Seine Schultern waren breiter, als sie vermutet hatte, und er wirkte nun jünger.

»Ich habe die Morgensonne über der Lagune hervorragend erwischt und die Rückkehr der Fischer im Morgennebel festgehalten. Tolle Bilder!«, lobte er sich selbst und fasste Greta hektisch an der Hand. »Tolle Bilder – das sage ich Ihnen.« Ohne weitere Erklärung zog er sie im Stechschritt hinter sich her.

»Ihnen auch einen guten Morgen!«, japste Greta und bemühte sich, mit ihm Schritt zu halten. »Was ... wo gehen wir denn hin?«

Sie folgte ihm, obwohl er die Abzweigung zu Ninos Wohnung überging und sie an Lädchen für Glaskunst und Stickereien vorbeiführte.

»Dort drüben ist eben ein Kahn angekommen«, erklärte er und deutete vor sich. »Da verkaufen sie fangfrischen Tintenfisch und sogar Langusten direkt auf der Straße.« Er war regelrecht aufgeregt. »Kommen Sie!«

»Ist ja gut. Ich komme ja!«, rief Greta, als er sein Tempo noch erhöhte. »Müssen wir so rennen?«

Er zwinkerte ihr zu. »Bewegung am Morgen vertreibt Kummer und Sorgen!«

»Sehr witzig! Sie werden ja sehen, wie groß mein Kummer ist, wenn ich mir bei dieser Hetze am Ende den Knöchel verstauche.« Sie deutete auf ihre Schuhe mit Absatz. »Immerhin wollten Sie, dass ich mich aufbrezel.«

Er ging etwas langsamer und wartete sogar auf Greta. Doch noch immer verzog er amüsiert das Gesicht. Wieder dieses halbe Lächeln. »Ist ja reizend, dass Sie tun, worum ich Sie bitte.« Er musterte sie und nickte anerkennend. »Ich muss sagen, Sie sehen heute ganz passabel aus.«

Greta rollte mit den Augen. Dieser Kerl war doch echt unmöglich! »Na, danke schön!«

Sie kniff die Augen zusammen und blickte durch die Gasse bunter Häuser auf den schillernden Kanal, wo ein blaugelber Kahn angeleint war. Ein alter Fischer mit grauem Schnauzbart, der an einen Seelöwen erinnerte, und einer Wollmütze über den schwarzgrauen Locken verkaufte seinen morgendlichen Fang direkt an vorbeikommende Passanten.

»Ist es der dort?«

Schilling nickte. »Ein echtes Charaktergesicht! Die tiefen Furchen um die Augen erzählen vom Leben auf dem Wasser. Besser hätten wir es nicht erwischen können.« Er drückte Greta einen Geldschein in die Hand und schob sie in Richtung des kleinen Anlegers, der nicht mehr war als ein Holzpfahl und zwei steinerne Stufen hinab zur Wasseroberfläche. »Kaufen Sie irgendwas«, forderte er sie auf. »Und reden Sie mit ihm. Ich mache Bilder.«

Schon kniete er auf dem Boden, richtete das Objektiv auf den Fischer und bedeutete ihr mit der freien Hand, ins Bild zu kommen.

»Buongiorno Signorina!«, grüßte der Fischer mit einer Stimme wie ein Reibeisen. »Was darf es denn sein? Alles frisch, alles von heute. Noch keine Stunde aus dem

Wasser«, erklärte er und hob ein geblümtes Tischtuch an, das er zum Schutz über die weißen Plastikwannen mit seinem Fang gebreitet hatte.

Greta hörte Schillings Kameraauslöser klacken und konzentrierte sich darauf, gut auszusehen, während sie sich zu jedem Fisch etwas erzählen ließ. Sie erfuhr, dass Oskar seit zweiundsechzig Jahren jeden Morgen zum Fischen in die Lagune hinausfuhr. Seit dem Tag, als sein Vater ihn im Alter von drei Jahren zum ersten Mal mitgenommen hatte. Er präsentierte Greta eine beeindruckende Languste, deren rotbraune Antennen länger schienen als ihr eigener Körper. »Die ist etwa drei Jahre alt«, erklärte Oskar. Unter zwei Jahren lass ich sie frei. Dann sind sie zu klein.«

»Wahnsinn!«, staunte Greta, schüttelte aber den Kopf. Langusten standen nicht auf ihrem Rezeptblock. Stattdessen ließ sie sich einige kleinere Tintenfische abzählen und einpacken. Dabei folgte Schillings Kameralinse jeder von Oskars Bewegungen.

»That's it!«, rief er schließlich und knipste ein letztes Bild, als Greta Oskar das Geld reichte und dabei die Tüte mit den Tintenfischen entgegennahm. »Perfekt! Genau das wollen wir zeigen. Eine Köchin, die im ersten Morgenlicht hinausgeht und fangfrischen Fisch direkt beim Fischer kauft!« Seine Augen leuchteten begeistert hinter seiner Brille. »Genau das wollte Frischmann sehen!«

Sein Lob freute Greta, und seine Begeisterung war ansteckend. Sie fühlte sich phantastisch, als sie mit ihrer Fischausbeute neben Schilling auf Ninos Häuschen zusteuerte.

»Hier ist es«, erklärte sie und zeigte auf die türkisblaue Fassade mit den weißen Fensterläden.

Schilling schien zufrieden, denn sein Lächeln überzog tatsächlich das gesamte Gesicht. »Gut. Ich hätte Ihnen nach dem etwas schwierigen Start gestern gar nicht zugetraut, eine so nette Kulisse für Ihre Rezepte zu finden.« Er knipste einmal das Häuschen. »Jetzt muss es drinnen nur ähnlich nett sein, dann läuft das!«

Noch ehe Greta antworten konnte, öffnete Nino freudestrahlend die Tür. Der gut einen Kopf größere Luca hinter ihm lächelte höflich.

»Ciao, Bella!«, rief Nino und umarmte Greta. »Du kannst dir nicht vorstellen, was wir für eine Nacht hinter uns haben!«, rief er. »Luca hat stundenlang die Küche geschrubbt, damit für dein Kochbuch wirklich alles perfekt ist!«

Greta lachte dankbar und warf Luca eine Kusshand zu.

»Der kleine Laute hier ist Nino – und dieser Schatz ist Luca. Und das mit dem Kücheputzen wäre doch nicht nötig gewesen!«

»Eine saubere Küche macht sich in einem Kochbuch nicht gerade schlecht«, widersprach Schilling und reichte Nino nüchtern die Hand. »Guten Tag. Ich bin Christoph. Der Fotograf.«

»Christoph! Wie nett. Ich hatte mal eine kurze, aber mehr als leidenschaftliche Affäre mit einem Christophorus – er war Grieche. Ein Geschenk Gottes, wenn man so will.«

Luca verzog das Gesicht und schob Nino entschieden beiseite, um die Tür freizumachen. »Du verschreckst unsere Gäste.«

Sein strenger Blick ließ Greta schmunzeln, und sie trat hinter Schilling ein. »Ich sehe schon, das wird ein spannender Tag«, prophezeite sie und hob die Tüte mit den Tintenfischen hoch. »Schaut mal, was ich hier habe. Wir können also direkt loslegen – ohne weitere Geschichten.«

Nino schmollte künstlich, folgte ihnen aber in die kleine Küche.

»Es ist so lieb von euch, mir eure Küche zur Verfügung zu stellen«, bedankte sich Greta und schlüpfte aus ihrem Mantel.

»Gerne doch, Bella. Wir sind schon ganz aufgeregt, weil unsere Küche nun Teil eines Kochbuchs werden wird. Das kann schließlich nicht jeder von sich behaupten.«

Schilling sah sich zufrieden um. »Keine Sorge, wir werden eure Küche perfekt in Szene setzen. Ihr habt überhaupt eine schöne Wohnung.«

»Danke, Christoph!« Nino freute sich und stemmte die Hände in die Hüften. »Soll ich dich rumführen, während die beiden die Pfannen anheizen?«

Es kam Greta komisch vor, dass Nino Schilling schon nach wenigen Augenblicken duzte, sie selbst aber noch nicht bei der persönlichen Anrede angelangt war. Sie sah den beiden nach, während Luca ein Schneidbrett hervorholte.

»Herr Schilling? Was genau sollen wir denn machen? Einfach kochen, oder …«

Der Fotograf blieb an Ninos Seite stehen und riss erschrocken die Augen auf. »Ach nein! Doch nicht kochen!« Er sah den Hausherrn entschuldigend an und kehrte zurück in die Küche. »Wie das später schmeckt, ist vollkommen egal! Es muss nur gut aussehen. Wir brauchen Bilder von jedem Schritt, auch wenn wir später nicht alle verwenden. Also am besten legt ihr hier die frischen Fische drauf, ein glänzend poliertes Messer daneben, ein Geschirrtuch … Habt ihr ein Geschirrtuch?«

Luca nickte und reichte ihm eines, als er sich vor Greta an die Arbeitsplatte schob. Kritisch musterte Christoph sein Arrangement. »Hmm … vielleicht etwas Grün. Welche Kräuter oder Gewürze verwendet ihr? Ansonsten sieht frischer Koriander immer recht gut aus. Dann im Hintergrund die Gasflamme vom Herd … und …«

Er beugte sich tiefer und machte einen Probeschnappschuss. »Das Licht passt noch nicht.« Kurz darauf hatte er über seinem Objektiv eine Kameraleuchte angebracht und wiederholte den Vorgang. »Passt.« Er sah Greta an. »Können Sie mehrere Arbeitsschritte in dieser Form vorbereiten?«

Sie nickte. »Sicher, aber … wollen wir nicht … ich meine, wir werden ja noch länger zusammenarbeiten, und da dachte ich … also ich bin Greta.«

»Christoph. Freunde nennen mich Chris.« Er rieb sich sein markantes Kinn und wirkte plötzlich befangen. »Na schön, dann … leg mal los, Greta.«

Es war heiß in der Küche, als Christoph fünf Stunden später sein vorerst letztes Bild schoss. Gretas Haare waren feucht im Nacken, so hitzig hatten sie gekocht und dekoriert. Nun standen ganze vier Mahlzeiten vor ihnen auf dem Tisch und verströmten ihren köstlichen Duft.

»Das war's!«, freute sich Christoph und packte die Kamera in seine Tasche. Dann lehnte er sich neben Nino an den Tresen und trank einen großen Schluck Rotwein. »Das lief ja wie am Schnürchen!«

»Bist du zufrieden mit den Aufnahmen?«, hakte Greta dennoch etwas unsicher nach.

»Wird schon passen. Ich denke da ist ordentlich Material dabei, das wir verwenden können«, antwortete er auf seine typisch zurückhaltende Art.

»Wird schon passen?« Nino stieß ihm in die Seite. »Schätzchen, du hast eine Million Bilder gemacht. Die werden großartig sein, etwas anderes ist bei dieser reizenden Köchin überhaupt nicht möglich!«

Greta wurde rot, als Christoph sie nun scheu musterte.

»Sie hat ihre Arbeit gut gemacht«, lobte er leise und schlüpfte aus seinem Flanellhemd, denn auch ihm stand der Schweiß auf der Stirn. »Aber ob es schmeckt, haben wir ja noch gar nicht herausgefunden.« Das blassblaue Shirt, das er unter dem Hemd trug, stand ihm gut, und Greta bemerkte, wie Ninos Blick ihm bewundernd folgte.

»Wir räumen hier kurz etwas auf, dann können wir uns ja über diese Köstlichkeiten hermachen«, schlug sie vor und wischte sich die Hände am Geschirrtuch ab. Dann half sie Luca, das Chaos in der Küche zu beseitigen. Unter gesenkten Lidern beobachtete sie Nino und Christoph, die es sich am Esstisch bei einem weiteren Glas Wein gemütlich gemacht hatten.

Christoph plauderte mit Nino vollkommen ungeniert, und selbst seine sonst so unbeteiligte und verschlossene Haltung hatte er aufgegeben. Die beiden lachten über irgendwas, und Greta wunderte sich, dass ihre beiden italienischen Freunde nicht bemerkten, wie merkwürdig Christoph war. Seine Ecken und Kanten wirkten in Ninos farbenfroher Wohnung irgendwie abgerundet.

»Du musst nicht eifersüchtig sein.« Luca stupste sie an und reichte ihr die Knoblauchzehen, die sie nur zur Dekoration verwendet hatten, damit Greta sie zurück in den Korb legte. »Er ist nicht schwul.«

»Bitte?«

»Chris ist nicht schwul.«

»Das hatte ich auch nicht angenommen.«

»Ach nein? Dann habe ich deinen Blick eben falsch gedeutet.«

»Ich bin auch nicht an ihm interessiert. Ich wundere mich nur über ihn. Er ist ... irgendwie merkwürdig.«

»Wirklich? Ist mir nicht aufgefallen. Ich finde ihn sehr angenehm.«

Greta legte schmutziges Besteck in die Spüle und wischte mit einem Lappen die Arbeitsfläche ab.

»Ich meine ja nicht, dass er blöd ist, oder so. Ich ... kann ihn nur überhaupt nicht einschätzen.«

Luca lächelte verschwörerisch. »Geheimnisvolle Menschen haben ihren Reiz.«

»Du bist doof! Vergiss einfach, was ich gesagt habe, und lass uns essen. Wird ja alles kalt!«, murrte sie, weil er einfach nicht verstehen wollte, was sie meinte.

Nach dem Essen wollte Christoph aufbrechen, aber Luca legte Einspruch ein. »Ihr könnt noch nicht gehen, Nino besteht darauf, dass Greta ihr Puppenspiel abschließt«, erklärte er.

»Ihr Puppenspiel?«

Greta rollte mit den Augen. »Nino will, dass ich meine Probleme mit ihm durchspiele. Aber ich will nicht.«

Christoph sah sie interessiert an. »Warum nicht?«

»Na, weil ... weil ich überhaupt keine Probleme habe. Und selbst wenn, würden mir Puppen dabei ja wohl kaum helfen.«

Er setzte sein halbes Lächeln auf und zuckte mit den Schultern. »Das müsst ihr klären. Aber sehr viel länger als einen Drink kann ich wirklich nicht mehr bleiben.«

»Das reicht uns, nicht wahr?«, bestimmte Nino und fasste Greta an der Hand.

»Sicher – weil ich nicht mitspiele.«

Nino scheuchte Christoph und Luca auf. »Ihr müsst mal in die Küche gehen, damit wir ungestört sind – sonst geht unsere Bella nie aus sich heraus.«

»Ihr braucht gar nicht zu gehen, weil ...«

»Wir sind schon weg!« Luca blinzelte ihr zu und ging Christoph voran in die angrenzende Küche. »Wir machen mal Espresso für alle!«, rief er ihnen über die Schulter zu und verschwand hinter dem Perlenvorhang.

Greta kniff die Lippen zusammen. Es gefiel ihr nicht, zu etwas gedrängt zu werden. »Ich will das Spiel mit den Puppen nicht fortsetzen«, beschwerte sie sich, als Nino seine Puppenkiste neben sich auf den Boden stellte und den Deckel öffnete.

»Du nimmst alles so schrecklich ernst, Bella. Entspann dich doch einfach mal.«

Greta schwieg. Sie war entspannt! Zumindest war sie es gewesen, bevor er mit den Puppen angefangen hatte.

Mürrisch nahm sie die Nino-Puppe aus der Kiste, denn sie verspürte den Drang, ihr den Hals umzudrehen.

Erschrocken sprang Nino auf. »Vorsichtig! Picco Nino ist ...«

Er musste nicht weitersprechen, denn Greta bemerkte selbst, dass die Beine der Puppe nicht sonderlich stabil waren. Behutsam schob sie die filzigen Hosenbeine nach oben und legte die mit Klebeband umwickelten Holzbeine frei.

»Er ist ja kaputt!« Sie sah Nino überrascht an. So sorgfältig, wie er mit seinen Marionetten umging, wunderte sie das.

In einer beinahe verzweifelten Geste knetete Nino seine Hände. »Er ist nicht kaputt!« Er klang verletzt. »Er ... er kann wieder gehen, auch wenn es Menschen gibt, denen es lieber wäre, er würde für immer in einer dunklen Kiste verschwinden.«

Die Bitterkeit in seiner Stimme ließ Greta aufhorchen. Vergessen war ihr Ärger, und sie wollte nur wissen, was los war. »Wer hat das gemacht?«, fragte sie mitfühlend und suchte in Ninos Gesicht nach einem Grund für seine Verzweiflung.

»Das ist nichts, worüber ich normalerweise rede, aber ...«, er sah Greta tief in die Augen, »aber bei dir mache ich eine Ausnahme, denn es könnte dir helfen.«

»Was ist passiert?« Ihre Stimme war kaum mehr als ein Flüstern.

»Mein Vater ist Schreiner. Er hat eine eigene Firma und schon früh für sich entschieden, dass ich als sein Sohn in seine Fußstapfen zu treten hätte. Ich war noch keine sechzehn, da musste ich bei ihm mitarbeiten.« Er betrachtete seine perfekt manikürten Hände. »Du kannst dir sicher vorstellen, wie ich mich gemacht habe«, scherzte er, ohne wirklich witzig zu sein. »Das einzig Gute waren die Feierabende. Wenn die Werkstatt verlassen war und ich den Verschnitt des Tages aufräumte, fing ich an, aus den Holzresten Puppen zu schnitzen und ihnen an den Fäden Leben einzuhauchen.«

Obwohl sie nicht wusste, wie die Geschichte weitergehen mochte, spürte Greta das Unheil kommen. Eine Gänsehaut überzog ihren Körper, und sie schlang schutzsuchend die Arme um sich.

»Monatelang versteckte ich meine neue Leidenschaft vor der Welt und übte das Spiel, bis ich es wirklich gut beherrschte.« Sein Blick verschleierte sich, so gefangen war er in seiner Erinnerung. »Im Spiel konnte ich sein, wer ich wirklich war. Und musste meine wahre Natur nicht verstecken. Picco Nino war eine glückliche homosexuelle Puppe, die gerne tanzte und …« Eine Träne lief aus seinem Auge. »Was ich nicht wusste: Ein Mitarbeiter meines Vaters kam eines Abends zurück, weil er etwas in seinem Spind vergessen hatte. Er beobachtete mich – und mein Spiel. Und am nächsten Morgen wussten es alle. Mein Vater tobte vor Wut. Er zerstörte alle meine Puppen. Brach ihnen die Beine und riss die Köpfe ab. Er verbot mir, schwul zu sein, und drohte mir Prügel an, wenn er mich noch einmal mit einer Puppe erwischen würde.« Nino lächelte bitter. »Später warf er mir vor, die Familie zerstört zu haben.« Nino sah auf und sein Blick ging in Richtung Küche, als suche er Lucas Unterstützung.

Greta bemerkte, wie Christoph sie musterte, und zwang sich zu einem knappen Lächeln.

»Dein Vater hat die Puppe zerbrochen?«, hakte sie ungläubig nach.

»Sí. Er … er hätte vermutlich lieber mir die Beine gebrochen, aber wer hätte ihm dann in der Werkstatt geholfen?« Nino hielt kurz inne. »Du musst wissen, dass ich eine ganze Weile selbst glaubte, die Schuld an alldem zu tragen. Weil ich eben homosexuell war. Weil das mein Fehler war.«

Greta wollte protestieren, aber Nino hob abwehrend die Hand und sprach weiter. »Es hat gedauert, bis ich erkannt habe, dass ich nicht nur bei den Puppen, sondern auch in meinem Leben die Fäden in der Hand halte.« Er nahm Greta Picco Nino ab und zog ihm behutsam die Hosenbeine wieder über die Klebestellen. »Ich hätte ihm neue Beine machen können«, flüsterte er. »Aber ich wollte es nicht. Ich habe ihn geklebt und mit jedem Stückchen Holz, das wieder zusammenhielt, befreite ich mich aus meiner Starre. Es war, als würde ich endlich erkennen, dass auch ich auf meinen Beinen stehen konnte. Ich musste nur aufhören, mich von anderen lenken zu lassen.« Er sah aus dem Fenster und schloss die Augen. »In dieser Nacht habe ich meine Puppen genommen und bin gegangen.«

Greta schluckte. Ninos Gesicht war aschfahl, und sie legte ihm die Hand auf die Schulter.

»Ich bin nie zurückgegangen, aber ich habe etwas Wichtiges gelernt, das auch du lernen solltest: Vergib dir selbst, denn egal, wie schwer die Schuld wiegt, die du glaubst, tragen zu müssen … du kannst nicht aufstehen und weitergehen, solange du dich von ihr niederdrücken lässt.«

Endlich lächelte er wieder und schien seine Erinnerungen abzustreifen. Er umfasste Gretas Hände. »Vergib dir selbst, Greta. Du bist eine ganz liebevolle Person. Du hast einen Fehler gemacht, aber wir sind eben Menschen. Wir machen Fehler. Große und kleine. Wenn wir selbst uns nicht vergeben können, nicht akzeptieren können, dass wir in den Augen der Welt vielleicht nicht perfekt sind ... wie sollen uns dann alle anderen vergeben können?«

Greta wusste keine Antwort auf diese Frage. Sie spürte Christophs Blick auf sich ruhen, und komischerweise gab ihr das Halt, obwohl Ninos Geschichte sie tief bewegte. Sie drehte sich um und sah den Fotografen in der Küchentür stehen. Er lächelte nicht, aber es kam ihr dennoch vor, als spendete er ihr Trost.

»Wir müssen los«, sagte er, kam zögernd in den Raum und sammelte seine Kameraausrüstung ein. Sein Blick suchte Gretas, und sie erwachte aus ihrer Starre. Sie streifte das unbehagliche Gefühl ab, das sie erfasst hatte, und reichte ihm sein Hemd. Der Stoff fühlte sich weich an, und sie unterdrückte den Impuls, daran zu riechen.

»Wenn ihr mal wieder in der Nähe seid, kommt gerne vorbei«, bot Nino Christoph an, als er sie beide zur Tür geleitete.

»Danke. Mach ich gerne. Aber bevor wir Gretas Kochbuch nicht abgeschlossen haben, sieht es da schlecht aus.« Er ging gefolgt von Greta durch den Flur, öffnete die Haustür und trat auf die Straße.

»Wo führt euch das Kochbuch denn als Nächstes

hin?«, fragte nun Luca und legte Nino von hinten die Arme um die Schultern.

Christoph sah Greta abwartend an. Sie stand mit dem Gefühl der Verlorenheit neben ihm auf dem Gehweg.

»Sie entscheidet. Ich bin nur ihr Assistent.«

»Mein Assistent?« Greta lachte und versuchte, dadurch wieder Halt in der Realität zu finden. »Noch nie in meinem Leben hat mich jemand so herumkommandiert wie du. Ich habe das Gefühl, ich wäre deine Assistentin!«

»Weiß denn nun einer von euch, wo es im Anschluss weitergeht?«, unterbrach Luca das Geplänkel.

Greta zuckte mit den Schultern. »Mich zieht es nach Bologna«, gestand sie. »Man sagt es sei das Mekka der Nudel. Ich finde, für ein Kochbuch würde das gut passen.«

Christoph nickte. »Auch mir würde das gut passen. Ich habe ja jetzt für andere Projekte in der Nähe von Pisa zu tun. Da könnte ich im Anschluss wegen der Bilder fürs Kochbuch vorbeikommen.«

»Dann reist ihr beide schon bald ab?« Nino schien traurig.

»Ich versuche, noch heute Abend einen Zug zu bekommen«, erklärte Christoph und schulterte seine Tasche. »Deshalb muss ich jetzt auch los.« Er wandte sich um und hob zum Gruß die Hand. »Wir sehen uns.«

Greta fühlte sich komisch. Der Abschied fiel ihr schwerer als gedacht. Sie hatte die Tage mit Nino und Luca genossen und verspürte beinahe so etwas wie Angst davor, wieder allein zu sein. Der Bruch mit Katrin schien sie verwundbar zu machen. Sie umarmte die beiden Italiener zum Abschied und beeilte sich dann, Christoph hinterherzukommen. Sie wollte nun wirklich nicht allein mit dem Fährschiff zurück nach Venedig fahren.

Als sie ihn eingeholt hatte, stellte sie fest, dass er diesmal gar nicht so schnell lief wie sonst.

»Alles klar?«, fragte er, ohne sie anzusehen.

»Ja, sicher …« Sie schlenderten nebeneinander zum Anleger und studierten den Fahrplan.

»Was war denn da vorhin zwischen euch in der Wohnung los?«, fragte Christoph nach einer Weile des Schweigens.

Greta kniff die Lippen zusammen und blickte auf die untergehende Sonne über der Lagune. »Ich glaube, ich habe eine Lektion gelernt«, murmelte sie nachdenklich und beobachtete eine Möwe, die ins Wasser tauchte und mit einem Fisch im Schnabel wieder in den Himmel emporstieg. »Ich sollte mir die gebrochenen Beine kleben und weitergehen.«

»Gebrochene Beine?« Christoph hob hinter dem dicken Rahmen seiner Brille die Augenbrauen.

»Das erkläre ich dir ein andermal!«, versprach sie und deutete auf das Schiff, das am Horizont näher kam. »Irgendwann, wenn ich gelernt habe, wie man ohne Fäden geht.«

12

Vor drei Wochen hatte Greta Venedig verlassen und sich auf den Weg gemacht, die Emilia Romagna zu ergründen. Sie war an Verona vorbei, am Südufer des Gardasees entlang nach Parma gereist, hatte hier und dort einige Tage verbracht und dabei versucht, das umzusetzen, was Nino ihr mit auf den Weg gegeben hatte.

Vergib dir selbst. Daran arbeitete sie jeden Tag. Sie hatte angefangen, Katrin Postkarten an die Adresse ihrer Eltern zu schicken. Ob sie da überhaupt noch dort wohnte oder sich nicht schon längst wieder eine eigene Wohnung genommen hatte, wusste Greta nicht. Sie bat nicht um Verzeihung, sondern schilderte ihr nur Eindrücke ihrer Reise. Schließlich hatten sie und Katrin bisher beinahe alle Erlebnisse miteinander geteilt. Es gab fast nichts, was sie nicht gemeinsam gemacht hatten. Deshalb fühlte es sich nur richtig an, Katrin auch diesmal an ihren Erlebnissen teilhaben zu lassen. Sie berichtete ihr von ihrem Besuch bei einer der traditionsreichsten Käsereien in Parma, wo sie nicht nur köstlichen Parmesan gekostet, sondern auch bei der Herstellung zugesehen hatte. Zuerst wurde Milch in großen Kupferkesseln erhitzt. Schließlich fischten die Mitarbeiter der Käserei jeden einzelnen Laib Käse per Hand ab und pressten ihn in die typisch runde Form. Fertig war ihr Parmigiano aber erst nach einer anschließenden Reifezeit von zwölf Monaten. Die Reife-Lager mit den Laiben waren riesig, und der unvergleichliche Duft weckte eine Lust auf Käse, wie Greta es nie zuvor erlebt hatte.

Außerdem hatte sie eine Schweinefarm nahe Parma besucht, denn für den weltbekannten Parmaschinken musste das Fleisch von Schweinen aus der Region kommen. Tagelang hatte sie nichts anderes zu sich genommen als Parmesan und Parmaschinken. Dazu herrlich duftendes Olivenöl, Melonen und Aceto Balsamico. Die starken Aromen dieser besonderen Lebensmittel wirkten belebend, und Greta bekam immer klarere Vorstellungen von ihrem Kochbuch. Sie war Frischmann dankbar für den Weg, den er ihr, ohne es zu wissen, bot. Zum ersten Mal musste sie sich, was ihre Ideen anging, mit niemandem abstimmen, konnte selbst ihre Entscheidungen treffen und sich Ziele setzen. Das war befreiend. Trotzdem lebte sie von der Hoffnung, dass sie einen Weg finden würde, den Bruch mit Katrin irgendwie zu kitten.

Und so beendete sie jede ihrer Postkarten mit dem Satz: *Ich wünschte, du wärst hier.*

Und dieser Satz ging Greta auch durch den Kopf, als sie Ende März, bei schönstem Sonnenschein, ihren Koffer vor der kleinen Pension »Santa Lucia« im Herzen Bolognas aus dem Taxi lud. Sie trug ein neues zitronengelbes Kleid, das ihr bis kurz über die Knie reichte und allein durch seine Farbe schon ihre Stimmung hob. Der glockenförmige Rock schwang bei jedem ihrer Schritte und verlieh ihr das Gefühl, ein leuchtender Schmetterling zu sein.

Sie blickte an der altrosa Fassade empor, hinauf zu dem kleinen Balkon und den olivgrünen Fensterläden. Es war ein wirklich nettes Häuschen, wenn auch ganz anders als ihr doch recht glanzvolles Hotel in Venedig.

Voller Vorfreude trat sie durch die beinahe zierlich wirkende Eingangstür in einen hellen Flur. Am verlassenen Tresen wartete sie eine Weile, doch niemand kam.

»Hallo! Ist da jemand?« Sie ging ein paar Schritte weiter den Gang entlang und sah sich um. Hinter einer Tür hörte sie leise Stimmen.

»Hallo?«, rief sie noch einmal und hob die Hand, um an die Tür zu klopfen, als diese im selben Moment aufschwang.

»Buongiorno, Signorina!« Eine alte Frau mit schlohweißem Haar und gebeugtem Rücken stand ihr freundlich lächelnd gegenüber. »Sie warten doch hoffentlich nicht schon länger?« Auf einen Stock gestützt trat sie in den Flur und bedeutete Greta, zum Empfangstresen zu gehen. Sie trug eine rote Schürze über ihrer ansonsten recht gedeckt gehaltenen Kleidung. Greta schätzte, dass die Frau seit langem Trauer trug. Es war nicht mehr das dunkle Schwarz, das viele direkt nach einem Todesfall trugen, sondern einfach der Verzicht auf leuchtende Farben, der daraufhin bei älteren Leuten irgendwann folgte.

»Nein, keine Sorge. Ich dachte nur …«

»Um diese Zeit koche ich für gewöhnlich, denn die Kinder kommen bald aus der Schule.« Sie lachte Greta offenherzig an. »Ich habe sechs Enkel – und alle haben Hunger.«

Greta nickte bewundernd und stellte ihren Koffer ab.

»Da haben Sie ja einiges zu tun.«

»Sí, aber ich mache das gerne. Wenn nicht gerade Gäste kommen oder ich nebenan im Laden meiner Tochter aushelfen muss, habe ich ja ansonsten nichts zu tun.« Sie zog einen Zettel aus einem Hefter. »Signora Martinelli?«, fragte sie und studierte die Reservierung.

»Richtig. Ich hatte angerufen. Die Dame aus der Käserei in Parma hat Sie empfohlen.«

»Ahh, Silvia! Ja, sie stammt aus Bologna, ist aber mit ihrem Mann nach Parma gezogen.«

»Ja, das hat sie mir erzählt, als ich dort den wunderbarsten Parmigiano der Welt probiert habe.«

Greta fühlte sich auf Anhieb wohl. Dies hier war keine anonyme Pension, kein Hotel mit wechselndem Personal, wo man im Grunde niemanden kannte. Dies hier war, als wäre Greta mitten in die Familie dieser alten Dame hineingestolpert.

»Sie haben kein Datum der Abreise angegeben«, stellte sie fest und setzte sich ein goldenes Brillengestell auf die Nase. »Oder übersehe ich etwas?«

Greta zuckte mit den Schultern. Sie wollte nicht ziellos oder verloren wirken. »Ja, ich … weiß noch nicht, wie lange ich bleiben werde. Ist das schlimm? Ab wann ist das Zimmer denn wieder vergeben?«

»Ach!«, die alte Frau winkte ab. »Machen Sie sich keine Sorgen, Kindchen. Erst im Sommer sind wir regelmäßig ausgebucht. Um diese Jahreszeit … können Sie gerne bleiben, solange Sie wollen.«

»Das ist schön. Ich möchte mich nicht festlegen. Ich

muss auf einen ... Kollegen warten und weiß nicht, wann genau der hier durch Bologna kommt.«

»Sie sind also beruflich in der Stadt?« Die alte Dame notierte etwas auf der Reservierung und nahm dann einen Schlüssel vom Brett hinter sich.

»Beruflich ...« Greta überlegte. War das der richtige Begriff? Eigentlich fühlte sich ihre Reise nicht wie Arbeit an. »... aber auch privat. Ich musste einfach mal raus.«

»Für eine Auszeit haben Sie sich den richtigen Ort gesucht. Hier ticken die Uhren langsamer. Hier, mein Kind, Ihr Schlüssel. Kommen Sie, ich zeige Ihnen Ihr Zimmer, und wenn Sie mögen, schließen Sie sich uns doch zum Essen an. Es gibt Lasagne.«

Zuerst wollte Greta ablehnen, aber die alte Dame wirkte so herzlich, dass sie kurzerhand zustimmte. »Gerne. Aber nur, wenn ich wirklich nicht störe.«

»Ach woher! Sie stören nicht. Die Frage wird eher sein, ob meine Enkel Sie nicht stören.«

Das glaubte Greta nicht, denn seit sie sich von Nino, Luca und Christoph verabschiedet hatte, fühlte sie sich fast etwas einsam. Sie war es nicht gewohnt, Zeit nur mit sich selbst zu verbringen. Sie folgte der Hausherrin eine knarzende Treppe hinauf in den ersten Stock, wo mehrere Türen von einem langen Flur abzweigten. Schon an der ersten Tür blieb sie stehen und öffnete sie.

»So, hier sind wir. Ich hoffe, Sie fühlen sich wohl. Wenn Sie etwas brauchen sollten, rufen Sie mich einfach. Ich bin Gaja.«

»Danke. Und bitte nennen Sie mich Greta.«

»Fühlen Sie sich wie zu Hause, Greta. Und kommen

Sie in einer Stunde zum Essen herunter. Sie wissen ja jetzt, wo die Küche ist.«

Greta trat in ihr neues Reich und schloss die Tür hinter sich. Die bodentiefen Fenster standen offen, und Sonnenlicht flutete den gemütlichen Raum. Das Bett war mit einem gehäkelten Überwurf abgedeckt, ein antiker Schminktisch mit Spiegel zierte die Wand gegenüber. Die Holzdielen waren rau, und der Putz hatte auch schon bessere Zeiten gesehen, aber zusammen mit dem frischen Strauß Blumen auf dem kleinen schmiedeeisernen Tischchen und dem mit geblümten Stoff bespannten Sessel neben der Balkontür hatte es etwas Heimeliges.

Greta stellte den Koffer ab und trat auf den Balkon. Die Sonne streichelte ihre Wangen, und es war ein tröstliches Gefühl, dass endlich der Sommer kam. Der Winter lag hinter ihr, und sie hoffte, dass mit den Temperaturen auch ihre Zufriedenheit steigen würde.

Sie schloss die Augen und dachte an den Moment, der ihr Leben auf den Kopf gestellt hatte. Stefans Kuss. War dieser Kuss es wert gewesen, Katrin zu verlieren? War der Mann es wert gewesen?

Gretas Finger wanderten an ihre Lippen, wie um das Unheil zu verhindern. Sie erinnerte sich an den Abend, an den Blick in Stefans Augen und an ihr eigenes Herzrasen. Sie hatte nie zuvor etwas so Dämliches gemacht – und nie etwas so bereut, und doch, als seine Lippen ihre berührten, hatte sie für einen kurzen Moment geglaubt, dass es richtig war. Sie hatte Katrin nicht weh tun wollen, aber was sollte schon verkehrt daran sein, nach dem eigenen Glück zu greifen, wenn es einem doch so schamlos angeboten wurde? Hatte sie je daran geglaubt? An eine Zukunft mit Stefan? An eine Liebesgeschichte, die damit anfing, dass Stefan eben zuvor mal mit Katrin zusammen gewesen war ...

Sicher nicht.

Das schmiedeeiserne Balkongeländer unter Gretas Händen presste sich schmerzhaft in ihr Fleisch, so verzweifelt klammerte sie sich daran fest.

Stefan war ein widerlicher Mistkerl – und es war gut, dass sie das nun wusste. Es war auch gut, dass ein Kerl wie er nicht länger mit Katrin zusammen war. Er hatte sie alle getäuscht. Geblendet mit seinem tollen Lächeln – und am Ende noch für dumm verkauft!

Dieser Blödmann hatte alles kaputtgemacht – und vielleicht stimmte es, was Nino sagte. Vielleicht konnte sie sich leichter vergeben, wenn sie akzeptierte, dass ihre Schuld nur darin bestand, versucht zu haben, glücklich zu werden.

Greta atmete rief durch und ließ den Blick wieder über die kopfsteingepflasterte Straße vor der Pension wandern.

Kleine Lädchen reihten sich aneinander. Ein Metzger, an dessen Eingangstür ein Hund angeleint auf die Rückkehr seines Herrchens wartete, eine Bäckerei, vor der einige Jungen mit Schulranzen ihre Münzen zählten, und ein Blumenladen, dessen leuchtende Auslage auf dem Gehweg schon deutlich den Frühling ankündigte. Die ganze Stadt schien in Gold getaucht, die Fassaden erstrahlten in Gelbtönen oder sanftem Rosé. Die Gehwege verschwanden unter bogenförmigen Arkaden, die der Stadt etwas märchenhaft Majestätisches verliehen.

Nicht weit vor ihr überragten zwei in den Himmel wachsende Türme die ziegelroten Dächer und lenkten Gretas Blick in den wolkenlosen Himmel. Was kaum jemand wusste: Der schiefste Turm Italiens stand nicht etwa in Pisa, sondern in Bologna.

Schilling hätte sie also genauso gut hier begleiten können, anstatt nach Pisa weiterzureisen. Doch an Männer wollte Greta an diesem schönen Tag besser nicht denken. Nicht an Schilling und nicht an Stefan.

Das Kapitel Stefan war für sie definitiv abgehakt – und was Katrin anging, brauchte die Sache vermutlich einfach noch etwas Zeit. Sie war sich gar nicht mehr sicher, ob sie wollte, dass alles wieder wie früher wurde. Vielleicht war ihre Freundschaft auch einfach zu eng gewesen. Vielleicht hatte es eines großen Knalls bedurft, um zu erkennen, dass sie sich selbst darin verloren hatte.

Die Sonne wurde Greta fast etwas zu warm, und sie ging zurück in ihr Zimmer. Der Koffer wartete darauf, ausgepackt zu werden, und diesmal beschloss Greta, es auch zu tun. Ihr Gefühl sagte ihr, dass sie hier etwas länger bleiben würde. Auspacken lohnte sich also.

Als Greta wenig später die Küche betrat, schlug ihr der köstliche Geruch von geschmolzenem Käse entgegen. Etwas unsicher blieb sie stehen, denn die fünf Kinder am Tisch verstummten bei ihrem Anblick. Drei Jungs und zwei Mädchen, die ganz eindeutig Zwillinge waren, saßen auf einer altmodischen Eckbank und sahen sie erwartungsvoll an.

»Ciao!«, grüßte sie und lächelte scheu.

»Das ist Greta«, sagte Gaja vom Herd aus. »Sie bleibt

eine Weile – und wird heute mit uns essen, also rückt zusammen, damit sie sich dazusetzen kann.«

Bewegung kam in die Kinder, und ein Mädchen mit dunklen Zöpfen klopfte neben sich auf die Bank.

»Kannst dich hierher setzen«, bot sie an.

Greta tat wie geheißen und wartete genauso artig wie die Kinder darauf, dass Gaja die riesige Auflaufform mit der dampfenden Lasagne auf den Tisch stellte. Gierig wie eine Horde Heuschrecken griffen die Kinder zu. Gaja zuckte entschuldigend mit den Schultern und lächelte.

»So ein Schultag macht hungrig!«

Dem konnte Greta nur zustimmen. Sie lachte, als der Größte von ihnen seine Gabel so voll lud, dass ihm die rote Soße übers Kinn lief.

»Silvio!«, ermahnte Gaja streng, aber schon bei der nächsten Gabel machte er es wieder genauso.

»Das sind also Ihre Enkel?«, fragte Greta bewundernd. Obwohl es am Tisch heiß herging, gefiel ihr die Vorstellung einer so lebhaften Großfamilie.

»Ja, sie sind mein ganzer Stolz.« Gaja wuschelte dem Jungen, der ihr am nächsten saß, durchs Haar und erntete dafür einen warnenden Blick. »Diese beiden Racker sind die Jungen meiner ältesten Tochter. Sie kommt in einer Stunde und holt sie ab.« Sie machte eine Geste, als danke sie dem Herrn für diese Tatsache. »Und die beiden hübschen«, ihr Blick wanderte zu den Zwillingen, »sind Alina und Alessia. Die Töchter meiner Zweitgeborenen. Sie wohnen im Haus nebenan, über dem Laden. Darum sind die Mädchen fast jeden Tag hier.« Dann setzte sie sich neben den letzten verbliebenen Enkel.

Greta schätzte ihn auf höchstens sechs. Er verhielt sich etwas stiller als seine Cousins und drückte sich sogleich an seine Großmutter.

»Und dieser Goldjunge ist Timo. Der Jüngste.« Gaja schenkte dem Jungen ein liebevolles Lächeln, das Greta Rätsel aufgab.

Zwischen den beiden schien es eine besondere Verbindung zu geben. Gaja drückte dem Jungen die Hand und mahnte ihn leise, noch ein wenig mehr zu essen.

»Ihre Enkel sind wundervoll!« Greta wünschte sich fast, Teil davon zu sein.

»Das sind sie, aber wenn wir uns nicht beeilen, ist vom Mittagessen nichts mehr übrig, also bitte, greifen Sie zu, Greta.«

Alina – oder war es Alessia? – gab ihr ein großes Stück Lasagne auf den Teller. Die Bechamelsoße quoll heiß unter dem goldbraunen Käse hervor und vermischte sich mit der Bolognese. Der Duft von Oregano und Thymian stieg ihr in die Nase. Es roch so köstlich, dass Greta jede Scheu ablegte und hungrig zu essen anfing.

Schon nach dem ersten Bissen wusste sie, warum die Kinder so gierig zugelangt hatten. Gaja war eine begnadete Köchin. Mit jeder Gabel wuchs in Greta das Gefühl, genau am rechten Ort zu sein, um ihr Herz heilen zu lassen und den Verlust ihrer Freundschaft zu verarbeiten. Timo lächelte sie unter scheu gesenkten Lidern hervor an und deutete auf ihr Kinn. Auch sie hatte die Gabel zu voll gemacht.

Nach dem Essen brüteten die Kinder über ihren Hausaufgaben, und Greta half Gaja beim Abwasch. Sie schrubbte die Soßenreste aus der Auflaufform und lauschte der Musik aus dem altmodischen Radio auf dem Fensterbrett. Ein braungefleckter Mischlingshund von der Größe eines Dackels döste unter einem Stuhl, obwohl Gaja ihm einen Löffel Soße vor die Nase hielt.

»Er ist steinalt«, erklärte sie stolz. »Sieht schlecht, hört schlecht und schläft den ganzen Tag, aber ich möchte ihn nicht missen. Haben Sie ein Haustier, Greta?«

»Nein. In unserer Wohnung in München waren Tiere nicht erlaubt.«

»Sie leben also mit jemandem zusammen? Sind Sie verheiratet?« Gaja setzte sich auf den Stuhl und kraulte dem Hund die Schlappohren.

»Nein, ich … habe mit einer Freundin zusammengelebt. Aber sie ist ausgezogen, und … ich habe die Wohnung aufgegeben.« Sie verzog das Gesicht. »Aktuell steht mein ganzer Kram in einem gemieteten Lager, weil ich nicht weiß, wie lange ich weg sein werde.«

»Es muss schwer sein, das eigene Leben in Kisten zu verpacken und zurückzulassen«, sinnierte Gaja stirnrunzelnd. »Ich bin hier geboren, habe den Nachbarsjungen geheiratet und drei wundervolle Kinder bekommen. Nie musste ich etwas aufgeben. Das Schicksal hat es gut mit mir gemeint.«

Trotz ihrer Worte entging Greta der schmerzerfüllte Zug um ihren Mund nicht. »Das ist schön. Ich wünschte, das könnte ich auch von mir behaupten.«

Greta stellte die gusseiserne Pfanne zum Abtropfen auf die Ablage neben dem Spülbecken und trocknete sich die Hände ab.

»Meine Eltern haben sich getrennt, da war ich vier.

Ich hab davon nicht viel mitbekommen, aber später nie einen engen Kontakt zu meinem Vater gehabt. Ich beneidete meine Freundin Katrin immer um ihr intaktes Familienglück.« Greta schmunzelte. »Manchmal haben wir gespielt, ich sei ihre Schwester und ihre Eltern auch meine. Ich hab sie viele Jahre lang wirklich als Ersatzfamilie angesehen.« Greta knetete das Geschirrtuch zwischen ihren Fingern. »Vermutlich hat das meine Mutter verletzt. Nicht, dass sie sich beschwert hätte, aber wir haben kein sehr inniges Verhältnis. Sie lebt jetzt mit ihrem zweiten Mann in Landshut, wohingegen ich München nie den Rücken kehren wollte.« Greta zuckte mit den Schultern. »Sie gehen zu lassen fiel mir leichter, als meine Freundin Katrin zu verlassen. Wir haben zusammen in München eine Nudelbar geführt. Sie war im Grunde meine Familie.«

Gaja hatte ihr schweigend zugehört. Sie kraulte weiterhin den Hund hinter den Ohren. »Sie sagen: *war*?«

Greta nickte. »Ein dummer Streit hat ... alles kaputtgemacht.«

»Familie ist ein dehnbarer Begriff, Kindchen. Und Liebe und Verlust liegen nah beieinander. Du klingst so, als würdest du das bedauern. Bist du sicher, dass alles verloren ist?«

Greta zögerte. Gaja war zum Du übergegangen, aber das schien ihr bei dem Gespräch, das sie führten, nur angemessen. Tatsächlich fühlte sie sich der großmütterlichen Frau auf irgendeine Art verbunden. Ihr kam es vor, als spräche ihre eigene Großmutter aus den klugen grauen Augen. Sie dachte über Gajas Frage nach, kam aber auf keine Antwort. War sie sich, was den Bruch mit

Katrin anging, wirklich so sicher? Gab es vielleicht die Chance auf eine Versöhnung?

»Ich weiß es nicht«, gab sie ehrlich zu. »Es fühlt sich endgültig an, aber … aber eigentlich will ich das überhaupt nicht zulassen.« Sie grinste. »Sagen wir so, ich arbeite an einem Plan, alles wieder geradezubiegen.«

Gajas Blick wurde sanft, und die tiefen Falten um ihre Augen glätteten sich etwas. »Wenn das Schicksal es gnädig mit dir meint, wird sich am Ende alles zum Guten wenden.«

»Das klingt ja sehr optimistisch. Glaubst du, dass jede Geschichte am Ende gut ausgeht?«

Wieder huschte ein kaum wahrnehmbarer Schatten über Gajas Züge. Sie sah Greta an und schüttelte schwach den Kopf. »Nein. Das glaube ich nicht. Manchmal gibt es nichts zu retten. Dann muss man die Trümmer einsammeln und mit den Scherben leben.«

Zu gerne hätte Greta gefragt, was Gaja meinte, aber da wurde die Tür schwungvoll aufgestoßen.

»Nicht so stürmisch, Timo!«, schimpfte Gaja, denn der Hund zuckte erschrocken zusammen. »Ich brauche die Tür noch, sonst kommen die Mäuse rein und fressen dein Mittagessen.«

»Papa ist da!«, rief Timo, als wäre das eine Entschuldigung.

»Er soll reinkommen«, bestimmte Gaja und erhob sich schwerfällig. Auch der Hund kam langsam auf die Beine und folgte seiner Herrin durch die Küche. »Sag ihm, er braucht nicht zu denken, dass er sich wieder so einfach davonstehlen kann.«

Timo nickte und rannte wieder davon.

»Ich bin gleich zurück«, entschuldigte sich Gaja und folgte dem Jungen.

Greta sah ihr nach, unschlüssig, was sie tun sollte. Die Küche war wieder aufgeräumt, die Teller gespült, und sie verspürte den Wunsch, sich das Städtchen noch etwas genauer anzusehen. Vielleicht würde sie in irgendeinem dieser kleinen Cafés einen Espresso trinken und herausfinden, was sie hier eigentlich wollte. Sie musste an ihr Kochbuch denken! Diesmal sollte sie besser vorbereitet sein, wenn Christoph Schilling sich bei ihr meldete. Wann das sein konnte, wusste sie nicht, aber sie rechnete jeden Tag mit seinem Anruf.

Greta hängte das Geschirrtuch an einen Haken an der Tür und trat ans Fenster. Sie blickte hinaus auf die Straße. Auf den grauen Opel, der dort etwas schräg auf dem Gehweg parkte, und hinüber zu dem Mann, der für einen Italiener nur sehr schwach mit den Armen gestikulierte, während er offenbar mit Gaja stritt. Timo stand mit hängenden Schultern neben ihm, bis der Mann ihn zum Einsteigen drängte.

Greta konnte sein Gesicht nicht gut sehen, denn er trug eine Kappe tief ins Gesicht gezogen, die entfernt an eine Baskenmütze erinnerte. Seine Stimme war gedämpft und durch die Scheibe nur schwach zu erahnen. Sie klang irgendwie verletzt und doch entschlossen. Und so sah er auch aus. Entschlossen.

Greta wusste nicht, worüber er mit Gaja stritt, aber sie schien keine Chance auf einen Sieg in der Auseinandersetzung zu haben. Nur wenige Augenblicke später stieg er ins Auto und fuhr davon. Timos trauriges Gesicht hinter der Scheibe war das Letzte, das Greta sah.

Sie bemerkte, dass sie die Stirn runzelte, und trat eilig vom Fenster weg.

Was war da los? Warum schien der Mann – offenbar Gajas Sohn – so unversöhnlich?

Da Gaja auch zehn Minuten später nicht wieder in die Küche gekommen war, beschloss Greta, zurück in ihr Zimmer zu gehen. Sie würde sich Turnschuhe anziehen und die Stadt erkunden. Und vielleicht erfuhr sie dabei ja auch etwas über das Verhältnis zwischen ihrer Gastgeberin und ihrem Sohn. Nicht, dass sie explizit danach fragen würde …

13

Bologna entpuppte sich als wahre Schönheit. Ruhiger als Venedig, aber nicht minder prachtvoll. Es war die Stadt der tausend Bögen, wie es ihr schien. Wo immer sie ging, wandelte sie unter ausladenden Arkaden, immer gelenkt von den Türmen, die einen magisch zum Piazza Maggiore im Herzen der Stadt lockten. Mittelalterlich anmutende Gassen in der Südstadt führten geradewegs auf den von zwei prachtvollen Palästen umgebenen Platz, den die Abendsonne zu vergolden schien. Ein echter Zauber lag über der Stadt, als Greta nach einem Cappuccino und zwei Panini ihre Entdeckungstour fortsetzte. Die schmalen Straßen gen Westen glühten im rötlichen Sonnenuntergang, und sie war froh, an ihre Sonnenbrille gedacht zu haben. Doch selbst durch die getönten Gläser hindurch spürte sie die Wärme auf ihren Lidern und reckte ihre Nasenspitze höher. Katrin würde schon bei diesen ersten Frühlingsstrahlen ihre unvergleichlich süßen Sommersprossen bekommen – Greta hoffte zumindest auf eine Vertiefung ihrer natürlichen Bräune. Durch ihre Abstammung war ihre Haut nie richtig hell, trotzdem fand sie sich selbst schöner, wenn sie etwas Sonne abbekommen hatte. Doch ihr letzter Urlaub lag Jahre zurück. Die Nudelbar hatte eine Auszeit einfach nicht möglich gemacht. Der letzte richtige Sommer, mit Freibad und Eisdiele, mit Sommerurlaub und langen Abenden auf der Dachterrasse war der Sommer gewesen, in dem Stefan in ihr Leben getreten war. Oder vielmehr in Katrins Leben.

Wie so oft fragte sich Greta, ob Katrin der Beziehung mit Stefan wohl hinterhertrauerte. Oder hatte sie inzwischen ebenfalls erkannt, dass Stefan ein treuloser Hund gewesen war – und der Schaden besser früher als später entstanden war?

Bedächtig überquerte Greta die kopfsteingepflasterte Straße, um die Auslage in den Geschäften auf der anderen Seite zu bewundern, auch wenn sie in Gedanken in München war.

Wenn Katrin doch nur hier wäre, könnten sie diese dumme Sache aus der Welt schaffen, davon war Greta überzeugt. Hier, im tiefstehenden Licht dieser malerischen Stadt, schien es ihr unmöglich, Probleme zu haben. Hier musste sich jeder Kummer wie von selbst auflösen.

Ein dreirädriger Kleintransporter ratterte, so schnell es der Vespamotor zuließ, über den unebenen Straßenbelag und entlockte Greta ein Lächeln. Der moosgrüne Ape – das war das italienische Wort für Biene – hatte die Ladefläche voller Milchkannen. Sie fragte sich, ob die Milch bei dieser Fahrweise nicht sauer wurde. Wie von selbst schlug sie die Richtung ein, die das dreirädrige Gefährt genommen hatte. Nun stand ihr die Sonne im Rücken, und ihr länger werdender Schatten war ihr immer einen Schritt voraus. Sie überholte eine alte Frau mit Gehhilfe und schlenderte weiter. An der nächsten

Ecke parkte der Ape, und Greta beobachtete eine junge Italienerin, die ächzend die schweren Milchkannen von der Ladefläche hob und auf den Gehweg stellte. Sie redete hektisch mit dem Besitzer einer Bäckerei, der offenbar schon auf sie gewartet hatte. Ihr kurzes Haar war rötlich gefärbt, und ein buntes Halstuch betonte ihr recht schrilles Make-up. Schrill für einen Abend in Bologna, an einem unscheinbaren Märztag. Noch ehe Greta an der Bäckerei angekommen war, brauste das Dreirad weiter, und der Bäcker mühte sich allein mit den Kannen ab.

»Guten Abend, brauchen Sie Hilfe?«, fragte Greta und packte mit an. »Die sehen schwer aus.«

Der Bäcker in seiner weißen Montur sah sie überrascht an. »Sí, Signora. Dreißig Liter Milch in jeder Kanne. Aber lassen Sie ruhig. Ich mach das schon.« Er beäugte skeptisch ihr sonnengelbes Kleid. Keine Aufmachung, um sich die Hände schmutzig zu machen.

»Wo kommt die Milch denn her? Frisch vom Bauern?«

»Sí. Hier in Bologna haben wir eine noch funktionierende Land- und Milchwirtschaft. Mehrere Milchbauernhöfe in Stadtnähe sorgen täglich für Nachschub.«

»Das ist wirklich Luxus«, schwärmte Greta. »Ich finde es phantastisch, wenn Lebensmittel aus der Region verwendet werden.«

Der Bäcker streckte den Rücken durch und zog sich die mehlige Mütze vom Kopf. »Wenn Sie sich für Lebensmittel aus der Region interessieren, sollten Sie unbedingt einen Abstecher zu Danieles Olivenhain machen. Sein Olivenöl ist das Beste, was die Region zu bieten hat.«

Greta lächelte dankbar. »Gerne. Das klingt toll. Danke für den Hinweis. Genau danach suche ich.« Sie fasste nach dem Griff der nächsten Kanne. »Und nun lassen Sie mich mithelfen, denn schließlich habe ich Sie aufgehalten.«

Der Bäcker schlug sich mit der Mütze aufs Knie, dass der Mehlstaub nur so wirbelte. »Na schön, wenn Sie darauf bestehen, Signora, dann fassen Sie mit an.«

Als Greta einige Zeit später den Rückweg einschlug, gönnte sie sich bei dem Blumenladen vor der Pension einen Strauß Tulpen für das zweite Tischchen in ihrem Zimmer. Die pink, gelb und lila leuchtenden Blütenkelche passten perfekt zu ihrem Kleid und zu ihrer noch immer anhaltend guten Laune. Bologna tat ihr wirklich gut.

Sie schlenderte in Richtung ihrer Pension, vorbei an dem kleinen Geschäft, das sich direkt daneben befand. Es brannte Licht in den Schaufenstern, und Greta entdeckte Gaja. Sie trat an die Tür und klopfte zaghaft an die Scheibe, da bereits abgeschlossen war.

Gaja hob den Blick und bedeutete mit einem Nicken einer ihrer Enkelinnen, Greta die Tür zu öffnen.

»Hallo«, tastete die sich unsicher vor. »Ich habe gesehen, dass noch Licht brennt und …«

»Komm herein, Kindchen, komm nur. Alessia, geh zur Seite, damit unser Gast nicht draußen stehen muss.«

Das Mädchen hielt Greta die Tür auf und sperrte hinter ihr wieder ab.

»Was macht ihr?«, fragte Greta und sah sich um. Es war warm, und im hinteren Teil des Ladens, hinter den

Verkaufstresen und gläsernen Auslagen, stand Gaja vor einer großen bemehlten Tischplatte.

»Wir machen Pasta«, erklärte Alessia und hob einen langen runden Holzstock in die Höhe. »Wir rollen Pasta Lungo zum Trocknen.«

»Meine Tochter Nicoletta verkauft hier seit zehn Jahren handgefertigte Pasta. Morgens machen wir die Pasta fresce – also frische Pasta. Und abends fertigen wir die getrocknete Pasta secca. Wir halten nichts davon, Nudeln schnell zu trocknen. Dabei verliert der Teig sein Aroma, und die Nudeln werden hart. Wir lassen uns und unserer Pasta Zeit. Wir trocknen im Sommer auf dem Dachboden, wenn die warme Luft die Pasta trockenküsst – und im Winter heizen wir mit Feuer ein, lassen die Pasta aber mindestens 48 Stunden langsam trocknen.«

Ehe Greta etwas sagen konnte, kam Nicoletta mit einer riesigen Schüssel Nudelteig herein, die sie auf dem Tisch abstellte. Sie lächelte Greta an und reichte ihr zum Gruß die Hand.

»Buonasera, du musst Greta sein, sí?«

»Richtig. Eilt mir mein Ruf voraus?«

»Ja, mia madre redet viel. Aber keine Sorge, sie wusste nur Gutes zu berichten.« Nicolettas dunkle Augen leuchteten freundlich, und sie nahm sich ein großes Stück Teig aus der Schüssel. »Möchtest du uns zusehen?«

Greta nickte, legte ihren Blumenstrauß auf dem Tresen ab und trat näher an den Tisch. »Wenn ich darf, würde ich gerne mithelfen. Ich habe schon oft Nudeln selbst gemacht.«

Nicoletta schien überrascht. »Wirklich? Na schön, warum nicht. Aber ich warne dich, dein Kleid wird vermutlich Mehlflecken abbekommen.«

»Das macht nichts. Ich bin schließlich nach Italien gekommen, um zu kochen. Es ist viel zu lange her, dass ich selbst meine Finger in frischen Nudelteig gesteckt habe.«

Gaja und Alessia lachten, und Nicoletta reichte Greta ihren Teigklumpen. »Na, dann. Prego – fangen wir an.«

Sie verteilte auch an ihre Mutter und die beiden Zwillinge Teigstücke, die diese sogleich mit den langen Stäben auf dem Tisch ausrollten.

»Habt ihr gar keine Nudelmaschine zum Walzen des Teigs?«, fragte Greta etwas unsicher und wog den Stab, den Alessia ihr überlassen hatte, in ihren Händen.

Gaja schüttelte den Kopf. »Wir legen Wert auf Tradition. Wir walzen mit der Hand.«

»Das habe ich noch nie gemacht«, gestand Greta, machte sich aber an die Arbeit.

Immer wieder sah sie zu den Zwillingen hinüber, die gekonnt ihr Teigstück millimeterdünn ausgerollt hatten. Das war anstrengender als gedacht, denn die Stäbe glichen nicht einem Nudelholz, das man festhalten konnte, während es walzte, sondern die Holzstäbe mussten unter den Handflächen über den Teig gepresst werden.

»Streu etwas Mehl auf den Stab«, riet Nicoletta, als der Teig anfing zu kleben. Sie beugte sich über den Tisch und ließ einige Fingerspitzen Mehl über den Fladen rieseln. »Und setz dein Körpergewicht ein.«

Die Kinder schienen schon mit ihrem Werk zufrieden, denn sie legten die Stäbe beiseite und nahmen sich scharfe Teigrollen, die in der Tischmitte bereitlagen.

»Damit schneiden wir jetzt ganz dünne Streifen – für Spaghetti«, erklärte Alina und setzte die rollende Klinge an. »Das muss man aber können«, gab sie selbstbewusst an. »Am besten du fängst mit Linguine oder Fettuccine an. Die sind breiter und damit leichter zu schneiden.«

Gaja grinste über ihre vorlaute Enkelin, und Nicoletta schüttelte den Kopf.

»Probier ruhig aus, was immer du magst«, bot Nicoletta großzügig an und kam an Gretas Seite. Mit Kennerhand fuhr sie über den Teig und walzte an manchen Stellen noch mal nach. »Sieht gut aus«, lobte sie und reichte Greta den Teigschneider.

»Ich habe schon Spaghetti für meine Nudelbar geschnitten«, erklärte Greta mit einem Zwinkern in Richtung der Zwillinge. Sie setzte das Messer an und zog es in einer perfekten Bahn vom Ende des Teigs bis zu sich an die Tischkante. Das wiederholte sie mehrmals, bis sie einige hauchfeine Nudelfäden von der bemehlten Tischplatte aufnehmen konnte. »Na, was meint ihr? Bestehen sie den Test?«

»Perfetto!«, jubelte Alina und hob zum Vergleich ihre wunderschön geschnittenen Spaghetti hoch. »Dann kannst du ja morgen früh zum Füllen der Tortellini wiederkommen. Ich bin gespannt, ob du das auch kannst?«, foppte sie sie und hängte die Nudeln über ein Gestell.

»Du bist morgen früh in der Schule!«, erinnerte Nicoletta, wandte sich aber sogleich an Greta. »Aber die Einladung steht. Wenn du willst, komm morgen früh einfach dazu. Wir freuen uns über Unterstützung.«

Gaja nickte. »Richtig. Außerdem ist es lustiger, wenn man mal neue Geschichten hört und nicht immer nur übers Wetter redet.«

»Wann reden wir denn je übers Wetter?«, fragte Nicoletta kopfschüttelnd. »Du belehrst mich doch jeden Tag nur, wie ich dies oder das zu machen habe. Ach, im Grunde weißt du doch alles besser als ich, ist es nicht so?«

Gaja schien wenig beeindruckt. »Es ist die Pflicht der Mütter, ihren Kindern den Weg zu weisen«, gab sie freimütig zu.

Nicoletta verdrehte die Augen, während sie konzentriert Linguine schnitt. »Wenn du es damit nicht immer so übertreiben würdest, würde Daniele ja vielleicht mal wieder hier vorbeikommen.«

»Er kommt jeden Tag!«, murrte Gaja.

Greta bemerkte, wie sich die Stimmung verändert hatte. Die Mädchen hatten aufgehört zu kichern und hängten stattdessen nun schweigend die geschnittenen Nudelbahnen auf das Trockengestell. Die Spannung übertrug sich auf Greta, aber sie tat so, als bemerke sie es nicht.

»Er kommt nur wegen Timo«, verbesserte Nicoletta ihre Mutter leise, aber eindringlich. »Aber wann hat er zuletzt mit uns allen gegessen?«

Gaja zuckte mit den Schultern. Sie schien mit einem Mal viel gebeugter dazustehen als kurz zuvor.

»Er ist noch nicht so weit. Das braucht einfach Zeit. Aber sag nicht, dass es an mir liegt. Ich helfe ihm und Timo, so gut ich kann.«

Greta blickte scheu zwischen ihren beiden Gastgebern hin und her. Sie war zu fremd, als dass sie es gewagt hätte, eine Frage zu stellen, aber das Geheimnis um Timo und seinen Vater reizte sie immer mehr. Um was mochte es dabei wohl gehen?

Sie legte ihren Teigroller beiseite und nahm die letzten Spaghetti auf. Vorsichtig hängte sie wie Alina zuvor die Nudeln zum Trocknen über das Gestell. In der Zwischenzeit schienen sich Gaja und Nicoletta beruhigt zu haben, denn beide bemühten sich um ein Lächeln.

»Es war nett, dass du uns geholfen hast«, erklärte die Jüngere und wischte mit einem Lappen das Mehl von der Tischplatte. »Und, wie schon gesagt, schließ dich uns gerne morgen Vormittag wieder an.«

»Das mache ich, aber jetzt ist es Zeit für mich zu gehen.« Sie nahm ihre Tulpen und bewunderte deren Farbglanz. »Der Tag war lang – und unglaublich ereignisreich. Ich werde jetzt ins Bett fallen und wie ein Stein schlafen.«

Tatsächlich fühlte sich Greta müder als je zuvor in ihrem Leben, als sie schließlich frisch geduscht unter ihrer kuscheligen Bettdecke lag und den farbenfrohen Strauß Tulpen auf dem Tischchen vor dem Fenster bewunderte. Ihre Lider waren schwer wie Blei, aber sie wollte noch nicht schlafen. Im Grunde wollte sie Katrin anrufen und ihr von diesem unvergleichlichen Tag berichten, obwohl sie vorhin schon eine Karte an sie geschrieben hatte. Sie wollte ihr von Gaja erzählen, von Nicoletta und von den altmodischen Nudelwalzen. Davon, wie toll es sich angefühlt hatte, drei Generationen an einem Tisch zu finden, die gemeinsam Nudeln machten. Wenn sie die

Augen schloss, konnte sie Katrin direkt vor sich sehen. Ihre Augen würden vor Begeisterung leuchten und ...

Greta schüttelte den Kopf und rieb sich die Augen.

Katrin würde ihr die Tür vor der Nase zuschlagen! Sie würde ja nicht mal ans Handy gehen, wenn sie Gretas Nummer sehen würde. Und ob sie ihre Karten las, war die nächste Frage. Trotzdem hatte sich Greta auch an diesem Abend wieder die Mühe gemacht, eine zu schreiben. Sie drehte sich auf die Seite und fischte die Karte vom Nachttisch. Zum gefühlt hundertsten Mal glitt ihr Blick über die eng beschriebenen Zeilen.

Liebe Katrin,
ich bin heute in Bologna angekommen. Die Stadt ist traumhaft, viel ruhiger als Venedig, aber nicht weniger magisch. Ich habe das Gefühl, Italien würde hier erst beginnen. Plötzlich spürt man die Kraft der Sonne, und alles riecht so anders. Nach Sommer, auch wenn erst März ist. Ich habe mir heute einen Strauß Tulpen gekauft und dabei an dich gedacht. Du konntest es nie erwarten, bis der Frühling draußen erwacht, und hast immer kleine bunte Tulpensträuße aus dem Supermarkt mitgebracht. Ich habe dir nie dafür gedankt. Ja, es vermutlich nicht einmal erwähnenswert gefunden, aber heute, als ich die Tulpen sah, wurde mir bewusst, wie glücklich mich deine Blumensträuße gemacht haben. Ich wünschte, du wärst hier, und ich könnte zur Abwechslung dir den Frühling schenken.
Deine Greta

Es war unsinnig, eine ganze Karte über Tulpen zu schreiben, aber Greta wusste nicht, wie sie besser beschreiben konnte, was sie fühlte. Sie vermisste Katrin, und zugleich war sie froh, endlich zu sehen, was ihre Freundschaft überhaupt so besonders gemacht hatte. Es waren die kleinen Dinge wie die Tulpen, die Greta immer das Gefühl von Familie gegeben hatten. Katrin war ihre Familie gewesen. Und Greta so geborgen darin, dass sie vergessen hatte, etwas zurückzugeben. Sie hatte nicht gewusst, dass man etwas zurückgeben musste, obwohl man alles teilte. Irgendwie hatte sie gedacht, alles zu teilen würde reichen.

Nachdenklich legte sie die Karte zurück auf den Nachttisch und löschte das Licht. Ihr Blick blieb an den im Mondlicht magisch schimmernden Tulpenköpfen hängen, und mit einem letzten Gedanken an Katrin schlief sie ein.

14

Seit nunmehr fünf Tagen war Greta in Bologna und genoss jede Minute davon. Jeden Morgen ging sie hinüber zu Nicoletta und half ihr und Gaja bei der Herstellung der frischen Pasta für den Laden. Sie füllte Tortellini mit Ricotta-Spinat-Masse, mit Fleisch oder einem Mix aus getrockneten Tomaten, Sardellen und Kräutern. Sie legten jede einzelne Nudel auf den Daumen, wickelten die Enden um den Finger herum und verliehen ihnen damit die unvergleichliche Form. Sie machten die Nudeln kleiner, als Greta es aus Deutschland gewöhnt war, dafür waren sie im Nu gekocht und schmeckten so köstlich, dass man auf Soße gut verzichten konnte. Ein Schwapp heißes Nudelwasser, ein Schuss Olivenöl und eine gute Portion frischgeriebenen Parmesan, das Ganze kurz durchgeschwenkt, und fertig war ein Mahl, das köstlicher nicht hätte sein können.

Selbst jetzt, am frühen Morgen, als Greta bei geöffneter Balkontür über Großmutters Kochbuch saß und die hinteren leeren Seiten mit Rezepten füllte, die Gaja ihr anvertraut hatte, lief ihr das Wasser im Mund zusammen. Für viele waren Nudeln nur das Trägermaterial für die wohlschmeckende Soße. Wenn Greta ehrlich war, war es selbst in ihrer Nudelbar so gewesen. Die Gäste waren nicht wegen der Pasta gekommen, sondern wegen der ungewöhnlichen Soßen. Nicolettas gefüllte Nudeln hingegen brauchten keine Soßen, um zu überzeugen.

Und deshalb notierte sich Greta gerade die Rezepte der Füllungen. Sie malte einen Schnörkel unter die Beschreibung und blickte nachdenklich aus dem Fenster. Hatte sie alles notiert? Wie immer, wenn sie an einem Rezept arbeitete, fragte sie sich, ob allein die Zutaten für den Genuss verantwortlich waren oder ob nicht jeder passionierte Koch noch irgendeine Geheimzutat besaß, die es unmöglich machte, das Rezept in gleicher Weise nachzukochen. Und wenn sie *Geheimzutat* dachte, dann musste das nicht etwas sein, das man dem Gericht wirklich zumischte. Manchmal war es vielleicht die Pfanne, in der der Lachs angebraten wurde. Eine gute alte Eisenpfanne, in der die Haut knusprig braun wurde und sich kaum mehr ablösen ließ, wohingegen die direkte Hitze den Fisch im Nu gar werden ließ, ohne ihn auszutrocknen. In einer beschichteten Teflonpfanne würde man nie so ein Ergebnis erzielen. Vielleicht ließen sich manche Dinge auf einem Elektroherd auch nicht so gut zubereiten wie auf der offenen Flamme eines Gasherds? Vielleicht brauchte es manchmal einfach Dinge, die in keinem Rezept zu finden waren?

Greta legte den Stift beiseite und betrachtete ihr Armband. Gab es für Freundschaft ein Rezept? Oder war auch hier zum guten Gelingen eine Geheimzutat nötig? War ihre Freundschaft, die immer allen geschmeckt hatte, in der alten Eisenpfanne am Ende womöglich verbrannt?

Nachdenklich blätterte Greta einige Seiten zurück.

Dort hatte sie erst gestern wieder Großmutter Vittorias Ratschläge für misslungene Gerichte durchgelesen. Greta schmunzelte. Vittoria hatte nie ein Essen weggeworfen, nur weil zu viel Salz hineingeraten war oder die Soße eingebrannt war. Sie hatte immer versucht, alles zu retten, und allein dafür eine ganze Seite des Kochbuchs beschrieben. Doch wie Greta ihre versalzene Freundschaft retten sollte, das hätte nicht mal Vittoria gewusst.

Das Klopfen an der Zimmertür riss sie aus ihren Gedanken, und sie klappte das Buch zu.

»Ja, bitte?«

Der kleine Timo steckte scheu seinen Kopf zur Tür herein. »Signora? Großmutter schickt mich. Sie sagt, sie machen jetzt die Kräuternudeln.« Er zuckte mit den Schultern, als wisse er nicht, ob Greta mit dieser Information etwas anfangen konnte.

»Danke, Timo. Dann komme ich am besten gleich mit dir mit.«

Timo, der so aussah, als wäre er lieber sofort wieder gegangen, blieb zögernd stehen. »Klar. Wenn ... du magst.«

Greta lächelte ihn an und flocht sich hastig die Haare zu einem Zopf. »Du verbringst viel Zeit bei deiner Großmutter«, stellte sie fest und bemühte sich um einen vertrauensvollen Ton.

Seit Tagen rätselte sie, was es mit dem Jungen, Gaja und seinem Vater auf sich hatte. Sie beobachtete ihn heimlich, wenn er am Abend kam, um Timo abzuholen. Er wirkte scheu. Beinahe verletzt – und er hielt sich nie lange auf. Kam oft nicht mal ins Haus.

Timo nickte und wich ihrem Blick aus. »Sí, Signora.«

Greta folgte ihm in den Flur und schloss ihr Zimmer ab. »Sind deine Eltern arbeiten?«, hakte sie nach, denn seine knappe Antwort befriedigte nicht wirklich ihre Neugier.

»Sí. Papa hat viel zu tun.« Er machte einen Hopser – vermutlich, um die Distanz zu vergrößern.

»Aber heute ist Samstag. Hat er da nicht frei?«

»No. Er arbeitet jeden Tag.«

»Jeden Tag? Das klingt ja anstrengend.« Greta schloss hastig zu ihm auf, als er die Treppe erreichte. »Und ziemlich schade für dich und deine Mama, wenn er so oft weg ist, nicht wahr?«

Timo blieb stehen. Er sah Greta schweigend an. Dann kletterte er auf das Treppengeländer und rutschte ohne ein weiteres Wort auf dem Handlauf hinab.

Greta schlug sich erschrocken die Hand vor den Mund. Sie hatte keine Ahnung von Kindern, aber das schien ihr doch etwas gefährlich. Sie wagte es kaum hinzusehen!

Erst als der Junge am unteren Treppenabsatz leichtfüßig auf den Boden sprang und davonrannte, atmete sie zitternd wieder aus.

»Auch 'ne Möglichkeit, ein Gespräch zu beenden!«, murrte sie kopfschüttelnd und stieg die Stufen hinab. Ihr Begleiter hatte sich längst aus dem Staub gemacht. Nur Gajas braungefleckter Mischlingshund hob von seinem Platz am Empfangstresen aus müde den Kopf, als sie an ihm vorbei zu Nicoletta in den Laden ging.

»So etwas habe ich noch nie gesehen«, staunte Greta und ging langsam um die zum Trocknen aufgehängten

Nudelbahnen herum. Im strahlenden Sonnenlicht, das durch die großen Ladenfenster fiel, waren die zwischen zwei Nudelteigbahnen gelegten Basilikumblätter, Rosmarinnadeln und Thymianblättchen deutlich zu sehen. Frisch grün leuchteten sie durch den goldgelben Pastateig, der hauchzart ausgerollt und zu langen Streifen geschnitten war.

»Sie sind so hübsch, dass man damit die Wände tapezieren möchte, nicht wahr?« Nicoletta fuhr zärtlich mit den Händen über die Nudelbahnen.

»Das sind sie. Wie habt ihr das gemacht?«

»Den Teig ganz flach ausrollen, Kräuter schön ordentlich darauf verteilen, dann eine zweite hauchfeine Nudelbahn darüberlegen, mit den Walzhölzern verbinden, bis die Kräuter fest eingeschlossen sind. Und dann nur noch die Bahnen schneiden.«

»Sie sind breiter als Fettuccine«, bemerkte Greta und überlegte, welche Nudelsorte ihnen am ehesten gerecht werden würde.

»Sí. Sie sollen keiner Norm entsprechen. Sie sollen einfach so bunt und unterschiedlich wie die gepflückten Kräuter auf dem Teller landen.«

»Ich habe gedacht, ihr macht im Grunde bunte Nudeln. So ähnlich wie die grünen Spinatnudeln«, gab Greta zu und bewunderte noch immer die trocknenden Nudeln vor sich.

»Ja, das machen wir jetzt. Die Bunten gehören zum Standardsortiment. Diese hier mit Kräutern sind etwas ganz Besonderes.« Sie lächelte Greta verträumt an. »Wir machen sie nur zu besonderen Anlässen.«

»Dann gibt es heute einen besonderen Anlass?«,

fragte Greta und überlegte, ob wohl jemand Geburtstag hatte.

»Das werden wir sehen«, gab sich Nicoletta geheimnisvoll. »Ich hoffe morgen Mittag auf einen besonderen Gast.«

Das klang beinahe, als erwarte Nicoletta Männerbesuch, dabei hatte Greta deren Ehemann doch schon vor einigen Tagen kennengelernt. Noch ehe sie nachfragen konnte, fasste Nicoletta sie am Arm und führte sie an den Tisch.

»Willst du uns nun bei den bunten Nudeln helfen oder nicht?«, fragte sie und drückte Greta einen Korb mit frischen jungen Spinatblättern in die Hand.

»Sieht nicht so aus, als hätte ich eine Wahl«, gab Greta lachend zurück und krempelte sich direkt die Ärmel ihrer Bluse zurück. Sie legte ihr Armkettchen ab und wusch sich die Hände.

»Du hast schon eine Wahl – aber irgendetwas sagt mir, dass es dir gefällt, hier ein wenig mitzumischen«, erwiderte Nicoletta.

Greta sparte sich die Antwort, denn ihre neue italienische Freundin traf ziemlich ins Schwarze. Da sich ihr Fotograf noch immer nicht gemeldet hatte, hatte sie kaum etwas zu tun. Sie hatte längst ihre Rezepte für das Kochbuch vorbereitet und in den Abendstunden jeden Winkel von Bologna erkundet. Die Stadt hatte es ihr wirklich angetan, und indem sie in Nicolettas Lädchen half, die frische Pasta für den Verkauf herzustellen, hatte sie das Gefühl, der Stadt etwas zurückzugeben.

Sie lachten und scherzten bei der Arbeit, und der Tag verging wie im Flug. Nicolettas Geschichten von ihren

Töchtern weckten in Greta zeitweise den Wunsch nach eigenen Kindern – wenn auch garantiert nicht nach Zwillingen! Sie bewunderte, mit welcher Gelassenheit sich Nicoletta im Umgang mit den Mädchen beinahe zweiteilte, ohne dabei zu vergessen, wer sie selbst war.

»Mein kleines Lädchen füllt mich total aus«, erklärte sie Greta stolz und wusch sich den Nudelteig von den Fingern. »Ich wollte nie nur Hausfrau und Mutter sein. Der Laden schenkt mir die Freiheit und Unabhängigkeit, die ich brauche, um mich selbst zu verwirklichen.« Sie lächelte und reichte Greta das Handtuch. »Jeder sollte so etwas haben.«

»Ich weiß, was du meinst. Meine Nudelbar war auch mein ganzer Stolz. Ich … ich kann nicht fassen, dass … es sie nicht mehr gibt.« Greta trocknete sich die Hände ab und sah sich in dem kleinen Nudelladen um. Sie fühlte, den Verlust beinahe körperlich. »Ohne das Lokal weiß ich gar nicht, wie es für mich weitergeht. Zum Glück habe ich das Kochbuch, sonst hätte ich überhaupt keine Perspektive.«

Greta hatte ihren neuen Freundinnen von Stefan, Katrin und ihrer Krise erzählt, aber die beiden vertraten einen anderen Standpunkt als Nino und Luca. Dass Greta Katrins Freund geküsst hatte, missfiel auch Nicoletta.

»Du hättest nicht einfach davonlaufen sollen!«, beschied sie ihr streng. »Du hast einen Fehler gemacht – etwas wirklich Unverzeihliches, wie ich finde, aber dann hast du es verschlimmert, indem du viel zu schnell aufgegeben hast. Du bist davongelaufen.«

»Das weiß ich selbst!« Greta kniff die Lippen zusammen und tastete an ihrem Handgelenk nach dem Armkettchen. »Ich hätte natürlich noch mehr für das Lokal, um die Wohnung und unsere Freundschaft kämpfen müssen. Aber ich habe mich doch so geschämt! Ich konnte Katrin ja kaum in die Augen blicken!«

Das Armband war nicht da, und Greta erinnerte sich wage, es vor dem Teigkneten abgenommen zu haben. Sie hatte es dort hinten aufs Schränkchen gelegt ...

»Das verstehe ich. Und dein schlechtes Gewissen zeigt ja auch, dass du ein guter Mensch bist. Du hast das nicht gewollt. Aber deine Flucht aus München war dennoch feige. Und ganz sicher nicht der richtige Weg für dich, wenn du dein Lokal hättest retten wollen.«

Was Nicoletta sagte, war Greta nicht neu. Sie wusste, dass sie davongelaufen war. Vor Katrin, vor Stefan und vor allem vor sich selbst. Und solange sie mit sich selbst nicht wieder im Reinen war, nicht wusste, wie es nun weitergehen sollte und warum das alles überhaupt passiert war, konnte sie auch nicht zurück zur Normalität – wenn es die überhaupt jemals wieder geben sollte.

»Lass uns jetzt nicht mehr darüber reden«, bat Greta und sah sich suchend um. »Aber sag mal, ich hatte hier doch irgendwo mein Armband hingelegt. Hast du es gesehen?«

Nicoletta runzelte die Stirn. »Vorhin lag es noch hier auf dem Schränkchen«, bestätigte sie Greta und bückte sich, um den Boden abzusuchen. »Vielleicht ist es runtergefallen?«

Beide suchten nach dem silbernen Kettchen mit dem Perlmuttanhänger, aber es blieb verschwunden.

»Das gibt es doch nicht!«, murmelte Nicoletta. »Hier

kommt doch niemand rein. Und wenn es keiner mitgenommen hat, muss es ja noch irgendwo hier sein!«

Greta fühlte sich nackt so ohne das Armband. Obwohl sie es den ganzen Tag nicht getragen hatte, vermisste sie es nun schmerzlich. Trotzdem gab sie sich tapfer und zuversichtlich.

»Es wird schon wieder auftauchen. Du hast ja recht. Es kann ja niemand mitgenommen haben. Ich werde mal Gaja fragen, ob sie es gesehen hat, als sie vorhin mit Timo hier war.«

»Es ist noch nicht lange her, da habe ich es hier noch liegen sehen«, überlegte Nicoletta. »Weit kann es nicht sein!«

»Schon okay. Es ... es ist ja nicht so, als wäre es sonderlich kostbar. Ich ... hänge nur sehr daran.«

»Verständlich. Es ist ein sehr schönes Stück. Ich werde heute Abend die Mädchen bitten, hier noch mal alles abzusuchen, wenn du magst. Bestimmt finden wir es.«

»Das wäre wirklich lieb.« Greta fasste Nicoletta dankbar am Arm. »Und sag ihnen, ich gebe dem Finder ein Eis aus.«

Nicoletta lachte. »Damit steigen deine Chancen, das Armband zurückzubekommen, deutlich an. Du ahnst ja nicht, wie motivierend die Aussicht auf ein Eis für Kinder sein kann.« Sie schaltete das Licht im Laden aus und hielt Greta die Tür auf. »Bestimmt ist es morgen wieder da.«

»Ja, bestimmt.« Greta trat auf den Gehweg und winkte Nicoletta zum Abschied.

Als sie sich zur Pension umwandte, sah sie dort das Auto von Timos Vater parken. Sicher holte er wie jeden

Abend den Jungen ab. Und wie sie schon mehrfach beobachtet hatte, wartete er im Auto, bis Gaja den Jungen zur Tür brachte. Neugierig ging Greta näher heran. Sie lächelte Timo an, als er an ihr vorbei zum Auto rannte.

»Ciao!«, verabschiedete sie sich von ihm, aber er wich ihrem Blick hastig und verschämt aus, ohne den Gruß zu erwidern. Er kletterte auf die Rückbank und zog hektisch die Tür hinter sich zu.

Sein Vater nickte ihr kurz zu, eher er den Wagen startete und davonfuhr. Verwirrt blickte Greta dem Auto nach. *Danieles olio d'oliva* prangte in goldgelber Schrift auf dem dunkelgrünen Heck. Sie war nicht die Einzige, die dem Wagen nachsah. In der Eingangstür der Pension »Santa Lucia« stand Gaja mit versteinerter Miene, ihr Hund zu ihren Füßen.

»Buonasera.« Greta trat näher und kraulte dem Hund die Ohren. »Was war denn eben mit Timo los? Er hat mich ja ganz komisch angesehen?«

Gaja zuckte mit den Schultern. »Er ist scheu. Ganz anders als der Rest der Bande«, erklärte sie und stützte sich schwer auf ihren Stock. Sie sah an diesem Abend alt aus. Älter als noch vor wenigen Tagen beim Nudelwalzen.

»Das ist mir schon aufgefallen«, stimmte Greta ihr zu. »Er ist fast ein wenig … wortkarg.« Sie wollte Gaja nicht verletzen und auch nicht schlecht über den Jungen reden.

Gaja sah sie direkt an, und Greta las Schmerzen aus ihren Zügen. »Er war nicht immer so.«

Sie wandte sich um und ging zurück ins Haus. Dicht gefolgt vom Hund. Es war nicht schwer zu erkennen, dass Gaja über dieses Thema nicht sprechen wollte, darum beließ es Greta dabei und verabschiedete sich für die Nacht.

Eine Nacht, in der sie kaum Schlaf fand, so sehr beschäftigten sie die Erlebnisse und Gespräche des Tages.

15

Der nächste Tag, ein Sonntag, fing anders an als die vergangenen Tage. Die Kirchenglocken der *Basilica di San Petronio* schollen laut über die von der Morgensonne vergoldeten Dächern der Stadt, und die Straßen waren voll mit Menschen, die zum Gottesdienst pilgerten. Es versprach, ein warmer Tag zu werden, und auch Gaja, Nicoletta und die Kinder sowie ihr Mann hatten schon früh das Haus verlassen. Von ihrem Balkon aus beobachtete Greta den Strom der Gläubigen, die sich in Richtung Kirchplatz bewegten. Sie lehnte am Balkongeländer und atmete die klare Morgenluft ein, als würde das ihre Gedanken beruhigen können. Sie rieb sich über die Gänsehaut an ihren Armen, denn zum ersten Mal, seit sie Deutschland verlassen hatte, trug sie ein Oberteil mit kurzen Ärmeln.

Da Greta selbst nicht sonderlich gläubig war, beschloss sie, im Hotel zu bleiben, die Ruhe zu genießen und sich ihrem Kochbuch zu widmen. Seit sie gestern die Aufschrift mit dem Olivenöl auf dem Wagen von Timos Vater entdeckt hatte, wollte ihr ein Gedanke nicht mehr aus dem Kopf. Olivenöl.

Sie wusste nicht viel über das kaltgepresste olivfarbene Öl, mit dem sie, seit sie denken konnte, kochte. Das wollte sie ändern. Immerhin hatte ihr schon vor Tagen der Bäcker geraten, sich den Olivenhain außerhalb der Stadt einmal anzusehen. Sie fragte sich, ob Gajas Sohn dort wohl arbeitete. Vielleicht konnte sie ihn oder Gaja bei Gelegenheit danach fragen.

Das Klingeln ihres Handys riss Greta aus ihren Überlegungen, und sie zuckte beinahe zusammen. Seit Wochen hatte es nicht mehr geklingelt, und sofort dachte sie an Katrin. War etwas passiert? Hatte sie ihre letzte Postkarte bekommen? Das war unmöglich, denn Greta hatte sie gestern erst eingeworfen ...

Mit klopfendem Herzen hastete sie ins Zimmer zurück und suchte in ihrer Handtasche nach dem Handy. Als sie es endlich in Händen hielt, traf sie die Enttäuschung wie ein Schlag mit dem Nudelwalzholz. *C. Schilling* – stand auf dem Display, und kurz war Greta versucht, den Anruf wegzudrücken.

»Sei ein Profi!«, ermahnte sie sich und nahm den Anruf widerwillig an, bemüht, sich vor dem Fotografen ihre plötzliche schlechte Laune nicht anmerken zu lassen.

»Martinelli«, meldete sie sich.

»Schilling hier. Christoph Schilling.«

»Ja, hallo.«

»Tut mir leid, ich wollte mich längst melden, aber meine Arbeit in Pisa zieht sich leider etwas in die Länge. Ich werde wohl noch einige Tage brauchen.«

»Ach so. Ja nun, das ...« Greta wusste nicht, was sie sagen sollte. Sie war eigentlich nicht unzufrieden hier in Bologna – ganz im Gegenteil, trotzdem spürte sie nun, wo sie Schillings Stimme hörte, eine Unruhe aufkommen. Ein Drängen, an ihrem gemeinsamen Projekt weiterzuarbeiten. Schließlich hatte sie die Rezepte für den nächsten Abschnitt seit Tagen ausgearbeitet. »Das ist dann wohl so.«

»Ja, leider. Das Wetter ist super, und die tiefstehende Frühlingssonne macht außergewöhnliche Aufnahmen möglich«, erklärte er leidenschaftlich. »Hast du schon eine Idee für das Kochbuch? Oder soll ich dir per Mail einige Ideen zuschicken? Frischmann hat sich Gedanken gemacht, aber ich konnte ihn dazu bringen, dir freie Hand zu lassen. Wenn du aber ...«

»Nein danke. Ich«, unterbrach Greta ihn, »bin vorbereitet«, versicherte sie ihm. »Diesmal bin ich vorbereitet.«

Sein kurzes Schweigen am Ende der Leitung verunsicherte Greta. »Ich wusste, dass du das sagst.« Er klang so, als würde er lächeln. »Lass mal hören, an was hast du gedacht? Worauf muss ich mich gefasst machen?«

»Pasta!«, lachte Greta. »In jeder Variation. Gewalzt, gefüllt, überbacken. Außerdem Antipasti mit cremig seidigem Büffelmozzarella, Parmaschinken und eingelegten Oliven. Dazu werde ich mir in den nächsten Tagen einen Olivenhain ansehen, der hier direkt vor der Stadt zu liegen scheint.«

»Mmh, klingt sehr lecker!« Schilling seufzte. »Bei dieser Aussicht tut es mir gleich noch mehr leid, dass ich dich warten lasse.«

Greta kicherte verlegen und spürte insgeheim ein freudiges Kribbeln. Sie freute sich darauf, Schilling zu zeigen, was sie sich überlegt hatte. Nachdem in Venedig nicht alles so optimal begonnen hatte, wollte sie ihm endlich zeigen, wie professionell sie sein konnte.

»Da kommt mir ein Gedanke, Greta. Dieser Olivenhain. Könnten wir da nicht unsere Aufnahmen machen? Oder zumindest einen Teil davon?«

»Ich weiß nicht … Daran hatte ich noch gar nicht gedacht. Ich … ich kann ja mal versuchen den Besitzer ausfindig zu machen.« Sie dachte an Gajas Sohn. Vielleicht konnte der ihr da behilflich sein.

»Super! Das wäre gut für die Aufnahmen.« Er schwieg, aber Greta spürte, dass ihm noch etwas auf der Zunge lag, darum wartete sie ab. »Und Greta, hast du dir schon Gedanken gemacht, was … was du tragen wirst?« Seine leidenschaftliche Begeisterung für den Olivenhain war schlagartig abgekühlt, und er klang wieder sehr nüchtern – so, wie Greta ihn ja schon kannte.

Sie rollte mit den Augen und schüttelte den Kopf. »Du wirst doch nicht wieder vorhaben, an meinem Äußeren herumzumäkeln?«, schimpfte sie.

»Nein, absolut nicht.« Christoph zögerte. »Nicht, wenn du was Passendes wählst.«

»Haha, wie witzig. Du und ich, wir werden noch richtige Freunde, wenn du weiterhin so lustige Scherze machst.« Greta schlenderte ziellos durch ihr Zimmer, ein Lächeln auf dem Gesicht. Obwohl sie den Anruf gerade eben am liebsten noch weggedrückt hätte, gefiel ihr nun das Geplänkel mit Christoph.

»Freunde?« Er klang so, als könne er das kaum glauben. »Und das, obwohl man mir doch kein besonders einnehmendes Wesen nachsagt.«

Greta musste lachen, wie er das selbst so nüchtern

feststellte. »Wer dir das nachsagt, trifft den Nagel auf den Kopf!«, bestätigte sie ihm kichernd. »Du könntest echt mal an deiner sozialen Kompetenz arbeiten!«

»Autsch!« Schilling stöhnte. »Ehrlich, bis es schmerzt, ja? Na schön, wenn es der Zusammenarbeit dient, dann geben wir uns beide etwas mehr Mühe. Du ziehst dich für die Fotos nett an, und ich ... versuche, etwas umgänglicher zu sein.«

Greta konnte sein halbes Lächeln, das diese Worte bestimmt begleitete, direkt vor sich sehen. »In was für einem Outfit würdest du mich denn gerne sehen?«, fragte sie, um die Harmonie zwischen ihnen zu unterstützen. Immerhin hatte der Fotograf ja schon in Venedig eine genaue Vorstellung davon gehabt, was er knipsen wollte.

Zu ihrer Überraschung lachte Schilling. Es war das erste richtige Lachen, das sie von ihm hörte, und es war überraschend warm und ansteckend. »In was ich dich gerne sehen würde?«, hakte er nach. »Das Outfit, das mir da vorschwebt, hätte aber wirklich nichts mit den Bildern fürs Kochbuch zu tun!«

Greta stolperte beinahe über ihre Füße, als sie das hörte. Sie trat breit grinsend auf den Balkon und blickte über die sonnendurchfluteten Straßen. »Oh mein Gott!«, rief sie mit einem Glucksen in der Brust. »War das gerade ein Flirtversuch?« Sie hielt sich die Hand vor den Mund, damit er nicht hörte, wie sie in sein Lachen miteinstimmte.

»Ich dachte ich sollte an meiner Sozialkompetenz arbeiten!«, verteidigte er sich. »Waren das nicht deine Worte?«

»Schon, aber einen Womanizer wollte ich nicht gleich aus dir machen!«

»Du denkst wirklich, ich könnte ein Womanizer werden?«, fragte er gespielt begeistert und trieb Greta damit die Röte auf die Wangen. Wie hatte das Gespräch nur so eine Richtung einschlagen können? Plötzlich war ihr nicht nur wegen der milden Temperaturen warm.

»Wenn du das werden willst, müsstest du viel offener sein!«

»Oje, das klingt ja nun wirklich nicht nach mir«, gab er zerknirscht zu. »Da bleibe ich lieber das unerreichbare Mysterium von Mann – soll ja Frauen geben, die das reizvoll finden.«

»Ist das deine Masche?«, kicherte Greta und schüttelte amüsiert den Kopf.

»Wer weiß«, gab er sich geheimnisvoll. »Zieht sie denn?«

»Ich leg jetzt auf!«, blieb sie ihm – ungläubig über dieses Gespräch – die Antwort schuldig. »Melde dich, wenn du weißt, wann du herkommst.«

»Ich glaube, sie zieht ...«

»Ich leg jetzt auf!«

»Das hast du eben schon gesagt.«

»Ja, und jetzt mach ich es – ciao!«

»Du bist immer noch dran.«

Greta schlug sich die Hand vor die Stirn und unterdrückte ein Lachen. »Ciao!«, wiederholte sie, mit dem Finger auf der roten Taste, ohne zu drücken.

»Ciao, Greta!«

Sie hörte sein Lachen, als sie auflegte, und ein komisches Gefühl beschlich sie. Das Gefühl, Christoph

Schilling doch nicht ganz so schrecklich zu finden wie zuerst gedacht.

Doch lange konnte sie sich darüber nicht den Kopf zerbrechen, denn das dunkelgrüne Auto von Timos Vater rollte unten vor die Tür der Pension. Greta runzelt die Stirn und beugte sich übers Balkongeländer, als sie sah, dass der Fahrer ausstieg. Zum ersten Mal konnte sie ihn wirklich sehen. Er sah nett aus. Schwarze kurzgeschnittene Locken, ein gutgetrimmter Bart, und, soweit Greta das von ihrer Position aus sehen konnte, dunkle Augen. Seine Brauen waren kräftig, aber sein Blick wirkte nach innen gekehrt. Sie schätzte ihn kleiner als Stefan, aber immer noch größer als sich selbst.

»Buongiorno!«, rief sie ihm zu und winkte, als er den Kopf zu ihr umwandte. »Ich hatte gedacht, ich wäre die Einzige, die nicht zur Kirche geht.«

Er schien überrascht, dass sie ihn ansprach, denn ehe er antwortete, trat er ein paar Schritte zurück, um sie besser sehen zu können. Er schirmte die Augen mit der Hand vor der Sonne ab.

»Ciao. No, ich ... ich gehe nicht zur Kirche. Ich ... bin nur hier, weil ... Timo etwas wiedergutzumachen hat.« Er sah zum Auto zurück, wo Greta erst jetzt den Schopf des Jungen auf der Rückbank entdeckte.

»Ach, ich hatte gar nicht gesehen, dass er im Auto sitzt. Er ist ein lieber Junge.«

Der Mann rieb sich den Nacken und blickte mit zusammengekniffenen Lippen zu Timo hinüber. »Danke. Freut mich, dass Sie das sagen. Aber wenn Sie erst sehen, weswegen wir hier sind, dann ... ändern Sie vielleicht Ihre Meinung.«

»Was meinen Sie? Wollen Sie nicht zu Gaja?«

Er schüttelte den Kopf und blinzelte gegen die Sonne zu ihr herauf. »Nein, um ehrlich zu sein … bin ich froh, dass gerade niemand hier ist. Timo möchte Ihnen nämlich etwas sagen – und das fällt ihm vermutlich so schon nicht gerade leicht.«

»Das klingt ja geheimnisvoll. Vielleicht …« Greta deutete auf die Straße. »Vielleicht sollte ich zu Ihnen herunterkommen?«

»Sí. Das … das wäre hilfreich.«

Greta verkniff sich ein Lächeln. Dieser Mann wirkte sehr reserviert.

»Na gut, dann komm ich runter. Bin gleich da«, rief sie und flitzte in ihr Zimmer. Noch immer hielt sie ihr Handy in der Hand. Sie steckte es zurück in ihre Handtasche, kontrollierte im Vorbeigehen im Spiegel ihr Aussehen und griff sich ihre dünne Strickjacke. Dann eilte sie die Treppe hinunter, vorbei am dösenden Hund und dem Empfang. Erst hier mäßigte sie ihre Schritte und strich sich über die Bluse, ehe sie hinaus auf die Straße ging.

»Ich habe mich noch gar nicht vorgestellt«, sagte Greta und ging auf ihn zu. Sie winkte Timo zu, der noch immer im Auto kauerte. »Ich bin Greta und wohne für eine Weile hier in der Pension.«

Verlegen rieb sich der Mann erneut über den Nacken, ehe er ihr knapp die Hand schüttelte. »Ich bin Daniele. Meine Schwester Nicoletta hat mir am Telefon schon von Ihnen erzählt. Sie … scheint Sie sehr zu mögen.«

Greta lachte unsicher. Sie hatte nicht angenommen, dass Nicoletta von ihr sprechen würde. »Wir … haben in den letzten Tagen gelegentlich zusammen Nudeln gemacht. Sie hat mich, wenn man so sagen will ... in die Nudelkunst Ihrer Familie eingeweiht.«

Er nickte. »Ja, das macht sie gerne. Nudeln sind ihre Leidenschaft.«

Wieder blickte Greta zu Timo, der so aussah, als verstecke er sich hinter dem Fahrersitz. Daniele folgte ihrem Blick und versteifte sich.

»Weshalb wir hier sind«, kam er zur Sache. »Nicoletta erwähnte gestern bei unserem Telefonat, dass Sie ein Armkettchen vermissen.«

»Oh ja. Ich habe es zum Teigkneten abgenommen, und dann war es verschwunden. Hat sie es gestern etwa noch gefunden?« Greta berührte hoffnungsvoll ihren schmucklosen Arm.

»Nun, also ...« Daniele trat an den Wagen und öffnete die Tür. »Vielleicht beginnen wir mit der guten Nachricht«, schlug er vor und bedeutete Timo auszusteigen. »Wir haben Ihr Armkettchen tatsächlich gefunden.«

Der Junge rührte sich nicht von der Stelle, und Greta trat näher.

»Wirklich? Das ist ja wunderbar!« Sie verstand die schlechte Stimmung nicht, die zwischen Vater und Sohn herrschte, als der streng ins Wageninnere funkelte.

»Jetzt aber schnell!«, wies er Timo an und zog ihn am Arm aus dem Auto.

»Was ist denn los?«, fragte Greta und bemühte sich um ein Lächeln. »Hat Timo das Kettchen etwa gefunden?«

Als der Junge widerwillig vor ihr stand, hatte er Tränen in den Augen und versuchte vergeblich, hinter seinem Vater Schutz zu suchen. Er umklammerte dessen Taille und vergrub sein Gesicht hinter seinen Armen.

»Hey, Timo«, flüsterte sie ihm aufmunternd zu, »was ist denn los?«

Daniele sah sich auf der abgesehen von ihnen leeren Straße um. »Er hat es geklaut«, erklärte er tonlos und schob den Jungen mitleidlos von sich. »Du wirst dich jetzt bei Greta entschuldigen!«, befahl er dem weinenden Kind.

Greta verstand nicht ganz, was los war, aber Timos gequälter Anblick rührte ihr Herz, und sie ging vor ihm in die Knie. »Schhht, schon gut. Komm mal her.« Sie nahm den kleinen Körper in die Arme und strich ihm sanft über den Kopf. »Ist schon okay. Ich … bin sicher du hast dir nichts Böses dabei gedacht.«

Stocksteif stand der Junge da und weinte an Gretas Schulter. Sein Schniefen ging ihr durch Mark und Bein, und sie sah Daniele hilflos von unten herauf an. »Alles ist gut«, flüsterte sie.

»Es …« Daniele rang nach Worten. »Es tut mir wirklich leid«, beteuerte er und zuckte ratlos mit den Schultern. »Es ist vermutlich meine Schuld. Ich habe nicht genug Zeit für ihn … und … seit seine Mutter gestorben ist … macht er manchmal solchen Unsinn.«

Timos Schluchzen wurde stärker, und Greta drückte ihn als Antwort noch fester an sich. Er ließ es zu und schlang schließlich sogar seine Arme um ihren Hals. Sie selbst war den Tränen nahe, als sie sich den Schmerz über den Verlust der Mutter in diesem kleinen Kinderherz vorstellte. Sie konnte ihm nicht böse sein, nachdem sie seine Verzweiflung doch so deutlich spürte.

»Hey, Timo. Kein Grund zu weinen. Es ist okay«, versicherte sie ihm noch einmal und schob ihn ein Stück von sich, um ihm ins Gesicht sehen zu können. Seine Wangen waren tränennass und die Augen vom Weinen ganz geschwollen. »Ich bin nicht böse, hörst du? Wir machen doch alle mal einen Fehler!« Sie konnte seine Scham wirklich gut nachempfinden. Sein schlechtes Gewissen war ihr nur zu gut vertraut, und sie wünschte, ihr würde jemand eine Schulter zum Ausweinen anbieten, ihr Trost spenden und ihr ihren Fehler vergeben.

Sie jedenfalls spürte keinen Groll in sich, als sie Timo in die Augen sah und ihm ein aufmunterndes Lächeln schenkte.

»Sie sind sehr verständnisvoll«, bedankte sich Daniele und legte Timo die Hand auf die Schulter. »Es ist nicht leicht für ihn ... für keinen von uns. Aber ich versichere Ihnen, dass ...«

»Ist schon gut. Sie brauchen sich nicht zu entschuldigen.« Greta stand auf und wuschelte Timo durchs Haar. »Ich kann mir nicht vorstellen, wie es für ein Kind sein muss, so früh seine Mutter zu verlieren. Da gerät man eben etwas aus der Spur.«

Daniele nickte dankbar und bückte sich ins Auto, wo er Gretas Armband aus einem Fach in der Mittelkonsole holte. »Hier, bitte. Das gehört Ihnen.«

Greta streckte ihm den Arm entgegen, damit er es ihr gleich umlegen konnte. Er wirkte unsicher, als er etwas ungeschickt am Verschluss des Kettchens herumnestelte, während er offenbar versuchte, Greta auf keinen Fall zu berühren. Seine Vorsicht entlockte Greta ein Lächeln.

»Sie ziehen Timo also allein auf?«

Daniele sah ihr in die Augen, obwohl das Kettchen noch immer nicht um ihren Arm befestigt war.

»Sí. Meine Mutter, Gaja, sie ist mir eine große Hilfe. Allein wüsste ich nicht, wie ich es schaffen sollte.«

Er besann sich auf das Kettchen und schloss es schließlich. Sofort trat er zurück, um Abstand zu Greta zu gewinnen.

»Ich kann mir kaum vorstellen, wie schwer das sein muss. Sie arbeiten viel, nicht wahr?« Greta erinnerte sich an Timos Worte vom Vortag.

»Ja. Ich führe den Olivenhain meines Schweigervaters weiter. Das bedeutet rund ums Jahr Arbeit. Für ein Kind bleibt da kaum Zeit. Ich werde Timo kaum gerecht.«

Der Junge, den das Gespräch zu langweilen begann, schlenderte in die Pension, wo das freudige Bellen des Hundes zeigte, dass er einen Spielgefährten gefunden hatte.

Etwas verlegen standen Greta und Daniele nun auf dem Gehweg.

»Der Olivenhain am Stadtrand ist also Ihrer?«, versuchte Greta das Gespräch in Gang zu halten.

Die Kirchenglocken schollen wieder laut durch die Straßen, und sie wusste, dass es nicht mehr lange dauern würde, bis die Prozession der Kirchgänger auf ihrem Rückweg hier entlangkäme.

»Ja, ich habe ihn von meinem Schwiegervater übernommen. Ich fühle mich verpflichtet, ihn zu erhalten.«

»Das klingt jetzt hoffentlich nicht zu forsch, aber glauben Sie, ich könnte mir das mal ansehen? Ich arbeite an einem Kochbuch, und mein Fotograf meint, wir könnten da vielleicht besonders schöne Aufnahmen machen.«

»Sicher. Warum nicht?« Er rieb sich den Nacken. »Sie haben Glück. Wir haben noch nicht alle Oliven abgeerntet. Einige wenige hängen noch an den Bäumen.«

Greta hob überrascht die Augenbrauen. »Ich wusste nicht, dass Oliven im März geerntet werden«, gab sie zu, sich darüber nie Gedanken gemacht zu haben.

»Erntezeit ist von November bis März«, erklärte Daniele. »In Spanien hängen um diese Jahreszeit zumeist keine Oliven mehr an den Bäumen. Je höher man in den Norden kommt, umso später reifen die Oliven, weil es früher kalt wird. Vor hundert Jahren hätte man hier in Norditalien noch überhaupt keine Oliven angebaut. Die Winter waren einfach zu streng.«

»Dann haben Sie Ihren Betrieb also dem Klimawandel zu verdanken«, scherzte Greta und blickte die Straße entlang. Die ersten Menschen kamen schwatzend aus Richtung der Kirche.

Auch Daniele sah sie kommen und versteifte sich. Unsicher rieb er sich über den Bart. »Ich … wir sollten dann langsam fahren«, erklärte er unsicher und sah sich nach Timo um. Doch der war in der Pension verschwunden.

»Warum gehen Sie Ihrer Familie aus dem Weg?«, fragte Greta schüchtern. »Ich hoffe, die Frage ist nicht indiskret, aber ich sah Sie schon in den letzten Tagen, und … der Eindruck drängte sich mir einfach auf.«

Daniele senkte den Blick. Er ging einige Schritte auf dem Gehweg auf und ab, ehe er sie wieder ansah. »Ich gehe ihnen nicht aus dem Weg«, murmelte er. »Ich … bin nur gerne allein. Seit dem Unfall …« Er sah Greta in die Augen, als suche er nach Verständnis. »Seit dem Tag denke ich, kein Recht auf Glück zu haben. Und meine Familie möchte mich gerne wieder glücklich sehen.«

»Verständlich, wenn Sie mich fragen.«

Er lächelte schief. »Ich bin noch nicht so weit.«

Er steckte die Hände in die Gesäßtaschen seiner Jeans und lehnte sich an die Motorhaube seines Autos. Er wirkte nachdenklich, die Lippen zu einem schmalen Strich zusammengekniffen. »Für Timo wäre es wichtig, dass ich ... Normalität zulasse, aber ich kann einfach nicht aufhören, mir Vorwürfe zu machen.«

Gerne hätte Greta gefragt, was genau passiert war, aber sie spürte, dass dies zu weit gegangen wäre. Sie kannten sich ja kaum, darum nickte sie nur verstehend.

»Dann ... dann fahren Sie jetzt wieder?«

Er zuckte mit den Schultern und deutete auf Gaja, Nicoletta und die Kinder, die nicht mehr weit von ihnen auf dem Heimweg waren.

»Das wäre mir das Liebste – aber ich fürchte, die Horde hat mich schon gesehen. Nicoletta hat mich und Timo für heute zum Essen eingeladen.« Er zwinkerte Greta zu. »Das macht sie immer, aber für gewöhnlich sage ich ab.«

Greta lächelte. »Dann sind Sie der besondere Anlass!«, riet sie und freute sich insgeheim, Danieles Flucht durch ihr Gespräch vereitelt zu haben. »Wir haben gestern wunderbare, bildhübsche Kräuternudeln gewalzt. Die dürfen Sie sich einfach nicht entgehen lassen!«

Daniele kniff die Lippen zusammen. »Kräuternudeln, sagen Sie? Das ist nicht zu fassen! Meine Schwester greift zu schweren Geschützen!«

»Sie sollten die Einladung wirklich annehmen«, beteuerte Greta. »Und sei es nur für Timo.«

Daniele schnaufte tief durch. Er schien nicht begeistert, als Nicoletta und die Mädchen strahlend auf ihn zukamen.

»Onkel Daniele!«, rief Alina und umarmte ihn stürmisch. »Kommst du zum Essen?«

Er sah Greta vorwurfsvoll an und nickte. »Sieht so aus.«

Nicoletta erblühte bei seinen Worten, und Gaja hob vor Überraschung die Hand an die Lippen. Die Familie strahlte, und Greta fühlte sich fehl am Platz.

»Lassen Sie sich die Nudeln schmecken!«, sagte sie und trat dann einige Schritte zurück. Sie wollte sich davonstehlen, aber Daniele rief ihr hinterher.

»Stopp! Sie haben mir das eingebrockt! Da ist es das Mindeste, wenn Sie sich uns anschließen.« Er wandte sich an Nicoletta. »Es sind doch hoffentlich genug Nudeln da, oder?«

Sie schüttelte breit grinsend den Kopf. »Wir haben einen Pastaladen, und du denkst, mir gehen die Nudeln aus?«

»Na also, dann kann Greta ja mitessen. Schließlich bin ich überhaupt erst wegen ihr hergekommen – nicht wegen euch.«

Gaja trat an Gretas Seite und hakte sich bei ihr ein. Ihr gebeugter Rücken schien ihr Schmerzen zu bereiten. »Kindchen, ich weiß nicht, was du zu ihm gesagt hast, aber ich danke dir dafür!« Tränen schimmerten hinter ihren Brillengläsern, und Greta drückte ihr die faltige Hand.

»Dass er bleibt, liegt nicht an mir, sondern an den Nudeln«, wehrte sich Greta. »Du musst mir also nicht danken.«

Gaja lächelte mit einem geheimnisvollen Funkeln in den Augen. »Nudeln hätte er hier jederzeit haben können. Du hingegen bist neu hier, und vielleicht kannst du ihm helfen, nach vorne zu blicken.«

Nachdenklich sah Greta Daniele nach, wie er am Arm seiner Schwester in deren Haus verschwand. Sie glaubte nicht, dass gerade sie etwas für Gajas Sohn tun konnte. Wie sollte sie auch den Seelenklempner spielen, wo sie doch selbst total verkorkst war? Da Gaja sie aber so hoffnungsvoll ansah, zwang sie sich zu einem wie sie hoffte optimistischen Lächeln.

»Ich kann es ja mal versuchen.«

16

Buttrig und zart zerlief der frisch geriebene Parmesan über den dampfenden Nudeln und verströmte dabei einen herrlichen Duft. Timo schaufelte sich eine große Portion in den Mund, und seine Augen leuchteten glücklich. Da Nicolettas Küche für alle zu klein gewesen wäre, waren sie kurzerhand zu Gaja in die Küche umgezogen und saßen nun alle um den großen Esstisch versammelt. Der Hund schlief von alldem unbeeindruckt wie immer unter dem Stuhl, und Greta kam zu dem Schluss, dass er wohl wirklich taub sein musste, wenn er selbst von der ausgelassenen Stimmung nicht aufwachte. Sie wickelte sich eine der in unordentliche Bahnen geschnittenen Kräuternudeln auf die Gabel und versuchte, sich nicht mit der sämigen Soße zu bekleckern. Sie spürte Danieles Blick auf sich ruhen und schielte kauend zu ihm hinüber. Er saß ihr gegenüber, und die Nudeln in seinem Teller dampften.

»So köstlich, nicht wahr?«

Greta nickte und leckte sich über die öligen Lippen. »Ich hab noch nie etwas Besseres gegessen!«, bestätigte sie, als die zarte Frische eines Thymianblattes zusammen mit der Würze des Parmesans ihren Gaumen erreichte. Sie schluckte es beinahe mit Bedauern hinunter.

»Haben Sie überhaupt schon probiert?«, hakte sie nach, weil er seine Gabel recht unschlüssig in der Hand hielt.

»Nein, ich ...«, er lachte. »Ich genieße noch die Vorfreude.«

»Iss endlich!«, rief Nicoletta vom Tischende und hob drohend den Finger. »Und wehe, du isst nicht auf!«

Daniele grinste und zwinkerte Greta schelmisch zu. »Pass nur auf, in fünf Minuten jammert sie wieder, weil ich mir einen Nachschlag nehme – das kenne ich schon.«

Als er sich die erste Gabel Nudeln in den Mund steckte, konnte Greta den Blick nicht von ihm abwenden. Schon beim ersten Bissen schloss er genießerisch die Augen, und seine Zungenspitze glitt über seine Lippen, um auch den letzten Rest Soße aufzunehmen. Er seufzte, und es klang für Greta, als würde dieser Genuss seine Seele erreichen. Er kaute langsam, als wolle er jede einzelne Geschmacksexplosion der Kräuter auskosten. Ihm dabei zuzusehen, wie er diese Gabel voll Glück erkundete – und zuließ, dass sie ihn bis ins Mark erschütterte, war einer der sinnlichsten Momente, die Greta je erlebt hatte. Sie hatte alle anderen am Tisch ausgeblendet, schien allein mit ihm. Mit angehaltenem Atem wartete sie darauf, dass er die Augen öffnete und ihrem Blick begegnete, denn sie wollte diesen Moment mit ihm teilen. Wollte ihm näher sein.

Mit einem verzückten Lächeln nahm er die nächste Gabel und sah Greta an. Ihre Blicke trafen sich, und tatsächlich konnte Greta in den dunklen Tiefen seiner Augen den Schmerz sehen, der sein Herz umklammert hielt. Sie sah, dass ihn dieses Essen glücklich machte, ihn aber zugleich innerlich zerriss, weil er sich dieses Glück selbst nicht zugestehen wollte.

»Es ist okay«, formte sie tonlos mit ihren Lippen und versuchte, ihm damit den gleichen Trost zu spenden wie schon zuvor dem weinenden Kind.

Daniele hörte auf zu kauen. Er sah sie an. Ernst, verletzt, mit einem Hauch von Hoffnung. Ein Herzschlag verstrich. Dann noch einer. Und ganz langsam hoben sich seine Mundwinkel zu einem kaum wahrnehmbaren Lächeln. Er nickte. Zaghaft, aber es war ein Nicken, und es schien, als fiele dabei etwas von ihm ab. Greta konnte die Veränderung spüren. Sie konnte sehen, wie er nun leichter atmete. Wie sein Blick sich aufhellte.

»Es ist okay«, wiederholte sie diesmal als leises Flüstern.

Sein Bein streifte ihres unter dem Tisch. Es war kein Flirt, sondern eine simple Bestätigung. Er hatte verstanden. Greta lächelte, beugte sich nach vorne und nahm sich eine Scheibe des noch warmen Weißbrots, um damit die restliche Soße von ihrem Teller zu wischen.

Sie bedauerte, dass Christoph nicht hier war, um den Zauber dieses Essens, den Zauber dieses Moments, dieses Loslassen der Schuld, die nicht nur Daniele, sondern auch Greta selbst empfand, in Bildern festzuhalten. Das luftige Weißbrot glitt in die sämige Soße, verband sich mit dem goldglänzenden Öl des Parmesans und hinterließ eine Spur wie ein Pinselstrich im Teller, als Greta es weiterzog. Es war, als sähe sie dieses Bild im Kochbuch vor sich. Nicht in dem Kochbuch, an dem sie arbeitete, sondern in Großmutter Vittorias Buch.

Genieße und denke nicht an morgen, könnte danebenstehen und zu einem der wichtigsten Ratschläge für sie werden.

Greta schloss die Augen und lauschte dem Geplänkel am Tisch, dem Klappern der Gabeln, den Stimmen ihrer Gastgeber und ihrem eigenen Herzen, das sich leichter anfühlte als vor dem Essen. Noch immer spürte sie Danieles Wade an ihrem Schienbein, und sie brachte es nicht über sich, diese heilende Verbindung zu lösen. Sanft drückte sie ihr Bein fester an seines. Sie atmete ein und sah ihn sanft lächeln, als sie die Augen wieder aufschlug.

Sie hatten an diesem Tag beide einen großen Schritt gemacht. Die Frage, die sich stellte, war nur: Gingen sie aufeinander zu – oder zusammen in die gleiche Richtung?

Als Greta zwei Tage später Daniele auf seinem Hof an den Berghängen des *Monte Sole* südwestlich von Bologna besuchte, brannte die Sonne beinahe heiß vom Himmel, auch wenn ihr der Fahrtwind auf der laut knatternden Vespa kühl unters Shirt fuhr. Nicoletta war so nett gewesen, ihr den Roller zu borgen, und sie genoss die Ausfahrt ebenso sehr, wie sie sich auf ein Wiedersehen mit Daniele freute. Sie wusste nicht, was sie sich von dem Tag eigentlich erhoffte, denn obwohl sie eindeutig eine Verbindung zu dem Witwer spürte, wusste sie nicht, was genau das zu bedeuten hatte. Sie wusste nur, dass sie ihm bei der Olivenernte zur Hand gehen würde. *Die letzten Oliven der Saison*, hatte er gesagt, und Greta war froh, das nicht verpasst zu haben.

Sie lenkte den Roller den sanft ansteigenden Hügel hinauf über die sich windende Bergstraße, bis sie die von

Nicoletta beschriebene Gutshofeinfahrt erreichte. Mit knatterndem Motor rollte sie bis vor das in rötlichem Sandstein erstrahlende Haupthaus und stieg ab. Sie nahm den Helm ab und hatte ihn noch nicht verstaut, als Daniele schon aus der Tür trat. Er hatte sie offenbar kommen hören, was bei dem Lärm, den ihr Gefährt verursachte, kein Wunder war.

»Sie haben es gefunden«, stellte er fest und reichte ihr zurückhaltend die Hand.

Greta lächelte und fühlte sich sofort wohl in seiner Nähe. »Ja, das war ja nicht schwer. Zum einen hat mir Nicoletta so oft den Weg beschrieben, dass ich schon glaubte, sie würde mich am liebsten höchstpersönlich bei Ihnen abliefern, und zum anderen habe ich die silbrigen Blätter der Olivenbäume schon aus der Ferne zwischen den Zypressen am Berghang entdeckt.« Greta strich sich die Haare glatt, die der Helm womöglich in Unordnung gebracht hatte. »Ich hoffe aber, ich störe Sie nicht bei der Arbeit – wo Sie doch eh schon immer so viel zu tun haben.«

Daniele winkte verlegen ab und deutete zum Haus, wo eben Timo aus der Tür in den Schatten einer großen Pinie trat. »Sie stören ganz und gar nicht. Ich habe Ihren Besuch zum Anlass genommen, auch Timo direkt nach der Schule nach Hause zu holen. Ich hoffe, er stört Sie nicht.«

»Unsinn!« Sie winkte dem Jungen, der ihr dafür ein strahlendes Lächeln schenkte. Vergessen schien die unglückliche Szene mit dem Armband. »Ich finde es schön, dass er hier ist. Er sieht hier sehr viel zufriedener aus als in der Stadt.«

Daniele wurde unter seinem Bart rot. Er rieb sich den Nacken, was er, wie Greta bemerkt hatte, immer dann tat, wenn er sich unwohl fühlte. »Ja, er ... ist ein recht ruhiger Junge, und seine Cousins sind doch recht ... aufgeweckt.«

Dem konnte Greta nur zustimmen. Silvio war ein kleiner und vorlauter Angeber, dessen Geschrei immer dann die Wände der Pension erbeben ließ, wenn sich nicht gerade die Zwillinge an die Gurgel gingen. Gaja war streng mit den Kindern, aber gelegentlich ging das Temperament dennoch mit ihnen durch. Timo verzog sich zumeist mit dem Hund in die Küche, wo er unter Gajas wachsamen Augen Comics las.

Daniele führte Greta über den Hof zum Hang, von dem man einen guten Blick über den sich ins Tal erstreckenden Olivenhain hatte. In ordentlichen Bahnen standen die bis zu vier Meter hohen Bäume mit ihrem knorrigen Wuchs. Ihr silbergraues Laub wurde vom Wind gewiegt und schimmerte in der Mittagssonne. Einige Erntehelfer gingen im Schatten der Bäume ihrer Arbeit nach.

»Das ist die Plantage«, erklärte Daniele mit deutlichem Stolz in der Stimme. »Diese Baumreihen sind jetzt zwanzig Jahre alt.« Er zeigte auf die Bäume, die in unmittelbarer Nähe zum Haus wuchsen. »Sie waren der Anfang von alldem. Als nach den ersten Wintern klar war, dass die Bäume der Kälte trotzen konnten, kamen diese hier hinzu.« Sein Blick wanderte weiter, bis etwa in die Mitte der großflächigen Anlage. »Die sind inzwischen siebzehn Jahre alt und bringen zusammen mit den noch älteren Bäumen den größten Olivenertrag. Die jüngeren Bäume tragen gut, aber leider noch nicht so viel wie diese hier.«

Greta war beeindruckt davon, was Daniele ihr zeigte. Langsam schlenderten sie nebeneinander den Hang hinab, unter dem schattigen Kronendach der Bäume. Sie waren noch nicht weit, da kam Timo hinter ihnen hergerannt und griff nach der Hand seines Vaters.

»Darf ich mit?«, fragte er, ohne die Antwort abzuwarten, hopste ein Stück voraus und schwang sich an einen der tiefhängenden Äste wie ein Turner am Reck.

Greta sah ihm bewundernd zu, wie er höher und höher auf den Baum kletterte. »Offensichtlich macht ihm die Höhe keine Angst!«, stellte sie fest und erinnerte sich schaudernd an seine Rutschpartie auf dem Treppengeländer.

»Nein, er ist wie ein Äffchen. Ständig hockt er da oben in den Bäumen. Dabei soll er das überhaupt nicht, denn er reißt in seinem Übermut Oliven von den Zweigen.«

Greta legte den Kopf in den Nacken und suchte zwischen den Blättern nach den grünen Früchten. »Da!«, rief sie und deutete auf einen Zweig direkt über ihr. »Ich sehe sie. Sie sind ja richtig dunkel!«, staunte sie, und Daniele trat näher, um ihr die Olive vom Baum zu pflücken.

»Um diese Zeit findet man keine grünen Oliven mehr. Sie sind schon zu reif. Um ein hochwertiges Olivenöl Extra Vergine zu pressen, erntet man zwischen November und Januar. Dafür nimmt man grüne, fast unreife Oliven, weil darin mehr wertvolle Inhaltsstoffe wie Antioxidantien zu finden sind als in vollreifen Früchten. Allerdings ist in diesen Früchten weniger Öl enthalten, was das gewonnene Öl deshalb wertvoller macht. Je dunkler die Früchte, umso milder und süßer das Öl. Doch der Anteil der kostbaren Inhaltsstoffe ist dann geringer.«

Er reichte ihr die beinahe schwarze Olive. Glänzend wie Obsidian lag sie in Gretas Hand, aber obwohl sie köstlich aussah, wusste Greta, dass sie direkt vom Baum ungenießbar war.

»Warum haben Sie dann nicht schon längst alle abgeerntet?« Sie blickte erneut in die Baumkrone, wo zwar nicht mehr viele, aber dennoch einige der rötlichschwarzen Früchte reiften.

Daniele lächelte und schlenderte zum nächsten tiefhängenden Zweig. Er streckte sich nach den Oliven, und die silbrigen Blätter des Baums regneten auf ihn herab.

»Wir machen nicht nur Öl. Einen Teil der Oliven verkaufen wir auf Märkten oder legen sie selbst ein.« Er zeigte auf eine Halle, die unweit des Feldes das Firmenschild des Olivenbauern trug. »Da drüben pressen wir unser Öl und waschen die Bitterstoffe aus den Früchten, die wir zu Antipasti weiterverarbeiten.«

»Ich bin wirklich beeindruckt!«, gestand Greta und folgte Daniele, der nacheinander einige Olivendolden abemtete. Ihr gefiel, wie selbstverständlich er sich hier in seinem Reich bewegte, wo er in der Stadt einen eher verlorenen Eindruck erweckt hatte.

»Timo, lauf und hol ein paar Erntekörbe!«, trug er seinem Sohn auf, ohne seine Arbeit zu beenden. Er reichte Greta seine Ausbeute und lächelte sie an. »Wir wollen heute fertig werden, denn die neuen Blütenstände werden bereits ausgebildet. Schon Ende April beginnt die nächste Blüte, und das Spiel beginnt von vorne.«

Timo flitze den Berghang hinauf zu einem der Arbeiter, die Greta schon vom Hof aus gesehen hatte. Mit drei leeren, aus Rattan geflochtenen Körben kam er zurück. Sie waren mit einem Leinentuch ausgelegt und hatten einen ledernen Tragegurt am oberen Rand.

»Danke, Großer!« Daniele nahm ihm zwei der Körbe ab und kam damit auf Greta zu. »Möchten Sie es selbst versuchen?«, fragte er und nahm ihr die Oliven aus der Hand und legte sie in den Korb.

Die rotbraunen bis schwarzglänzenden Früchte machten sich auf dem weißen Leinentuch richtig gut, und Greta bedauerte es, dass Christoph nicht hier war, um ein Bild davon zu machen. Überhaupt erinnerte sie der Anblick an ihr Kochbuch und an Christophs Idee, hier einige Aufnahmen zu machen. Sie musste das bei Gelegenheit ansprechen. Da sie aber nicht mit der Tür ins Haus fallen wollte, ließ sie sich von Daniele einen der Erntekörbe umhängen. Vorsichtig hob er ihr Haar an, um ihr den Lederriemen umzulegen.

»Geht das so?«, fragte er und hängte sich den letzten Korb selbst um.

»Ja, alles bestens«, versicherte ihm Greta und atmete tief durch.

Der Korb an ihrer Seite wog kaum etwas, trotzdem wurde ihr warm. Es schien, als wolle die Sonne die letzten Minuten auskosten, um den Oliven noch etwas mehr Süße zu schenken. Dabei erhitzte sie auch die Arbeiter auf dem Hang.

»Ernten Sie immer alle Oliven mit der Hand?«, fragte Greta, als sie Daniele zum nächsten der unzähligen Bäume folgte, die hier in Reihe gepflanzt waren.

»Sí. Jetzt, wo nicht mehr so viele Früchte am Baum hängen, geht es nicht mehr anders.« Er streckte sich und pflückte eine Handvoll Oliven ab, die er Greta in den Korb legte. »Manche Bauern legen den ganzen Boden mit Netzen aus, um keine einzige Olive zu verlieren, denn bei der Reife fallen Früchte auch von selbst ab«, erklärte er und rieb sich den Schweiß aus dem Nacken. Er suchte nach Timo, der schon im nächsten Baum Oliven von den obersten Zweigen pflückte, indem er auf die Äste hinaufkletterte. »Zur Haupternte im Herbst und Winter mache ich das auch, denn dann gehen wir mit dem Vibroli – einem einfachen Gerät, das die Oliven von den Bäumen schüttelt, durch die Reihen. Das erleichtert die Arbeit ungemein.«

Ein Sonnenstrahl fand seinen Weg durchs Blätterdach und verlieh dem Italiener einen goldenen Schein. Sein scheues Lächeln verlieh ihm eine Wärme, die mit den Temperaturen des Tages mühelos mithalten konnte. Greta fühlte sich unerklärlich zu ihm hingezogen. Aber auch Timo, der so selbstverständlich in ihrer Nähe herumtollte, ohne dabei aufdringlich oder laut zu sein, verstärkte dieses Gefühl der Vollkommenheit. Sie konnte sich nicht vorstellen, irgendwo anders zu sein. Irritiert von ihren Gefühlen besann sie sich auf ihre Aufgabe und tat es Daniele nach.

»Das alles klingt nach viel Arbeit.« Sie versuchte sich selbst daran, einige Früchte von den etwas tiefer hängenden Ästen zu pflücken. Das war gar nicht so einfach, denn die vollreifen Oliven waren weicher als erwartet. Sie musste aufpassen, dass sie sie nicht quetschte.

Daniele nickte. »Sí. Ich habe immer zu tun. Von der

Schädlingskontrolle im Frühjahr und Sommer über den Baumschnitt bis zum Pressen des Öls, dem Abfüllen und der Logistik ist mir die Ernte noch immer die liebste Arbeit, auch wenn sie einen zwingt, im Winter den gemütlichen Kachelofen zu verlassen.«

»Papa, du solltest Greta unser Öl auch mal probieren lassen!«, rief Timo von einem Ast hoch über ihnen.

Daniele grinste. »Du hast doch nicht etwa schon wieder Hunger?«, fragte er gespielt entrüstet, und Timo zuckte kichernd mit den Schultern.

»Och ... gegen ein Stück Weißbrot mit Öl, Käse und Oliven hätte ich nichts einzuwenden«, gab der Knirps zu und machte sich daran herunterzuklettern.

Daniele schüttelte den Kopf und wandte sich an Greta. »Er ist gefräßig wie eine Raupe«, erklärte er und streckte die Arme aus, um seinen Sohn aufzufangen, der sich das letzte Stück Abstieg sparte und sprang.

»Großmutter Gaja sagt, ich muss viel essen, damit ich wachse!«, verteidigte er sich und schlüpfte aus dem Ledergurt des Erntekorbs. Er hatte eine beachtliche Ausbeute vorzuweisen.

»Also ich wachse auch gerade«, scherzte Greta und zwinkerte Timo zu. »Gegen eine kleine Kostprobe hätte ich wirklich nichts einzuwenden.«

»Siehst du, Papa, Greta ist auf meiner Seite!«

Daniele sah von Timo zu Greta, und ein sanftes Lächeln umspielte seine Lippen. Er rieb sich den Nacken.

»Na, wenn das so ist, dann bleibt mir ja wohl nichts anderes übrig!«, gab er sich geschlagen und nahm auch Greta den Korb ab.

»Ich habe leider nicht ansatzweise so eine Menge wie

Timo«, entschuldigte sie sich, aber Timo kam ihr zu Hilfe.

»Das macht nichts, Greta.« Sie stellten die Körbe für die Erntehelfer ab, die diese später noch ganz füllen würden. »Du musst einfach öfter herkommen, dann zeig ich dir, wie das ganz schnell geht!«

Nun lachte Daniele und hob sich den Jungen kurzerhand auf die Schultern. »Timo, ich glaube nicht, dass Greta vorhat, sich von dir in die Baumwipfel locken zu lassen.«

»Oh nein, das kann ich wirklich nicht. Ich habe Höhenangst!«, stimmte sie Daniele zu und ging neben den beiden zurück.

»Ich hab vor nichts Angst!«, erklärte Timo entschieden. »Wenn ich sterbe, komm ich ja zu Mama.«

Greta sah, wie sich Danieles Gesicht bei den Worten seines Sohnes veränderte. Obwohl er jetzt im direkten Sonnenlicht stand, wirkte sein Blick finster, seine Augen dunkel vor Kummer. Fest umfasste er Timos Schienbeine, die vor seiner Brust herabhingen, als wolle er ihn halten. Festhalten, um ihn nicht zu verlieren.

Greta wusste nicht, was sie darauf sagen sollte, also schwieg sie, und es war Daniele, der antwortete.

»Es wäre schlimm für mich, dich auch noch zu verlieren, also pass bitte schön auf dich auf. Wir sehen Mama wieder …« Er schluckte hart. »… aber das muss noch etwas warten, sí?«

Greta sah die Tränen in den Augen des Jungen schimmern und fühlte, dass sie etwas tun musste, um ihn aufzuheitern. Sie wandte sich an ihn und berührte Daniele sanft an der Schulter, damit er stehen blieb.

»Weißt du, Timo«, sagte sie und stemmte die Hände in die Hüften. »Ich hab mir das gerade noch mal überlegt. So ein mutiger kleiner Kerl wie du ist genau der Richtige, um mir mit meiner Höhenangst zu helfen«, erklärte sie und klopfte dem Olivenbaum neben sich an den Stamm, als würde sie ein Pferd tätscheln. »Ich will da hoch. Kannst du mir zeigen, wie das geht?«

Das Leuchten kehrte in seine Kinderaugen zurück, und er zappelte auf Danieles Schultern herum, damit der ihn absetzte.

»Sie müssen das wirklich nicht …«, erhob Daniele Einspruch.

»Oh doch. Ich habe mir das reiflich überlegt. Timo wird schon auf mich aufpassen, richtig?«

»Sí! Ich bin ein guter Lehrer.« Timo trat an den Baum und fasste nach dem untersten Ast. »Du musst dich einfach da hinhängen und dann deine Füße da hochziehen«, erklärte er und machte direkt vor, was er meinte. Mit dem Kopf nach unten hing er nun wie ein Affe an dem Ast.

Greta lachte. »Das sieht ja ganz einfach bei dir aus! Ob ich mich da auch so leichttue?« Sie trat zweifelnd an den Baum, als Timo den Ast für sie freimachte und auf den nächsthöheren weiterkletterte.

»Du schaffst das!«, rief er und klatschte begeistert in die Hände. »Halt dich einfach da fest!«

Greta schenkte Daniele ein Lächeln und tat, was Timo sagte.

»Greta, wirklich, Sie müssen nicht … er hat sich doch schon wieder beruhigt«, versuchte Daniele, sie davon abzuhalten, sich den Hals zu brechen.

»Unsinn! Ich wollte das schon immer mal machen!«
Sie krallte sich an den Ast, spannte sämtliche Muskeln an und ... baumelte schlaff über dem Boden.

»Du musst die Füße jetzt da hochtun!«, rief Timo und kletterte eiligst zurück auf den Boden. Dann hob er ihr rechtes Bein an, und Greta gelang es, sich mit den Unterschenkeln ebenfalls an den Ast zu klammern.

»Juhuu!«, sie stieß begeistert einen Schrei aus. »Ich bin oben!«

Timo lachte. »Du bist noch lange nicht oben! Du musst dich jetzt da hochziehen und dich dann auf den Ast setzen!«

»Das schaff ich nie!«

»Papa!«, brüllte Timo. »Kannst du Greta nicht mal schieben?«

Daniele rieb sich den Nacken und kniff besorgt die Augen zusammen. »Nein, das kann ich nicht, das wäre ...«

»Doch!«, rief Greta. »Kommen Sie her, und schieben Sie ein bisschen. Es wäre doch wirklich gelacht, wenn ich da nicht hochkäme.« Sie spürte, wie ihr das Blut in den Kopf lief und das Zittern ihrer Arme immer stärker wurde, aber Timos Freude verlieh ihr Kraft.

»Sie wollen, dass ich Sie ... schiebe?«

Greta lachte, was, wie sie selber fand, kopfüberhängend recht komisch klang. »Ja, schnell, ich kann mich kaum noch halten. Schieben Sie mich einfach da hoch.«

Daniele trat kopfschüttelnd näher und zögerte, seine Hände an ihren Körper zu legen. »Ich weiß nicht recht, wo ich ...«

»Total egal! Schieben Sie einfach!«, keuchte Greta mit letzter Kraft.

Daniele überwand seine Scheu und umfasste Gretas Taille. Er hob sie seitlich über den Ast und lachte, als Greta, ihren Oberkörper eng an die Rinde gepresst um den Ast wickelte.

»Sie müssen sich jetzt aufsetzen«, erklärte Daniele lachend, ohne sie loszulassen. »Greifen Sie da um den Stamm, und ziehen Sie sich zum Sitzen hoch.«

»Das geht nicht!«, quiekte Greta erschöpft. »Ich kann unmöglich …«

Nun reckte ihr auch Timo die Hand hilfreich entgegen und half ihr auf den Ast. Greta kam es vor, als wären Stunden vergangen, bis sie schließlich tatsächlich auf dem untersten Ast saß.

»Geschafft!«, jubelte sie, und Timo stieß einen Schrei aus, der genauso gut von Tarzan hätte stammen können. Sie umklammerte in Todesangst den Stamm und versuchte, ganz still zu sitzen. »Oh Gott, ist das hoch!«

Timo lachte. »Das ist ganz niedrig! Komm, wir klettern noch höher!«

Daniele rollte mit den Augen, und Greta lachte.

»Das wird wohl nichts! Ich weiß jetzt schon nicht, wie ich hier jemals wieder runterkommen soll!«

Timo ließ sich nach hinten fallen, baumelte lässig mit den Knien um den Ast, während sein Oberkörper nach unten hing. Dann machte er einen Umschwung und kam auf den Füßen zum Stehen.

»So steigt man ab!«, erklärte er stolz und sah sie abwartend an.

»Was?« Greta riss die Augen auf. »So steigt man ab? So?« Sie hielt sich vorsichtshalber noch etwas stärker fest.

»Sí!«

»Warum hast du mir das nicht gesagt, bevor du mich hier hochgejagt hast?« Sie schielte vorsichtig zum Boden und schloss schnell die Augen. »Ich werde nie wieder runterkommen!«

Vater und Sohn sahen sich grinsend an, und Greta kniff schmollend die Lippen zusammen.

»Sehr witzig! Vermutlich fall ich euch dann in der nächsten Erntesaison mitsamt den Oliven ins Netz!«

Timo schob lachend seinen Vater an den Baumstamm.

»Du musst ihr helfen!«, kicherte er.

»Ich?« Daniele tat so, als wäre er überrascht. »Ich habe euch doch gleich gesagt, ihr sollt das sein lassen!«

Nun konnte auch Greta ihr Lachen nicht zurückhalten. Sie klammerte sich fest und setzte einen mitleidigen Blick auf.

»Geben Sie sich einen Ruck, und retten Sie mich aus dieser schwindelerregenden Höhe«, flehte sie und klimperte mit den Wimpern.

Daniele schmunzelte, streckte aber die Arme nach ihr aus. »Na schön. Kommen Sie. Ich werde Sie halten.«

Greta blickte in sein Gesicht und sah dort ein Versprechen. Das Lächeln erreichte zwar seine dunklen Augen, aber ein Hauch von Ernsthaftigkeit schien dennoch darin verwurzelt. Beinahe glaubte Greta, dass ihm sein Lachen der letzten Minuten fremd vorkam. Kein Wunder, bei dem, was er durchgemacht hatte.

Vertrauensvoll löste sich Greta aus ihrer eisernen Umklammerung und reichte Daniele die Hand. Seine Finger schlossen sich warm und sicher um ihre und nahmen ihr die Angst.

Sie zählte leise bis drei, dann ließ sie sich in seine Arme fallen. Ängstlich schlang sie ihm die Arme um den Hals und atmete zitternd aus, als sie dicht an seinen Körper geschmiegt auf dem Boden aufkam. Die Nähe zu ihm fühlte sich gut an, und kurz blitzten Bilder von ihr und Stefan vor ihrem geistigen Auge auf. Eine leidenschaftliche Umarmung, ein heißer Kuss … und dann war alles verloren!

Greta ließ Daniele langsam los und fühlte sich plötzlich befangen. »Danke«, flüsterte sie, ohne ihm ins Gesicht zu blicken, aber als sie zurücktreten wollte, hielt er ihre Hand fest.

»Ich muss mich bei dir bedanken«, widersprach er und deutete auf Timo, der inzwischen zu einem der Erntehelfer eine Baumreihe weiter gegangen war. »Nicht ich habe dich gerettet, sondern du hast ihn gerettet. Du hast ihm den Schmerz genommen, der ihn ansonsten wieder den Schlaf gekostet hätte.«

»Was?« Greta wand sich unter seinem eindringlichen Blick. »Ich habe doch gar nichts gemacht. Ich wollte nur, dass … dass er wieder fröhlich ist.«

Daniele gab ihre Hand frei und rieb sich den Nacken. »Das will ich auch. Jeden Tag versuche ich es. Aber irgendwie gelingt es mir nicht so gut.« Er zuckte mit den Schultern, die ihm plötzlich zu schwer zu sein schienen.

Greta hatte bemerkt, dass er in seiner Rührung die förmliche Anrede vergessen hatte. Sie fand es schön. Beinahe, als hätte sie die letzte Stunde hier unter den Olivenbäumen zusammengeschweißt. Wenn sie Daniele ansah, sah sie einen Mann, mit dem sie etwas teilte. Einen Verlust. Natürlich war der Verlust der Ehefrau und

Mutter seines Kindes eine ganz andere Hausnummer, aber vielleicht konnten sie sich, wie Gaja hoffte, gegenseitig helfen, den Schmerz zu verarbeiten.

Greta atmete tief durch, um ihre aufgewühlten Gefühle zu beruhigen, die Danieles Nähe verursacht hatte. Sie verdrängte Stefan aus ihrem Kopf, verbot sich, an Katrin zu denken, und fragte sich, warum ihr in diesem Moment sogar Christoph Schilling durch den Kopf spukte. Sie klopfte sich Rinde und Blätter von Jeans und Shirt, wobei ihr Magen laut knurrte.

»Vielleicht sollten wir uns nach diesem Abenteuer nun doch besser der Verkostung der Oliven widmen?«, ging Daniele, offensichtlich erleichtert, das schwere Thema fallenlassen zu können, auf ihr Magengrummeln ein und deutet in Richtung Hof.

Greta schenkte ihm ein Lächeln und nickte. »Klingt gut. Ich brauch dringend was, um das ganze Adrenalin zu verdauen!«

Unsicher, als hätte das Gespräch sie verletzlich gemacht, gingen sie nebeneinander zurück in den Hof. Daniele öffnete ihr die Haustür und lud sie in das großzügige Bauernhaus ein.

»Es war lange keine Frau mehr hier«, gestand er.

17

Seit mehreren Tagen begleitete Greta Timo abends mit auf den Hof. Daniele und sie redeten dann oft bis tief in die Nacht. Er berichtete ihr unter Tränen von dem tödlichen Verkehrsunfall, bei dem er am Steuer beinahe unverletzt geblieben war, während seine Frau auf dem Beifahrersitz sofort tot gewesen war. Greta hatte mit ihm geweint, als er über Schuld gesprochen hatte. Über das Gefühl, damit jedes Recht auf Glück verloren zu haben. Und die Schuldgefühle, die er sich auflud, wenn er doch einen Moment sein Herz öffnete und lebte. Seiner Überzeugung nach hätte er an diesem Tag sterben müssen – nicht sie.

Greta kam sich dämlich vor, weil sie angenommen hatte, der Verlust ihrer Freundschaft zu Katrin wäre auch nur annähernd vergleichbar mit Danieles Verlust. Sie schämte sich, weil sie sich von ihrem Schmerz derart hatte aus der Bahn werfen lassen, wo Daniele noch vor ganz anderen Trümmern seines Lebens stand.

Gerade war Timo auf der Ofenbank liegend, seinen Kopf auf Gretas Schoß gebettet, eingenickt. Am Tisch standen die Überreste ihres gemeinsamen Abendessens, und Greta hatte noch den Geschmack der gefüllten Oliven und des köstlichen Rindercarpaccios auf der Zunge.

Das Olivenöl, die Zitrone und der fein darüber gehobelte erdige Trüffel ließen sie vergessen, dass der Tag kommen würde, an dem sie weiterreisen musste.

Sie strich Timo sanft übers Haar, und wie so oft, seit sie Daniele und seinem Sohn begegnet war, wünschte sie sich eigene Kinder. Ihr Armkettchen klimperte leise, und sie dachte an Katrin. An Katrins Seite hatte sie diese Sehnsucht nie verspürt. Deren farbenfrohe Leichtigkeit hatte sie sich selbst manchmal noch wie ein Kind fühlen lassen. Sie hatten Leinwände bemalt – Katrin sehr viel erfolgreicher als sie selbst, dabei lauthals zur Musik aus dem Radio mitgerockt und kalte Pommes direkt aus der McDonald's-Tüte gegessen. Für ein Kind oder auch nur eine erwachsene Beziehung wäre da vermutlich kein Raum gewesen. Überhaupt hatte Greta den Eindruck, dass die Reise sie erwachsen werden ließ. Sie fing an, an morgen zu denken, sich zu fragen, wie ihr Leben in den nächsten Jahren aussehen würde. Und sie spürte, dass sie endlich irgendwo ankommen wollte. Wo, wusste sie nicht, aber sie sehnte sich nach Beständigkeit.

Gerade Danieles Verlust machte ihr das deutlich. Sein Schmerz war so stark, dass sie selbst gelegentlich gegen ihre Tränen ankämpfte, wenn er von seiner Frau sprach, aber sie beneidete ihn zugleich um diese tiefe Liebe, die er empfunden hatte.

»Ich sollte langsam gehen«, flüsterte sie, um Timo nicht zu wecken. »Es ist schon spät.«

Sie erwartete nicht, dass Daniele sie zum Bleiben aufforderte, denn obwohl es eine tiefe Verbindung zwischen ihnen gab, beschränkte sich die nur auf die emotionale Ebene. Beinahe bedauerte Greta dies, denn Daniele war ein guter Mann. Ein Mann, an dessen Seite sie nicht ein einziges Mal das Gefühl gehabt hatte, sich verstellen zu müssen. Bei ihm konnte sie sie selbst sein – und bekam zum ersten Mal, seit sie München verlassen hatte, auch ein Gefühl dafür, wie dieses neu entdeckte Ich eigentlich war.

»Wenn du bei uns bist, vergeht die Zeit wie im Flug«, murmelte Daniele und erhob sich, um ihr Timo abzunehmen. Schlaff ließ der Junge die Arme hängen, als sein Vater ihn vorsichtig hochhob.

»Stimmt.« Greta lächelte ihn an. »Ich bin so gerne bei euch, dass ich deine Schwester und ihre Nudeln vernachlässige. Sie wird sich schon wundern.«

Eine sanfte Röte überzog Danieles Wangen, auch wenn der Bart das gut verschleierte. »Sie wird hoffen, dass ... dass du und ich ...«

Greta stand auf und sah ihm in die Augen. Sie las darin, dass auch er sich vielleicht insgeheim wünschte, seine Vergangenheit abschütteln zu können und einen Neuanfang zu wagen. Sie schluckte hart. Ihre Gefühle für diesen Mann irritierten sie selbst. Er war durchaus attraktiv. Er war herzlich und ein Vater, der versuchte, so gut zu sein, wie er nur konnte, auch wenn er dabei im Moment noch Hilfe gebrauchen konnte. Und sie spürte, dass sie Teile an ihm, Teile seines Wesens lieben gelernt hatte. Dennoch war sie nicht in ihn verliebt.

»Ich bin nur auf der Durchreise. Deine Schwester weiß das – genau wie du. Wir haben uns offensichtlich gebraucht, sonst wäre ...« Sie suchte nach den richtigen Worten. »... sonst wären wir uns in dieser kurzen Zeit nie so ... vertraut geworden. Aber du liebst deine Frau von ganzem Herzen. Du liebst sie auch nach ihrem Tod, und das ist so bewundernswert. Wer dich ansieht, weiß, dass du keine neue Partnerin brauchst.«

Er grinste schief. »Niemand will ewig allein sein«, gestand er hilflos und sah auf den schlafenden Sohn in seinen Armen hinab. »Er braucht eine Mutter.«

Greta schüttelt den Kopf. »Er hat eine Mutter. Sie ist gestorben, aber sie wird ihn nie verlassen. Du hältst sie mit ihm in euren Erinnerungen am Leben. Ich denke nur, er hat Angst, dich auch noch zu verlieren, weil du in deiner Verzweiflung glaubst, ihm nicht geben zu können, was er braucht.«

»Weil ich einfach nicht weiß, was er braucht. Ich habe keine Ahnung!«

Greta spürte seine Not und legte ihm die Hand auf den Arm. Sie sah ihm direkt in die Augen. »Er braucht dich. Viel mehr, als er dich zu sehen bekommt. Du denkst, Gaja oder Nicoletta könnten sich besser um ihn kümmern? Das denke ich nicht.«

»Ich arbeite viel«, verteidigte er sich leise, obwohl Greta ihm keinen Vorwurf gemacht hatte.

»Ich weiß. Vergiss darüber aber Timo nicht. Er braucht dich ebenso wie dein Olivenhain. Setz Prioritäten. Genieß eure gemeinsame Zeit.«

Daniele schwieg. Er küsste Timo auf die Schläfe, was dem Jungen im Schlaf ein seliges Lächeln entlockte.

»Jetzt bring ihn ins Bett, ehe er noch aufwacht«, flüsterte Greta und trat an die Haustür. »Und noch was: Morgen kann ich nicht herkommen, denn wie es aussieht, lässt sich mein Fotograf nun endlich blicken. Ich hatte eine Nachricht von ihm auf der Mailbox.«

»Dann geht es mit deinem Kochbuch weiter?«, fragte Daniele, denn Greta hatte ihm schon gestern alles darüber erzählt.

Sie grinste. »Sieht so aus. Und ich danke dir, dass du uns Aufnahmen deines Olivenhains machen lässt.«

»Gerne doch. Aber als Bezahlung will ich ein handsigniertes Exemplar haben, das versteht sich von selbst, sí?«

»Auf jeden Fall! Ich verspreche, ich bringe es dir höchstpersönlich vorbei, denn nach diesem Carpaccio wirst du mich für den Rest deines Lebens nicht mehr los.«

»Dann hatte es ja was Gutes, dass dieser Knirps dein Armband hat mitgehen lassen«, sinnierte er lächelnd, als Greta ihn zum Abschied auf die Wange küsste.

»Ciao, Greta«, flüsterte er und sah ihr nach, wie sie in Nicolettas Wagen stieg und in der Dunkelheit den Berg hinabfuhr. In der Ferne erhellten die Lichter Bolognas die Nacht und funkelten mit den Sternen am Firmament um die Wette.

Greta fuhr durch die nächtlichen Straßen Bolognas, was ihre ganze Konzentration erforderte, denn die Gassen waren eng, und es gab viele Einbahnstraßen, die ihren Rückweg verkomplizierten. Und schließlich wollte sie unter keinen Umständen Nicolettas Auto anfahren. Es war ohnehin sehr großzügig von ihr, Greta das Fahrzeug zu borgen. An einer roten Ampel blieb sie stehen und nahm ihr Handy aus der Handtasche. Wie schon ein paarmal zuvor an diesem Tag spielte sie Christophs Mailbox-Nachricht noch einmal ab.

»Hallo, Greta, mache mich jetzt auf den Weg nach Bologna. Wir sehen uns morgen. Ich hoffe, ich finde die Pension, die du mir genannt hast.«

Greta atmete tief durch. Morgen war also ihre Schonfrist vorüber. Es ging weiter. Sie wusste nicht, ob sie sich darüber freute oder nicht. Die Tage in dieser wunderbaren Stadt sollten nicht enden. Die Vorstellung, sich von all ihren neuen Bekannten verabschieden zu müssen, gefiel ihr nicht. Und zugleich packte sie allein bei Christophs Stimme auf dem Band eine unverkennbare Vorfreude.

Die Ampel schaltete auf Grün, und Greta ließ das Handy zurück in die Tasche gleiten. Hinter ihr war kein Fahrzeug, deshalb hatte sie es nicht eilig. Ob die Zusammenarbeit mit Chris diesmal reibungslos verlaufen würde? Sie legte den Gang ein und ließ den Wagen langsam über die Kreuzung rollen.

Er hatte sich bisher sehr klar geäußert, was er erwartete. Ob sie ihm diesmal mit ihren Ideen den Wind aus den Segeln nehmen konnte? Sie lächelte und bog in die schmale Einfahrt neben dem Pastaladen ab. Vielleicht sollte sie diesmal den dominanten Part übernehmen, überlegte sie und stellte sich Christophs Gesicht vor, wenn sie anfangen würde, ihm zu sagen, wo es langging.

Sie parkte den Wagen unter dem mit Weinranken belaubten Carport und stieg aus. Im Dunkeln suchte sie sich den Weg zurück auf den Gehweg, der sie zur Pension bringen würde. Gebogene Straßenlampen erhellten hier in unregelmäßigen Abständen die Fahrbahn und leuchteten Greta den Weg. Sie steckte gerade den

Schlüssel für die schwere Haustür ins Schloss, als sie auf einem der Balkone über sich eine Bewegung wahrnahm.

»Greta Martinelli? Bist du das?«, rief der Schatten und beugte sich übers Geländer, um besser zu sehen.

»Chris?« Greta trat überrascht einen Schritt zurück und legte den Kopf in den Nacken. »Was tust du denn hier?«

»Ich mache Fotos von den nächtlichen Dächern der Stadt. Der Mond ist eine perfekte Sichel und die …«

Greta schüttelte den Kopf. »Nein! Ich meine, was machst du denn hier in meiner Pension?«, unterbrach sie ihn mürrisch. Es gefiel ihr überhaupt nicht, Tür an Tür mit ihm zu schlafen.

Schilling rückte sich die Brille zurecht und beugte sich noch etwas weiter übers Geländer, was Greta ein unbehagliches Kribbeln im Nacken verursachte. Wollte der Kerl sich zu Tode stürzen?

»Ach so. Du hattest gesagt, ich könne dich hier abholen. Und da dachte ich, warum nicht ebenfalls hier ein Zimmer nehmen? Das erspart mir Fahrerei.«

»Ja klar! Warum nicht ebenfalls hier ein Zimmer nehmen!«, brummte Greta leise. »Fehlt ja nur noch, dass wir uns ein Zimmer teilen!« Sie wusste, sie war nur deshalb sauer, weil er sie überraschte. Sie war nicht auf ihn vorbereitet. Auf ihn und ihre widersprüchlichen Gefühle ihm gegenüber. Sie funkelte ihn an, bemühte sich aber um eine möglichst unverfängliche Antwort. »Na dann, willkommen in Bologna!« Sie trat wieder an die Tür und kämpfte mit dem altertümlichen Schloss. Die Bewegungen auf dem Balkon blendete sie ganz bewusst aus.

»Du kommst ja ganz schön spät nach Hause!«, hörte

sie Christoph sagen, beschloss aber, so zu tun, als hätte sie es nicht getan. Schlimm genug, dass sie sich nun fühlte wie ein Teenager, der nach einer durchzechten Partynacht den Eltern in die Arme lief.

Sie schlich leise, um andere Gäste der Pension nicht zu wecken, die Treppe hinauf. Sie schaltete das Licht an und erschrak, als Schilling grinsend und mit vor der Brust verschränkten Armen in der Tür seines Zimmers lehnte. Er trug wieder sein blaugraukariertes Hemd, und Greta kam zu dem Schluss, dass er entweder wenige Klamotten besaß oder dies sein Lieblingsstück war.

»Warst du aus?«

Seine Frage riss Greta aus ihrer Betrachtung, und sie kniff die Lippen zusammen und bemühte sich, ihr italienisches Temperament nicht ausbrechen zu lassen. Sie hatte ihm diesmal professionell gegenübertreten wollen, doch nun fühlte sie sich irgendwie schuldig, weil sie bei Daniele gewesen war, anstatt an dem Kochbuch zu arbeiten.

»Ich habe mich mit einem Freund getroffen«, wich sie aus und schloss dabei ihr Zimmer auf.

»Kennst du in jeder italienischen Stadt Männer?« Seine Frage klang wie ein Scherz, aber Greta empfand sie als Vorwurf.

»Was geht dich das denn an?«, fuhr sie ihn schroff an, und Christoph hob abwehrend die Hände.

»Nichts. Alles prima.« Er steckte die Hände in die Taschen seiner Cargohose und wirkte mit einem Mal recht verschlossen. »Gute Nacht.« Ohne sie eines weiteren Blickes zu würdigen, wandte er sich um und schloss seine Zimmertür hinter sich.

Allein im Flur, klangen die Geräusche des nächtlichen Hauses plötzlich viel lauter als gerade noch. Ein Balken über ihrem Kopf ächzte, und eine der alten Fensterscheiben klirrte, als auf der Straße ein Lastwagen vorbeifuhr.

Mit einem Schnauben ging Greta in ihr Zimmer und lehnte sich müde gegen die Tür. Sie strich sich das Haar aus der Stirn und berührte dabei sanft ihr Armband. Katrin würde sagen, ihr Temperament stünde ihr mal wieder im Weg. Überhaupt hatte Katrin sie oft als zu aufbrausend, zu schnell beleidigt beschrieben.

»Die hatte ja auch noch nie mit diesem Schilling zu tun!«, murmelte sie leise und schlüpfte aus ihren Schuhen. Sie sah aus dem Fenster auf den Balkon. Der lag im Dunkeln, aber auf dem Nachbarbalkon flackerte eine Kerze. Sie sah anhand der Schatten, dass Christoph sich immer noch dort draußen herumdrückte.

»Doofer Mond!«, brummte sie weiter, als ihr einfiel, dass die Stimmung ja erst wegen der Fotos vom nächtlichen Bologna gekippt war. Wäre Schilling in sein Bett gegangen, wäre das alles nicht passiert.

Greta zog die Vorhänge zu, um sowohl die Nacht als auch ungewollte Blicke auszusperren, ehe sie in ihr Nachthemd schlüpfte. Sie verschwand im Badezimmer, um sich bettfertig zu machen, aber ihre Gedanken hörten nicht auf, um den unglücklichen Zusammenstoß zu kreisen. Ob sich das abrupte Ende ihrs Gesprächs auf die morgige Zusammenarbeit auswirken würde?

Greta spuckte die Zahnpasta ins Waschbecken und spülte sich den Mund aus, ehe sie zur Haarbürste griff. Ihre langen schwarzen Haare kämmend, ging sie zurück in ihr Zimmer und trat an den Vorhang zum Balkon. Sie schielte durch den Spalt und sah, dass Christoph immer noch über das Stativ seiner Kamera gebeugt stand und den Mond knipste.

Sie schnaubte. Konfliktlösung war noch nie ihre Stärke gewesen. Bei den wenigen Auseinandersetzungen mit Katrin hatte sie sich immer darauf verlassen können, dass ihre friedliebende Freundin es schaffte, auf irgendeine Weise die Harmonie wiederherzustellen. Doch Chris schien ihr nicht gerade der Typ zu sein, der von sich aus auf andere zuging.

»Verdammt!«, brummte sie und legte die Haarbürste beiseite. Sie schob die Vorhänge zurück und öffnete die Balkontür. Kühle Nachtluft schlug ihr entgegen und bereitete ihr eine Gänsehaut. Sie schlang die Arme um ihre Mitte und trat ans Geländer.

»Hi noch mal«, murmelte sie scheu und trat von einem Fuß auf den anderen, denn die Kälte der Terrakottafliesen kribbelte in ihren Zehen.

Schilling, der auf einem Hocker hinter seiner Kamera saß und durchs Objektiv sah, lehnte sich zurück und musterte sie schweigend.

Greta biss sich auf die Lippen. Es war so klar, dass dieser kühle Typ ihr keinen Millimeter entgegenkommen würde. Sie rieb sich die Arme, um die Kälte zu vertreiben, und ließ ihren Blick über die Dächer schweifen. Tatsächlich bot sich ihr eine beinahe romantische Aussicht. Goldenes Laternenlicht verwandelte die Gassen in Adern, die sich mal hell, mal dunkel durch die Stadt wanden. Die Arkadenbögen schienen ihr wie Scherenschnitte, wie eine Bühne für den eigentlichen Star dieser

Konstellation – den Mond. Seine Sichel durchschnitt in strahlendem Weiß das schwarze Firmament, so hell, als wäre er aufgemalt.

Sie verstand, warum Chris hier draußen stand. Sah das Besondere an dieser Konstellation.

»Schöne Aussicht«, versuchte sie, sich ihm deshalb anzunähern.

»Richtig.« Christoph beugte sich wieder über sein Objektiv und verstellte etwas, ehe er den Auslöser drückte.

Greta rollte mit den Augen. Er beachtete sie überhaupt nicht! Das brachte erneut ihre Wut zum Vorschein, aber diesmal erlaubte sie ihr nicht, die Kontrolle zu übernehmen. In Gedenken an Katrin umfasste sie ihr Armband und atmete noch einmal tief ein.

»Ich wollte mich für meinen Ton von eben entschuldigen«, presste sie heraus, ehe sie es sich noch anders überlegen würde.

Ohne seine Arbeit zu unterbrechen, antwortete er: »Nicht nötig. Geht mich ja nichts an, was du treibst.« Er klang vollkommen emotionslos, beinahe so, als würde er sie loswerden wollen.

»Wie klingt das denn?«, fuhr Greta ihn lauter an, als sie vorgehabt hatte. »Was ich *treibe*?« Sie schnaubte. »*Treiben* tu ich überhaupt nichts! Was denkst du denn, was ich *treibe*?«

Nun lehnte sich Christoph doch wieder zurück und sah sie an. »Nichts. Ich denke mir nichts. Du hast dich beklagt, dass ich mich in Venedig so ... zurückhaltend gezeigt habe.« Er rückte sich die Brille zurecht. »Warum tue ich das? Weil ich es anstrengend finde, mich auf das Glatteis einer Kommunikation zu begeben. Kaum sage ich was, breche ich ein, und alles wird nur schlimmer als zuvor. So wie eben.« Er wandte sich wieder seiner Kamera zu. »Lassen wir das also, und konzentrieren wir uns auf unsere Arbeit.«

Greta zitterte vor Kälte. Sie überlegte kurz, sich eine Jacke zu holen, wollte aber nicht, dass es so aussah, als stimmte sie seiner unsinnigen Erklärung damit schweigend zu. Andererseits wurde sie sich erst jetzt dessen bewusst, dass sie nur ihr dünnes schwarzes Satinnachthemd trug. Mit den Armen versuchte sie, so viel von ihrem Körper zu bedecken, ohne dabei verklemmt zu wirken.

»Dann war das eben ein Versuch, Small Talk zu führen?«, hakte sie versöhnlich nach. Sie wollte das klären und dann schnell wieder nach drinnen verschwinden.

»Small Talk. Ein einfaches Gespräch ... nenn es, wie du willst. Vollkommen wertungsfrei.«

»Wertungsfrei? Deine Frage nach meinen Männerbekanntschaften klang nicht gerade wertungsfrei.«

Christoph zuckte mit den Schultern. »Du kennst hier Männer – und in Venedig. Das sind mehr Kontakte, als ich habe«, stellte er nüchtern fest.

Ein Grinsen breitete sich in Gretas Gesicht aus. »Wundert dich das? Bei deinem Geschick für Small Talk?«

Schilling drückte den Auslöser und betrachtete seine Aufnahme auf dem Display, ehe er sich zu Greta umwandte. Das halbe Lächeln, das Greta inzwischen zu gut kannte, zierte sein Gesicht. »Das klingt nun auch nicht ganz wertungsfrei«, gab er zurück.

»Na schön. Ertappt. Wir sollten am besten alles vergessen, was heute gesagt wurde.« Sie rieb sich die schlotternden Arme. »Und nur zur Erklärung: Meine Männerbekanntschaften könnten unschuldiger nicht sein!«, versicherte sie ihm. »Ein schwules Pärchen und ein Witwer mit Kind sind nicht gerade das, wonach ich suche.«

Chris schwieg. Er musterte sie und richtete plötzlich die Kamera auf sie. »Bleib mal kurz stehen.« Er drehte am Objektiv und veränderte die Belichtung. Dann knipste er in schneller Abfolge einige Bilder. Er sah sie über die Kamera hinweg an. Seine Augen glitten über ihr Gesicht, und Greta fühlte sich mit einem Mal befangen.

»Ein kleines Lächeln«, bat er, ehe er wieder auslöste.

»Was wird das?«, fragte Greta, ohne sich zu bewegen.

»Nichts Spezielles. Ist nur so eine Momentaufnahme. Du siehst gerade so ...« Er schüttelte den Kopf, als wolle er den Gedanken vertreiben. Statt zu antworten, nahm er die Kamera vom Stativ und reichte sie ihr, so dass sie das Display sehen konnte. »Ich dachte, du möchtest es vielleicht haben.«

Greta trat näher und beugte sich vor, um zu sehen, was er meinte. Die Aufnahme zeigte sie in das weiche Licht getaucht, das durch die Vorhänge aus ihrem Zimmer auf den Balkon schien. Ihre Haut schimmerte warm in diesem schmeichelhaften Licht, und die Dunkelheit um sie herum verlieh ihren Augen einen geheimnisvollen Glanz. Das kühle Mondlicht ließ ihr frischgekämmtes Haar und ihr schwarzes Negligé beinahe bläulich wirken, und die Nacht umfing sie wie eine seidige Decke.

Sie wirkte verletzlich durch die Kälte, die zwischen den Pixeln zu erspüren war, und doch stark genug, einer Nacht wie dieser trotzen zu können. Der Zug um ihre Lippen war entschlossen, zugleich aber sinnlich. Es war eine ganz besondere Fotografie, und Gretas Herz schlug schneller. Sie hob den Blick und kreuzte Christophs.

»Siehst du mich so?«, fragte sie verlegen.

Christoph rückte seine Brille zurecht. Auch er schien verlegen. »Du bist eine schöne Frau – in einer besonderen Atmosphäre. Ich wollte es nur für dich festhalten.«

»Es sind tolle Aufnahmen«, bestätigte sie und blätterte durch die Dateien auf dem Display. Nicht nur ihre Aufnahmen bewunderte sie, sondern auch die des Mondes. Christoph hatte ein Auge für die Schönheit des Augenblicks. Die dunklen Schatten wirkten auf seinen Bildern lebendig. Die Lichter verbreiteten das Gefühl von Wärme und Sicherheit, und er verstand es, beides perfekt in Szene zu setzen.

»Wirklich toll!«, schwärmte Greta und klickte weiter. Die dunkle Silhouette einer Katze auf den nächtlichen Dächern, Menschen, die Arm in Arm durch die Lichtkreise der Laternen spazierten, und … Greta stutzte. Unauffällig hob sie den Blick und beobachtete Schilling, der dabei war, sein Stativ einzuklappen.

Ihre Augen wanderten zurück zum Display. Er hatte sie fotografiert, als sie den Gehweg entlanggekommen war. Noch ehe er sie angesprochen hatte, hatte er sie schon abgelichtet. Sie wusste nicht, wie sie das finden sollte. Er machte nicht den Eindruck eines Spanners, aber … was wusste sie schon. Bei der Aufnahme lag ihr Gesicht im Schatten. Ihr Haar wehte sacht hinter ihr im Wind, und durch das Licht der Straßenlaterne reflektierte der Gehweg, als würde sie über reines Gold wandeln.

Er hatte sie perfekt eingefangen, und Greta fragte sich, warum er das getan hatte. War es um sie persönlich gegangen? Oder um das Motiv? Wie sie Christoph kannte, sah er in ihr nicht einmal einen Menschen, also war es wohl auch in diesem Fall rein um seine Fotokunst gegangen.

Sie schaltete die Kamera ab, ohne ihn auf die Aufnahme anzusprechen. Ihr Herz klopfte schnell, als sie sich räusperte, um seine Aufmerksamkeit zu erlangen.

»Hier, die Kamera. Die Bilder sind wirklich toll geworden.«

Er nickte und hängte sie sich um den Hals, um die Hände für das Stativ und die Beleuchtung frei zu haben.

»Danke. Ich schick dir per Mail einen Link, dort kannst du dir die Dateien runterladen.«

»Mach ich.«

Christoph wandte sich ab und trat an die Balkontür seines Zimmers. »Dann gute Nacht, Greta.«

»Chris! Warte, du …?« Greta trat an das Gitter, das ihren Balkon von seinem trennte. »Ist …?« Sie schüttelte hilflos den Kopf. »Ist zwischen uns alles in Ordnung?«

Er blinzelte. Ließ sich Zeit mit der Antwort.

»Natürlich. Schlaf jetzt, sonst hast du morgen auf den Bildern fürs Kochbuch dunkle Augenringe.«

»Du könntest das sicher wegretuschieren, oder nicht?«

Er lächelte. »Klar. Trotzdem sollten wir schlafen, oder nicht?«

Greta zögerte. Was für einen Klang hatte seine Stimme bei dieser Frage gehabt? Ein Gefühl, so flüchtig, dass sie es weder benennen noch greifen konnte, hing seinen Worten nach und beschleunigte Gretas Puls.

»Doch, natürlich«, flüsterte sie in die Nacht, auch wenn sie sich eingestehen musste, dass sie gerne noch länger mit ihm geredet hätte. Seit sie ihn kannte, kratzte sie nur an der Oberfläche seines Wesens, und er schien ihr so unnahbar und geheimnisvoll wie am ersten Tag. Irgendwann musste sie doch tiefer in ihn dringen können, etwas über ihn erfahren oder herausfinden, was ihn in seinem Innersten bewegte, denn nachdem sie die Bilder gesehen hatte, die er von ihr geschossen hatte, glaubte sie, dass ihre Seele bereits entblättert vor ihm lag.

18

Greta hielt das Nudelwalzholz in der Hand und beugte sich über den Teig. Eine blaugetupfte Schürze schützte ihr zitronengelbes Kleid vor Mehlflecken, und sie lächelte in die Kamera.

»Sehr schön!«, lobte Christoph und schoss seine Bilder. Der Mehlstaub funkelte wie Diamanten im schräg durch die Scheiben strahlenden Morgenlicht. »Ein gutes italienisches Kochbuch braucht genau so was!«, schwärmte er weiter. »Eine Köchin beim Nudelmachen. Und es war eine gute Idee von dir, die Schürze und das Tuch zusammenpassend zu kaufen.«

»Wenn du genau hinsiehst, passen sie sogar zu meinen Schuhen!«

»Perfekt, aber die hab ich ja nicht mit auf dem Bild.«

Beinahe war Greta seine gute Laune unheimlich. Für gewöhnlich neigte er ja nicht dazu, seine Begeisterung so zu zeigen.

»Eine Köchin mit Augenringen«, verbesserte sie ihn, wobei sie versuchte, ihre Lippenbewegung so flach wie möglich zu halten, um seine Aufnahmen nicht zu vermasseln.

Schilling hielt inne und sah sie über die Kamera hinweg an. »Ich hatte dich gewarnt.«

Greta zog eine Grimasse. Nicht nur, weil er recht hatte, sondern auch, um ihre Gesichtsmuskeln vor der nächsten Bilderserie zu entspannen. Sie legte das Walzholz beiseite und musterte ihre mehligen Hände. Wieder streifte sie dieser kaum fassbare Gedanke wie ein warmer Lufthauch, was sie beide hätten tun können, wenn sie eben nicht geschlafen hätten. Sie hörte noch seine Stimme, sah die Unsicherheit in seinem Blick, als er gefragt hatte, ob sie schlafen gehen sollten. »Oder nicht?«, hatte er gefragt, und seitdem rätselte Greta, was die Alternative gewesen wäre.

Christoph räusperte sich, schob sich die Brille zurecht und musterte die Arbeitsfläche. »Vielleicht können wir diesen Winkel noch mal knipsen. Mit den Eiern im Vordergrund und dem Teig und deinen Händen im Unschärfebereich«, schlug er vor und drapierte ein zur Schürze passendes Geschirrtuch unter die naturbraunen Eier.

Greta ging in Position und machte sich bereit, während Christoph noch um sie herumschlich und etwas Mehlstaub in ihre Richtung pustete.

»Das funkelt auf den Bildern so schön«, erklärte er. »Man kann so einen Effekt auch nachträglich am Computer erzeugen, aber wozu sich die Arbeit machen, wenn es so viel einfacher geht.«

Greta hörte ihm nur mit einem halben Ohr zu. Ihre Gedanken kreisten immer noch um den Vorabend. »Warum interessieren dich überhaupt meine Männerbekanntschaften?«, griff sie schließlich das Thema noch mal auf, da es ihr ohnehin nicht gelang, sich abzulenken.

»Was?« Er schien verwirrt.

»Gestern. Du hast mich nach Männerbekanntschaften gefragt. Warum?«

Christoph runzelte die Stirn, machte aber konzentriert seine Bilder, so dass Greta schon glaubte, er habe sie nicht gehört. Nachdem er im Halbkreis einmal um sie herumgewandert war und dabei ein Bild nach dem anderen geknipst hatte, sah er sie schließlich an.

»Soll ich wirklich antworten, oder geraten wir dann wieder aneinander?«, fragte er und verzog die Lippen zu seinem halben Lächeln.

Greta hob die Hand, wie um einen feierlichen Schwur zu leisten. »Ich verspreche, mein Temperament unter Kontrolle zu halten, wenn du versprichst, deine Worte mit Bedacht zu wählen.«

Sein Lächeln weitete sich aus. »Vielleicht sollten wir erst unsere Aufnahmen machen und dann reden? Nur so, zur Sicherheit?«

»Wem von uns beiden vertraust du nicht?«, hakte Greta lachend nach. »Dir oder mir?«

»Mir«, gestand er und fing an, seine Kameraausrüstung einzupacken. »Du hast ja schon festgestellt, dass Small Talk nicht mein Ding ist.«

Greta grinste ihn an. Sie löste die Schleife ihrer Schürze und klopfte sich das Mehl ab. »Gut, dann geb ich also dir die Schuld, wenn unser Gespräch eskaliert«, beschied sie ihm. »Trotzdem können wir uns nicht den ganzen Tag anschweigen. Wir sind ja, wie es aussieht, noch lange nicht fertig mit den Aufnahmen.«

»Nein, sind wir nicht. Dein Olivenhain, vielleicht ein Blick in die Ölpresse und ein Teller Antipasti … so schnell haben wir das nicht im Kasten. Ich denke, wir müssen einen Teil sogar auf morgen verschieben.«

»Siehst du.« Greta wischte das Walzholz mit einem feuchten Tuch ab und legte den Teig zurück in eine Schüssel, damit Nicoletta ihn später noch verarbeiten konnte. Sie war der Italienerin so dankbar, dass sie in dieser authentischen, typisch italienischen Küche ihre Aufnahmen machen konnten.

»Also, dann noch mal …«, griff sie das Thema, das Christoph anscheinend zu umschiffen versuchte, wieder auf. »Warum hast du mich gestern gerade danach gefragt?«

Christoph blickte sie schnaubend an. »Aus keinem bestimmten Grund. Ich denke einfach, dass man viel über sein Gegenüber erfährt, wenn man sich dessen Beziehungen ansieht. Männer und Frauen ticken da ja ganz unterschiedlich, und ich … wollte einfach wissen, wo ich dich einordnen kann.«

Greta lachte spöttisch. »Klingt nach Psychoanalytiker! Sag mir doch mal, in welche Schublade du mich packst. Ich bin Single, allein in Italien unterwegs, treffe mich gerne mit Menschen jeden Geschlechts, weil ich vermutlich im Grunde meines Herzens furchtbar einsam bin, denn nachdem ich beinahe mit dem Freund meiner besten Freundin im Bett gelandet wäre und sie mich nun hasst, fühle ich mich wie der letzte Abschaum der Menschheit!«

Christoph hustete und sah Greta mit großen Augen an. Ihre unverblümte Eröffnung hatte ihn ganz offenbar überrascht. Er nickte langsam und setzte an, etwas zu sagen, schüttelte dann aber den Kopf. Wieder sah er sie an, und ein zaghaftes Lächeln umspielte seine Lippen.

»Ich fürchte ... ich muss meine Schubladen, wie du es nennst, überdenken«, gestand er, und sein Lächeln wurde breiter. »Aber dafür, dass du mich eben noch einen Psychoanalytiker geschimpft hast, hast du gerade einen ganz schönen Seelenstriptease hingelegt.«

Greta kicherte und holte aus, um eine Prise Mehl nach ihm zu werfen. »Sehr witzig!«, antwortete sie und strich sich nicht vorhandene Falten aus dem gelben Kleid. »Erinnere mich daran, Gespräche mit dir in Zukunft doch lieber zu meiden.«

Sein lautes Lachen klang ungewohnt und dabei gar nicht so übel. »Du bist doch wohl nicht böse, oder?«, fragte er irritiert. »Ich will dir echt nicht zu nahe treten. Nach dem gestrigen Abend hätte ich das Thema nicht mehr aufgegriffen.« Er sah sie an, und sein Blick wurde ernster. »Ich möchte wirklich nicht, dass die Stimmung zwischen uns wieder kippt, Greta.« Er zuckte mit den Schultern und hängte sich die Kameratasche um die Schulter, bereit, den Laden zu verlassen. »Aber ich hab nun, glaube ich, doch eine Schublade gefunden, in die du ziemlich perfekt hineinpasst.«

Er wandte sich lächelnd zum Gehen um, aber Greta hielt ihn auf. Mit der Hand an seiner Kameratasche zwang sie ihn stehen zu bleiben.

»Welche Schublade?«, fragte sie misstrauisch. Sein halbes Lachen gefiel ihr so gar nicht.

»Leicht hysterisches Frauenzimmer mit zu viel Temperament!«

Greta musste lachen, erleichtert, dass Chris es geschafft hatte, den Moment zu retten. »Wenn es nichts Schlimmeres ist! Damit kann ich leben!«

Sie verabschiedete sich mit einem Winken von Nicoletta, die vorne im Laden gerade bei einem Kunden kassierte.

Christoph hielt ihr die Tür auf. Er folgte ihr schweigend auf die Straße und wies ihr den Weg zu seinem Auto.

Greta hätte einiges für seine Gedanken gegeben, aber wie so oft hielt er diese vor ihr zurück. Er war der verschlossenste Mensch, den sie je getroffen hatte.

»Und jetzt zum Olivenbauern?«, fragte er und verstaute seine Ausrüstung im Kofferraum des roten Mietwagens. Es war ein älterer Audi, aber ein Cabrio, und Greta freute sich auf die Fahrt mit offenem Verdeck.

»Ja. Daniele war so nett, uns seine Hilfe anzubieten. Seine Olivenbäume sehen toll aus, und von dort oben am Hang hat man eine super Sicht auf Bologna.«

Christoph nickte. »Das klingt nach guten Aufnahmen.«

Sie stiegen ein, und Christoph lenkte Gretas Anweisungen folgend den Wagen durch die Straßen. Die frühsommerliche Brise fuhr Greta durch die Haare, und sie fasste sie schnell zu einem Zopf zusammen. Sie passierten die beiden Türme, und Christoph deutete mit einem Kopfnicken auf den höheren von ihnen.

»Warst du schon mal oben?«

Greta drehte den Kopf, um sich den Turm näher anzusehen.

»Nein. Ich wusste gar nicht, dass man hochgehen kann.«

»Auf den *Asinelli-Turm* kann man hoch. Ich wollte das heute Abend machen, denn die *Piazza Maggiore* soll nachts recht eindrucksvoll beleuchtet sein.«

»Wirst du Aufnahmen machen?«

Er nickte und bremste, um eine Gruppe Kinder über die Straße zu lassen.

»Fürs Kochbuch?«, hakte Greta nach.

»Mal sehen. Vielleicht auch für den Kalender. Ich arbeite ja immer an mehreren Projekten. Wenn ich an einem Ort bin, versuche ich, nichts auszulassen – irgendwann kommt der Zeitpunkt, da kann man jede Aufnahme für irgendwas gebrauchen.«

»Soll ich mitkommen?«

Christoph sah sie an. »Du musst nicht mitkommen. Ich kann nicht versprechen, dass sich die Bilder fürs Kochbuch eignen.«

Sie ließen die engen Gassen Bolognas hinter sich, und Christoph schaltete in den fünften Gang. Er legte die Hände entspannt oben aufs Lenkrad und kniff die Augen zusammen, als er der gewundenen Hauptstraße den Hügel hinauf folgte und dabei in die Sonne blicken musste.

»Ich meinte ja nicht, ob ich mitkommen muss!«, verbesserte ihn Greta. »Ich meinte, … ob ich mitkommen *darf!*«

Kurz, ohne den Blick zu lange von der Straße zu nehmen, musterte er sie. »Sollte ich mich dann zu einer deiner harmlosen Männerbekanntschaften zählen?«

»Reitest du etwa schon wieder darauf herum?«

Er lachte. »Ich mein ja nur: Ich bin nicht homosexuell. Und auch kein Witwer mit Kind. Und impotent bin ich übrigens auch nicht.«

»Du willst also sagen, dass du absolut nicht harmlos bist?«

Er zwinkerte ihr zu. »So in etwa.«

Greta wurde warm. Sie sah Christoph an, unsicher, was sie denken sollte. Sein dunkles Haar schimmerte im Sonnenlicht, und seine markanten Züge wirkten weicher wegen der zusammengekniffenen Augen. Der dunkle Rahmen seiner Brille verstärkte den Eindruck, als verberge er nur zu gerne seine Gedanken und Gefühle.

»Wenn du mich damit einschüchtern willst, dann klappt das nicht wirklich«, wies sie ihn gut gelaunt zurecht und lehnte sich entspannt im Sitz zurück. Der Fahrtwind trug den Duft des Sommers mit sich, und es kam Greta vor, als wäre sie schon ewig unterwegs. Bergauf ging es auf der engen Straße nur langsam voran. Nicht, dass sie daran etwas auszusetzen gehabt hätte.

»Weil ich nicht der Freund deiner Freundin bin?«, fragte er ernst und schaltete zurück in den vierten Gang. »Ich bin nur neugierig. Du scheinst mir nicht der Typ, der Freunde hintergeht. Zumindest, soweit ich das sagen kann.«

Greta mied seinen Blick. »Da siehst du mal, wie wenig du mich kennst«, flüsterte sie.

Da ihr Christoph zu sehr unter die Haut ging, suchte Greta Zuflucht bei Daniele. Seit sie den Hof des Olivenbauern erreicht hatten, vermied sie es, Chris in die Augen zu sehen. Es kam ihr vor, als könne er jeden ihrer Gedanken lesen. Darum hielt sie sich im Hintergrund, als Daniele ihm den Hain zeigte und ihm etwas über seinen Hof erzählte. Christoph brauchte nicht lange, um die knorrigen Bäume mit ihrem mediterranen Charme auf seinen Bildern perfekt in Szene zu setzen. Er nutzte das Spiel der Sonne, die durch die silbergrau schimmernden Blätter schien, um den Aufnahmen Tiefe zu verleihen. Die Schatten und das Licht vereinten sich zu einem goldenen Höhepunkt in der Bildmitte, und Greta konnte nicht anders, als zu bewundern, wie gut er sein Handwerk verstand.

Er pflückte einen Olivenzweig ab und reichte ihn Greta. »Hier, halt das mal. Kannst du es …« Er schloss sanft ihre Finger um die rotbraunen Früchte. »… kannst du das so halten, als wäre es ein zartes, zerbrechliches Küken, oder so?«

Seine Berührung verursachte ein Kribbeln auf Gretas Haut, und der Wind trug den schwachen Hauch seines Rasierwassers mit sich. Sie atmete ein und genoss trotz der widersprüchlichen Gefühle, die er in ihr weckte, den Moment seiner Nähe.

Als er zurücktrat, um die Bilder zu knipsen, fühlte sie sich plötzlich verlassen. Scheu hob sie den Blick und beobachtete ihn. Irgendetwas an ihm war anders. Es musste so sein, denn obwohl er – wie schon im Februar bei Frischmann im Büro – Sandalen mit Socken darin trug, gab es an diesem Tag nichts an ihm, was lächerlich wirkte. Seine abgewetzte Cargohose hatte nie besser an ihm ausgesehen als hier in freier Natur unter dem wiegenden Blätterdach der Olivenbäume und sein mehrlagiger Zwiebellook … Greta blinzelte. Sein graues Hemd war eigentlich ganz lässig, auch wenn sie ihn lieber nur in dem schwarzen Shirt gesehen hätte, das er darunter trug, denn das Hemd verbarg seine sportliche Figur.

»Greta?«

»Hm? Wie bitte?«

Daniele und Christoph sahen sie erwartungsvoll an.

»Sind wir hier fertig? Soll es direkt weiter zur Presse gehen? Möchtet ihr die moderne Produktion sehen oder wie man es früher gemacht hat?«, wiederholte Daniele seine Frage.

Greta löste sich aus ihrer Starre, drehte den Olivenzweig zwischen ihren Fingern. »Keine Ahnung.« Sie sah die beiden Männer vor sich an. Christoph war doch verantwortlich für die Bilder.

»Dann würde ich vorschlagen, dass ich euch die alte Presse zeige, mit der früher noch mit Hand das Öl aus den Früchten geholt wurde. Das sieht sicher schöner aus als die technische Anlage.« Daniele deutete in Richtung seines Hofs und ging ihnen voran.

Christoph nahm sein Stativ, und Greta schnappte sich seine Kameratasche. »Warte, ich helfe dir.«

Schweigend folgten sie dem Italiener den Hang hinauf, und Greta fragte sich, was es war, das sie an Christoph so … faszinierte. Er war so anders als alle Männer, mit denen sie sonst zu tun hatte.

»Du schaust mich heute die ganze Zeit so komisch an«, bemerkte er schließlich sogar selbst.

»Ich?« Greta fühlte sich ertappt. »Ich …« Sie strich sich die Haare auf den Rücken und versuchte, seinem Blick standzuhalten. »Ich … bin nur irritiert von den Socken in den Sandalen.«

»Von meinen Socken?«

»Siehst du sonst noch jemanden mit Socken?«

Als hätte er nur auf diese Aufforderung gewartet, ließ

er seinen Blick über ihre Beine wandern, die nur in einem dünnen Paar Nylonstrumpfhosen und den dunkelblauen Ballerinas steckten, die einen, wie sie fand, netten Kontrast zum zitronengelben Kleid bildeten. Beinahe glaubte Greta, seine Blicke wie eine Berührung auf ihrer Haut zu spüren, und sie musste schlucken.

»Nein, keine Socken«, bestätigte er, und das Lächeln auf seinen Lippen milderte seine markanten Züge ab. »Und wenn ich mir dich so ansehe, ... finde ich Beine ohne Socken in der Tat viel schöner.«

»Wir reden hier nicht von meinen Beinen!«

»Ich schon. Du siehst heute wirklich sehr gut aus. Das wirkt auf den Bildern unglaublich toll.«

Greta rollte mit den Augen. Wann immer er sie ansah, ging es offenbar nur um die Bilder! Was war das nur für ein Mann? Hatte er sie jemals nur als Frau gesehen oder immer nur als Fotomotiv? Nicht, dass sie es darauf anlegte ...

»Aber jetzt mal ehrlich, Greta. Was stimmt nicht an meinen Socken?« Er reckte eines seiner Beine nach vorne und wackelte mit dem Schuh.

»Du hast doch eigentlich selbst ein gutes Auge«, wunderte sie sich lachend. »Jede deiner Aufnahmen, die ich bisher gesehen habe ... ist perfekt. Du müsstest wirklich selbst wissen, dass man in Sandalen keine Socken trägt.«

»Es ist bequem.«

»Das glaube ich. Alles, was du trägst, scheint ... bequem zu sein. Aber ist es dir egal, wie es aussieht?«

Er zuckte mit den Schultern. »Das ist wohl eine Frage der Priorität. Mein Job besteht zu neunzig Prozent aus Oberflächlichkeiten. Natürlich sucht unser Auge nach

Schönheit. Sogar nach Perfektion – und das spricht uns ganz automatisch an. Aber ich sag dir eines, Greta. Die perfekte Aufnahme gelingt nur durch die letzten zehn Prozent. Durch das, was ich Charisma nenne.« Er schien zu überlegen, wie er ihr das deutlich machen konnte. »Erinnere dich an den Fischer in Murano. Das Setting war perfekt. Die Sonne stand noch flach am Himmel, der Nebel waberte über die Lagune wie Zaubernebel, und das Fischerboot spiegelte sich matt in den sanften Wogen. Dazu du – eine schöne Frau mit dem glänzenden fangfrischen Fisch …« Er grinste. »Was für eine Aufnahme, richtig?«

Greta sah es ganz deutlich vor sich, und sie spürte beinahe die Kühle dieses Morgens auf ihrer Haut. Ein Schaudern durchlief ihren Körper.

»Richtig«, flüsterte sie, um die Erinnerung nicht zu stören.

»Aber erst das faltige Gesicht des Fischers, das Charisma dieses wettergegerbten Mannes, gab der Aufnahme die wahre Schönheit.« Er zwinkerte Greta zu und reichte ihr für die letzte Anhöhe zum Hof die Hand. »An zu viel Perfektion kann unser Blick nicht hängenbleiben. Es ist zu glatt, als … würde man darauf ausrutschen und weiterschlittern. Charakter und Makel fesseln unsere Aufmerksamkeit.«

Gretas Hand ruhte in seiner, und seine Worte hallten in ihrem Inneren wider. Sie spürte die Wahrheit in dem, was er sagte, so, als hätte er ihr ihre eigenen Gefühle offenbart.

»Dann …« Sie schluckte, um ihm nicht zu zeigen, wie bewegt sie von seiner Erklärung war, wie sehr sie sich wünschte, den Mut aufzubringen, Makel offen zu zeigen. Sich überhaupt einzugestehen, einen Makel zu haben. Sie hatte immer versucht, zumindest nach außen hin, perfekt zu sein. »Dann ... willst du also mit deinen Socken erreichen, dass mein Blick an dir hängenbleibt«, scherzte sie, um zu überspielen, was sie fühlte.

Christoph lachte laut, was Daniele, der nur wenige Meter vor ihnen ging, veranlasste, sich umzudrehen.

»Ist mir doch gelungen, oder nicht?«, stieg er lachend darauf ein. »Ich sag ja, meine Masche ist gar nicht so schlecht.«

»Ach ja, genau! Deine Masche! Die hatte ich ja schon total vergessen!«

Er zwinkerte ihr zu. »Sag Bescheid, wenn sie zieht, ja?«

Die alte Ölpresse war eine wahre Schönheit. Ein großer Bottich aus Granit, mit einem Mahlstein aus demselben Material, in dem die ganzen Früchte samt Stein zu einem Olivenbrei vermahlen wurden, bildete den ersten Teil der Anlage. Zur Demonstration schüttete Daniele zwei große Eimer Oliven ins Mahlwerk, und zu zweit machten sie sich daran, den Mühlstein in dem Bottich zu drehen. Greta prustete vor Anstrengung, wohingegen Daniele nur seine Ärmel hochschob und sich gut gelaunt, mit einem Lied auf den Lippen, an die Arbeit machte.

»Dieses Lied hat mir meine Frau beigebracht. Es hat zweiundzwanzig Strophen, und erst, wann man alle gesungen hat, ist der Olivenbrei so homogen, dass man ihn auf die Matten zum Pressen streichen kann«, erklärte er und sang weiter von Oliven und einem schönen Mädel, dessen Vater sie nur dem zur Frau geben wollte, der ihm das reinste und köstlichste Öl der Welt brachte.

Die Melodie war einfach, und obwohl sie den Text nicht kannte, summte sie mit, was die schwere Arbeit auch tatsächlich leichter machte. Dann kratzten sie den Olivenbrei heraus und strichen ihn dick auf Fasermatten, die sie übereinanderschichteten und dann mit einem Gewinde fest zusammenpressten, so dass das Öl mit dem Fruchtwasser herausgepresst wurde.

»Warum muss ich das eigentlich machen?«, fragte sie schwitzend, während Christoph Fotos von der Presse, den Oliven und ihr am Mühlrad machte.

»Es ist dein Kochbuch!«

Greta schnaubte. »Schon, aber wie sehe ich nachher auf den Bildern aus, wenn mir jetzt vor Anstrengung mein Make-up zerläuft?«

Christoph grinste. »Ich kann mich ja später darauf beschränken, deine Hände in den Fokus zu rücken. Bei den Aufnahmen für die Antipasti müsste das gehen. Ich denke an deine Hand, ein Messer, ein Holzlöffel mit Oliven darauf und eine gläserne Karaffe mit dem goldenen Öl ... irgendwie so.«

Er knipste, und sein Blitz ließ Greta stöhnend die Augen zusammenkneifen.

»Na super«, brummte sie und streckte Daniele, der sie grinsend musterte, die Zunge heraus.

»Niemand hat gesagt, dass das Leben leicht ist«, erklärte er ihr sanft und stemmte sich fester gegen die Stangen, die die Matten aufeinanderpressten. »Widerstand ist immer eine Herausforderung – und zugleich der kürzeste Weg zum Erfolg.« Er tauchte seinen Finger in das herausquellende Öl und schleckte es genießerisch ab.

»Na, das muss ich mir aufschreiben!« Greta lachte. »Das ist ein perfekter Spruch für Großmutters Kochbuch!«

»Noch ein Kochbuch?«, hakte Christoph nach und bedeutete ihnen, dass er mit den Aufnahmen so weit fertig war.

»Ja, aber keines, das jemals für die Öffentlichkeit bestimmt wäre.« Greta trat von der Presse weg und tupfte sich den Schweiß von der Stirn. »Ich hab ein Kochbuch von meiner Großmutter. Sie war Italienerin und stammte aus Gallipoli in Apulien. Ihre Lebensweisheiten hat sie wie besondere Zutaten zwischen die Seiten mit all den Familienrezepten gestreut. Es ist noch Platz, und ich habe begonnen, es zu vervollständigen.«

»Nette Idee«, bestätigte Daniele. »Dann musst du aber auch aufschreiben, was du mir in den letzten Wochen beigebracht hast: Dass nach vorne zu gehen der einzige Weg ist voranzukommen.«

Greta sah ihn an. »Ich denke nicht, dass ich dir das zeigen musste. Ich denke, du hast das schon vorher gewusst.« Sie legte Daniele die Hand an die Wange und sah ihm in die Augen. »Du hast nur so lange stillgestanden, dass du vergessen hast, wie man seine Beine bewegt.«

Er nickte. »Sí. Jetzt weiß ich es wieder und habe angefangen, an Timos Hand voranzugehen. Er führt mich, als wäre ich das Kind und nicht er.«

Wie so oft mit Daniele fühlte sich auch dieser Moment intim und vertraulich an. Sie wusste, dass Christoph da war. Wusste, dass er ihr Gespräch mitanhörte, und sie dankte ihm im Geiste dafür, sich im Hintergrund zu halten. Sie umarmte Daniele und strich ihm über den Rücken, aber ihr Blick suchte Chris. Ihre Blicke trafen sich, und er lächelte sie kurz an, ehe er etwas in seiner Kameratasche verstaute.

»Ich ... geh dann schon mal raus. Ich denke, wir sind hier für heute fertig. Meine Speicherkarte ist voll, ich muss sie wechseln gehen.«

Sie sah ihm nachdenklich hinterher und fühlte sich mit einem Mal verlassen. Danieles liebevolle Umarmung tat gut, aber sie wünschte sich an Christophs Seite hinaus in den Sonnenschein.

19

»Lass die Kamera hier«, verlangte Greta mit in die Hüften gestemmten Armen. »Ich mein es ernst. Mach doch einfach mal Feierabend.«

Christoph runzelte die Stirn, wodurch er noch kantiger wirkte als ohnehin schon. »Ich verstehe nicht, was du meinst. Ich wollte noch Aufnahmen von der Turmspitze machen und …«

»Ich weiß, ich weiß!« Greta winkte ab. »Aber ich denke, du solltest mal einfach so etwas unternehmen. Die Welt mal nicht durchs Objektiv sehen.«

»Klingt unsinnig. Schließlich …«

»Gott, Chris!« Greta stampfte mit dem Fuß auf. »Jetzt hol deine Jacke oder was immer du über deine tausend Lagen Klamotten ebenso anziehen willst, und komm!«

Er sah an sich hinunter und zupfte an dem losen Hemdzipfel, der über seinem Gürtel heraushing. »Was ist jetzt damit wieder nicht in Ordnung?«, fragte er zerknirscht und deutete auf seine dunkelblauen Sneakers. »Hab extra deinetwegen die Sandalen gegen die hier getauscht!«, brummte er.

Anerkennend nickend trat Greta näher. »Schick! Sieht gleich viel besser aus.« Sie packte seinen Arm und zog ihn aus seinem Zimmer. »Und jetzt komm, ehe sie die Bordsteine hochklappen.«

»Was?«

Greta schnaubte. »War ein Witz. Das sagt man doch so... dass spät am Abend die Bordsteine hochgeklappt werden.«

»Hab ich noch nie gehört.«

»Ist ja auch egal. Können wir trotzdem los?«

Er nickte resigniert, stellte seinen Rucksack mit der Kamera und dem Stativ gehorsam zurück in sein Zimmer und schloss die Tür. »Wenn ich das Motiv meines Lebens verpasse, dann ist das deine Schuld!«, wies er sie zurecht und schob sich die Brille höher auf die Nase.

»Schon klar. Aber mal im Ernst. Ich brauch mal 'ne Pause von deiner Knipserei. Ich fühl mich schon verfolgt von deinem Objektiv und blinzle unkontrolliert, weil ich permanent mit einem grellen Blitzlicht rechne.«

Sie gingen die Treppe hinunter und grüßten Gaja, die an der Rezeption stand und konzentriert ein Kreuzworträtsel löste.

»Schönen Abend, Kinder«, wünschte sie ihnen und winkte mit dem Stift.

»Danke, Gaja. Den haben wir bestimmt.«

Der Hund an ihren Füßen hob verspätet den Kopf, als bemerke er sie erst jetzt. Er gähnte herzhaft und schüttelte müde den Kopf, ehe er ihn verschlafen wieder auf seine Pfoten bettete.

Christoph kniff die Lippen zusammen. »Schon allein der Hund wäre eine Aufnahme wert!«, brummte er, ließ sich aber widerstandslos von Greta auf die Straße führen.

»Und was machen wir jetzt?«

»Wir gehen auf diesen Turm rauf, um die Aussicht zu genießen. Schließlich neigt sich unsere Zeit in Bologna ja schon bald dem Ende zu. Und ich muss sagen, der Abschied fällt mir schwerer als gedacht.«

»Ich bin ja erst seit gestern hier.« Christoph schien leidenschaftslos, was die Stadt anging, die Greta so ans Herz gewachsen war. »Und bist du sicher, dass dir die Stadt ans Herz gewachsen ist und nicht der Olivenbauer?«

»Daniele?«

»Ihr habt einen sehr vertrauten Eindruck gemacht.«

Greta nickte nachdenklich. »Ja, wir verstehen uns wirklich gut. Ich hatte den Eindruck, wir beide wären uns genau zur rechten Zeit begegnet. Er war regelrecht depressiv, und … mich hat es glücklich gemacht, zur Abwechslung mal jemandem zu helfen, anstatt alles kaputtzumachen.«

Christoph ging weiter neben ihr her. Er schien unsicher. »Sprichst du von der Sache mit dem Freund deiner Freundin?«

Greta nickte. »Ich hab ziemlichen Mist gebaut!«, gestand sie. Sie war irgendwie froh, dass Christoph davon wusste. Zwar fürchtete sie sein Urteil, aber es ihm nicht zu sagen wäre ihr erst recht falsch erschienen.

»Jeder baut mal Mist.« Sein halbes Lachen wirkte diesmal nicht ironisch, sondern aufmunternd.

»Echt? Hast du auch schon mal Mist gebaut?«

Christoph neigte den Kopf. »Du erwartest doch darauf jetzt keine Antwort, oder?«

»Warum nicht? Ich finde, du könntest ruhig auch mal was von dir zeigen. Mit deiner Kamera saugst du mein

Innerstes nach außen und zeigst mich mit all meinen Schwächen ... Das macht einen echt fertig, wenn der Typ, der das aus einem rausholt, dann auch noch so verschlossen ist.«

»Ich habe bei dir noch keine Schwäche entdeckt.«

Sie erreichten den Neptunbrunnen, der auf ihrem Weg zur *Piazza Maggiore* lag. Er wurde auch *Il Gigante* genannt, weil er sich so mächtig über den mit roten und weißen Steinplatten ausgelegten Platz erhob. Im abendlichen Scheinwerferlicht, das den *Palazzo del Podestà* erhellte, glänzten die sprudelnden Fontänen des Brunnens türkisblau und weckten in Greta den Wunsch, ihre Fingerspitzen zu benetzen. Von der Spitze des Brunnens aus herrschte der nackte Neptun mit seinem Dreizack über den Platz und lockte an so einem milden Abend wie diesem unzählige Menschen an. Paare saßen auf den Stufen vor dem Brunnen, und eine Gruppe junger Mädchen stand verlegen kichernd vor Neptuns Nixen, die aus ihren üppigen Brüsten Wasser ins Brunnenbecken spritzten.

»Du lenkst ab«, überging Greta Christophs Schmeichelei. »Schon willst du das Gespräch wieder auf mich lenken! Denkst du, ich merke das nicht?«

Er lachte leise. »Vielleicht bin ich es nicht gewohnt, über mich selbst zu reden.«

»Dann solltest du heute Abend mal damit anfangen. Ich sag jedenfalls nichts mehr, solange ich von dir nicht das Geringste weiß.«

»Was willst du denn wissen?« Er steckte die Hände in die hinteren Hosentaschen und schlenderte ungewohnt langsam neben ihr her, vom Platz in die Straße, die sie näher zum Turm brachte. Sein Blick glitt in die Ferne, als distanziere er sich von dem Gespräch.

»Ich weiß nicht. Nichts Bestimmtes. Fangen wir doch mal damit an ... wie alt du bist.«

»Fünfunddreißig. Und du?«

»Man fragt Frauen nicht nach dem Alter.«

»Ach so! Ja richtig! Dann frag ich nicht, sondern du sagst es mir einfach.«

Greta kicherte. »Ich werde dreißig. In drei Wochen.« Sie schüttelte den Kopf. »Oh Gott, nur noch drei Wochen!«

Zu Hause in München hatte sie sich mit Katrin schon vor Monaten überlegt, wie sie diesen Meilenstein feiern würden. Eine Party war auf jeden Fall geplant gewesen. Ein Abend mit Freunden in der Nudelbar, vielleicht eine Band. Stefan kannte da jemanden ...

»Du verfällst doch nicht etwa in eine Midlife-Crisis, oder?«

»Ich hoffe ja mal nicht, dass dreißig schon die Mitte meines Lebens ist«, gab Greta frustriert zurück. »Ich habe wohl verdrängt, dass mein Geburtstag näher rückt, weil alle Menschen, die unter normalen Umständen mit mir gefeiert hätten, jetzt froh sind, dass ich ihnen nicht unter die Augen komme.«

»So schlimm kann es doch gar nicht sein!«, widersprach Christoph und deutete auf den ausgeschilderten Eingang des *Torre degli Asinelli*.

»Es ist noch viel schlimmer!«, versicherte ihm Greta und nahm ihr Portemonnaie aus der Handtasche, um für sie beide den Eintritt zum Turm zu bezahlen.

»Du musst mich doch nicht einladen!« Christoph

fasste nach ihrer Hand, um sie zu hindern, das Geld hinzulegen.

»Mach ich gerne. Schließlich wirst du wegen mir hier keine Aufnahmen machen, die deine Unkosten wieder hereinholen.«

Er grinste schief, gab sich aber geschlagen. »Na dann, danke.«

Er ließ ihr den Vortritt, und Greta sah sich skeptisch den sich eng nach oben in die Dunkelheit windenden Holzstufen gegenüber.

»Das wird sicher ein Spaß für meine Oberschenkelmuskulatur!«, prophezeite sie und stieg die ersten Stufen hinauf. »Hast du eine Ahnung, wie hoch der Turm ist?«

Sie ahnte sein Kopfschütteln hinter sich und war froh, ihn bei sich zu wissen, denn nach der ersten Biegung wurde das Licht schwächer.

»Auf dem Schild bei der Kasse stand, es seien 498 Stufen. Ich schätze, der Turm ist etwa hundert Meter hoch.«

»Vierhundertachtundneunzig? Ach, du Schande! Mir ist jetzt schon schwindelig, und wir haben vielleicht gerade mal fünfundzwanzig Stufen geschafft.«

»Vierunddreißig«, verbesserte Christoph sie und legte von hinten seine Hand an ihren Rücken. »Ich hab mitgezählt.«

Greta blieb stehen und wandte sich zu ihm um. Sie blickte auf ihn hinab, da er zwei Stufen hinter ihr stand. Seine Berührung war beruhigend, denn tatsächlich fühlte sie eine Art von Beklemmung in sich aufsteigen.

»Ich weiß nicht, was ich hier eigentlich mache. Ich

hab Höhenangst, und ... und die Luft hier drinnen ist auch irgendwie ...«

»Willst du umkehren?« Christoph schien nicht enttäuscht von ihr. Ganz im Gegenteil, er wirkte besorgt. Ganz anders als Stefan, der sie bei einem Besuch des Olympiaturms in München wegen ihrer Angst aufgezogen hatte. Stirnrunzelnd drängte sie den Gedanken an Stefan zurück. Warum war ihr damals nicht schon aufgefallen, was für ein Arsch er eigentlich war? Anders als damals, wo sie den Aufstieg abgebrochen und lieber unten im Park auf die Rückkehr ihrer Freunde gewartet hatte, wollte sie heute nicht aufgeben. Christophs Verständnis gab ihr Kraft. Sie musste ihm nichts beweisen. Konnte diesen Moment nutzen, ihre Grenzen auszuloten und für sich selbst herauszufinden, was in ihr steckte. Wie weit sie gehen konnte. Sie zwang sich zu einem Lächeln und rieb sich die vor Angst kalten Finger.

»Nein, ich ... ich würde gerne noch ein Stück ... weitergehen. Vielleicht schaffe ich es ja.«

»Ganz, wie du magst, aber du musst nicht wegen mir ...«

»Alles gut. Ich will das für mich selbst.« Sie lächelte schief. »Keine Ahnung, ob ich es mir nicht in einer Minute wieder anders überlege, aber gerade in diesem Moment glaube ich, dass ich es zumindest versuchen sollte.«

»Na schön. Wenn du meinst. Soll ich vorangehen?«

Sie schüttelte den Kopf und sah die sich in scheinbarer Unendlichkeit nach oben windenden Stufen hinauf. »Nein. Dich hinter mir zu wissen ist ein ganz gutes Gefühl.« Sie schenkte ihm ein ehrliches Lächeln und atmete noch einmal tief durch, ehe sie die nächsten Stufen in Angriff nahm.

»Fünfunddreißig, sechsunddreißig, siebenunddreißig ...« Leise jede Stufe mitzählend, arbeitete sie sich entgegen ihren Ängsten voran, mental gestützt von dem Mann, der so anders war als Stefan.

Bei Stufe zweihundertvierundachtzig glaubte Greta zu sterben. Ihre Oberschenkel brannten, ihr Puls hämmerte ihr hinter den Schläfen wie ein Schlagbohrer, und sie schwitzte wie bei einem Saunabesuch.

»Ich kann nicht mehr!«, japste sie und ließ sich mit zitternden Knien auf die Treppe nieder. Sie lehnte sich an die kühle Turmwand und streckte die Beine von sich, bereit zuzugeben, dass es mit ihrer Kondition wohl nicht gerade weit her war.

»Lass uns eine Pause machen. Das ist echt ein harter Aufstieg. Hätte ich nicht gedacht.« Er schien kein Problem damit zu haben, vor ihr seine Schwäche zuzugeben, als er sich ebenfalls hart schnaufend neben sie setzte.

Sie atmeten einen Moment schweigend durch, ehe Christoph sie schließlich neugierig musterte. »Ich will dich jetzt was fragen«, warnte er sie vor. »Immer wieder hast du von deiner Freundin und ihrem Freund gesprochen, weichst aber einem echten Gespräch darüber aus.« Er nahm die Brille ab und putzte sie an seinem Hemd, ehe er sie durch die nun sauberen Gläser wieder ansah. »Würde es dir nicht helfen, darüber zu reden?«

»Ich glaube nicht. Ich hab mit Nino und Luca darüber gesprochen, mit Gaja und sogar mit Daniele. Jeder glaubt zu wissen, was ich tun muss, um das wieder einzurenken, aber im Endeffekt lässt es sich eben einfach nicht ungeschehen machen.«

Christoph nickte. »Sicher nicht.«

Greta lachte, was in dem kahlen Treppenhaus laut und unheilvoll von den hohen Wänden widerhallte. »Na, das ist ja mal die motivierendste Antwort auf mein Dilemma, die ich je erhalten habe.«

»Tut mir leid, dass ich ehrlich bin. Was erwartest du denn?«

»Nichts. Ich hab ja nichts erwartet. Ich wollte noch nicht mal drüber reden.«

»Das ist schade. Ich hätte echt gerne gehört, was du da eigentlich so Schlimmes gemacht hast. Scheint ja das große Thema in deinem Leben zu sein.«

Greta schnaubte. »Ja, kann man wohl so sagen. Die große Krise, besser gesagt.«

Christoph hakte nicht nach. Er sah sie nur an, und gerade das war es, was Greta gefiel. Er war interessiert, versuchte ihr aber nicht mit forschen Fragen ihre Geheimnisse zu entreißen.

»Ich habe mit meiner besten Freundin Katrin zusammengewohnt und -gearbeitet. Das beschreibt es noch nicht mal im Ansatz – wir waren echt immer zusammen, haben alles geteilt. Uns gab es eigentlich nur im Doppelpack.«

»Klingt anstrengend.« Christoph zog eine Grimasse. »Ich bin gerne für mich.«

Greta zuckte mit den Schultern. »Es kam mir nie anstrengend vor. Ich glaube, ich hatte sogar Angst davor, mit mir allein zu sein. Das ist eine … vollkommen neue Erfahrung für mich.«

»Und?« Christoph sah sie erwartungsvoll an. »Wie fühlt es sich an?«

Greta lachte leise. »Ungewohnt, aber gar nicht mal so schlecht. Ich stelle fest, dass ich ... viel offener geworden bin. Ich lasse mich auf Neues ein.« Sie hob die Arme und deutete die Stufen hinauf. »Wie das hier. Ich bin vermutlich zum ersten Mal im Leben dabei herauszufinden, was ich alles schaffen kann. Aus eigener Kraft schaffen, meine ich.«

»Und trotzdem wirkst du irgendwie unglücklich. Selbst jetzt.« Er zwinkerte ihr zu. »Wäre unser Ausflug ein Date, würde ich mir ernsthafte Sorgen um meine Wirkung machen.«

»Keine Sorge, deine Wirkung ist gar nicht mal so schlecht«, gab Greta lachend zurück. »Im Vergleich zu Stefan, dem Typen, wegen dem alles den Bach runterging, schneidest du unerwartet gut ab.«

Sie zog sich am hölzernen Handlauf auf die Beine und schaute nach oben, wo noch lange kein Ende der Stufen in Sicht war.

»Weiter geht's, sonst überlege ich es mir doch noch anders.« Ohne auf Christophs Zustimmung zu warten, setzte sie ihren anstrengenden Aufstieg fort. »Zweihundertneunundvierzig, zweihundertfünfzig ...«

»War er es wert?«, drang Christophs Frage nach einer Weile etwas atemlos an ihr Ohr. Seine Schritte hinter ihr erklangen im selben Takt wie ihre, und sie unterbrach ihr leises Zählen.

»Stefan?« Sie neigte unsicher den Kopf. »Er war zwei Jahre mit Katrin zusammen, und trotzdem hat er mich an diesem Abend angemacht und meine Schwäche für ihn ausgenutzt.« Sie klang wütend. »Vermutlich war er es also nicht wert.«

Sie legte mehr Kraft in ihre Schritte und vergrößerte damit automatisch den Abstand zu Christoph. Ihr Atem brannte ihr in der Lunge, und sie schluckte hart, um die bittere Pille der Erinnerung hinunterzuschlucken. Die vor ihr liegenden Stufen kamen ihr mit einem Mal perfekt vor, all ihren Frust abzubauen. Sie mied den Blick nach unten, der sie geschwächt oder ihre Ängste geweckt hätte. Stattdessen schritt sie zügig voran und wuchs mit jedem Absatz, den sie nahm, ein Stück über sich selbst hinaus.

Als sie schließlich die Turmspitze erreichte, war sie beinahe überrascht. Sie stolperte einen Schritt vorwärts, so plötzlich endeten die Treppen und mündeten in einen schmalen Durchgang.

Greta trat an die schmiedeeisernen Gitterstäbe, die zur Sicherheit rings um die Turmspitze angebracht waren. Sie schloss die Finger um das Metall und nahm einige tiefe Atemzüge, um ihren vor Anstrengung rasenden Puls zu dämpfen. Die Höhe war erschreckend, und trotz der Gitter fühlte sie sich nicht richtig wohl hier oben. Sie schloss die Augen, um sich Mut zu machen, als sie auch schon Christoph hinter sich spürte. Er sagte nichts, doch das musste er auch nicht. Sie spürte die Wärme seines Körpers auf der zugigen Turmspitze verlockend wie eine warme Decke, denn obwohl ihr eben von der Bewegung noch heiß gewesen war, fröstelte sie nun so schutzlos im Wind. Erleichtert stellte sie fest, dass Christoph hinter sie trat, um ebenfalls einen Blick durch die Gitter zu werfen.

»Du hast die Augen zu«, stellte er fest, und sein warmer Atem strich zart wie eine Feder über ihre Wange.

»Es ist verdammt hoch.«

Er lachte, und das allein schien die gesamte Turmspitze zum Schwingen zu bringen. »Ja, die vielen Stufen haben mich das annehmen lassen.«

Greta schnitt ihm eine Grimasse. »Du hast ja auch keine Höhenangst!«

»Und du musst auch keine Angst haben. Ich bin hier. Dir kann nichts passieren.«

»Das weiß ich doch. Diese Angst ist nicht sonderlich rational.« Sie lachte verlegen. »Die Gitter sind fest, dieser Turm steht seit … ach, was weiß ich, seit wie vielen Jahren er hier sicher steht, aber trotzdem ist da diese Stimme in mir, die mir einredet, dass eben genau nach so einer langen Zeit so ein oller Turm auch mal einstürzt. Oder so eine Schweißnaht am Gitter spröde wird und …«

Christoph fasste nach ihrer Hand und verwebte seine Finger fest mit ihren. »Halt dich einfach fest, dann kann die Schweißnaht machen, was immer sie will.«

Seine Berührung war ungewohnt. Greta fühlte sich fast scheu, als sie auf ihre miteinander verschränkten Hände blickte. Seine Haut war warm und versprach Sicherheit.

»Danke«, flüsterte sie und lächelte ihn an.

Er erwiderte es. »Und nun lass uns die Aussicht genießen«, schlug er vor und blickte in die Ferne.

Auch Greta ließ ihren Blick über die nächtliche Stadt schweifen. Es war unbeschreiblich schön. Die Autos erweckten die Straßen zum Leben, an manchen Stellen sah es aus, als bildeten ihre Rücklichter eine rotleuchtende

Perlenkette. Eine wunderschöne Schlange, die sich vom Stadtrand bis ins Herz Bolognas wand.

»Warum haben sie so viele Türme gebaut?«, fragte Greta flüsternd. Sie wollte die bedächtige Stille nicht stören. Den leisen Zauber, der irgendwie über der Turmspitze zu liegen schien und der dieses Kribbeln verursachte, das von Christophs Berührung ausging.

Über den Dächern der Stadt ragten deutlich die Spitzen vieler anderer Türme empor, die Bologna so ein besonderes Flair verliehen. Früher mussten es noch Dutzende mehr gewesen sein, doch erhalten waren heute nur noch etwa 20. Der Asinello-Turm war der höchste von ihnen.

Sie spürte sein Schulterzucken.

»Das sind sogenannte Geschlechtertürme. Jede Familie – also jedes Geschlecht, das damals etwas auf sich gehalten hat, hat sich eben einen Turm gebaut.«

Sie drehte sich zu Christoph um, wobei sie ihm noch näher kam. Sie streifte sein Hemd, lehnte mit ihrer Schulter an seinem Arm.

»Ein Turm fürs Ego also?«

Christoph lachte. »Richtig. Die schienen damals wohl der Meinung zu sein, dass es in manchen Dingen doch auf die Größe ankam.«

Wärme breitete sich in Gretas Magen aus, als sie über seinen zweideutigen Scherz lachte. Sie fühlte sich wohl mit ihm. So wohl, dass sie sogar die Höhe vergaß, in der sie sich befand.

»Und wie ist deine Meinung in dieser Angelegenheit?«, fragte sie und spürte, wie ihr das Blut in die Wangen stieg.

Er sah sie schief an, grinste breit. »Ich finde ...«, er zuckte unschuldig mit den Schultern, »Größe schadet nicht. Egal, ob bei Türmen oder ...«

»Sag es nicht!«, rief sie und presste sich die Hand auf die Lippen. »Das war nur ein Spaß!«

»Das war kein Spaß, das war ein Flirt«, erklärte er entschieden. »Diesmal hast du mit mir geflirtet, gib es zu.«

Greta war heiß. Christoph war ihr viel zu nahe. Ihre Gefühle spielten verrückt. Er war schließlich überhaupt nicht ihr Typ, rief sie sich in Erinnerung.

»Unsinn!«, wehrte sie sich. »Das war echt nur Spaß!« Sie befreite sich aus seiner Berührung, löste ihre Finger von seinen und trat vorsichtig den Rückzug an die Treppe an. »Außerdem sollten wir uns mal langsam an den Abstieg machen, denkst du nicht?«

»Ich denke, dass du jemand bist, der immer davonläuft.«

»Was? Das stimmt doch gar nicht! Du ...«

»Doch, das stimmt. Du bist unsicher. Weißt nicht, was du eigentlich willst – und deshalb läufst du weg.«

»Ich weiß nicht, was du meinst. Ich weiß ganz genau, was ich will. Ich will nicht die ganze Nacht hier oben stehen – und deshalb gehe ich jetzt wieder runter. Kommst du mit, oder bleibst du hier?«

Er fasste noch einmal nach ihrer Hand. »Du sagst zu mir, ich sei in sozialen Dingen ein Krüppel«, erinnerte er sie. »Aber im Grunde unterscheidest du dich da gar nicht so sehr von mir, Greta. Du versuchst, dich zu öffnen, machst einen unbedachten, unbedeutenden Flirt und bekommst dann Panik, ich könnte das fehlinterpretieren. Denkst du, ich falle gleich über dich her, nur weil wir zusammen lachen?«

Sie schüttelte den Kopf. Zu verlegen, um ihm in die Augen zu sehen. »Als ich das letzte Mal einen Flirt für ein Spiel gehalten und mir zu wenig Gedanken gemacht habe, endete es in einer wilden Knutscherei mit dem Freund meiner besten Freundin. Ich hab also schon einen Grund, mir in Zukunft solche Späße zu verkneifen – nur vergesse ich das leider manchmal, und ich muss mich erst wieder daran erinnern, wie weh es tut, deswegen alles verloren zu haben.«

»Du könntest versuchen, dir etwas Neues aufzubauen«, schlug er resigniert vor. »Dann tut es vielleicht auch irgendwann nicht mehr weh.«

»Ich hab keinen Neuanfang verdient!«, sagte Greta voller Verzweiflung.

»Triffst du dich deshalb vor allem mit Männern, die harmlos sind? Weil du dann keine Angst haben musst, wieder glücklich zu werden?«

»Und wenn schon? Vielleicht will ich mich nicht mehr mit Männern herumärgern?«

»Weil du den Freund deiner Freundin liebst?«

»Nein! Ich liebe ihn nicht! Ich habe nur den einen Moment genossen, wo ich mal ganz allein im Mittelpunkt stand.«

Christoph nickte verstehend, und das obwohl sich in Gretas Kopf gerade alles wild durcheinanderdrehte. »Du bist mir gar nicht so unähnlich. Vielleicht warst du doch nie so der Typ, der nur in Gesellschaft glücklich ist. Für mich klingt das jedenfalls alles so, als wüsstest du nicht, wer oder was du eigentlich sein willst.«

Greta drehte sich um und nahm die ersten Stufen hinab. Zu wissen, wie viele noch vor ihr lagen, quälte sie, denn sie wollte nichts sehnlicher, als sich in der Pension unter ihre Bettdecke verkriechen. Sie musste nachdenken. Über sich, über Stefan und Katrin. Und irgendwie auch über Christoph Schilling.

20

Da wieder so ein sonnig milder Tag war, hatte Christoph beschlossen, die Aufnahmen für die Antipasti in Gajas kleinem, typisch italienischem Hinterhof zu machen. Die Kräuter vor ihrem Küchenfenster, die mit Patina überzogenen Terrakottatöpfe, die knospenden Bougainvillea, die an der Hauswand hinaufrankten, dorthin, wo schon der Wein die Dachrinne zu seinem Reich erklärt hatten, zauberten ein stimmungsvolles Ambiente. Kleine lilafarbene Glockenblumen bedeckten wie Kissen die Lücken im bunt zusammengewürfelten Kopfsteinpflaster und in der Sandsteinmauer, die den Hof zum Nachbargrundstück hin abtrennte.

Auf einem Tischchen mit gebogenen schmiedeeisernen Füßen standen verschiedene Teller Antipasti, bereit, von Christoph fotografiert zu werden. Greta rückte ein Stück Bruschetta mit saftigen Tomatenstücken, feingehacktem Knoblauch, Zwiebeln und einem Hauch von Danieles goldenem Olivenöl auf dem Teller zurecht und strich einen Krümel vom Tischtuch.

»Perfekt!«, lobte Christoph, und knipste eine schnelle Abfolge von Bildern. »Leg hier noch einen Zweig Basilikum hin«, bat er und wartete, bis Greta seiner Aufforderung nachgekommen war.

Schon seit dem Morgen vermied sie es, ihn direkt anzusehen. Der gestrige Abend hatte sie ganz schön verwirrt. Dummerweise musste sie zugeben, dass die Gespräche mit Chris sie immer irgendwie verwirrt zurückließen. Was war es nur, das er an sich hatte, dass seine Worte sie dazu zwangen, sich immer wieder mit sich selbst auseinanderzusetzen.

Und was sie bei diesen Auseinandersetzungen mit sich selbst herausfand, war nicht immer schön. Sie stellte fest, dass sie sich seit langem selbst etwas vorgemacht hatte. Sie war zwar glücklich mit der Nudelbar gewesen, aber Katrins ständige Suche nach mehr, nach einer Vergrößerung, ja, quasi nach einer Veränderung, hatte sie insgeheim frustriert. Das hatte zu vielen Spannungen auch in ihrer Freundschaft geführt. Und das wiederum hatte ihr natürlich auch deshalb so zugesetzt, weil sie so eng zusammengelebt hatten. Dazu Katrins Beziehung zu Stefan, auf die Greta – so ehrlich musste sie einfach sein – doch schon lange eifersüchtig gewesen war. Nicht, dass sie Katrin deren Glück nicht gegönnt hatte, aber im Grunde hatte sie sich doch selbst in Stefans Arme gewünscht. Dass der ein Arsch war, hatte sie ja damals nicht gewusst.

Greta seufzte.

»Alles okay?« Christoph hatte die Kamera um den Hals und arrangierte den in Parmaschinken gewickelten gegrillten Spargel auf dem Teller mit frischer dunkelgrüner Rauke. Er streute einige geröstete Pinienkerne auf den Tellerrand und roch genießerisch daran.

»Ja. Sicher.« Greta strich sich das Haar auf den Rücken und stibitzte sich einige der Pinienkerne. »Was denkst du, wie lange wir hier noch brauchen?« Sie knabberte die gerösteten Kerne und genoss das süße nussige Aroma, das durch die Röstung noch verstärkt worden war.

»Nicht mehr lange.« Er knipste weiter. »Das Licht ist gut, die Zutaten kommen super rüber, und viel zur Zubereitung müssen wir dafür nicht machen. Ich würde dich gerne noch zeigen, wie du da drüben an diesem alten Außenwasserhahn eine Zucchini oder so abwäschst.« Er nahm sich eine Bruschetta vom Teller und biss hinein, da er offenbar davon genug Aufnahmen gemacht hatte.

»Und dann? Wie geht es dann weiter?«

Christoph kaute und leckte seine ölige Lippe ab. »Wir sind hier im Ganzen fertig. Ich schicke Frischmann heute Abend einen ersten Teil der Aufnahmen, damit er nicht denkt, wir wären untätig.« Hungrig schob er sich das letzte Stück Weißbrot in den Mund und schloss kurz die Augen. »Wirklich köschtlisch!«, nuschelte er mit vollem Mund.

»Darf ich die Bilder auch sehen?« Sein Appetit machte auch Greta hungrig, und sie fischte sich ebenfalls ein mit Tomaten und Zwiebeln belegtes Stück Weißbrot vom Teller. Mit den Fingern pflückte sie sich einen der mit Olivenöl benetzten Tomatenwürfel vom Brot und steckte ihn sich in den Mund.

»Sicher. Ich kann dir den Link zu den Bildern schicken, dann kannst du sie dir ebenfalls ansehen. Aber du musst keine Angst haben. Sie sind wirklich gut geworden. Du kommst gut rüber.«

Greta nickte. Dass er etwas von seiner anfänglichen Skepsis, was die Zusammenarbeit anging, abgerückt war, machte ihr Mut, und sie traute ihm inzwischen zu, wirklich die besten Bilder für ihr Kochbuch beizusteuern.

»Und was machst du dann? Geht es für deinen Kalender weiter?«

Christoph kniete sich auf den Boden und knipste eine Biene, die halb im lila Blütenkelch einer Glockenblume verschwand. »Ich fahre morgen nach Rom weiter. Die *Spanische Treppe*, die *Fontana di Trevi* ...« Er sah sie an und lächelte. »Und natürlich das Kolosseum – das alles will ich fotografieren, denn in Venedig hat sich für mich ein toller neuer Auftrag aufgetan.« Er rückte seine Brille zurecht und knipste die Biene erneut. »Ich hatte doch an dem Abend, an dem du ... also, an dem wir noch hätten essen gehen können ... eine Verabredung.«

Greta nickte. Sie erinnerte sich nur zu gut an das merkwürdige Gefühl, an diesem Abend von ihm einen Korb bekommen zu haben.

»Also, Frischmann hat mir da einen Kontakt genannt, für den ich nun eine ganze Serie Postkarten zusammenstellen darf. Von Venedig habe ich meine Entwürfe schon abgegeben, und sie sind sehr gut angekommen. Darum soll ich mich jetzt für Rom an die Arbeit machen.«

»Das ist ja toll!« Greta freute sich wirklich für ihn. »Warum hast du das nicht gleich gesagt? Das hätten wir doch feiern müssen.«

Verlegen nahm er seine Kamera in die Hand und tat so, als untersuche er das Objektiv. »Das ist doch keine große Sache«, wehrte er ab.

»Und ob! Andere prahlen schon bei ganz anderen Dingen mit ihrem Erfolg.« Zerknirscht musste sich Greta eingestehen, dass sie dabei an Stefan dachte. Der hatte sich wirklich ständig mit Nichtigkeiten wichtiggemacht.

Christoph schenkte ihr ein halbes Lächeln. »Vielleicht bin ich kein Angeber?«

Auch Greta lächelte. »Scheint so.« Sie trat an den Tisch, wo eine Flasche Bardolino eigentlich nur für die Bilder stand. Um einen schönen rubinroten Hintergrund für die Jakobsmuscheln in köstlich goldener Safransoße zu bilden, die Christoph zuvor fotografiert hatte. »Willst du trotzdem anstoßen?«

Er hob überrascht die Augenbrauen. »Alkohol während der Arbeit? Was würde Frischmann dazu sagen?«

Greta kicherte. »Wir müssen es ihm ja nicht sagen. Außerdem gehört es ganz sicher zu meinen Aufgaben, den passenden Wein zu den Vorspeisen zu finden. Wie sollte ich das tun, ohne ihn zu kosten?« Sie goss ihnen jeweils ein Glas ein und reichte es zwinkernd Christoph.

»Und welchen Grund habe ich?«

»Na …«, sie überlegte, »… na, ganz einfach. Ich vertraue deinem Rat. Wenn er es je herausfindet, sagen wir einfach, ich hätte dich nach deiner Meinung gefragt.«

Christoph grinste. Er hob das Glas gegen die Sonne und schwenkte es leicht, so dass der Alkohol am Glas perlte. »Na dann, … meiner Meinung nach sieht er gut aus.«

Greta lachte. »Du bist wirklich der einzige Mensch, den ich kenne, der Wein nach dem Aussehen beurteilt.« Sie hob ihr Glas und trat zu ihm. »So, und nun trinken wir auf deinen … Nebenjob, oder wie du das mit den Postkarten auch nennen willst.« Sie stieß zaghaft ihr Glas gegen seins.

»Danke. Ich ... denke wirklich, ... dass das nicht nötig ist.«

»Trink!«, fuhr Greta ihn gespielt streng an und nahm selbst einen Schluck von dem beinahe granatroten Wein. Der fruchtig trockene Geschmack des Bardolino weckte Gretas Sinne. Ihre Zunge spürte der sanften Säure nach, die gemischt mit der leichten Süße ihren Gaumen erfreute.

Sie verschluckte sich beinahe, als Christoph einfach zwei große Schluck nahm. Sie behielt den Wein extra lange im Mund, um die feinen Erdtöne herauszuschmecken. Er trank ihn wie Wasser.

»Du bist kein großer Weinkenner, richtig?«

Er zuckte mit den Schultern. »Ich messe solchen Dingen wenig Wert bei. Man könnte sagen, ich bin recht einfach gestrickt.«

»Einfach gestrickt würde ich nicht sagen«, widersprach Greta nachdenklich. »Du bist ... sehr komplex – so wie guter Wein. Aber ich würde dich als schnörkellos bezeichnen. Du bist mega direkt. Bei einem Wein würde ich das herb nennen. Das mag nicht jeder.«

Er sah Greta über den Glasrand hinweg an. »Magst du es?«

Greta schwieg einen Moment. Sie sah ihn an, und wie so oft in seiner Nähe flatterte ihr Puls. Dieser Mann war so vollkommen anders als Stefan, dass sie einfach nicht dahinterkam, warum er es immer wieder schaffte, ihr unter die Haut zu gehen. Mit einfachen Worten. Ohne Schnörkel ...

»Ich mag Weine, die komplex sind. Mag es, sie noch weiter zu ergründen, wenn sie herb meine Zunge reizen.

Ihre Süße zu finden, die immer irgendwo verborgen ist«, wich sie aus, nicht ohne die Hitze zu spüren, die sich in ihrer Magengegend ausbreitete.

Für einen Moment schien die Welt stillzustehen. So zumindest kam es Greta vor, als sie sich in Christophs Blick verlor. Seine Gedanken konnte sie nicht erraten, aber sein Lächeln erreichte beide Gesichtshälften. Seine markanten Züge wirkten weich, und Greta konnte sich kaum daran erinnern, was sie jemals daran gestört hatte.

»Komm doch mit nach Rom«, hörte sie ihn wie aus weiter Ferne sagen. »Wir ... könnten doch genauso gut auch dort für dein Kochbuch weitermachen.«

Greta ließ den Blick über Gajas Innenhof wandern. Die Weinranken, die in den Himmel strebten, schienen genau zu wissen, wohin es sie zog. Sie wünschte, sie hätte diese Sicherheit auch für sich. Sie schloss die Augen und atmete tief durch. Vergessen waren Katrin, Stefan und auch das Kochbuch. Sie hörte auf ihr Herz.

»Klingt gut«, stimmte sie zu. Sie hatte Mühe, die Freude, die ihrer Brust entstieg, nicht zu sehr mitklingen zu lassen. »Rom!« Sie sah ihn an und konnte es kaum erwarten aufzubrechen. »Fahren wir nach Rom!«

21

»Es ist viel zu warm für Ende April!«, stöhnte Christoph und lockerte mit dem Finger den Gurt der Kamera in seinem Nacken. Sein Hemd hatte er schon ausgezogen und sich über dem Shirt um die Hüfte gebunden. Trotzdem stand ihm der Schweiß auf der Stirn. Er blickte in den wolkenlosen Himmel über dem Kolosseum, und seine Brillengläser tönten sich dunkler.

»Ich finde es toll!«, gestand Greta und genoss die Sonnenstrahlen auf ihren Schultern. Das weiße Spaghettitop mit Häkeleinsatz, das sie trug, war ihr Lieblingsteil, und sie hatte ihrer Meinung nach viel zu lange darauf gewartet, es endlich aus dem Koffer zu holen. »Endlich Sommer in Italien!«, freute sie sich.

»Du musst ja auch nicht diese ganze Ausrüstung mit dir rumschleppen.« Christoph blieb stehen und stellte die große Kameratasche ab. Sie hatten den Hügel direkt vor dem Kolosseum erklommen, und das weltbekannte Amphitheater sowie Teile des *Forum Romanum* erstreckten sich vor ihnen.

Eine tolle Aussicht, wie Greta fand. Sie setzte sich ins Gras und beobachtete, wie Christoph sein Stativ aufbaute.

Überhaupt bemerkte sie, dass sie ihn in letzter Zeit

recht oft beobachtete. Während der Fahrt im Zug hatte sie sich sogar schlafend gestellt und ihn unter halbgesenkten Lidern hervor betrachtet. Konzentriert hatte er die Zugfahrt genutzt, seine Mails zu beantworten und ein Telefonat mit Frischmann zu führen. Der schien mit den Kochbuchaufnahmen sehr zufrieden und konnte es kaum erwarten, Greta zurück in München zu begrüßen, um seine weiteren Pläne zu besprechen. Sie hatte festgestellt, dass Chris ein ernster Typ war, gewissenhaft und zuverlässig. Er hatte Eigenschaften, die ihr mit einem Mal wichtig erschienen, obwohl sie früher nie auf so etwas geachtet hatte.

Christoph montierte die Kamera aufs Stativ und machte einige Probeaufnahmen, um die Belichtung zu prüfen. Dabei rutschte ihm das Hemd von den Hüften und sank ins Gras.

»Warte, ich nehme es dir ab«, kam Greta ihm zu Hilfe und streckte sich nach dem Kleidungsstück.

»Danke. Ich hätte es heute wirklich nicht gebraucht«, brummte er.

Greta konnte ihm da nur zustimmen. Wenn es nach ihr ging, sollte er immer darauf verzichten, seine sportliche Figur unter den Hemden zu verstecken. Sie fand ihn in dem marinefarbenen Shirt viel attraktiver. Behutsam faltete sie sein Hemd in ihrem Schoß, und der Hauch seines Aftershaves entstieg dem Stoff. Sie atmete unauffällig tiefer ein. An den Duft könnte sie sich gewöhnen.

»Musst du eigentlich nicht irgendwas für dein Kochbuch vorbereiten?«, hakte er nach und verstellte ein Rädchen an seiner Kamera.

»Ich weiß nicht«, gestand Greta. »Ich fühle mich uninspiriert. Ganz anders als in Bologna.« Sie fuhr sich durchs Haar. »Ich glaube, das liegt an Katrin. Ich bin jetzt schon so lange unterwegs, und diese Sache ist immer noch ungeklärt. Das ... belastet mich.«

Christoph wandte sich zu ihr um und sah sie nachdenklich an.

Greta hasste es, wenn sie wusste, dass er etwas sagen wollte, aber nicht direkt mit der Sprache rausrückte. »Was?«, fragte sie ungeduldig.

»Nichts. Ich ... ich frage mich nur, warum du diese Sache nicht einfach mal gut sein lässt?« Er zuckte mit den Schultern. »Ständig fängst du wieder damit an, dabei ist es eben im Leben manchmal so, dass Verbindungen reißen. Dass Freundschaften enden.«

»Das passiert nur, wenn man es zulässt. Ich will das aber nicht.« Sie starrte hinunter auf die Touristenmassen, die in Schlangen vor dem Kolosseum anstanden. »Du verstehst das nicht, aber Katrin ist ... sie ist alles, was ich habe.«

Christoph schüttelte den Kopf. »Du hast recht. Das verstehe ich nicht. Sei dir doch mal selbst genug.« Er wandte sich wieder seiner Kamera zu. »Und wenn eure Freundschaft so etwas Besonderes ist – dann verstehe ich nicht, warum sie dich so hängenlässt, obwohl dir der Mist mit ihrem Freund ja ganz offensichtlich leidtut.«

Über diese Frage hatte sich Greta selbst schon den Kopf zerbrochen – ohne zu einem Ergebnis zu kommen. Und dennoch wollte sie nicht glauben, dass Katrin das leichtfiel.

»Diese blöden Touris!«, murrte Christoph und setzte sich resigniert neben Greta ins Gras. »Solange die Schlangen da auf dem Platz stehen, ist das ganze Motiv Müll.«

Sie verstand, was er meinte. »Kannst du sie nicht einfach wegretuschieren?«

Er lachte. »Nein, bei der Menge an Leuten nicht. Da bleibt mir nur zu warten, bis es schließt.«

»Bis es schließt? Wann wird das sein?«

Er zuckte mit den Schultern und zwinkerte ihr zu. »Na dann, wenn die Leute gehen.«

»Und so lange willst du jetzt hier warten?«

Er legte sich ins Gras und verschränkte die Hände hinter dem Kopf. »Ich hab jedenfalls keine Lust, die Ausrüstung wieder runter, und dann wieder hochzuschleppen.«

»Und was machen wir dann jetzt so lange?«

Er blinzelte sie an. »Nichts. Wir warten, genießen die Sonne … machen uns einen faulen Tag.«

Greta lachte, als er sofort wieder die Augen schloss. »Weißt du, Christoph, du …«

»Sag doch Chris. Ich mag es gerne, wenn du mich so nennst. So wie meine Freunde.« Er hob zaghaft ein Lid und verzog die Lippen zu seinem halben Lächeln. »Und auch wenn du es nicht glaubst, auch ich habe Freunde. Und vielleicht machen sie mich sogar aus«, gab er zu. »Aber sie bestimmen nicht meinen Wert, oder mein Leben.«

»Chris …« Obwohl sie ihn schon öfter unbewusst so genannt hatte, wallte diesmal Zärtlichkeit in ihr auf. Sie konnte sich zwar wundern, aber vormachen brauchte sie sich wohl nicht länger etwas: Sie war dabei, Gefühle für den Mann vor sich im Gras zu entwickeln. »Chris« ... Mit einem Mal klang sein Spitzname so vertraut. Als würde sie sich nach einer gemeinsamen Nacht an ihn schmiegen und ihn zärtlich wecken.

»Entschuldige, ich habe dich unterbrochen. Was wolltest du sagen?«

»Hm?« Greta schüttelte den Kopf, um diese Gedanken zu vertreiben. »Was sagst du?«

Er rollte sich auf die Seite und stützte sich auf den Ellbogen, um sie ansehen zu können. »Du wolltest doch was sagen«, erinnerte er sie.

»Schon, aber ... jetzt hab ich den Faden verloren. War sicher nicht wichtig. Wir ... wir machen uns einfach einen faulen Tag – genau, wie du sagst.«

Er musterte sie und streckte die Hände aus. Greta hielt den Atem an, als er das winzige Tattoo auf ihrem Schulterblatt berührte.

»Ich wusste gar nicht, dass du ein Tattoo hast.«

Greta lachte. »Ach, das ... das ist nicht der Rede wert!« Sie schielte die kleine Blüte an und schüttelte den Kopf. »Ich wollte ein großes Rückentattoo – aber das tut ja weh wie Sau! Darum ist es dabei geblieben.«

Er schmunzelte, was ihn weicher wirken ließ. »Sieht schön aus. Und es passt zu dir.«

»Hast du Tattoos?«, hakte Greta nach.

»Nein.« Er schüttelte den Kopf. »Ich mag keine Nadeln. Wie du siehst, hab also auch ich Ängste. Und das macht mir nicht das Geringste aus.«

Greta streckte die Beine aus und legte sich neben ihn. Endlich etwas über ihn zu erfahren machte sie glücklich. Sie drehte sich auf die Seite und betrachtete ihn.

Das Gras kitzelte ihre nackten Arme und weckte ihre Sinne.

»Erzähl mir mehr von dir«, bat sie. »Warum bist du Fotograf geworden?«

Christoph wurde ernst. Er pflückte sich einen Grashalm und drehte ihn zwischen den Fingern, ehe er antwortete. »Ich bin nicht so der gesellige Typ, wie du sicher schon gemerkt hast.«

Greta grinste, schwieg aber.

»Schon in meiner Schulzeit habe ich immer alles irgendwie von außerhalb betrachtet. Die Gruppen auf dem Schulhof, die coolen Kids, die heimlich hinter der Turnhalle rauchten oder die gackernden Mädchen im Klassenzimmer.«

»Du bist also doch ein Spanner!«, scherzte Greta, und Christoph zuckte mit den Schultern.

»Als Fotograf ist man das vielleicht immer. Hinter der Kamera ist man geschützt. Das Motiv muss einen nicht mögen. Es muss dich nicht akzeptieren. Der Fotograf ist der Boss, wenn du so willst.« Er machte eine ausladende Handbewegung. »Ich entscheide, in welches Licht ich etwas rücke.« Er sah Greta an. »Stell dir das hübsche Mädel aus der Schule vor, wie sie hinter der Turnhalle hockt. Man kann die Szene auf viele Arten einfangen«, erklärte er. »Sie lehnt an der Wand, ihr Haar umspielt ihr Gesicht, und die Zigarette in ihrem Mundwinkel verleiht ihr einen rebellischen Look. Sie ist wunderschön.«

»Wow, da war wohl jemand ordentlich in die Schulprinzessin verknallt«, spottete Greta, erntete aber nur einen kühlen Blick.

»Der Fotograf könnte aber auch zeigen, wie sie da

sitzt, in der vollgemüllten Schulhofecke, mit der zerbrochenen Bierflasche zu ihren Füßen und dem Halbstarken, der die Zigarettenpause nutzt, um ihr unter den Rock zu fassen. Sie wirkt billig und verloren, die Augen leer, als wüsste sie schon jetzt, wie trostlos ihre Zukunft aussehen wird, wenn sie weiterhin bei ihm bleibt.«

»Ist sie bei ihm geblieben?«

Christoph lachte. »Ja, ich denke schon. Ich habe sie nach der Schule nicht wiedergesehen, was ja kein Wunder ist, denn bemerkt hat sie mich sicher nie.«

»War sie deine große Liebe?«

Er schüttelte den Kopf. »Unsinn. Sie war nur schön. Anziehung ist sicher für eine Beziehung nicht unwichtig, aber gerade durch meine Arbeit mit der Kamera weiß ich, dass viel schöner Schein oft nur oberflächlich ist. Ich suche nach der Frau, die aus ihrem Innersten heraus schön ist.«

Greta dachte an Stefan. Auch bei ihm war alles Schöne nur Schein gewesen. »Wie erkennt man das Schöne im Inneren eines Menschen?«, hakte sie nach. »Wir sehen doch nur das, was er uns von sich zeigen will.«

Christoph zuckte mit den Schultern. »Vielleicht müssen wir einfach genauer hinsehen. Oder mit dem Herzen hinsehen anstatt mit den Augen.«

Ehe Greta dazu etwas sagen konnte, klingelte ihr Handy. Sie runzelte die Stirn, denn die einzige Person, die sie in den letzten Wochen angerufen hatte, lag neben ihr. Sie kramte ihr Telefon aus der Handtasche und erstarrte.

Katrin – stand auf dem Display.

»Das gibt's doch nicht!«, flüsterte sie und sprang auf.

Ihr Herzschlag beschleunigte sich, und vor Aufregung zitterten ihr die Finger, als sie das Gespräch annahm.

»Katrin?«, fragte sie unsicher.

»Greta?«

Die vertraute Stimme ihrer Freundin ließ ihre Knie weich werden, und sie setzte sich sicherheitshalber zurück ins Gras. »Ja, ich bin dran. Hi.« Sie schluckte. »Ich hätte nicht gedacht ... dass du anrufst.«

»Wollte ich auch nicht.« Katrin klang noch immer unversöhnlich.

»Hast du meine Postkarten bekommen?«

»Ja, aber du glaubst doch wohl nicht, dass ich wegen ein paar Postkarten vergesse, was du getan hast?«

»Natürlich nicht.« Greta ließ den Kopf hängen. Es war dumm gewesen zu glauben, der Anruf könnte bedeuten, dass Katrin ihr vergeben hätte.

»Ich rufe nur an, weil ...« Katrin redete schnell, so als wolle sie damit verhindern, ihre Gefühle zu ergründen. »Ich ruf an, weil deine Verwandtschaft aus Apulien dich sucht. Sie versuchen wohl seit Tagen, dich zu erreichen. Es kam ein Brief für dich an ...«

Greta bemerkte Christophs fragenden Blick und wandte sich ab. Sie sprach mit Katrin, da konnte sie keine Ablenkung gebrauchen. »Wer versucht, mich zu erreichen? Tante Aurora?«

Aurora war eigentlich nicht ihre Tante, sondern die Tante ihrer Mutter. Dennoch hatte Greta ihre Großtante nie anders angesprochen. Sie war nur zwei Jahre jünger als Gretas Großmutter, und die beiden verwitweten Frauen hatten zuletzt zusammen in Vittorias Haus gelebt.

Das Schweigen am Ende der Leitung verunsicherte Greta, und sie schaute auf ihr Display. Sie hatte volles Netz. »Katrin? Bist du noch dran?«

»Ja. Aber es war nicht Aurora, die angerufen hat.«

»Bist du sicher? Ich kenne ja sonst kaum jemanden aus diesem Zweig der Familie.«

»Greta, deine Tante Aurora ist letzte Woche gestorben.«

Greta blieb die Luft weg. Sie erinnerte sich nur schwach an ihre Großtante, dennoch fühlte es sich an, als würden die Wurzeln, nach denen sie gerade suchte, gewaltsam gekappt.

»Der Schrieb ist von einem Anwalt aus Apulien, aber ich habe ihn nicht geöffnet, und der Anrufer war ein gewisser Tommaso Martinelli. Er sagt, er sei Auroras Enkel«, fuhr Katrin fort.

»Tommaso …«, flüsterte Greta geschockt von der Nachricht. Sie rieb sich über die Augen, um zu verhindern, dass der unerwartete Schmerz sie zum Weinen brachte. »Ich erinnere mich an Tommaso. Als ich ihn zuletzt sah, war er fünfzehn. Kaum älter als ich damals«, bestätigte sie noch immer fassungslos.

»Es tut mir leid, Greta. Wirklich. Ich wünschte …« Katrin schwieg.

Greta ließ den Kopf hängen. »Ich wünschte, du wärst hier«, flüsterte Greta kaum hörbar, denn ihre Kehle war wie zugeschnürt. Sie spürte Christophs besorgten Blick in ihrem Rücken, sein Zögern, sie zu berühren. Doch das hätte sie jetzt nicht verkraftet, darum stand sie auf und entfernte sich ein Stück den Hügel hinab.

Katrin erwiderte nichts auf Gretas Wunsch. Vielleicht

hatte sie ihn auch nicht gehört. Greta redete sich ein, dass es so war, denn sie bereute die Worte bereits. Sie würde damit auch allein fertigwerden. Sie hatte einen hundert Meter hohen Turm bestiegen und war über sich hinausgewachsen. Sie würde auch mit allem anderen fertigwerden.

Entschlossen räusperte sie sich und rang um Fassung. »Was …«, sie zwang alle Gefühle in den Hintergrund, »was wollte Tommaso denn von mir? Ich … kenne ihn wie gesagt kaum.«

»Das weiß ich nicht so genau. Ich wollte jetzt nicht einfach einem Wildfremden deine Handynummer geben, darum hat er gesagt, du sollst dich bei ihm melden. Es geht wohl um das Haus deiner Großmutter.«

»Großmutters Haus …« Greta merkte selbst, wie unsinnig es war, Katrins Worte stumpf zu wiederholen, aber sie tat sich schwer, den Sinn dahinter zu erfassen.

»Greta, hör zu …« Katrins Stimme wurde sanfter. »Melde dich doch einfach bei diesem Tommaso. Wenn du was zum Schreiben hast, gebe ich dir seine Nummer.«

»Ja, das … das wäre gut, aber …«, Greta blickte den Hügel hinauf, wo ihre Handtasche mit Stift und Zettel neben Christoph im Gras lag, »… aber ich habe gerade nichts zum Schreiben hier. Kannst du mir … eine SMS mit der Nummer schicken?«

»Das kann ich machen.« Greta hörte Katrin schnaufen. Sie klang müde, als wäre auch ihr der Streit zu viel. »Und was ist mit dem Anwaltsbrief? Hast du eine Adresse, an die ich ihn weiterleiten kann?«

Greta überlegte. Sie hatte keine Ahnung, wie lange sie in Rom bleiben würden. Sie hatte Christophs Pläne nicht hinterfragt und keine Ahnung, welche Rolle die Ewige Stadt für ihr Kochbuch spielen sollte. Sie waren ja erst vor zwei Tagen hier angekommen.

»Nein, ich ... ich habe im Moment keine Adresse. Darf ...« Sie rieb sich die Schläfen. »Darf ich mich wieder bei dir melden, wenn mir etwas einfällt?«

Das Schweigen am Ende der Leitung war nicht gerade ermutigend.

»Ich könnte es einscannen und dir mailen, müsste es aber dazu öffnen«, schlug Katrin schließlich vor.

»Wenn es dir nicht zu viel Mühe macht ...«

»Ich werd's schon schaffen«, gab Katrin zerknirscht zurück. Es war deutlich herauszuhören, dass sie nicht vorhatte, ihren Schutzwall ganz herunterzufahren. Ihr hilfsbereites Angebot war demnach ein echtes Zugeständnis.

»Danke, Katrin. Das ... das ist wirklich lieb von dir.«

Schweigen am anderen Ende der Leitung. Auch Greta wusste nichts mehr zu sagen. Nicht, dass es nicht tausend Dinge gegeben hätte, die sie gerne losgeworden wäre, aber die richtigen Worte wollten ihr einfach nicht einfallen. Die Stille zog sich unnatürlich lange hin, aber sie wollte das Gespräch nicht beenden. Mehrfach holte sie Luft, um irgendetwas zu sagen, doch kein Laut kam ihr über die Lippen.

»Bist du noch in Bologna?«, fragte Katrin, als Greta schon dachte, sie hätte aufgelegt.

»Rom«, presste Greta heraus. Sie fühlte ihr Herz leichter werden, allein, weil Katrin noch dran war. »Ich bin gerade in Rom. Und du? Was ... ich meine, was machst du so?«

»Ich?« Katrin stockte. Offenbar wog sie ab, ob sie Greta antworten wollte. »Ich ... halte die Nudelbar am Laufen, was ganz schön scheiße ist, wenn man alles allein machen muss.«

Greta hob überrascht den Kopf. »Du hältst die Nudelbar am Laufen? Was meinst du denn damit? Wir haben doch den Pachtvertrag aufgelöst.«

»Richtig. *Wir* haben den Pachtvertrag aufgelöst – aber ich habe beschlossen, dass ich mir von dir nicht alles nehmen lassen wollte. Ich hab das Lokal allein gepachtet und einen Geschäftsführer eingestellt. Aktuell plane ich die Eröffnung eines weiteren Lokals in Augsburg. Du weißt ja, dass ich schon lange expandieren wollte.«

Greta war wirklich überrascht. Irgendetwas in ihr jubilierte bei dem Gedanken, dass die Nudelbar weiterlebte. Dass tatsächlich etwas, ein Teil ihrer Freundschaft, die Stefan-Krise überstanden hatte.

»Das ... ist ja unglaublich!«, stammelte sie. »Ich weiß gar nicht, was ich sagen soll.«

»Du musst dazu nichts sagen. Schließlich bist du raus aus der Nummer.« Katrin fuhr ihr Schutzschild wieder hoch. »Ruf ... einfach diesen Tommaso an. Ich schick dir den Kram und seine Nummer.«

Panik überkam Greta, als sie spürte, dass Katrin dabei war, das Gespräch zu beenden. »Warte!«, rief sie und umklammerte ihr Handy. »Warte kurz, ich ... ich muss dir noch was sagen.«

»Ich will es nicht hören, Greta. Wirklich nicht.«

»Oh Gott, Katrin, bitte! Hör mich doch an! Lass es mich doch wenigstens erklären! Du hattest doch auch Zeit, darüber nachzudenken, was passiert ist. Siehst du denn immer noch nicht, wie furchtbar ich mich fühle? Wie fertig es mich macht, dich so verletzt zu haben? Du musst doch wissen, dass ich dir niemals weh tun wollte!«, schrie Greta. Ihre Stimme zitterte vor Verzweiflung.

Keine Vergebung zu finden war eine Sache, aber gar nicht die Chance zu bekommen, sich zu erklären, war etwas anderes. Selbst Mörder bekamen vor Gericht die Möglichkeit, eine Aussage zu machen. Nur ihr wollte keiner zuhören!

»Das weiß ich, Greta«, gestand Katrin ihr zu. »Irgendwo in meinem Herz weiß ich das. Und wer weiß – vielleicht bekommen wir beide das auch irgendwann wieder hin. Aber im Moment ... sehe ich das nicht.«

Greta wischte sich die Tränen von der Wange und starrte auf das sich leerende Gelände vor dem Kolosseum hinunter. Christoph würde sich freuen.

»Das mit deiner Tante Aurora tut mir wirklich leid, Greta. Auch meine Eltern und Frank bitten, dass ich dir ihr herzliches Beileid ausrichte.« Katrin hatte sich gefangen. Sie klang, als wären sie sich fremd, und Greta blieb nichts anderes übrig, als das zu akzeptieren.

»Danke. Und danke für den Anruf.«

»Mach's gut, Greta.«

Sie nickte, wohlwissend, dass Katrin das nicht sehen konnte. »Du auch.«

22

»Und was wird aus dem Kochbuch?«, fragte Christoph mit vollem Mund. »Wie geht es da weiter, wenn du jetzt abreist?«

Greta legte die Gabel beiseite und wischte sich die Hände an der Serviette ab. Die Nacht war kühl, aber sie genoss es, draußen zu essen. Sie sah Chris an und überlegte. »Ich habe vorhin mit Katrins Bruder Frank gesprochen. Er ist Anwalt. Obwohl er bestimmt auch nicht gerade gut auf mich zu sprechen ist, will er mich in drei Tagen in Apulien treffen. Bis dahin sollte ich wissen, worum es überhaupt geht. Mir passt das jetzt natürlich auch nicht gerade gut, aber ich muss mich wohl darum kümmern.«

»Frischmann wird nicht begeistert sein«, prophezeite Christoph und schnitt sich das nächste Stück Pizza ab.

»Frischmann hat mir freie Hand gelassen«, erinnerte Greta ihn an ihre Absprache. »Eine kulinarische Reise durch Italien war das Thema, und man könnte sagen, ich denke nur an die Zukunft, indem ich nicht jede einzelne Region Italiens gleich jetzt bereise.« Sie fand Gefallen an der spontanen Idee. »Band eins: Venetien, die Emilia Romagna und Apulien.« Sie nahm die Gabel wieder auf und wickelte sich die Spaghetti Vongole auf. »Das bildet eine regionale Auswahl von Nord nach Süd. Und in Band zwei wählt man dann eben drei bis vier weitere Regionen, oder die Inseln. Das wäre doch eine Möglichkeit, die man Frischmann bestimmt gut verkaufen könnte.« Sie blinzelte Christoph flehend an. »Die *du* ihm gut verkaufen könntest! Auf dich hört er bestimmt eher als auf mich.«

»Hm …« Er verzog skeptisch die Lippen. »Ich weiß nicht, ob Holger sich das so gedacht hatte.«

»Versuchen könntest du es doch mal.«

Wenn sie Tommasos Einladung nach Apulien folgen wollte, musst sie das mit dem Kochbuch vorher tatsächlich regeln.

»Na schön, ich kann es versuchen, aber dann haben wir keine Zeit mehr, Aufnahmen von Gerichten aus Rom und Umgebung zu machen.«

Christoph runzelte die Stirn. Er schien Schwierigkeiten zu haben, sich zu konzentrieren, denn seitlich hinter ihm stand ein Musiker mit Schifferklavier und spielte italienische Liebeslieder. Das passte eigentlich sehr gut zu der mit leichten Stoffen überspannten Restaurantterrasse, auf der sie saßen. Der Mond beschien die Travertin-Fliesen am Boden und versilberte Gretas Haar. Es war wirklich romantisch – wenn man Augen für so was hatte. Christoph hingegen fühlte sich gestört und rückte deshalb etwas näher an Greta heran.

»Stimmt. Das schaffen wir wohl nicht. Aber da fällt mir etwas Lustiges ein, ich bin neulich in Großmutters Kochbuch über eine ihrer Weisheiten gestolpert. Sie meint, in Rom verführt man Männer mit Fleisch. Das wäre dann doch ein Aufhänger für das nächste Kochbuch. Verführung auf Italienisch.« Greta lachte, als Christoph interessiert die Augenbrauen hob.

»Was hältst du von Saltimbocca alla Romana, mit Weißwein, Salbei und Schinken? Schönes, junges Kalbfleisch …«, schlug Greta schon in Gedanken an das nächste Buch vor.

»Fragst du *mich* das? Willst du mich verführen?«

Greta winkte ab, auch wenn sie spürte, wie ihre Nervenenden bei diesem Thema in Schwingung gerieten. »Ich frage dich nach deiner Meinung als Fotograf. Kannst du das hübsch ablichten? Oder brauchen wir etwas anderes?«

»Nach mir musst du dich nicht richten. Ich kann alles umsetzen. Vorausgesetzt, Frischmann macht da mit.« Er sah auf die Uhr. »Übrigens sollten wir langsam zahlen, wenn wir noch rüber zum *Trevi*-Brunnen wollen. Wie du weißt, habe ich später noch eine Verabredung wegen der Postkarten.«

Greta nickte und leerte ihr Weinglas. Der angenehme Geschmack der Muscheln vermengte sich mit dem leichten Geschmack des portugiesischen Cuvées auf ihrer Zunge. Sie liebte diese Kombination, obwohl sich zu den gekochten Muscheln sicher auch ein italienischer Wein hätte finden lassen.

»Du machst wirklich nie Feierabend!«, schimpfte sie leichthin, auch wenn sie bedauerte, später allein mit dem Taxi zurück ins Hotel zu müssen.

»Warum beschwerst du dich darüber?«, fragte er lachend und bedeutete dem Kellner, dass er zahlen wollte. »Ist doch mein Problem.«

»Aber es ist unser letzter gemeinsamer Abend in Rom«, widersprach sie.

»Du klingst ja fast, als täte dir das leid.«

Sie sah ihn an, zuckte mit den Schultern. »Irgendwie hab ich mich an deine Nähe gewöhnt«, gab sie scherzhaft zurück.

Nachdem sie das Lokal verlassen hatten, schlenderten sie in Richtung des weltbekannten Brunnens, und Greta bemerkte, dass die Liebe über Rom zu hängen schien. Überall Pärchen, die sich an jeder Sehenswürdigkeit küssend verewigten. Oder Paare, die händchenhaltend über die Plätze flanierten oder beim romantischen Dinner beisammensaßen. Zwei, die etwa in ihrem Alter sein mussten, teilten sich ein Eis aus der Waffel.

Sie sah zu Christoph hinüber, der eine Armlänge Abstand zu ihr hielt. Er hatte wie immer die Kamera um den Hals und sein Hemd offen über die Hose hängen. Wäre die Kamera kleiner, hätte er perfekt das Bild des deutschen Touris wiedergegeben. Als spüre er ihren Blick, wandte er sich ihr zu und lächelte sie an.

»Du hast heute mit deiner Freundin gesprochen. Hat sie dir vergeben?«, fragte er.

»Vergeben sicher nicht. Aber sie klang beinahe so, als würde sie das gerne.« Greta versuchte sich an einem entschlossenen Blick. »Ich werde das wieder geradebiegen, egal, wie lange es dauert. Es ist nur so schade, dass sie nicht hier ist. Schau dir nur diese Nacht an! In dieser Atmosphäre ginge das viel leichter.«

Christoph lachte leise. »Du hast recht, in solchen Nächten macht man Dummheiten.«

»Es wäre doch keine Dummheit, mir zu vergeben!«

»Davon rede ich nicht.« Christoph wandte den Blick ab und deutete die Straße entlang. »Da vorne ist er. Er ist atemberaubend«, erklärte er. »Keine Postkarte Roms kommt ohne ihn aus.«

Beim Anblick des größten Brunnen Roms konnte Greta ihm nur zustimmen. Durch die hohen Triumphbögen wirkte der Brunnen, als sei er mit der Fassade des Palastes hinter ihm verschmolzen. Der Meeresgott Oceanus war der Herr über den gesamten Platz. Das Becken war beleuchtet, und das Wasser erstrahlte in türkisfarbener Perfektion, als es in weichen Kaskaden von den oberen Becken ins eigentliche Bassin des Brunnens floss. Am Grund des Beckens schillerten unzählige Münzen. Wünsche, die so Erfüllung finden sollten.

Staunend ließ Greta ihren Blick über den weißen Travertin wandern. Über die Figuren aus Carrara-Marmor, die wie aus dem Leben gegriffen schienen, so echt sahen sie aus. Sie verstand sehr gut, warum Christoph den Brunnen für seinen Auftrag in abendlicher Beleuchtung fotografieren wollte. Es war eine Kulisse wie aus dem Märchen.

»Wie findest du ihn?«, fragte er, als er geschlagene zwanzig Minuten später seine Aufnahmen beendet hatte. Er schien zufrieden, denn er wirkte entspannt. Lässig setzte er sich an den Rand des Brunnens und streckte die Beine von sich. Er tauchte die Finger ins Wasser und spritzte Greta nass, die vor ihm stand.

»Er ist unglaublich schön. Ich könnte die ganze Nacht hierbleiben und dem Wasser zusehen.«

Christoph lächelte sie an. Wieder hatte Greta das Gefühl, er hielt seine Worte zurück. Dann streckte er die Hand aus und zog Greta neben sich auf den Stein.

»Ich könnte auch die ganze Nacht hier sitzen.« Er suchte ihren Blick. »Und dich ansehen. Du hast vermutlich keine Ahnung, wie du in diesem Licht wirkst, aber ... aber der Brunnen verblasst neben dir.« Er schüttelte den Kopf über sich selbst. »Ich habe mehr Bilder von dir gemacht als von ihm.«

Gretas Welt geriet aus den Fugen. Seine Direktheit nahm ihr den Atem, und sie sah reglos zu, wie er sich zu ihr beugte. Zart strich er ihr eine dunkle Haarsträhne von der Wange. Seine Berührung sandte einen wohligen Schauer durch ihren Körper und beschleunigte ihren Puls. Sie wollte irgendetwas sagen, aber alle Gedanken kreisten nur um die markanten Lippen, die ihren so nahe waren.

»Ich muss jetzt gehen«, flüsterte er, ohne sich zu bewegen, ohne die Spannung, die zwischen ihnen in der Luft lag, zu vertreiben. »Mein Termin ...«

»Ja, dann ... dann musst du wohl ...« Ihre Stimme klang fremd in ihren Ohren, und sie wünschte, die Welt möge für einen Moment stillstehen, damit ihnen noch etwas mehr Zeit bliebe. Mehr Zeit, um herauszufinden, was das zwischen ihnen eigentlich war. Zeit für Dummheiten ...

Liebe Katrin,
ich schreibe dir diese Karte, weil ich nicht den Mut aufbringe, dich anzurufen. Dabei haben wir heute schon miteinander telefoniert. Immer wieder greife ich nach dem Handy und suche deine Nummer raus, traue mich aber einfach nicht. Du

hast heute gesagt, dass wir das vielleicht irgendwann wieder hinkriegen. Ich will nur, dass du weisst, wie sehr ich mir das wünsche. Wie sehr ich dich vermisse.

Rom ohne dich ist ... wie eine Postkarte von Rom ohne den Trevi-Brunnen. Ich wünschte, du wärst hier,
deine Greta

Obwohl sie sich mit dem Schreiben der Postkarte ablenken wollte, schweiften ihre Gedanken immer wieder zu Christoph. Dieser Anflug von Zärtlichkeit hatte sie vollkommen aus der Bahn geworfen. Sie rollte sich vom Bauch auf den Rücken und lehnt sich gegen das Kopfteil des Bettes.

»Ausgerechnet Christoph Schilling!«, murrte Greta und legte die Postkarte beiseite, damit sie sie nicht zerknickte. »Wie ist das nur passiert?«

Der Gedanke an ihn liess sie die Hände nach dem Kochbuch ihrer Grossmutter auf dem Nachttisch strecken, und sie blätterte auf der Suche nach dem Familienrezept für Saltimbocca durch die Seiten. Sie schmunzelte, als sie es fand. In Vittorias schwungvoller Handschrift waren nicht nur die Zutaten notiert, sondern auch der Ratschlag zur Verführung in Rom.

Erneut dachte sie an Chris. Es war verrückt, aber sie genoss seine Nähe. Seine Unverblümtheit, seine Natürlichkeit. Er schien absolut mit sich selbst im Reinen. Kannte seine Schwächen und akzeptierte sie, machte sich nichts aus der Meinung anderer und wusste offenbar genau, wer er war. Und irgendwie gefiel ihr das. Es gab ihr ebenfalls das Gefühl, sich nicht vor ihm verstellen zu müssen.

»Verführung in Rom«, las sie leise. Wollte sie Christoph verführen? Wollte sie mehr von ihm? Sie blätterte durch die Seiten, als stünde dort irgendwo die Antwort auf ihre Fragen. Vittorias Ratschlag über warme Socken war wohl nicht das Richtige, aber schon zwei Seiten weiter kam Greta ins Grübeln.

Das Glück zieht vorüber, wenn man nicht die Hand ausstreckt, um es festzuhalten.

Galt das für Katrin? Oder für Christoph? Es war doch viel zu früh, sich überhaupt so viele Gedanken um ihn zu machen. Und nur, weil sie ihn verlassen und nach Apulien vorfahren würde, ließ sie ja nicht gleich ihr Glück ziehen. Vielleicht half ihr der Abstand sogar, sich über ihre Gefühle zu ihm klarzuwerden. Und vielleicht hatten seine Worte am Brunnen auch überhaupt nichts zu bedeuten gehabt. Er hatte es schließlich selbst gesagt: Es war eine Nacht der Dummheiten gewesen.

23

Der Bahnhof von Gallipoli lag in der prallen Mittagssonne, als Greta aus dem Zug stieg. Der Koffer kam ihr schwerer vor als bei ihrer Abreise in München, was vielleicht daran lag, dass sie sich in der Zwischenzeit das ein oder andere neue Kleidungsstück angeschafft hatte. Die Laptoptasche, die sie an einem Gurt um die Schulter trug, schlug ihr bei jedem Schritt gegen den Oberschenkel. Sie trat aus dem Bahnhofsgebäude und atmete erst mal tief durch. Sie war seit Jahren nicht mehr hier gewesen und konnte sich kaum an die Gesichter ihrer Verwandten erinnern, aber den kleinen Park gegenüber des Bahnhofs hatte sie nicht vergessen. Die zweistöckigen Gebäude zu beiden Seiten des Parks lenkten den Blick auf die schattenspendende Grünanlage. Sie ließ die Bushaltestelle, die sie bei den Besuchen in ihrer Kindheit immer angesteuert hatte, hinter sich und überquerte die Straße. Tommaso hatte angeboten, sie mit dem Auto abzuholen. Sie hatte keine Ahnung, wie sie ihm begegnen sollte, schließlich kannte sie ihn kaum – und er hatte erst vor kurzem seine Großmutter verloren. Beinahe kam sich Greta schäbig vor, weil Auroras Ableben sie so wenig schmerzte. Aber sie hatte die Schwester ihrer Großmutter kaum gekannt und fragte sich deshalb, was sie eigentlich hier zu suchen hatte. Hoffentlich konnte Tommaso für Klarheit sorgen.

Erschöpft von der Fahrt schleppte sie den Koffer nur bis zur ersten Bank, die vor einer gepflegten Rasenfläche mit Blick auf den Kirchturm von Gallipoli zum Verweilen einlud. Sie kramte ihr Handy aus der Tasche, um nach der Uhrzeit zu sehen. Tommaso musste bald hier sein. Mit einem Seufzer setzte sie sich und schloss für einen Moment die Augen. Sie hörte die Wellen gegen den Kai gleich hinter den Bahngleisen schwappen. Ein Geräusch, das sie tief in ihrem Innersten vermisst hatte. Sie brauchte nur aufzustehen und sich umzudrehen, um einen Blick aufs Meer werfen zu können. Obwohl sie müde war, tat sie genau das. Mit ausgebreiteten Armen drehte sie sich um sich selbst. Sie sah den Zug auf dem alten Gleisbett, das Bahnhofsgebäude mit den Parkplätzen davor und seitlich davon das Meer. Es schimmerte azurblau, und weiße Krönchen tanzten auf den Wellenkämmen. Greta roch das Salz in der Luft und den Duft ihrer sonnengewärmten Haut. Eine berauschende Mischung, und sie fragte sich, warum sie dem Ruf ihres Blutes, dem Ruf nach ihren Wurzeln nicht schon viel früher nachgegeben hatte, denn nun hier zu stehen fühlte sich nach Heimkehr an.

»Greta?«

Sie drehte sich um und war erstaunt. Trotz der vielen Jahre, die seit ihrem letzten Treffen vergangen waren, erkannte sie ihren Cousin tatsächlich wieder.

»Tommaso!«, rief sie und eilte auf ihn zu. Er war größer, als sie erwartet hatte, und obwohl er nur wenig älter als sie selbst war, hatte er angegrautes Haar an den

Schläfen, was seiner Attraktivität aber nicht im Geringsten schadete.

»Mein herzliches Beileid.« Sie streckte ihm die Hand entgegen, aber er ignorierte dies und schloss sie stattdessen in seine Arme.

»So traurig der Grund für deine Heimkehr ist, Cousine, so sehr freue ich mich doch, dich wiederzusehen! Ich hatte ehrlich gesagt nicht so bald mit dir gerechnet.«

»Ich war gerade geschäftlich in Rom, als mich deine Nachricht erreicht hat.« Sie lächelte ihn an, denn sie fühlte sich wie in den Armen eines Bruders, den sie nie gehabt hatte. »Ich hoffe, du kannst mir erklären, was eigentlich los ist.«

Er ließ sie los und deutete zu der Bank im Schatten, an der auch ihr Koffer stand. »Du hast doch bestimmt mitbekommen, dass Aurora und Vittoria nach dem Tod ihrer Ehemänner zusammen in Vittorias Haus gewohnt haben«, setzte er an.

»Sí. Ich wusste, dass sie zusammengewohnt haben.«

»Aurora hatte ein lebenslanges Wohnrecht.«

»Und was hat das nun mit mir zu tun?«

»Das Haus gehört dir. Wir haben das alles erst bei Auroras Testamentseröffnung erfahren. Es gibt einige Dinge, die du regeln musst, solltest du das Haus behalten wollen.« Er blickte in den Himmel. »Uns wäre es wichtig, es innerhalb der Familie zu behalten. Falls du es also verkaufen willst …«

»Ich brauche kein Haus in Italien«, unterbrach Greta ihn nachdenklich. »Was hat Vittoria sich dabei nur gedacht?«

»Genau deshalb wollte ich, dass du herkommst.« Tommaso fasste nach ihrer Hand. »Denn wenn du es verkaufen willst, bitten wir dich, uns etwas Zeit zu geben, um die Mittel zu finden, es dir abzukaufen.«

Greta hörte ihm nur halbherzig zu. Sie war viel zu vertieft in ihre eigenen Gedanken. »Das macht doch keinen Sinn. Warum hat sie es nicht einem von euch vererbt? Ihr lebt schließlich hier.«

»Vittoria hat oft davon gesprochen, wie ähnlich du ihr bist. Und dass du und deine Mutter nur nicht wüssten, dass euer Herz hier zu Hause ist.« Er zuckte mit den Schultern. »Ist vermutlich die romantische Vorstellung einer alten Frau, dass die Familie wieder zusammenkommt. Du musst ihr verzeihen.«

Greta schüttelte den Kopf. »Natürlich verzeihe ich ihr. Da gibt es ja nicht mal was zu verzeihen. Ich … müsste ihr ja dankbar sein, aber …«

»Wie gesagt, Greta, wir verstehen, dass du dein Leben nicht umkrempeln willst. Doch das Haus an Fremde zu verlieren wäre schlimm für Mutter und mich.«

»Natürlich. Mach dir darüber keine Gedanken. Das … würde ich nie machen.« Sie lachte etwas hilflos. »Allerdings weiß ich auch wirklich nicht, was ich nun damit soll.«

»Vielleicht fahren wir einfach mal hin. Du warst ja wirklich lange nicht mehr dort.«

»Stimmt. Ist ewig her.« Sie erhob sich und griff nach ihrem Koffer, aber Tommaso kam ihr zuvor.

»Das mache ich. Mein Auto steht dort drüben vor der Kirche.«

Greta folgte ihm durch den Park und versuchte, all

die Eindrücke, die Gallipoli ihr bot, in sich aufzunehmen. Es war eine schöne, gepflegte Stadt. Alle Gebäude waren hell verputzt, und es wirkte luftig, da immer eine leichte Brise vom Meer her über die Landzunge zog. Gallipoli war auf drei Seiten vom Meer umgeben, was das Leben der Menschen hier maßgeblich bestimmte. Wer nicht vom Tourismus profitierte, lebte vom Fischfang, und dementsprechend viele Fischerkähne ankerten an den Anlegern rings um die Stadt.

»Arbeitest du als Fischer?«, fragte Greta, als ihr beim Blick in Tommasos Kofferraum Teile seiner Ausrüstung ins Auge fielen.

»Ich könnte mir nichts anderes vorstellen. Es ist kein Beruf, es ist ... eine Berufung. Ich lebe gewissermaßen nach den Gezeiten.«

Er hielt ihr die Tür auf, und sie fuhren den schnurgeraden *Corso Roma* entlang in Richtung Westen. Als sie die Brücke überquerten, die den im Meer liegenden Stadtteil mit dem Festland verband, wurde Greta leicht ums Herz. Die Weite des Wassers wirkte befreiend, als spüle es alle ihre Sorgen einfach fort. Die runden Mauern des *Castello* sahen noch genauso unverwüstlich aus wie in ihrer Kindheit, als sie sich immer vorgestellt hatte, die Prinzessin der Meere wohne darin. Schweigend sog Greta all die Sehenswürdigkeiten in sich auf, versuchte, sie mit ihren Erinnerungen in Einklang zu bringen und daraus ein Bild zusammenzusetzen, das ihr vertraut vorkam.

Je weiter sie fuhren, umso mehr durchrieselte sie die Freude. Es war, als würde jemand das Licht in ihrer Seele anknipsen. Als fände sie zwischen all den engen Gassen, zwischen den Häuschen mit den hellen Fassaden und den steil abfallenden Kaimauern zu sich selbst.

Vittorias Haus war ebenso wie die meisten Häuser hier, zweistöckig, mit lachsfarbenen Fensterläden passend zur ganz sanft gefärbten Fassade. Die dunklen Holzfenster waren von weißen Friesen gesäumt und die Haustür mit Ornamenten verziert. Es lag direkt an der Küste, und die Dachterrasse bot einen herrlichen Blick über das Ionische Meer.

Greta stieg aus und schirmte sich die Augen vor der Sonne ab. Sie erwartete, dass sich die Tür öffnete und Vittoria sie mit ausgebreiteten Armen begrüßen würde, aber nichts dergleichen geschah. Stattdessen trat Tommaso hinter sie und legte ihr die Hand auf die Schulter.

»Du siehst traurig aus«, stellte er fest und reichte ihr die Laptoptasche.

»Ich bin traurig. Vittoria fehlt mir. Das Haus wirkt ohne sie … seelenlos. Was soll ich hier so allein?«

»Gibt es keinen Mann in deinem Leben?«, fragte Tommaso beinahe ungläubig und nahm auch noch ihren Koffer aus dem Auto.

Greta dachte an Christoph. Es war übertrieben, ihn als den Mann in ihrem Leben zu bezeichnen, schließlich waren sie weder ein Paar noch sonst irgendwie zusammen, aber zumindest war er der Mann, der seit Wochen ihre Gedanken beherrschte.

»Ich habe bis vor kurzem in einer WG gelebt«, wich sie deshalb der Frage aus. »Da hatte ich nur ein Zimmer – und nun so plötzlich ein ganzes Haus? Daran werde ich mich wohl erst gewöhnen müssen.«

Tommaso lachte. »Mutter und mir wäre es sehr recht,

wenn du dich daran gewöhnst und hierbleibst. Dann müssten wir uns um den Verbleib des Hauses keine Sorgen mehr machen.« Er steckte den Schlüssel ins Schloss und hielt Greta höflich die Tür auf. »Willkommen daheim, Cousine!«

Wortlos trat sie ein und bewunderte, wie das Licht durch die Fenster fiel. Es war hell und einladend, genau wie in Gretas Erinnerung. Der Holzboden knarzte unter ihren Schritten, als sie sich Raum für Raum ansah. Die Möbel waren mit Tüchern abgedeckt und schienen nur darauf zu warten, dass sie ihnen einen neuen Sinn verlieh. Im Geiste sah sie sich die Tücher entfernen und die Kissen auf dem Sofa aufschütteln. Sie konnte sich vorstellen, wie sie ihr Hab und Gut aus den Umzugskartons befreite und in die Regale und Schränke räumte. Sie sah sich Bilder aufhängen und Lampen anschließen. Einige von Katrins Bildern und dazu eine von Lucas Lampen aus Murano-Glas würden sich hier drin gut machen.

»Wir haben alles abgedeckt, weil wir nicht wussten, ob oder wann du kommst. Aber es ist alles da. Die Betten sind frisch bezogen, und Handtücher findest du im Schlafzimmerschrank. Ich habe den Kühlschrank gefüllt. Ich hoffe, ich habe deinen Geschmack getroffen. Wenn du ansonsten Hilfe brauchst, dann …« Er stellte den Koffer ab und wirkte plötzlich in Eile.

»Nein danke, Tommaso. Ich … komme wirklich zurecht. Es ist wunderschön, und ich werde es mir schon gemütlich machen. Bist du sicher, dass ich hier wohnen sollte? Schließlich waren wir noch überhaupt nicht beim Notar. Es ist doch noch nichts geregelt.«

»Natürlich solltest du hier wohnen. Es ist dein Haus,

Greta. Und wer weiß, vielleicht gefällt es dir am Ende so gut hier, dass du bleiben willst, genau wie Vittoria es sich erhofft hat.«

Greta schüttelte den Kopf. »Ich fürchte, ich muss schon bald zurück nach München.«

»Dann kümmere ich mich darum, schnellstmöglich einen Termin zu bekommen, um alles zu regeln. Wenn du etwas brauchst, lass es mich wissen. Meine Tür steht dir jederzeit offen.«

Greta lächelte ihn dankbar an. Er und seine Mutter Augusta wohnten nur wenige Häuser weiter. Ihr Haus war dem von Vittoria sehr ähnlich, verfügte aber über eine Treppe zum Strand hinunter, wo auch sein Boot vor Anker lag.

»Vielleicht möchtest du heute Abend auf ein Glas Rotwein zu uns herüberkommen?«, schlug er vor und sah auf die Uhr. »Mutter würde sich freuen. Ich muss jetzt los, sonst ist die Strömung ungünstig.«

»Fährst du mit dem Boot raus?«

Er nickte. »Sí. Jeden Tag um diese Zeit. Obwohl ich seit Jahren versuche, die Fische darauf zu dressieren, wollen sie mir einfach nicht von selbst ins Netz gehen.«

Sie lachte und verabschiedete sich von ihm mit dem Versprechen, seine Einladung zum Wein anzunehmen.

Als sie die Tür hinter ihm schloss, überkam Greta ein tiefes Gefühl der Ruhe. Sie lehnte sich an die Tür und versuchte, ihre Gefühle zu ergründen. Sie war weit weg von allem, das sie ausmachte. Weit weg von Katrin, von der schicken kleinen Wohnung in München, von der Nudelbar und sogar von ihrer Mutter. Trotzdem fühlte sie sich komischerweise nicht im Geringsten verloren.

Nicht so wie an dem Tag ihrer Abreise. Es war, als wäre sie angekommen. Schon seit sie am Bahnhof aus dem Zug gestiegen war, fühlte es sich so an, doch nun hier im Haus ihrer Großmutter war das Gefühl beinahe überwältigend. Es war schön, endlich allein zu sein. Sosehr sie die Zeit in Bologna in Gajas Pension genossen hatte, die Zeit mit Timo und Daniele, oder auch die Tage mit Christoph, so sehr genoss sie nun die absolute Stille.

Langsam, um jede Empfindung mitzunehmen, nahm sie ihren Koffer und trug ihn die Stufen in den ersten Stock hinauf. Sie wählte das große Schlafzimmer direkt an der Treppe und zog die Tücher von den Möbeln. Dann öffnete sie die Fenster und ließ die Wärme herein. Sie setzte sich auf die Bettkante, nahm das Kochbuch aus dem Koffer und strich sanft über den Einband. Es war ihr, als schenkte ihre Großmutter ihr ein glückliches Lachen. Hierher hatte die Reise sie also geführt.

Einem Impuls folgend griff Greta zum Handy.

Ich bin in Großmutters Haus angekommen., tippte sie. *Und ich glaube, ich habe mich selbst gefunden. Ich wünschte, du wärst hier.*

Eine Postkarte würde zu spät kommen. Sie wollte dieses wachsende Gefühl von Sicherheit, das sie empfand, in die Welt hinaustragen. Sie war es satt, sich zu entschuldigen. Wenn Katrin jetzt noch nicht wusste, dass es ihr leidtat, dann würde sie es vermutlich ohnehin nie mehr begreifen. Aber sie wollte, dass ihre Freundin wusste, dass ihre Krise, ihr Streit auch etwas Gutes hatte. Ein Lachen drang aus Gretas Kehle, als sie die SMS abschickte.

»Das war doch alles deine Idee«, murmelte sie und

dachte dabei an ihre Großmutter. »Du hast ja schon immer alles besser gewusst.«

Sie presste sich das Kochbuch an die Brust, als wäre es ihre Großmutter. Dann folgte sie ihrem Herzen und wählte Christophs Nummer.

»Schilling«, meldete er sich nach einer Weile etwas atemlos.

»Hi, ich bin's. Störe ich?« Unsicherheit überkam Greta. Vermutlich machte er gerade Aufnahmen.

»Nein, gar nicht. Ich habe das Handy nicht gefunden. Es war in der Hemdtasche, und das Hemd … na, ist ja egal. Bist du schon angekommen?«

»Ja. Schon vor einer Weile. Ich bin jetzt in Großmutters Haus.« Sie ließ ihren Blick durch den Raum schweifen. »Ich bin allein. Und obwohl das zur Abwechslung wirklich guttut …«

»Kommst du damit nicht richtig klar«, beendete Christoph den Satz für sie.

»Doch. Eigentlich ist es genau das, was ich dir sagen wollte. Ich fühle mich großartig. So … als wäre ich plötzlich aus einem Kokon geschlüpft.«

»Ein schönes Bild, das du da zeichnest. Ich bin sicher, du gibst einen wundervollen Schmetterling ab.«

Ermutigt durch sein Kompliment, wagte Greta sich vor. »Sag mal, Chris, das gestern … was war das zwischen uns?«, fragte sie. »Du … hast das doch auch gespürt, oder?«

»Ich … weiß nicht. Wir arbeiten zusammen.«

»Das klingt wie eine Ausrede.«

Er lachte, und sie konnte sein halbes Grinsen beinahe vor sich sehen. »Vermutlich ist es eine Ausrede«, gab er zu. »Ich denke, du bist noch nicht so weit, dich auf einen Mann einzulassen. Oder auf eine Beziehung. Du …« Er stockte. »… du schleppst noch zu schwer an dem, was passiert ist.«

»Möchtest du denn … dass ich mich auf dich einlasse?«, flüsterte Greta und presste sich die Hand auf ihr wild klopfendes Herz.

»Wir arbeiten zusammen.«

Greta ballte die Hände zu Fäusten. »Verdammt, Chris!«, rief sie und fing an, im Zimmer auf und ab zu gehen. »Du weißt, was ich meine. Du und ich … wir … was wird das?«

»Ich weiß es nicht, Greta. Ich weiß es einfach nicht. Du hast so oft davon geredet, dass der Freund deiner Freundin dich geküsst hat, dass ich irgendwann dachte: Klar, der hat recht, denn diese kleine Italienerin ist zauberhaft!« Er schnaubte. »Und dann war da gestern dieser Moment. Der Brunnen, das Licht, die milde Nacht. Ich wollte dich küssen«, gab er zu. »Aber ich habe es nicht getan, weil ich keine Mädchen küsse, die in Gedanken bei anderen Männern sind.«

»Was weißt du schon über meine Gedanken?«, flüsterte Greta, nicht sicher, ob Christoph sie überhaupt gehört hatte, denn er beantwortete ihr die Frage nicht. Sie atmete tief durch. »Weißt du, Chris, ich habe den Moment auch gespürt«, gestand sie und räusperte sich. Sie musste das Gespräch wieder in sichere Gewässer manövrieren, wenn sie einen gefühlsmäßigen Schiffbruch vermeiden wollte. »Aber du hast recht. Wir arbeiten zusammen. Wir sollten das nicht verkomplizieren. Weißt du denn schon, wie lange du in Rom noch brauchst? Ich müsste so in etwa wissen, bis wann ich mir Gedanken zu neuen Rezepten machen muss.«

Dass sie ihn aus der Fassung brachte, merkte sie daran, dass er sich mit der Antwort viel Zeit ließ.

»Ich brauche hier schon noch eine Weile«, ließ er sich schließlich auf den Themenwechsel ein, auch wenn er nun sehr distanziert klang. »Bevor wir die Aufnahmen in Apulien machen können, muss ich zurück nach München fliegen. Ich habe in einer Mail deinen Vorschlag bezüglich der Kochbücher mit Holger … ich meine, mit Herrn Frischmann diskutiert, und es scheint, als ließe er sich darauf ein. Das liegt aber vermutlich nicht so sehr an deiner Idee als an der Tatsache, dass er mich für ein Sachbuch über Yoga nach Indien schicken will.«

»Indien?« Greta blieb stehen. Ihr war von den vielen Runden im Schlafzimmer schon ganz schwindelig, und sie musste sich setzen. »Du gehst nach Indien?«

»Nicht sofort. Zuerst schließen wir das Kochbuch ab.«

Irgendwie tröstete das Greta kein bisschen. »Ja, aber das mit dem Kochbuch kann ja noch dauern. Wer kann schon sagen, wann wir damit fertig sind. Gibt es keinen anderen Fotografen, der das Feng-Shui-Buch bebildern kann?«

»Yoga«, verbesserte Christoph sie und klang dabei amüsiert.

»Ist doch egal! Kann das nicht jemand anders machen? Wir könnten ja schließlich gleich am zweiten Kochbuch weiterarbeiten.«

»Du klingst fast, als würde ich dir fehlen«, foppte er sie.

»Unsinn! Ich denke ja nur an das Kochbuch. Und außerdem ... komme ich allein sehr gut zurecht, wie du siehst. Schließlich habe ich dich ja genau deshalb angerufen. Um dir das zu sagen.«

Diesmal lachte Christoph so laut, dass Greta das Handy etwas vom Ohr nehmen musste. »Ich bin wirklich stolz auf dich, Greta. Versteh das nicht falsch. Du hast aufgehört, auf der Stelle zu treten, und gehst so langsam deinen Weg, aber die Nummer mit dem Alleinsein liegt dir nicht. Beantworte mir eine Frage: Wie lange bist du schon allein im Haus deiner Großmutter gewesen, ehe du mich angerufen hast?«

»Ich weiß nicht, was diese doofe Frage soll!«, verteidigte Greta sich zornig.

»Eine Stunde?«

»Warum willst du das wissen?«

»Weil du schon rechnerisch mit der Zugfahrt und deinem Bekannten, der dich abholen wollte und der dich sicher auch ein paar Minuten unterhalten hat, kaum mehr als eine oder zwei Stunden allein gewesen sein kannst – wenn überhaupt.«

»Und was tut das zur Sache?«

»Warum hast du mich angerufen?«, fragte er. »Du möchtest, dass ich dir immer sage, was ich denke oder fühle. Du fragst nach meinen Absichten, wohin etwas führt oder was das mit uns wird – und lässt keine Ausreden zu. Trotzdem kennst du nur die halbe Wahrheit, weil du dich nämlich selbst belügst. Und das tust du schon, seit ich dich kenne.«

»Wie meinst du das?«

»Du sagst, deine Freundin ist dir so wichtig, trotzdem

bist du hier und nicht bei ihr, um das zu klären. Du sagst, ihr Freund hat dich angemacht und deine Schwärmerei für ihn ausgenutzt. Ich denke aber, du hast dich küssen lassen, weil du eben schlicht und ergreifend scharf auf ihn warst. Deine Freundin war dir da egal – und das ist vermutlich die Wahrheit, die du kennst und die sie kennt. Und deshalb fällt es dir so schwer, dich dem zu stellen.«

»Das stimmt nicht!«

»Wenn man jemanden küsst, dann weiß man, was man tut. Und man weiß auch, ob man es lieber lassen sollte oder nicht, denn wenn dem nicht so wäre, müsste ich mir heute nicht ausmalen, wie es wohl wäre, dich zu küssen. Dann hätte ich das gestern herausgefunden.«

Ohne ein weiteres Wort beendete Greta das Gespräch. Sie presste ihren Daumen so fest auf den roten Knopf auf dem Display, dass sie Angst hatte, es könne brechen.

»Wie kann er es wagen?«, keuchte sie und starrte zitternd vor Wut auf seine Nummer. »Der spinnt doch!«

Sie legte das Handy neben sich aufs Bett, ließ sich nach hinten fallen und zog die Beine an wie ein Fötus. Sie fühlte die Tränen heiß über ihre Wangen laufen, und die Bilder, die vor ihrem inneren Auge abliefen, schmerzten in ihrer Klarheit.

»Außerdem ... schaut man den Freund seiner Freundin nicht soooo genau an. Das gehört sich nicht!«, erinnerte Greta sich an den schicksalhaften Abend in der Nudelbar.

Stefan war ihr bei weitem nicht gleichgültig genug gewesen, als dass ihr seine Nähe nichts ausgemacht hätte. Sie genoss die süße Versuchung, den Hauch von Erregung, der ihre Nervenbahnen zum Vibrieren brachte.

»Du hast dich also nie gefragt, wie ... oder ob wir beide ... nicht auch zusammengepasst hätten?« *Stefan sah ihr in die Augen. Er schien die Wahrheit zu ahnen.*

»Nein«, *log sie.* »War ja ziemlich schnell klar, dass du Katrin magst. Wozu sollte ich mich das also fragen?«

»Weil ...« *Er rückte wie zufällig näher.* »Weil ich mich ja auch immer wieder gefragt habe, wie du ... und ich ... zusammen ... wie das wohl wäre.«

»Shit!«, fluchte Greta und presste sich das frisch bezogene Kissen an die Brust, aber die Bilder ließen sich nicht vertreiben.

Sein Atem auf ihrer Haut hatte sie in Flammen gesetzt, und seine Küsse waren köstlicher, als sie sich je hatte träumen lassen. Und geträumt hatte sie heimlich schon viel zu lange von ihm. Sie hob ihre Hände in seinen Nacken, spielte mit seinem kurzen Haar und öffnete die Knie, damit er zwischen ihre Beine treten konnte.

Hungrig zog er Greta an sich, löste die Schleife ihrer Schürze in ihrem Rücken und fuhr mit den Händen unter den Stoff. Er zupfte ihr das Shirt aus der Jeans, und Greta zitterte, als sie seine Haut auf ihrer fühlte.

Sein Kuss wurde drängender und schürte auch ihr Verlangen. Sie schmeckte den Lambrusco auf seiner Zunge und spürte seinen Herzschlag unter ihren Fingern. Sie musste endlich wissen, wie er sich anfühlte. Ob sein trainierter Bauch wirklich so fest war, wie er aussah? Ob es so sein würde, ihn zu streicheln, wie sie immer gedacht hatte?

»Ich wollte ihn wirklich«, flüsterte Greta in die Stille ihres Hauses. Es klang wie ein Schuldeingeständnis vor Gericht, dabei war sie doch längst dabei, die Strafe abzusitzen.

»Warum wollte ich diesen Arsch?«

Sie dachte an Christoph und den gestrigen Abend.

Wenn sie gerade schon dabei war, ehrlich zu sich zu sein, dann musste sie sich eingestehen, dass es inzwischen einen anderen Mann gab, der ihre Sehnsüchte weckte. Ein Mann, mit dem sie ständig nur aneinandergeriet. Ein Mann, der sie offenbar besser kannte als sie sich selbst. Zumindest traf er mit seinen Vermutungen meistens ins Schwarze.

»Und jetzt geht er nach Indien …«, brummte Greta und presste sich frustriert das Kissen aufs Gesicht.

24

Vorsichtig trat Greta über die schmale Metallplanke an Bord von Tommasos Fischerboot. Das Deck war nass vom Morgentau, und sie hielt sich an der Reling fest, als sie ihrem Cousin ins schmale Steuerhaus folgte. Die Luft war an diesem Morgen klar und kühl, und Greta kuschelte sich in ihre Strickjacke.

»Danke, dass du mich mitnimmst«, sagte sie und studierte interessiert die vielen Schalter und Hebel.

»Nichts zu danken. Ich freue mich, dass du mich begleitest. Das Meer ist zwar ein guter Zuhörer, allerdings ist es selbst recht still, und mitunter geht die Zeit nur sehr langsam vorbei. Da ist ein Gast an Bord eine willkommene Abwechslung.«

»Ich dachte, beim Fischen muss es leise sein. Denkst du nicht, ich vertreibe mit meinem Geplapper alle Fische?«

Tommaso schüttelte lachend den Kopf. »Wenn du an einem ruhigen Gewässer mit einer Leine angelst, dann verschreckt deine Stimme vielleicht die Fische. Aber nicht, wenn du mit einem Motorboot samt Netz im Schlepptau die Küste abfährst.«

Greta grinste. »Stimmt. Ich hab nicht bedacht, dass der Motor ja schon Geräusche macht.«

Tommaso bot ihr den Sitzplatz vor dem Steuerrad an und lenkte stehend das Boot vom Anleger weg. Er trug eine an den Knien abgeschnittene Jeans und ein weißes Shirt, das vom vielen Waschen schon angegraut war. Die kühle Meeresbrise schien ihm nichts anzuhaben, und er sah recht sportlich aus. Wie ein Mann, der zupacken konnte. Greta dachte an Katrin, die aktive Männer immer recht attraktiv fand.

»Was fangen wir denn heute?«, fragte sie, als sie das offene Meer ansteuerten und Fahrt aufnahmen. Das Schaukeln des Bootes auf den Wellen war angenehm und erinnerte Greta an das sanfte Kitzeln im Bauch, wenn sie als Kind im Karussell auf dem Oktoberfest gefahren war.

»Sardinen.« Tommaso blickte konzentriert aufs Wasser. »Wenn wir Glück haben, Thunfisch.«

»Warum brauchen wir dafür Glück?«

Er verzog das Gesicht. »Das Mittelmeer ist überfischt. Fünfundneunzig Prozent des Thunfischs aus dem Mittelmeer zum Beispiel landet in Fischfarmen und wird nach Japan verkauft, wohingegen Italien selbst Thunfisch in Dosen importiert.«

»Das macht doch überhaupt keinen Sinn, oder?«

»Natürlich nicht. Das ist verrückt. Die Regierung hat viele Fischer, die wie ich mit dem eigenen Boot rausfahren, durch die strengen Regelungen arbeitslos gemacht. Den Fischbestand konnte das aber nicht retten, denn nicht wir kleinen Fischer sind das Problem, sondern die Hochseefischerei, die im Mittelmeer einfach fehl am Platz ist.«

»Ich wusste nicht, dass es so schlimm steht.« Greta runzelte die Stirn und sah Tommaso besorgt an. »Hat dein Beruf denn dann eine Zukunft? Wie lange wirst du das noch machen können?«

Er zuckte mit den Schultern. »Ich mache mir keine Sorgen. Für meinen bescheidenen Lebensunterhalt reicht es gut. Mir geht es eher um die mangelhafte Politik, die hier betrieben wird. Auf Fischfarmen werden jährlich Tonnen geringwertigeren Speisefischs wie der Nordseesprotte als Fischmehl zur Aufzucht von Doraden verfüttert.« Er schüttelte den Kopf. »Das steht in keiner Relation!«

Greta spürte, wie sehr ihr Cousin sich darüber aufregte. Sie hätte ihn gerne aufgemuntert, aber tatsächlich hörte sich das, was er berichtete, nicht gut an.

»Kann man denn nichts tun?«, fragte sie.

»Gegen die großen Fischereibetriebe kann man nichts machen. Ob sich der Fischbestand wieder erholt, hängt ja vor allem von ihnen ab. Ich für meinen Teil halte mich an die Vorschriften und fische mit Bedacht und nur so viel, wie ich zum Leben brauche.« Er drosselte den Motor und nickte, als wäre er mit dem Ort zufrieden. »Hier werfen wir das Netz aus«, entschied er und trat aus der Kabine auf das Deck. »Willst du mithelfen?« Er ging ihr voran und bückte sich nach seinem Fangwerkzeug. »An der Küste habe ich noch die Trabucchi«, erklärte er und deutete zurück zu den weißen Kalksteinfelsen, wo ein etwas kompliziert anmutender Pfahlbau mit weiten Netzen ins Wasser ragte. Die Pfähle hatten eine silberne Patina angenommen, und die salzigen Netze funkelten in der Sonne.

»Aber heute fangen wir uns ja nur ein Abendessen. Das geht hier draußen am einfachsten.«

»Ich helfe gerne. Was soll ich tun?« Greta war froh, sich nützlich zu machen. Diese Untätigkeit war sogar der einzige Haken an ihrer gesamten Reise. Der einzige Grund, der sie immer wieder daran zweifeln ließ, ob sie das Richtige tat. Sie sehnte sich nach einer sinnvollen Beschäftigung ebenso sehr wie danach, vertraute Menschen um sich zu haben. Allen voran natürlich Katrin. Bisher hatte Greta ein Restaurant geleitet, sich um allerhand gekümmert und lange arbeitsreiche Tage verlebt. Nun lag sie oft bis weit nach acht im Bett, und die Stunden des Nichtstuns plätscherten nur so dahin. Vielleicht genoss sie die Gesellschaft von Chris deshalb so, weil mit ihm doch immer etwas los war. Waren ihre Gefühle für ihn am Ende etwa der Langeweile geschuldet?

»Einfach die Netze reinwerfen – und dabei nicht selbst über Bord gehen, Cousine!«, warnte Tommaso sie und machte ihr vor, was sie tun sollte. Sie packte das vor Salz ganz harte Netz so, wie er es ihr zeigte, und half ihm dabei, es ordentlich über die Reling gleiten zu lassen, damit sich nichts verhedderte. Kalte Gischt spritzte zu ihnen hoch, und Greta sog erschrocken den Atem ein. Sie schmeckte das Salz auf ihren Lippen.

»Entschuldige, ich hätte erwähnen müssen, dass man Wasser abbekommt«, rief Tommaso.

Greta winkte ab und schob sich die Ärmel über die Ellbogen. »Das hätte ich mir ja auch denken können!«

Der Geruch nach Meer und Fisch umfing Greta, und sie freute sich schon darauf, das Netz später mit Fischen gefüllt wieder an Bord zu holen. Sie sah es schon vor sich, wie das Wasser aus dem Netz perlen würde, funkelnd im Sonnenlicht, ein schöner Gegensatz zu den regenbogenfarbigen Schuppen der Fische, die darin zucken würden.

Es würde ein tolles Bild abgeben, davon war sie überzeugt, und es versetzte ihr einen Stich, dass Christoph nicht hier war, um das festzuhalten. Es hätte sich gut in ihrem Kochbuch gemacht. Überhaupt war der Blick vom Meer zurück zur Küste eine Aufnahme wert. Die weißen Häuser von Gallipoli auf ihrem ins Meer reichenden Kalksteinbett schimmerten in der Sonne wie eine Perle auf einem türkisblauen Seidenkissen.

»Wenn wir einen Thunfisch fangen, dann würde ich ihn gerne zubereiten. Wir könnten ihn grillen, dazu junge Rosmarinkartoffeln und Weißbrot mit selbstgemachter Kräuterbutter«, schlug Greta vor. »Schließlich hast du mich gestern Abend mit Pizza durchgefüttert, da würde ich mich gerne revanchieren.«

Tommaso sah auf. Er lehnte sich lässig an die Bordwand. »Da sage ich nicht nein, Cousine. Aber ich warne dich, ich bin wie eine streunende Katze. Wenn du mich anfütterst, wirst du mich so schnell nicht wieder los.«

Greta lachte über seinen Vergleich und spähte über die Reling. Ein Schwarm kleiner Fische war deutlich unter der Oberfläche auszumachen. »Du solltest dir ein Frauchen suchen«, schlug sie vor. »Das dir nach dem Essen den Bauch krault.«

»Wer würde sich schon für so einen Streuner wie mich interessieren?« Er lächelte gequält.

»Sag jetzt nicht, du hast kein Glück bei den Damen? Du siehst doch super aus, wenn ich das mal so sagen darf.«

Er machte eine Grimasse. »Ich verbringe viel Zeit auf dem Meer. Da wimmelt es nun nicht gerade von heiratswilligen Frauen, die ich mit meinem Äußeren beeindrucken könnte. Außerdem wohne ich noch bei meiner Mutter.«

Ihr schallendes Lachen ließ den Fischschwarm auseinanderstieben, und sie hielt sich die Hand vor den Mund. »Jetzt vertreibst du doch die Fische!«, schimpfte Tommaso gespielt streng und schüttelte den Kopf. »Und das, wo ich mich doch schon so auf den Thunfisch freue!«

Die Dachterrasse bot einen herrlichen Blick auf den Sonnenuntergang über dem Meer. Der feurige Glutball versank in seinem goldenen Schleier im Wasser. Der Horizont erstrahlte in sanften Pastelltönen.

»Du hast den Fisch aber schon im Blick, oder?«, hakte Tommaso skeptisch nach, da Greta so verträumt das himmlische Spektakel verfolgte.

»Natürlich.« Sie lächelte ihn an und drehte sich zum Grill um, wo das zarte bräunliche Thunfischfilet in einem Bett von Knoblauchzehen und Tomaten in der Alufolie grillte. Der Duft, den es dabei verströmte, war unbeschreiblich. Gretas Magen knurrte, dabei hatte sie schon, während sie die Kräuterbutter gemacht hatte, vom Weißbrot genascht.

»Wie hat dir der Tag denn jetzt eigentlich gefallen?«, fragte Tommaso und öffnete das Folienpäckchen einen Spalt, um hineinzuspähen.

Greta klopfte ihm auf die Finger und sah ihn streng an. Sie drückte ihm die Weinflasche in die Hand, um ihn zu beschäftigen, während der Fisch gar wurde. »Es war toll. Der Morgen auf dem Meer war wirklich interessant und dabei so entspannend«, schwärmte sie. »Ich könnte mich glatt daran gewöhnen.«

»Mach das ruhig. Schließlich hast du hier ein Haus. Ich könnte dich als meinen Schiffsjungen anheuern«, scherzte er.

»Du hast aber schon mitbekommen, dass ich zuerst den Fischschwarm vertrieben habe und mir dann der eine Fisch wieder über Bord gehüpft ist, als ich ihn aus dem Netz befreit habe, oder?«

Tommaso lachte. »Sí. Ich nahm an, du wolltest auf diese Weise die Fangquote regulieren.«

Greta lachte. Es war schön, mit ihrem Cousin zu scherzen, und sie stellte fest, dass sie in den letzten Wochen sehr viel mehr lachte als zuletzt in München. Aber war Lachen gleichzusetzen mit Glück? War sie auch glücklicher? Und wenn nicht, was fehlte ihr zum absoluten Glück noch?

Sie sah sich um. Die Sonne verschmolz in einem leidenschaftlichen Kuss mit dem Meer und übertrug dabei ihren Zauber auf die Dachterrasse. Fangfrischer Thunfisch brutzelte auf dem Grill und versprach ein Feuerwerk für die Geschmacksknospen, das noch die Tiefe des fruchtigen Weins verstärken würde. Die nette Gesellschaft von Tommaso erlaubte ihr, ganz sie selbst zu sein, und das süditalienische Klima beflügelte ihr Herz, so dass sie darin sogar wieder Platz für einen Mann fand. Einen besonderen Mann, der ihr nicht mehr aus dem Kopf gehen wollte. Wenn dies alles nicht Grund genug war, glücklich zu sein …

»Der Fisch ist gleich fertig«, sagte sie nach einem

Blick auf den dampfenden Folienmantel und trat an den Grill. Hilfsbereit reichte Tommaso ihr eine Platte, und sie nahm mit spitzen Fingern das Päckchen vom Rost. »Echt heiß«, flüsterte sie und wedelte zur Abkühlung mit den Händen.

Tommaso befreite den Thunfisch aus seinem Alumantel und richtete ihn zusammen mit den gegarten Auberginen, den Zucchinistücken und frischen Pilzen auf den Tellern an. Greta nahm eine Prise groben Meersalzes und streute es über den Fisch und die ölglänzenden Knoblauchzehen. Wenn es so gut schmeckte, wie es aussah, würde nichts übrigbleiben. Davon war Greta überzeugt.

»Schade, dass mein Fotograf das nicht sieht. Er würde es lieben«, erklärte sie und drehte den Teller, um ihn von allen Seiten zu bewundern. Das gebrochene Brot wirkte luftig und schien nur darauf zu warten, den Saft des Fischs und der Tomaten aufzusaugen.

»Du hast gesagt, er kommt demnächst. Dann kannst du das ja einfach noch mal kochen.« Er zwinkerte. »Wenn du sonst keinen findest, ess ich es schon.«

»Haha.« Sie setzte sich und drückte die Gabel in den zarten Fisch. »Darüber habe ich mir jetzt nicht wirklich Sorgen gemacht.«

»Gibt es denn etwas, worüber du dir Sorgen machst?«

»Nein. Eigentlich nicht. Ich bin nur etwas nervös, weil doch Katrins Bruder Frank morgen ankommt, um mir bei den rechtlichen Dingen mit Vittorias Haus zu helfen.«

»Warum sorgst du dich dann? Ist doch schön, wenn man Hilfe bekommt.«

Greta nahm einen ersten Bissen und schloss genussvoll die Augen, um alle ihre Sinne für den Geschmack zu schärfen. Der Fisch hatte die würzige Frische der Beilagen angenommen und passte leicht salzig perfekt zu dem sanften Knoblaucharoma. Die Kräuter, die sein Bett gebildet hatten, hatten ihre Essenz an ihn weitergegeben. Greta entschlüpfte ein Seufzen wie bei einem leidenschaftlichen Kuss.

»Phantastisch!«, flüsterte sie. »Absolut phantastisch. Man schmeckt die Frische ... das Meer ...«

»Den hast du wirklich gut hinbekommen«, lobte auch Tommaso. »Aber nun sag. Warum macht dir dieser Frank Angst?«

Greta schüttelte kauend den Kopf. »Er macht mir keine Angst in dem Sinn. Aber ich hab dir doch gestern erzählt, warum ich München verlassen habe. Und ich könnte mir vorstellen, dass er deswegen noch immer nicht gut auf mich zu sprechen ist.«

»Warum sollte er dir dann helfen? Ist ja nicht so, als wäre er der einzige Anwalt. Und im Grunde könntest du das alles sogar ohne Rechtsbeistand regeln. Du erbst ja nur etwas.«

»Du meinst also, ich sollte ihm sagen, dass er nicht zu kommen braucht?«

»Nein, ich meine ... wenn er sauer auf dich wäre, würde ihn diese Sache sicher nicht hinter dem Schreibtisch hervorlocken.« Tommaso wischte den Fischsaft auf seinem Teller mit dem Brot zusammen. »Du siehst das viel zu kritisch.«

Greta legte den Kopf schief. »Vielleicht hast du recht. Vielleicht muss ich seinen Besuch als Chance sehen, das mit Katrin wieder geradezubiegen. Er kann mir bestimmt sagen, wie es ihr seit der Trennung ergangen ist – und ob er sich vorstellen kann, dass sie mir verzeiht. Er ist recht gut darin, Probleme zu lösen. Ob es jedoch für mein Problem eine Lösung gibt ...?«

»Du warst doch aufrichtig zu ihr. Das ist das Fundament einer Freundschaft. Eine Lüge wäre unverzeihlich gewesen, aber ein Kuss ... das sollte eine gute Freundschaft irgendwann wegstecken können.«

Greta verzog schmerzlich das Gesicht. »Ich fürchte, so ganz aufrichtig war ich wohl schon lange nicht mehr. Nicht einmal mehr zu mir selbst. Und vielleicht ist es ja auch das, was sie mir nicht vergibt.«

Greta nahm einen Bissen des köstlichen Fischs, aber die Erinnerungen verdarben ihr den Genuss. Tommaso sah sie an, aber er schwieg, als ahnte er, dass sie nicht weiter darüber sprechen wollte.

»Wenn dieser Frank dich ärgert ...«, versuchte er, das Gespräch aufzulockern. »... nehm ich ihn auf meinem Kahn mit hinaus und werf ihn über Bord, sí?«

Tatsächlich musste Greta schmunzeln. »Wir sind hier zwar in Süditalien, aber deshalb müssen wir ja unsere Probleme nicht gleich auf Mafia-Art lösen.«

»Immerhin geht es um la familia«, versuchte Tommaso sich mit verstellter Stimme als Al Capone und prostete ihr mit dem Weinglas zu.

25

Greta setzte sich auf die Parkbank gegenüber des Bahnhofs, auf der sie auch schon vor zwei Tagen mit Tommaso gesessen hatte. Sie wartete auf Franks Ankunft. Nach einem einstündigen Flug und weiteren drei Stunden in Bus und Bahn würde seine Laune vermutlich nicht gerade die beste sein. Darum hatte Greta einen großen Becher Kaffee neben sich stehen. Als Bestechung sozusagen. Frank liebte Kaffee in jeder Form, ähnlich wie Katrin. Überhaupt waren sich die Geschwister sehr ähnlich. Beide hatten helle Haut mit Sommersprossen, blondes Haar und eine eher überschaubare Körpergröße, dafür ein riesiges Talent für alles Kreative. Frank spielte mehrere Instrumente und versuchte sich, wie seine Schwester, in der Malerei. Greta hatte sich immer gewundert, wie ein derart kreativer und harmoniebedürftiger Mensch ausgerechnet in einer Anwaltskanzlei hatte landen können. Wobei ... ehrgeizig waren ja alle in Katrins Familie.

Das war auch einer der Streitpunkte in Bezug auf die Nudelbar gewesen. Katrin war nie zufrieden mit dem, was sie erreicht hatten – und das baute in Greta wiederum eine Unzufriedenheit auf, die darin fußte, dass sie sich herabgesetzt fühlte. Jetzt zu wissen, dass Katrin die Nudelbar weiterführte, ja sogar ausbaute, war überraschend angenehm, denn sie selbst brauchte sich damit nicht mehr zu belasten. Sosehr sie ihr Lokal geliebt hatte, so froh war sie inzwischen, die Verantwortung nicht länger tragen zu müssen. Sie genoss gerade in den letzten Tagen die Möglichkeiten ihrer Unabhängigkeit. Es gab so viel, was sie tun konnte … Sie war wieder frei zu träumen. Frei und ohne jede Unzufriedenheit.

Greta blinzelte in die hoch am Himmel stehende Sonne. Hier, im Schatten der Zypressen, war dieses Gefühl vollkommen von ihr abgefallen. Sie strebte einfach nicht nach etwas Größerem. Sie war zufrieden mit Kleinigkeiten.

Sie dachte an Christoph und den Abend auf der Turmspitze. Sein Atem auf ihrer Haut hatte sie schon zufrieden gemacht, genau wie seine Hand in ihrem Rücken während des Aufstiegs.

Obwohl Tommaso immer scherzhaft sagte, sie solle doch hierbleiben, erlaubte sie sich, ernsthaft darüber nachzudenken. Wie sähe ihr Leben aus – wenn sie bliebe?

Noch ehe sie eine Antwort darauf gefunden hatte, trat Frank aus dem Bahnhofsgebäude. Greta stand auf, nahm den Kaffeebecher und überquerte die Straße. Abgelenkt vom Verkehr, bemerkte sie erst, dass Frank nicht allein war, als sie ihn schon beinahe erreicht hatte. Katrin stand neben ihm, ihren roten Koffer in der Hand und eine dunkle Sonnenbrille vor den Augen. Sie wirkte sehr selbstsicher an der Seite ihres Bruders.

Beinahe wäre Greta über ihre Füße gestolpert, so sehr brachte sie Katrins Anwesenheit aus dem Gleichgewicht. Furcht und Freude rangen miteinander um die emotionale Vorherrschaft, aber solange Greta Katrins Stimmung nicht einschätzen konnte, blieb nur Unsicherheit.

»Hallo, ihr!«, presste sie gezwungen heraus und sah von Frank zu seiner Schwester und zurück. »Ich ... hatte nicht damit gerechnet, dass ...«

Er kam freundschaftlich auf sie zu und umarmte sie, darauf bedacht, den Kaffeebecher nicht zu zerquetschen.

»Sei nicht böse, aber ich habe Katrin gezwungen, mich zu begleiten. Es ist nicht auszuhalten, wie schlecht ihre Laune ist, seit ...«, erklärte er frei heraus und erntete dafür einen bösen Blick von seiner Schwester.

»... seit Greta mit meinem Freund herumgemacht hat!«, beendete Katrin den Satz unversöhnlich. »Das scheint mir ein guter Grund für schlechte Laune, Bruderherz!«

Der zuckte nur mit den Schultern. »Ich würde ja sagen, sie hat dich von einem Deppen befreit – aber was weiß ich schon?« Er deutete auf den Pappbecher in Gretas Hand. »Darf ich? Ich kann echt einen gebrauchen!«

Greta nickte nur und reichte ihm den Kaffee. Ihre Aufmerksamkeit war aber bei Katrin. Wegen der Sonnenbrille war es ihr unmöglich, deren Gedanken zu erraten. Trotzdem versuchte sie, ihre Gefühlswelt anhand ihrer Haltung zu ergründen. Katrin hatte beide Hände fest am Koffergriff, und es schien, als benutzte sie das Gepäckstück als Schutzmauer zwischen ihnen. Sie mied den direkten Blick in Gretas Richtung, und ihre Lippen waren zusammengekniffen. Alles in allem nicht gerade ermutigend!

»Wollen wir dann los?«, fragte Frank und sah sich suchend auf dem Parkplatz um, als könne er erraten, mit welchem Auto Greta sie abholte.

Greta straffte die Schultern und schob das Kinn vor. Sie berührte sachte das Armband an ihrem Handgelenk, als könne es ihr helfen, und tatsächlich durchströmte sie neue Energie. Sie würde so nicht weitermachen! Dies hier war ihr Rückzugsort. Der Ort, an dem alles besser werden sollte. Der Ort, an dem … sie womöglich neu anfangen würde. Sie hatte München verlassen, um Katrin aus den Augen zu sein. Um genau diesem vorwurfsvollen Gesicht zu entgehen. Und Greta hatte nicht vor, diese Verachtung noch länger zu erdulden. Sie hatte sich hunderte Male im Geiste ein Wiedersehen ausgemalt, hatte sich um Vergebung betteln sehen, hatte sich weinen sehen. Doch nun, wo sie Katrin wirklich gegenüberstand, überkam sie die Wut. Es war nicht nur an ihr, diese Freundschaft zu retten. Zu jeder Krise gehörten immer zwei, und Katrin hatte ihr von Anfang an keine Möglichkeit gelassen, die Sache zu erklären. Nun hatte sie für sich damit abgeschlossen, war bereit, das hinter sich zu lassen. Und sie erkannte, dass es ohne einen Schritt von Katrin in ihre Richtung keinen Weg auf Versöhnung geben würde. Sie hatte getan, was sie konnte.

»Nein. Wir können nicht los«, widersprach sie deshalb energisch. »Katrin kommt nicht mit!«, entschied sie. »Ich bin es so leid, wie das hier läuft. Das tue ich mir echt nicht an. Sorry, Frank.«

Beinahe hätte Greta gejubelt, als sie sah, wie Katrin zusammenzuckte. Sie schob sich die Sonnenbrille ins Haar und starrte Greta ausdruckslos an. Frank verschluckte sich fast an seinem Kaffee.

»Wie meinst du das?«, hakte er keuchend nach und wischte sich mit dem Handrücken Kaffee von der Lippe.

»Ganz einfach. Ich will Katrin nicht in meinem Haus haben. Sieh sie dir doch an. Allein, wie sie dasteht und mich mit ihren Blicken tötet.« Greta schüttelte den Kopf. »Die Sache mit Stefan ist Monate her. Monate, in denen ich mich permanent bei ihr entschuldigen wollte. Monate, in denen sie mir die kalte Schulter gezeigt hat. Sie ist nicht auf Versöhnung aus, das sieht man doch. Und deshalb endet das jetzt hier.« Greta sog zitternd den Atem ein und stellte sich Katrins fragendem Blick.

»Dann waren deine ganzen Postkarten reiner Bullshit?«, fragte Katrin bitter. »Dieser ganze Quatsch mit *Ich wünschte, du wärst hier*? Was sollte das dann? Jetzt bin ich hier, und du ziehst so eine Nummer ab?«

»Es war ganz und gar kein Bullshit, Katrin! Ich habe jedes Wort so gemeint. Ich hätte alles getan, damit du mir vergibst. Aber irgendwann ist das Maß auch mal voll!«

»Hey, Mädels, ich will mich ja nicht einmischen, aber wir stehen hier mitten auf dem …«

»Halt die Klappe!«, fuhr Katrin ihren Bruder an und ließ den Koffer fallen, wie um zu zeigen, dass mitten auf dem Parkplatz so gut wie jeder andere Ort für einen Streit war. »Ich denke, das Maß war schon voll, als du dich Stefan an den Hals geworfen hast!«, verteidigte sich Katrin.

»Wie gut, dass wir jetzt endlich auf Stefan zu sprechen kommen!«, schrie Greta. »Und weißt du was, Katrin? An dem Abend in der Nudelbar – da wollte ich ihn küssen! Ich wollte es mit jeder Faser meines Herzens, das kannst du mir glauben!«

Frank trat einen Schritt zur Seite und wedelte mit der Hand, als wurde ihm das Thema zu heiß. Er lächelte beschwichtigend die anderen Reisenden an, die schon neugierig zu ihnen herüberstarrten.

»Ich wusste es!« Katrin hob stolz das Kinn.

»Na klar wusstest du es! Du hast doch von Anfang an gewusst, dass ich Stefan gut fand. Schon an dem Tag im Freibad! Aber hat dich das davon abgehalten, mit ihm anzubandeln? War dir unsere Freundschaft so unwichtig, dass du dir einfach genommen hast, was du wolltest? Wie kannst du mir dann vorwerfen, dasselbe getan zu haben?«

»Schieb jetzt nicht mir die Schuld in die Schuhe! Stefan hat sich damals eindeutig für mich entschieden!«

Greta nickte. »Aber nur, weil du ihm die Wahl gelassen hast. Du wusstest, dass ich ihn toll fand. Trotzdem musstest du mitmischen.«

»Du hättest es doch eh wieder gegen die Wand gefahren. Wie jede andere Beziehung auch.«

Greta zuckte zusammen. Sie taumelte unter Katrins Worten wie unter einem Schlag. »Da dachtest du, es wäre okay, es mich gar nicht erst versuchen zu lassen«, flüsterte Greta ungläubig, zu schwach, noch länger Wut zu empfinden. Sie sah Katrin an und glaubte, eine Fremde vor sich zu haben.

Alles, woran sie in den letzten Monaten gedacht hatte, war eine Versöhnung mit ihr, doch nun fragte sie sich, ob irgendetwas, das sie in den vergangenen Jahren zu wissen geglaubt hatte, echt war.

»Na schön«, lenkte Katrin unerwartet ein. Sie fuhr sich durch die Haare und sah sich um. Das Meer war nicht weit, und die Sonne brannte auf den Parkplatz, was ihnen allen den Schweiß auf die Stirn trieb. »Na schön, Greta. Du, Stefan und ich ... das war vielleicht von Anfang an eine heikle Sache. Aber ich war echt in ihn verliebt. Ich habe gedacht, das wüsstest du.«

»Klar wusste ich es.« Gretas Kehle schmerzte vor lauter Emotionen. »Ich war deine Freundin, ich habe gespürt, was dich bewegt. Und irgendwie hatte ich gehofft, du würdest deshalb auch wissen, wie es mir mit eurer Beziehung gegangen ist.«

»Jetzt mal im Ernst, Mädels!«, mischte sich Frank entschlossen ein. »Ich weiß ja nicht, ob es ein gutes Zeichen ist, dass ihr aufgehört habt zu schreien, aber ich halte es hier in der prallen Sonne keine Minute mehr aus. Können wir nicht irgendwo was essen gehen? Und ihr verschiebt den Weltuntergang auf unbestimmte Zeit?«

»Denkst du, das ist witzig, Frank?«, zischte Katrin ihren Bruder an.

»Nein, das denke ich nicht, aber ich glaube echt nicht, dass ihr beide eure Freundschaft ausgerechnet hier auf der Straße zu Brei treten solltet. Ihr wart mal unzertrennlich, und ich hätte geschworen, dass es nichts gibt, was daran etwas ändert. Euer Stefan muss schon ein toller Hecht gewesen sein, wenn ihr wegen dem alles hinschmeißt.«

Sichtlich verlegen über Franks treffende Worte sahen sich die Freundinnen an, aber er war noch nicht fertig.

»Katrin bleibt!«, entschied er. »Und ihr werdet jetzt nett zueinander sein. Wir essen was, und danach such ich hier den Strand, und ihr könnt euch ohne mich an die Gurgel gehen. Verstanden?«

Greta biss sich auf die Lippe. Sie spürte, dass ihr italienisches Temperament wie so oft drohte, die Situation eher zu verschlechtern als zu verbessern. Darum nickte sie nur und sah Katrin in die Augen.

»Na dann ... willkommen in Gallipoli.«

Katrin nahm ihren Koffer wieder auf. »Ist ja ganz nett hier«, murmelte sie um Harmonie bemüht und folgte den anderen zum Auto.

Das Essen in der *Trattoria Il Pino* verlief relativ friedlich, was daran lag, dass Frank das Gespräch lenkte. Er wollte alles über die Erbschaft wissen und ließ sich von Vittoria und ihrer Schwester erzählen sowie von Gretas Familie hier in Apulien.

»Da gibt es nicht so viel zu berichten«, erklärte Greta. »Im Grunde sind es nur noch mein Großcousin Tommaso und seine Mutter Augusta. Sie wohnen gleich neben Vittorias Haus. Sie hätten gerne, dass das Haus in der Familie bleibt.«

»Warum erbt nicht deine Mutter?«, hakte Frank nach.

»Sie hat vor Jahren auf ihren Erbteil verzichtet, da sie nicht hierher zurückkehren will. Sie ist ja in Deutschland recht glücklich. Ich nehme an, sie dachte, damit würde Tommaso zum Erben. Und im Grunde wäre das auch das Beste. Er lebt hier und kann sich am ehesten darum kümmern.«

Frank nickte. »Trotzdem hat deine Großmutter dich als Erben eingesetzt.«

»Sie dachte wohl, ich gehöre hierher, und das Haus würde mir das vor Augen führen.«

»Ich mochte deine Großmutter immer gerne«, mischte sich Katrin ein. »Aber das ist doch Unsinn. Du hast doch nie in Italien gelebt.«

Greta legte nachdenklich den Kopf schief. »Ich finde es gar nicht so abwegig. Ich denke echt darüber nach, für länger hierzubleiben. Zumindest, bis ich weiß, was ich mit dem Haus machen soll. Tommaso würde es mir abkaufen, aber … er bräuchte dafür etwas Zeit. Und im Grunde gefällt mir die Vorstellung, den Sommer über hier am Meer zu bleiben.«

»Du könntest es schlechter treffen«, stimmte Frank lachend zu und kratzt die Soßenreste auf seinem Teller zusammen. Sie alle hatten sich für überbackene Auberginen entschieden, weil es die Empfehlung des Tages war – zu Recht, wie sie einstimmig schon beim ersten Bissen erkannt hatten.

»Dann wirst du das alles für mich regeln?«

Er nickte. »Deshalb bin ich hier. Und ich will auch keine Bezahlung, aber ich möchte, dass ihr beide euch Zeit nehmt und euch aussprecht.« Er sah die beiden streng an. »Ernsthaft, Mädels. Bringt das in Ordnung.«

Nach dem Essen hatte Greta den beiden geholfen, ihr Gepäck ins Haus zu schaffen. Es gab genug Schlafzimmer für sie alle, und Katrin verbrachte einige Zeit damit, die Betten für sich und ihren Bruder zu beziehen, während Greta mit ihm am Küchentisch über den Papieren saß, die Tommaso ihr ausgehändigt hatte.

Sie mieden jede persönliche Unterhaltung, um den

flüchtigen Frieden zu wahren. Das klappte ganz gut, und Greta atmete erleichtert durch, als ihre beiden Besucher mit Strandmatten unter dem Arm hinunter ans Meer verschwanden.

Es fiel Greta schwer, ihre Gefühle im Zaum zu halten, und ihr war zum Heulen zumute. Sie wollte Katrin zurück. Mit jeder Faser ihres Herzens wollte sie die alte Freundschaft zurück, aber sowohl ihr Stolz als auch ihr Temperament standen ihr im Weg. Sie hatte von Nino gelernt loszulassen und fing an zu begreifen, dass sie nicht Katrin loslassen sollte, sondern ihr altes Ich. Das Ich, welches nur innerhalb dieser engen Beziehung zu Katrin überlebensfähig war. Inzwischen war sie stärker. Christoph hatte ihr gezeigt, dass sie sich ihren Ängsten stellen konnte. Dass sie über sich hinauswachsen konnte, wenn sie nur den Mut hatte, sie selbst zu sein. Und Daniele war es zu verdanken, dass sie keinen Tag ihres Lebens mehr ungenutzt lassen wollte. Dass das Leben zu kurz und zu kostbar war, als dass man es einfach vorbeiziehen lassen sollte. Sie musste die Dinge ansprechen, die gesagt werden mussten – ehe es irgendwann zu spät war.

Wie von selbst glitt immer wieder ihre Hand an ihr Armband, als wäre es eine Verbindung zu Katrin. Sie sah aus dem Fenster, blickte hinunter zum Strand, wo sie die beiden auf ihren Handtüchern ausmachen konnte. Es zog sie zu ihnen, um einen lustigen Nachmittag zu verbringen, ganz wie in alten Zeiten.

Sie seufzte. Vorhin war sie ehrlich zu Katrin gewesen. Hatte ihr ihre eigenen Gefühle für Stefan endlich gestanden. Sie fühlte sich längst nicht mehr so schuldig wie noch vor einigen Wochen. Tatsächlich nahm ihr diese Wahrheit etwas von ihrer Schuld. Die Liebe war nicht berechenbar. Sie war nicht ... steuerbar. Und sie war nicht logisch. Kurz blitze der Gedanke an Christoph auf, aber sie verbot sich eine Ablenkung von ihrem eigentlichen Problem. Nein, Liebe war nicht logisch. Und das war etwas, was sie und Katrin verband. Vielleicht konnten sie hier anknüpfen?

26

Das Holz der Stufen hinab zum Strand fühlte sich rau, aber warm unter Gretas Füßen an. Der Tag war so warm, dass sie der Versuchung, barfuß zu gehen, nicht hatte widerstehen können. Dabei fühlte sie sich dadurch noch verletzlicher, als sie sich in Katrins Nähe ohnehin fühlte.

Sie sah hinüber zu ihren deutschen Freunden und atmete tief durch, ehe sie ihren Fuß in den Sand setzte. Sie wusste nicht, was sie sagen sollte – oder was geschehen würde, aber sie musste sich dem stellen, um irgendwann für sich zu wissen, ob ihre Freundschaft noch eine Chance hatte – oder nicht.

Frank, der in seinen grüngestreiften Badeshorts auf dem Rücken lag und sich sonnte, sah sie näher kommen, denn er setzte sich auf.

»Das Wasser ist wärmer als gedacht!«, erklärte er und deutete auf die türkis schimmernde Wasseroberfläche. Sein nasses Handtuch bewies, dass er wusste, wovon er sprach.

»Ich habe keine Ahnung. Ehrlich gesagt hatte ich noch überhaupt keine Zeit, das zu testen«, antwortete Greta und setzte sich an den Rand seines Strandtuchs. Katrin lag auf dem Bauch und hatte den Kopf in die andere Richtung gedreht. Vielleicht schlief sie. Vielleicht tat sie aber auch nur so.

»Du warst noch nicht im Wasser?« Frank klang ungläubig. »Wenn ich hier ein Haus hätte, wäre eine Runde im Meer das Erste, was ich morgens nach dem Aufstehen machen würde.«

Greta lächelte. Die Vorstellung hatte was. »Das Haus gehört mir ja aber offiziell noch gar nicht, oder? Tommaso sagt, wir haben erst am Freitag den Termin mit dem Nachlassverwalter.«

Frank schien das nicht zu stören. Er zuckte mit den Schultern und rieb sich einige getrocknete Sandkörner von der Brust. »Ich habe mir eine Woche Urlaub genommen«, erklärte er. »Und um das Häuschen kümmern wir uns schon. Du kannst dich entspannen.«

Greta lachte und schüttelte den Kopf. »Ich kann mich nicht entspannen. Ich hab einiges zu tun.« Sie sah zu der noch immer reglosen Katrin hinüber. »Besonders wenn ich hier länger bleiben will.«

Frank setzte sich auf und schob sich die Sonnenbrille in die Haare. Katrin neben ihm bewegte sich.

»Du willst bleiben? Für länger? Und was ist mit München?«, fragte Frank.

Greta seufzte. »Was erwartet mich denn zurück in München? Ich habe keine Wohnung, keinen Job ... außer dem Kochbuch, das ich aber ja ohnehin von Italien aus machen soll, also ...«

Katrin setzte sich, und ihr mürrisches Gesicht ließ erahnen, dass sie sich wirklich nur schlafend gestellt hatte. »Du machst also immer noch dieses Kochbuch?« Ein leiser Vorwurf schwang in Katrins Stimme mit.

»Du hast mir keine Wahl gelassen, als Frischmanns Angebot anzunehmen«, stellte Greta nüchtern fest. »Du warst es, die die Nudelbar nicht länger mit mir betreiben wollte. Außerdem war es gut und richtig, aus München wegzugehen. Wir hätten uns doch nur die Augen ausgekratzt, wenn wir uns irgendwo zufällig über den Weg gelaufen wären.«

»Vermutlich.«

Dass Katrin einlenkte, machte Greta Mut. »Der Abstand war nötig, oder?«, hakte sie scheu nach.

Katrin neigte den Kopf. »Ich war echt böse auf dich. Böse und sehr verletzt.«

»Ich weiß. Ich war auch böse auf mich. Ich habe nicht verstanden, warum das passiert ist. Heute weiß ich es, aber es macht die Sache für uns wohl nicht leichter, oder?«

Katrin zuckte mit den Schultern. »Keine Ahnung, Greta. Ich sehe dich wohl immer noch als meine Freundin. Niemand kennt mich besser als du. Trotzdem weiß ich nicht, wie wir das kitten sollen.«

»Glaubst du mir, dass ich dir nicht weh tun wollte?«

»Sicher.«

»Und was ist mit Stefan? Wie … geht es dir … ohne ihn?«

Katrin verzog das Gesicht. »Zuerst war es schwer, inzwischen … bin ich über ihn hinweg. Die Nudelbar fordert mich, und ich habe überhaupt keine Zeit, ihm noch hinterherzutrauern.«

»Was hast du denn für Pläne für die Nudelbar?«, war Greta froh um den Themenwechsel auf sicheres Terrain.

»Ich habe die Karte etwas gekürzt, damit die eingestellte Köchin klarkommt und ... weil ich nicht ungefragt, deine Rezepte weiterverwenden wollte. Und jetzt bin ich gerade dabei, ein weiteres Lokal in Augsburg zu eröffnen. Es soll die gleichen Gerichte geben und den gleichen Look haben. Ich setze jetzt auch verstärkt auf den Lieferservice. Das hatten wir ja bisher total außer Acht gelassen, aber das ist ein Riesenmarkt.«

Greta nickte anerkennend. »Klingt super. Ich bin wirklich froh, dass du unser Baby nicht hast sterben lassen.«

»Zuerst wollte ich nichts mehr mit dir und dem Lokal zu tun haben, das stimmt. Aber dann habe ich Zweifel bekommen ...«

»Und jetzt machst du das, was dir ohnehin immer vorgeschwebt ist – du machst es groß.«

»Mein Vater hat investiert. Sonst hätte ich das nicht gekonnt.«

Frank stand auf und zupfte sich die Badehose zurecht, ehe er sich mit einem kindischen Kampfschrei ins Meer stürzte.

Greta lachte, und für einen Moment stockte ihr Gespräch, weil sie ihm zusahen, wie er mit kräftigen Zügen weiter hinausschwamm.

»Und dein Kochbuch? Macht es dir Spaß?«, griff Katrin nach einer Weile das Gespräch wieder auf. »Das, was du mir auf den Postkarten geschrieben hast, klang auf jeden Fall spannend.« Sie zwinkerte lächelnd. »Manchmal habe ich mir gewünscht, da zu sein.«

Greta lachte. »Das habe ich mir auch gewünscht. Und ja, es ist ein wirklich spannendes Projekt. Ich habe einen tollen Fotografen, sein Name ist Chris, und er hat ein

Auge für ... das richtige Arrangement der Gerichte. Allerdings ist er nicht gerade einfach. Er hält mich ganz schön auf Trab, hat sehr genaue Vorstellungen, und ich habe noch nie jemanden getroffen, der so geradeheraus sagt, was er denkt. Das ist ... manchmal erschreckend.«

»Trotzdem klingst du so, als ob du ihn magst«, analysierte Katrin vollkommen richtig.

»Er ist ... es ist schwer zu beschreiben, wie er ist. Er verwirrt mich, aber er ist ganz okay und versteht echt was von seiner Arbeit. Das ist ja das Wichtigste.«

Greta beobachtete noch immer Frank, der inzwischen wieder auf den Strand zupaddelte. Hinter ihm am Horizont nahm die Silhouette eines Fischerbootes Kontur an. Greta erkannte es sofort als Tommasos Boot.

»Dort hinten, das ist mein Cousin. Er hat mir sein Auto geliehen, um euch abzuholen. Bestimmt will Tommaso euch hallo sagen.« Greta lächelte. »Er fürchtet, ich gehe mit euch zurück nach München.«

»Ich hatte irgendwie auch damit gerechnet, dass du nach der Arbeit für dein Kochbuch wieder heimkommst.«

»Ich habe doch gar kein Zuhause mehr. Mein ganzer Kram lagert in einem Lagerabteil.«

»Aber was willst du hier arbeiten? Wovon leben?«

Greta zuckte mit den Schultern. Sie hatte sich noch nicht wirklich überlegt, wie es weitergehen sollte, aber je öfter sie darüber nachdachte, umso klarer schien ihr, dass ihr Herz an diesem Ort hing.

»Ich könnte ein Lokal aufmachen«, überlegte sie laut und lächelte. »Schließlich habe ich darin Erfahrung. Und im Sommer wimmelt es hier von Touristen.«

»Wenn wir noch zusammenarbeiten würden, könnten wir eine Filiale der Nudelbar hier eröffnen. Dann wären wir eine internationale Restaurantkette. Ich finde, das klingt beeindruckend«, meinte Katrin.

Greta lachte. Es tat so gut, ein normales Gespräch mit Katrin zu führen. Es fühlte sich beinahe an wie früher. »Das wäre genau nach deinem Geschmack, oder? Es groß zu machen!«

Katrin setzte sich in den Schneidersitz und nahm die Tube mit Sonnencreme aus ihrer Strandtasche. »Es würde sich wirklich gut in der Vita der Nudelbar machen. Man könnte das super verkaufen.« Sie drückte sich Creme in die Handfläche. »Aufgrund des großen Erfolgs der Nudelbar in Deutschland haben wir uns entschieden, eine weitere Filiale dort zu eröffnen, wo die Wurzeln unserer Rezepte liegen.«

»Ich dachte, du hast meine Rezepte aus der Karte genommen.«

Katrin cremte sich die Arme ein. Sie verzog das Gesicht. »Ja, ja. Hab ich. Ich meine ja nur. In der Theorie würde sich das gut machen. Und wir könnten ja neue Rezepte einführen. Vielleicht aus deinem Kochbuch.«

Greta legte den Kopf schief. Sie spürte ein Kribbeln, eine Aufregung, die sie kaum benennen konnte. Sie wusste, Katrin ging es ebenso, aber die Kluft zwischen ihnen war zu groß, als dass sie dieser Idee, dieser Möglichkeit Raum geben konnten.

»Stimmt«, presste sie heraus. »In der Theorie wäre das super.«

Inzwischen hatte Frank den Strand wieder erreicht, aber anstatt zu ihnen zurückzukommen, stand er mit in die Hüften gestemmten Armen da und beobachtete Tommaso beim Anlegen an dem kleinen Holzsteg.

Katrin packte die Sonnencreme zurück in die Tasche und schirmte sich die Augen vor der Sonne ab. Sie blickte ebenfalls in die Richtung. »Und das ist das Boot von deinem Großcousin?«

»Ja. Tommaso ist Fischer. Ich war gestern mit ihm draußen auf See. Du kannst dir nicht vorstellen, wie ... entspannend das ist. Das ist ein ganz anderes Lebensgefühl, als in der Hektik Münchens.« Greta stand auf und klopfte sich den Sand von den Jeansshorts. »Soll ich dich vorstellen?«, fragte sie und deutete zum Steg, wo Tommaso gerade eine Leine um den Anleger wickelte.

Katrin hob interessiert die Augenbrauen. »Holla«, entfuhr es ihr, und sie stand ebenfalls auf. »*Das* ist dein Cousin?« Sie zupfte sich die Locken zurecht.

»Er ist heiß, oder?« Greta grinste, weil sie und Katrin, ohne es zu merken, irgendwie zurück zu alter Vertrautheit gefunden hatten.

»Er sieht nicht schlecht aus«, stimmte Katrin zu, aber ihr Blick wurde ernst, und sie sah Greta nachdenklich an. »Aber ich habe die Nase voll von Männern. Sie haben das Talent, immer alles kaputtzumachen.« Sie hob in einer hilflosen Geste die Arme. »Sieh dir nur uns beide an.«

»Ich weiß nicht, Katrin«, überlegte Greta laut. »Wenn wir mal ehrlich sind, lief zwischen uns doch einiges nicht mehr so rund. Wir ... haben eben einfach unterschiedliche Ziele entwickelt. Über kurz oder lang hätte es entweder beruflich oder in unserer WG eine Krise gegeben. Wir saßen einfach viel zu dicht aufeinander.« Greta schlang die Arme um sich selbst, um sich Halt zu geben. »Zuerst wusste ich gar nicht, ob ich ohne dich überhaupt ein eigenes Leben habe. Ich wusste nichts über mich!«

Katrin nickte wortlos. »Ging mir ähnlich.«

»Als ich in den Zug gestiegen bin, hatte ich regelrecht Angst davor, mit mir allein zu sein. Jetzt weiß ich, dass ich ein Mensch bin, der nicht gerne allein ist – aber ich komme klar. Ich habe zu mir selbst gefunden«, erklärte Greta weiter und berührte sachte das Armband, das sie an Katrin erinnert und ihr Mut gemacht hatte, nach vorne zu gehen.

»Sieht so aus.« Katrin sah sich um. »Du hast dir einen schönen Ort gesucht, um dein neues Ich wachsen zu lassen.«

»Ja, das habe ich. Aber was ich meine, ist: Die Sache mit Stefan war … vermutlich nicht unser einziges Problem.«

Katrin biss sich auf die Lippe. »Und was machen wir jetzt? Ich … weiß nicht, wie … was sollen wir jetzt tun?«

»Das weiß ich auch nicht, Katrin. Ich kann dir nur sagen, dass es mir von ganzem Herzen leidtut. Dass ich dich nie verletzen wollte und deine Freundschaft mir das Wichtigste auf der Welt ist. Ich wünschte, ich könnte das alles ungeschehen machen, und zugleich bin ich irgendwie froh, dass das alles vorbei ist.« Sie zuckte mit den Schultern. »Stefan war ein echtes Arschloch. Nicht der Kuss, sondern was danach geschehen ist. Ich wollte dir die Wahrheit sagen, aber er … er … er hat uns beide getäuscht, auch wenn es für dich natürlich viel schmerzhafter gewesen sein muss.«

»Ich habe mir schon gedacht, dass der Kuss im Grunde nicht von dir ausgegangen sein kann. Ich kannte Stefan ja. Er hat schon öfter mal geflirtet, wenn er mit seinen Kumpels unterwegs war. Das wusste ich.«

»Davon hast du nie was gesagt.«

Katrin winkte ab. »Ich fand's etwas peinlich. Frank hat ihn mal in der Disco getroffen, und da war er wohl auch in Damengesellschaft unterwegs. Stefan hat mich beruhigt, aber Zweifel hatte ich seitdem immer.«

»Ciao, Greta!«, rief Tommaso und unterbrach damit ihr Gespräch. Er winkte sie zu sich und erklärte dabei Frank, der sich offenbar schon vorgestellt hatte, irgendetwas über das Heckruder.

»Hi Tommaso. Wie ich sehe, hast du Frank schon kennengelernt. Und das hier ist Katrin.« Sie wandte sich an Katrin. »Und dieser fesche Italiener ist mein Großcousin Tommaso.«

Er küsste Katrin auf beide Wangen. »Du hast nicht gesagt, dass deine Freundin so hübsch ist«, schalt Tommaso sie und lächelte Katrin verschmitzt an.

Greta schmunzelte und hakte sich bei Frank ein. »Pass nur auf, dass deine Absichten ehrbar sind, lieber Cousin, sonst bekommst du Ärger mit ihrem Bruder.«

Alle lachten, und Tommaso machte ein möglichst unschuldiges Gesicht, auch wenn er dabei bis über beide Ohren grinste. »Meine Absichten sind immer ehrbar, aber vielleicht wollen wir uns beim Abendessen besser kennenlernen, ehe ich mich mit dem Bruder duellieren muss.«

Frank hob abwehrend die Hände. »Zum Essen sag ich nicht nein, aber Katrin schlägt ihre Schlachten selbst. Das müsste Greta eigentlich ganz gut wissen.«

Die nickte. »Stimmt. Aber ich wäre wirklich dankbar, wenn hier so langsam mal Frieden einkehrte. Ich hab genug davon, Schlachten zu schlagen.« Sie sah ihre Freundin entschuldigend an. »Wir haben ja wohl in letzter Zeit genug Wunden davongetragen. Oder was meinst du?«

Katrin lächelte. »Ein gutes Essen wäre doch ein passender Neuanfang für uns alle, oder nicht?« Sie wandte sich an Tommaso. »Greta und ich sind in der Küche nämlich ein Dream-Team.«

27

Greta rupfte Salat, während Tommaso diesmal den Platz am Grill für sich beanspruchte. Er wollte vermutlich Katrin beeindrucken, denn seit sie vom Strand zurückgekehrt waren, nahm er sie in Beschlag. Greta störte das nicht. Es verschaffte ihr Raum zum Durchatmen. Unauffällig beobachtete sie ihre langjährige Freundin und versuchte zu verstehen, was geschehen war. Der Nachmittag war ein großer Schritt hin zu einer Versöhnung, aber sie glaubte nicht, dass sich wirklich alles so schnell würde bereinigen lassen. Sie hoffte nur, dass es als Basis für einen Neuanfang ausreichen würde. Im Moment war die Stimmung recht gelöst, und nur wer sie beide wirklich gut kannte, würde erkennen, dass sie sich mit Samthandschuhen anfassten und sich sehr vorsichtig begegneten.

Umso mehr freute sich Greta, dass Katrin und Tommaso sich so gut verstanden. Die beiden lagen auf einer Wellenlänge, das sah man sofort, und Katrin hing förmlich an seinen Lippen, als er von seinem Leben als Fischer berichtete. Aber auch Frank lauschte interessiert und stellte viele Fragen zu den Fangtechniken und dem Fischbestand.

Das ganze Zusammensein erinnerte Greta stark an früher, und zugleich war es ganz anders. Greta fühlte sich nicht länger nur als Mitläufer in ihrem eigenen Leben. Sie saß diesmal nicht an der Seite und schaute den anderen zu, wie sie lebten. Dies war ihre Dachterrasse, ihr Haus, ihr Leben – und die anderen waren nur gekommen, um diesmal ein Teil davon zu sein.

Greta halbierte die Cocktailtomaten und gab sie zum gewaschenen Kopfsalat in die Schüssel. Die routinierten Handgriffe gaben ihr die Möglichkeit, ihre Gedanken schweifen zu lassen. Eben hatte sie wie selbstverständlich gedacht, dies hier sei ihr Leben. Bedeutete das, dass sie hierbleiben wollte? Zog sie diesen gravierenden Schritt wirklich in Betracht?

Für einen Moment schloss sie die Augen und malte sich aus, wie es wohl wäre, Tag für Tag mit Blick aufs Ionische Meer aufzuwachen, mit dem Klang der Wellen im Ohr einzuschlafen und sich der Langsamkeit, die hier an der Südspitze Europas herrschte, anzupassen. Sie würde Tempo herausnehmen, sich aber mit ganzer Leidenschaft einem neuen Lokal widmen und dabei das Dolce Vita genießen. Sie würde nicht allein sein, denn mit Tommaso stand ihr nicht nur ein Verwandter, sondern auch ein Freund zur Seite.

Das alles klang perfekt. Ihr neues Leben lag in seiner vollen Schönheit vor ihr, als müsse sie nur zugreifen.

Trotzdem zögerte sie. Als sie die Augen wieder aufschlug, sah sie nicht den leuchtenden Sonnenuntergang über dem Meer vor sich, sondern ein Lächeln. Ein Lächeln, das ihr fehlen würde, sollte sie sich für dieses Leben entscheiden. Es war das herausfordernd halbe Lächeln von Christoph Schilling. Würde sie ihn wiedersehen, wenn sie hier neu anfangen würde?

»Greta? Hörst du?« Frank war unbemerkt neben sie getreten. »Der Fisch ist fast fertig. Wie weit bist du mit dem Salat?«

Greta schüttelte den Kopf, um die Gedanken zu vertreiben. Sie nahm das Schneidbrett und gab die Tomatenwürfel in die Schüssel zu den Mozzarellastückchen, Eiern und geschnittenen Artischockenherzen.

»Bin so weit.« Sie lächelte Frank an. »Hast du Hunger?«

Er nickte und deutete auf den Horizont. »Hier bekommt man Appetit. Appetit auf das Leben, oder nicht?«

»Da hast du recht. Man fühlt sich ganz anders als in Deutschland.«

»Dann willst du wirklich bleiben?«

Greta zuckte mit den Schultern und schmunzelte. »Ich weiß es nicht, aber es fühlt sich großartig an, es in Betracht zu ziehen. Allerdings …« Sie griff sich die Schüssel und ging in Richtung des kleinen Gartentischs, auf dem bereits die Teller bereitstanden. »Allerdings muss ich vorher noch etwas klären.«

Sie hatte nicht vor, seinen fragenden Blick zu beantworten, und lachte stattdessen nur. Sie dachte an Christoph und daran, ihn unbedingt an diesem Abend noch anzurufen.

»Sieht lecker aus!«, lobte sie Tommaso, der Katrin half, die fangfrisch gegrillten Doraden zu filetieren. Sie nahm die Rosmarinkartoffeln aus ihrer Grillschale und verteilte sie zusammen mit dem Salat auf den wartenden Tellern.

Ein Essen mit Freunden – das war pure Lebensfreude. Ihr Herz fühlte sich leicht an, denn die Schwere der Schuldgefühle, die sie in den letzten Monaten beherrscht hatten, fiel von ihr ab, als sie Katrin an Tommasos Seite sah. Stefan war definitiv abgeschrieben! Vielleicht brachte Gallipoli nicht nur ihr einen Neuanfang!

Nach dem Essen saß Greta mit Frank bei einem Gläschen Ramazzotti ein letztes Mal über den Unterlagen für Vittorias Haus, aber schon nach kurzer Zeit waren die Dinge geregelt. Greta würde ihr Erbe annehmen und sich vorerst der Verpflichtung, die das Haus mit sich brachte, stellen. Frank freute das, denn er spekulierte ganz unverblümt auf kostenlose Unterkunft während seiner Urlaube.

»Du wirst kaum merken, dass ich hier bin«, versuchte er, das Greta gerade zu verkaufen.

Sie lachte herzhaft und stieß ihn sanft in die Seite. »Glaub mir, Frank, dich kann man nicht übersehen. Aber sollte ich wirklich noch eine Weile hierbleiben, bist du natürlich jederzeit willkommen! Ich könnte es eh nicht ertragen, euch länger nicht zu sehen.«

»Euch? Schließt du da Katrin mit ein?«

Greta kniff die Lippen zusammen. »Natürlich. Siehst du nicht, wie dreckig es mir wegen des Streits geht?«

»Eigentlich siehst du super aus. Verändert.« Er legte den Kopf schief und musterte sie nachdenklich. »Stärker als vorher. Selbstbewusster. Also nicht gerade so, als ginge es dir schlecht.«

»Seit ich hier bin, geht es mir auch wirklich besser. Ich weiß nicht, woran es liegt, aber ich fühle mich irgendwie angekommen. Die ganze Reise war, obwohl sie ein Wahnsinnsabenteuer war, doch auch recht anstrengend.«

»Das glaube ich. Katrin hat mir gelegentlich deine Karten gezeigt. Du bist ja ganz schön rumgekommen.«

Greta lächelte. »Ja. Ich habe das gebraucht, um den Kopf freizubekommen und herauszufinden, was ich vom Leben eigentlich noch so erwarte.«

»Und? Hast du es herausgefunden?«

Greta zuckte mit den Schultern. »Ich will weiterhin Katrins Freundin sein. Das wäre mir wichtig. Ich bereue, was geschehen ist, aber ich weiß inzwischen auch, dass ich es nicht mehr ändern kann. Und ich kann mein Leben nicht länger nach Dingen ausrichten, die hinter mir liegen. Ich will einfach damit abschließen und mich in Zukunft nicht mehr verbiegen. Weder was das Zusammenleben mit irgendjemandem angeht noch beruflich.« Sie blickte zu Katrin hinüber, die mit Tommaso auf der Ummauerung der Dachterrasse saß und die Beine vom Dach baumeln ließ. Die weißen Felsen der Küste leuchteten im tiefstehenden Licht rosa und rahmten die dunklen Silhouetten der beiden malerisch ein.

»Ich denke, Katrin geht es ähnlich. Du fehlst ihr, aber sie wirkt jetzt erwachsener.« Frank zuckte mit den Schultern. »Vielleicht ist es gut so, wie es ist.«

Greta lächelte und nippte an ihrem Kräuterlikör.

»Vielleicht ist es das«, stimmte sie ihm zu.

Schweigend leerten sie ihre Gläser, zufrieden damit, einfach nur den Abend verstreichen zu lassen. Die sanfte Meeresbrise auf der Haut, das Rauschen der Wellen im Ohr und den Geschmack des Ramazzotti auf der Zunge. Es war diese Einfachheit, die Gretas Gedanken wie von selbst zu Christoph lenkte.

Was er wohl gerade machte?

Die Kirchturmuhr schlug zur vollen Stunde, und Greta fühlte sich plötzlich ruhelos. Sie stand auf und räumte die Unterlagen der Immobilie zurück ins Haus. Sie legte sie beiseite und versuchte, im Chaos ihrer Handtasche das Handy zu finden.

Enttäuscht stellte sie fest, dass kein Anruf eingegangen war. Vermutlich hatte Chris die Nase voll von ihr, schließlich hatte sie ihr letztes Gespräch einfach abgewürgt. Er konnte ja nicht wissen, dass sie befürchtet hatte, ihr Temperament würde vollends mit ihr durchgehen. Und um zu verhindern, dass sie etwas Falsches sagte … etwas, das ihr nun vielleicht leidtun würde, hatte sie aufgelegt. Vielleicht war das aber auch nur eine Ausrede, und schon allein das Auflegen entsprang ihrem Temperament … Wie auch immer sie das für sich drehte und wendete, bei Christoph war es vermutlich nicht gut angekommen.

»Schon wieder jemand, bei dem ich mich entschuldigen muss«, brummte sie und starrte auf ihr Telefon. Sie legte sich Worte zurecht und überlegte, was sie sagen konnte, ohne zu viel von ihrem Gefühlschaos zu offenbaren. Sie war sich ja selbst noch nicht sicher, was zwischen ihr und Chris war. Und sie wollte ihn nicht verschrecken, indem sie ihn mit ihren Emotionen überfuhr. Sie hatte Angst davor, diese kleine Pflanze der Zuneigung zwischen ihnen mit einem falschen Tritt zu zerquetschen.

Schließlich nahm sie dennoch ihren Mut zusammen und wählte mit feuchten Händen seine Nummer. Das Herz schlug ihr in Erwartung seiner Stimme lauter in der Brust, als ihr lieb war, und sie knabberte nervös an ihrer Lippe herum.

Es klingelte, aber schon nach dem zweiten Freizeichen schaltete sich die Mailbox an. Damit hatte sie irgendwie nicht gerechnet, und all die zurechtgelegten Worte wirbelten nun unausgesprochen durch ihren Kopf.

Sie setzte sich auf die Matratze und ließ das Handy sinken. Enttäuscht starrte sie aus dem Fenster auf die Promenade, die an der oberen Felskante entlangführte und einen tollen Blick über die senkrecht zum Meer hin abfallenden Kalksteinklippen bot. Katrins helles Lachen drang von der Terrasse zu ihr herunter, und sie war froh, dass es wenigstens zwischen ihnen ganz nach einem Neuanfang aussah. Trotzdem fehlte ihr zu ihrem Glück noch etwas. Und dieses Etwas würde schon bald nach Indien reisen …

»Greta?« Katrin trat wenig später zaghaft durch die Tür in Gretas Schlafzimmer. Sie hatte eine Strickjacke über dem Arm und wirkte unsicher.

»Ja?« Greta saß vor Vittorias Kochbuch und blätterte wie so oft durch die Seiten.

»Was machst du hier drinnen? Draußen ist es herrlich, wenn auch etwas kühl, jetzt, wo die Sonne untergegangen ist.« Sie hob leicht ihre Jacke an, um zu zeigen, warum sie ins Haus gekommen war. »Willst du nicht … wieder mit hochkommen?«

»Ja, sicher, ich …« Sie wollte nicht zugeben, dass sie insgeheim gehofft hatte, Christoph würde sie gleich zurückrufen. Vermutlich hatte er ihren Anruf noch gar nicht bemerkt …

»Ich komme gleich zu euch. Ich … hatte nur gerade eine Idee für das Kochbuch«, wich sie daher aus.

»Wirklich?« Interessiert kam Katrin näher und spähte Greta über die Schulter. »An was hast du denn gedacht?«

Greta blätterte zwei Seiten zurück, wo ihr allein die Beschreibung der Zubereitung einer Fischsuppe das Wasser im Mund zusammenlaufen ließ. »Ich kann mich nicht so wirklich entscheiden. Die Küche Apuliens ist so ... vielfältig.«

Katrin studierte das Rezept und nickte anerkennend. »Was für Zutaten. Meeresfrüchte, Zackenbarsch, Meerbarbe, Krebse und kleine Tintenfische.« Sie leckte sich die Lippen. »Aus jeder Einzelnen könnte man etwas Köstliches zaubern.«

»Zusammen in der Suppe gibt es eine Geschmacksexplosion!«, schwärmte Greta. »Ich erinnere mich noch genau, wie Vittoria sie gekocht hat, wann immer wir zu Besuch hier waren.«

»Das glaube ich gerne.« Katrin rieb sich den Bauch. »Vielleicht können wir sie ja in den nächsten Tagen einmal zusammen kochen?«

Greta lächelte. Liebe – und Freundschaft gingen offenbar durch den Magen. »Sollten wir unbedingt machen«, stimmte sie zu und blätterte weiter. »Oder wir versuchen es hiermit.« Greta deutete auf eine hübsch verzierte Buchseite, auf der Vittoria Muscheln um das Rezept herumgezeichnet hatte. »Das ist ein altes Familienrezept. Etwas ländlich, aber vielleicht kann man es ja auch etwas moderner gestalten.« Greta zuckte mit den Schultern. »Tiella di riso e cozze. Das ist ein Schmorgericht.«

Katrin trat näher und las leise vor. »Zwiebeln, Kartoffeln, Tomaten, Reis und Miesmuscheln in eine Pfanne schichten, mit Olivenöl übergießen und so lange schmoren, bis die Kartoffeln gar sind.« Sie nickte zustimmend.

»Das Rezept würde nicht nur das Meer widerspiegeln, sondern auch die Landwirtschaft, die ja hier in der Region eine nicht gerade kleine Rolle spielt«, erklärte Greta ihre Auswahl.

»Schmeckt bestimmt beides super. Für das Kochbuch eignet sich der Schmortopf aber vielleicht sogar besser, weil die deutschen Hobbyköche Kartoffeln und Tomaten leichter bekommen als Zackenbarsch und Meerbarbe.«

Greta nickte. »Stimmt, Das hatte ich gar nicht bedacht.« Sie lächelte Katrin an. »Frischmann hätte mir glauben sollen. Wir sind ein super Team. Willst du sehen, was ich bisher für Rezepte aus den anderen Regionen zusammengetragen habe?«

Katrin nickte und schlüpfte in ihre Strickjacke. »Gerne. Willst du mir das oben zeigen? Der Abend ist so lau, wir sollten ihn genießen.«

»Da hast du recht.« Greta stand auf, steckte ihr Handy in die Hosentasche und nahm sich einen kuscheligen Hoodie aus dem Schrank. Als sie ihn überzog, dachte sie an Christoph. Mit diesem Pulli, der zwar nicht gerade der Figur schmeichelte, würde sie sich neben ihm in seinen Cargohosen und seinen lockeren Hemden ganz gut machen. Der Pulli war seit Jahren eines ihrer Lieblingsstücke, auch wenn sie irgendwann aufgehört hatte, ihn zu tragen. Beinahe hätte sie ihn in München mit all ihrem anderen Kram in Kisten gepackt. Warum sie ihn auf ihre Reise mitgenommen hatte, konnte sie jetzt nicht mehr sagen, aber als sie sich nun in das Teddyplüschfutter kuschelte, war sie froh, dem Impuls nachgegeben zu haben.

Sie nahm das Kochbuch und ihren Laptop, auf dem sie all ihre Rezepte gespeichert hatte, um Katrin zurück auf die Terrasse zu begleiten. Der Abendhimmel war mit funkelnden Sternen übersät, und Tommaso hatte Laternen entzündet. Die beiden Männer waren in ein angeregtes Gespräch vertieft und schienen ihre Rückkehr nicht einmal zu bemerken. Mit einem Schmunzeln registrierte Greta, dass Katrin sich den Stuhl neben Tommaso sicherte, während sie selbst den Laptop abstellte. Sie reichte Katrin Vittorias Kochbuch und fuhr den Rechner hoch.

»Ich habe versucht, Großmutters Rezepte neu zu interpretieren, so wie wir es auch für die Nudelbar gemacht haben«, erklärte sie und öffnete die erste Datei mit Rezepten aus Venetien.

Sie sprachen ihre Ideen durch und diskutierten die ein oder andere Zutat. Dabei erzählte Greta Katrin von Nino und Luca, von den Puppen und von Ninos Vater. Sie fühlte sich den beiden wieder sehr nahe, als sie deren Geschichte wiedergab. »Ich wünschte, du wärest dabei gewesen«, endete Greta wie auf ihren Postkarten und sah Katrin lächelnd ins Gesicht.

Auch Katrin lächelte. Sie beugte sich vor und schlang Greta die Arme um den Hals. »Ich wünschte auch, ich wäre dabei gewesen«, gestand sie mit zitternder Stimme. »Verdammt, Greta, ich habe mir die ganze Zeit vorgeworfen, dich voreilig verurteilt zu haben, aber mein Stolz war zu groß, als dass ich mir meinen Fehler im Nachhinein hätte eingestehen können.«

»Wir waren ganz schön doof, oder?« Greta bekam kaum Luft, so fest presste sie ihre Freundin an sich, nicht bereit, sie je wieder gehen zu lassen.

»Ja, das waren wir. Aber weißt du was …, es hatte auch sein Gutes.«

Greta sah Katrin in die Augen. »Echt? Dass ausgerechnet du das sagst, hätte ich jetzt nicht erwartet.«

Katrin lachte und schüttelte den Kopf, so dass ihre Locken wippten. »Na, zumindest sind wir Stefan los – das ist doch schon mal was wert!«

»Oh Gott, hör bitte mit Stefan auf. Ich möchte echt nie wieder über ihn sprechen.«

»Darauf sollten wir trinken, Greta!«, rief Katrin und löste sich aus der Umarmung. Sie griff nach der Flasche mit dem Ramazzotti und goss alle vier Gläser voll.

»Worauf trinken wir?«, hakte Tommaso nach, der von ihrem Gespräch nichts mitbekommen zu haben schien.

»Darauf, dass wir vergessen, was war.« Katrin zwinkerte ihm zu. »Und uns Neuem widmen.«

Greta schlug sich prustend die Hand vor den Mund, denn Katrins Anspielung war deutlich. Tommaso lachte ebenfalls und rückte seinen Stuhl gehorsam näher an Katrins heran. Er reichte ihr das Glas und prostete ihr zu.

»Auf das Neue«, sagte er und wartete, bis auch Greta und Frank ihre Gläser klirrend aneinandergestoßen hatten.

»Auf die Freundschaft!«, schloss Frank sich mit einem Blick auf die beiden Frauen mit seinem Trinkspruch an.

»Auf die Liebe!«, kicherte Katrin mit vor Verlegenheit roten Wangen und stupste Tommaso mit dem Knie an.

Alle Augen ruhten nun auf Greta. Sie schluckte. Sie war glücklich, hier, im Kreis ihrer Liebsten. Sie war glücklich über die Beilegung ihres Streits. Glücklich – und doch war sie es nicht. Sie dachte an Christoph und wie sehr er ihr fehlte. Warum hatte sie das am Telefon nicht einfach zugegeben?

Sie hob ihr Glas und blickte in die Gesichter ihrer Freunde. »Trinken wir auf alles … auf alles, das uns glücklich macht«, flüsterte sie in die Runde und setzte das Glas an die Lippen. Als der herbe Kräuterlikör ihre Zungenspitze erreichte, klingelte ihr Handy.

»Hi«, meldete sie sich überrascht.

»Du hast versucht, mich zu erreichen?« Christoph klang besorgt. »Ist alles okay?«

Greta stand vom Tisch auf und trat in den Schutz der nächtlichen Schatten. »Natürlich. Alles bestens. Ich … ich wollte dich auch nicht stören, aber …«

Sein Lachen war ebenso wärmend wie ihr Hoodie. »Du störst mich nicht«, versicherte er ihr. »Ich bin gerade aus dem Flieger gestiegen. Du weißt doch, dass ich in München war.«

»Ach so. Ja. Und wo bist du jetzt?« Ihr Herz klopfte wie wild bei der Vorstellung, er könne ganz in der Nähe sein.

»Ich übernachte heute hier im Flughafenhotel in Bari. Morgen mache ich mich dann auf den Weg zu dir.«

»Morgen …« Die Vorfreude, ihn wiederzusehen, stand im Gegensatz zu der Enttäuschung, die sie fühlte, weil es bis morgen noch so lange dauerte.

»Bist du bereit für den Abschluss unserer Aufnahmen für Band eins deiner Kochbuchreihe?«, er klang gut gelaunt, trotz der späten Stunde – und obwohl er gerade einen sicher recht stressigen Flug hinter sich hatte.

»Ich weiß nicht so genau«, antwortete sie, denn sie hatte zwar einige Rezepte vorbereitet, aber der Gedanke an den Abschluss ihrer Zusammenarbeit gefiel ihr nicht.

»Am besten, wir arbeiten das morgen in aller Ruhe gemeinsam durch, dann sehen wir schon …«

»Chris«, unterbrach Greta ihn drängend. »Jetzt hör doch mal auf, von der Arbeit zu reden.« Sie setzte sich auf die Ummauerung der Dachterrasse, wie Tommaso und Katrin einige Stunden zuvor, und ließ die Beine baumeln. »Ich will jetzt echt nicht über das Kochbuch reden.«

»Worüber willst du denn reden?« Seine Stimme klang sanft, und Greta wünschte, sie stünde ihm gegenüber.

»Ich … ich habe darüber nachgedacht, was du gesagt hast. Du hast recht, es ist nicht fair, immer zu fragen, was … was dich bewegt, wenn ich selbst mich nicht traue, mich zu öffnen. Deshalb habe ich angerufen. Ich wollte … dass du weißt … dass ich an dich denke.«

»Du denkst also an mich? Ohne dabei an das Kochbuch oder die Arbeit zu denken?«

»Du willst echt, dass ich noch deutlicher werde?« Gretas Temperament wallte auf. Er würde es doch sicher nicht wagen, sie in so einer Angelegenheit aufzuziehen!

Offensichtlich wagte er das wirklich, denn wieder lachte er in sein Handy, und Greta hatte Mühe, sich ein Schmunzeln zu verkneifen, so entwaffnend war dessen warmer Klang.

»Wir sollten das vielleicht am besten morgen noch einmal erörtern«, schlug er mit leichtem Bedauern vor.

»Ich stehe jetzt an der Rezeption und muss mich anmelden, wenn ich heute noch ein Zimmer beziehen will.«

»Ich fasse es nicht! Da nehme ich meinen Mut zusammen und sage dir, dass du mir fehlst, und du? Du gehst mal lieber einchecken, als etwas darauf zu antworten?«

»Du hast nicht gesagt, dass ich dir fehle«, korrigierte er sie lachend.

»Warum würde ich wohl sonst an dich denken?«

»Als wir zuletzt gesprochen haben, hast du gesagt, du willst das mit uns nicht verkomplizieren.«

»Schön, aber jetzt ... finde ich kompliziert gar nicht so schlecht.«

»Und ich finde deine neue Haltung in dieser Angelegenheit gar nicht so schlecht.«

»Du bist doof! Kannst du jetzt nicht mal was Vernünftiges sagen?«

Er räusperte sich, und Greta sah beinahe vor sich, wie er seine Brille zurechtrückte. »Na schön, Greta. Dann hör mal zu: Ich muss jetzt einchecken, damit ich mich morgen in aller Frühe auf den Weg zu dir machen kann. Und ich will so früh losfahren, denn ich denke auch gelegentlich an dich, ohne dabei dein Kochbuch im Kopf zu haben.«

»Wirklich?« Greta presste sich das Mobiltelefon fester ans Ohr.

»Wirklich.«

Greta war froh, dass sie den anderen den Rücken zugewandt hatte, denn ihr Grinsen war so breit, dass sie glaubte, ihre Mundwinkel würden sich am Hinterkopf berühren. »Ja, dann ...« Sie unterdrückte ihr glückliches

Lachen und gab sich bewusst ernst. »Dann lass dich von mir nicht aufhalten. Viel Spaß ... beim Check-in.«

»Na danke. Den werde ich haben. Wir sehen uns dann morgen, okay?«

»Okay.« Greta atmete ein. Sie wollte das Gespräch noch nicht beenden. »Dann ... schlaf gut.«

»Gute Nacht, Greta.«

»Ciao«, flüsterte sie.

Als sie sich das Handy nach dem Gespräch ans Herz presste, war sie stolz auf sich. Sie hatte sich geöffnet und damit verletzlich gemacht. Trotzdem fühlte sie sich gestärkt, als sie sich zurück zu ihren Freunden an den Tisch setzte.

28

Der Morgen schlich nur so dahin, und Greta ertappte sich dabei, wie sie alle fünf Minuten auf die Uhr sah. Wie lange konnte eine Fahrt von Bari nach Gallipoli denn dauern? Es ging schon auf Mittag zu, und von Christoph war weit und breit noch nichts zu sehen. Ob sie ihn zur Sicherheit einmal anrufen sollte? Nicht, dass er eine Autopanne hatte …

Sie schüttelte entschieden den Kopf. »Reiß dich jetzt zusammen!«, ermahnte sie sich selbst.

»Was sagst du?« Katrin, die gerade mit einigen Tüten im Arm zur Tür hereinkam, sah sie fragend an.

»Nichts. Ich rede mit mir selbst.« Greta stand auf und nahm Katrin etwas von den Einkäufen ab. »Kann ich dir helfen?«, bot sie an und legte das Stangenweißbrot auf den Tisch, ehe es Katrin aus der Hand fallen würde.

»Ja, danke. Ich glaube, ich habe etwas übertrieben«, gestand die und betrachtete die vielen Einkaufstaschen voll Obst und Gemüse. »Aber ich konnte einfach nicht widerstehen. Der Blick ins Kochbuch gestern hat mich inspiriert, und da ich keine Farben und Leinwände hier habe, um das herauszulassen, werde ich eben irgendwann in den nächsten Tagen für uns alle kochen.«

»Klingt gut, aber die Menge, die hier liegt, hätte für die Nudelbar gereicht.« Greta schmunzelte.

»Ich weiß, aber ich habe gedacht, wir könnten vielleicht auch Tommasos Mutter Augusta einladen. Ich würde sie echt gerne kennenlernen.«

»Tommaso hat es dir angetan, oder?«

Katrin wurde rot. »Was heißt angetan? Er ist echt süß. Und ja, ich fühle mich in seiner Nähe wohl.«

»Das freut mich, Katrin. Er ist ein ganz Lieber, und ich glaube, er mag dich auch.«

Katrin senkte verlegen den Kopf und beschäftigte sich intensiv mit ihren Einkäufen. Sie knabberte an ihrer Lippe, was Greta zeigte, dass Katrin unsicher war.

»Er hat mich eingeladen, morgen mit ihm mit dem Boot rauszufahren. Ich habe noch nicht zugesagt, weil ich nicht weiß, ob ich schon wieder so weit bin, mich auf jemanden einzulassen. Ich will ihn unbedingt besser kennenlernen, aber ich will ihm keine falschen Hoffnungen machen oder ihn verletzen. Schließlich ist er dein Cousin. Und er lebt hier, wohingegen mein Leben gerade zwischen München und Augsburg stattfindet.«

Greta legte die Tüte mit dem Fenchel beiseite und berührte Katrin sachte am Ellbogen. »Ich glaube nicht, dass er Erwartungen an dich stellen wird. Er weiß ja, was los war. Dass du Zeit brauchst, ist ihm sicher klar.«

Katrin nickte und blickte Greta mit einem kleinen Schmunzeln von unten herauf an. »Weißt du, Greta, ich würde mich wirklich gerne Hals über Kopf neu verlieben. Mein Herz öffnen und mich einfach hineinfallen lassen in die Arme eines starken Mannes. Das klingt total doof, oder?«

»Würden wir das nicht alle gerne?«, wisperte Greta und wandte sich langsam um, als es an der Tür klopfte.

Graue Cargohose, ein orange-beige kariertes Hemd über dem schwarzen Shirt, das gut zu den Rahmen der markanten Brille in Christophs Gesicht passte. So stand er vor ihr. Greta widerstand dem Drang, ihm um den Hals zu fallen, obwohl sie sich von den Lippen unter seinem Dreitagebart unheimlich angezogen fühlte.

»Ich dachte schon, du kommst gar nicht mehr«, begrüßte sie ihn, ohne ihm den Weg ins Haus frei zu machen.

Er schmunzelte und sah ihr direkt in die Augen. »Wie kann man nur immer so ungeduldig sein?«

Seine Stimme war sanft, wie ein Streicheln, und er flüsterte, als wolle er nicht, dass Katrin, die hinter Greta in der Küche stand, ihrem Gespräch lauschen konnte.

Greta genoss diesen Moment der Intimität und lehnte sich ein Stück in seine Richtung. »Wie kann man nur immer so gelassen sein?«, fragte sie zurück.

Christoph zwinkerte. »Ich bin alles andere als gelassen.« Er trat näher. »Aber ich falle auch nicht gerne mit der Tür ins Haus. Wobei ich schon nett fände, wenn du mich endlich hereinbitten würdest.«

Gezwungenermaßen gab Greta den Weg frei, denn seine Nähe ließ ihre Knie weich werden, und irgendetwas an ihm, war es der Klang seiner Stimme oder der frische Duft seines Aftershaves – verursachte ihr ein Kribbeln im Bauch.

Als sie sich umdrehte, um Christoph vorzustellen, bemerkte sie Katrins fragenden Blick. Nach all den Jahren innigster Freundschaft entging ihrem Blick wohl nichts.

»Das ist Chris. Er macht die Fotos für mein Kochbuch«, erklärte sie und versuchte, sich ihre Gefühle nicht anmerken zu lassen. »Chris, das ist Katrin.«

»Katrin?« Er hob überrascht die Augenbrauen und blickte zwischen den beiden Frauen hin und her, ehe er Katrin die Hand reichte. »Freut mich, dich kennenzulernen. Ich habe ja schon viel von dir gehört.«

»Echt? Was hat Greta denn so über mich gesagt?«

»Nichts!«, versuchte Greta, das Thema zu beenden, aber keiner schenkte ihr Beachtung.

Christoph legte den Kopf schief, als überlege er. »Sie hat nicht viele Worte gemacht, aber es ist klar, dass du der wichtigste Mensch in ihrem Leben zu sein scheinst.«

»Wirklich?« Katrin strahlte. »Das ist ja süß.«

»Als wüsstest du das nicht!«, ging Greta energisch dazwischen und fasste Christoph an der Hand. »Wir sind gleich wieder da!« Sie schob ihn durch die Küchentür in Richtung Wohnzimmer und funkelte ihn warnend an.

»Was soll das?«, lachte Christoph, der ihre Handgreiflichkeit offenbar genoss, denn er umfasste ihre Handgelenke und zog Greta näher an sich.

»Wir sind gerade dabei, irgendwie über den Streit hinwegzukommen. Da wäre jedes falsche Wort schwer zu verkraften«, erklärte Greta leise, hatte aber dank seiner Berührung Mühe, sich aufs Wesentliche zu besinnen.

»Sprichst du von uns oder von dir und Katrin?«, hakte Christoph vollkommen entspannt nach. Sein Gleichgewicht schien unter der Nähe jedenfalls nicht zu leiden.

»Was?« Greta war verwirrt.

»Ich meine«, er suchte ihren Blick, »dass uns auch oft die falschen Worte im Weg stehen.«

Greta stemmte ihre Hände gegen seine Brust, denn sie konnte kaum klar denken. »Dann sag doch zur Abwechslung mal das Richtige«, forderte sie.

Sein Lächeln, das diesmal übers ganze Gesicht strahlte, war entwaffnend. »Richtig wäre es zu sagen, dass wir uns besser an die Arbeit machen sollten, findest du nicht?«

Greta traute ihren Ohren nicht. Ihr ganzes Nervensystem stand unter Hochspannung, seit sie Christoph die Tür aufgemacht hatte. Sie wollte ihn küssen, ihn umarmen, irgendetwas tun, um endlich zu wissen, woran sie bei ihm war! Und er wollte sich an die Arbeit machen?

»Du spinnst doch!«, entfuhr es ihr, und sie schlug sich die Hand auf den Mund. »Ich dreh hier noch durch, Chris!«, rief sie aufgeregt. »Du ... und ich ... und ... und ...«

Er fasste beruhigend nach ihrer Hand und zwang sie, ihn anzusehen. »Lass uns die Aufnahmen abschließen, Greta. Dann kümmern wir uns um ... den Rest.« Er lächelte bedauernd. »Ich weiß nicht, wie professionell ich mit dir arbeiten kann, wenn ...« Er seufzte. »Mein Ruf als Fotograf steht auf dem Spiel«, erinnerte er sie mit gespielter Strenge, ohne sie loszulassen.

Greta schnaubte, aber sein zerknirschter Gesichtsausdruck stimmte sie milder. Offenbar fiel es auch ihm nicht leicht, sachlich zu bleiben. Sein Daumen streichelte ihren Handrücken, und sie genoss diese zaghafte Zärtlichkeit.

»Na schön, aber wir müssen uns echt bei Gelegenheit

mal über deine Prioritäten unterhalten!«, gab sie sich geschlagen, ohne ihre Hand aus seiner zu befreien.

Er grinste sie an. »Unterhaltungen stehen auf meiner Prioritätenliste ziemlich weit hinten. Ich habe da ganz anderes im Sinn.«

»Aua!« Greta riss ihre Hand zurück und ließ den heißen Topfdeckel scheppernd auf den Boden fallen.

»Du scheinst abgelenkt«, foppte Christoph sie amüsiert.

»Sehr witzig! Das war scheiß heiß!« Sie funkelte ihn böse an, denn es war seine Schuld, dass sie sich nicht auf die Arbeit konzentrieren konnte. Seine Nähe machte sie ganz fahrig, und sie war sich sicher, die Fischsuppe versalzen zu haben. Zum Glück würde das auf den Bildern fürs Kochbuch niemand bemerken.

Ihre Blicke trafen sich, und Christoph ließ die Kamera sinken. Er trat näher, hob den Deckel auf und fasste nach ihrer Hand. Behutsam strich er über die rote Brandwunde und pustete zärtlich darüber, um sie zu kühlen, aber stattdessen breitete sich die Hitze von Gretas Fingerspitze bei dieser Behandlung in den ganzen Körper aus.

»Alles gut?«, fragte er und sah ihr in die Augen. Er war so gelassen, dass Greta sich ernsthaft fragte, ob sie sich die Spannung in der Luft, dieses Kribbeln zwischen ihnen, nur einbildete.

Sie nickte, denn sie traute ihrer Stimme nicht.

»Ich denke, wir sind dann hier auch durch«, erklärte Christoph und sah sich in der Küche um, ohne ihre Hand loszulassen. Dem Kochtopf vor ihnen entstieg der köstliche Duft der würzigen Suppe, im Backofen bräunte so langsam ein handgemachtes Focaccia mit Oliven und Knoblauch, und die benutzte Rührschüssel zeugte von dem Nachtisch, den sie zuvor schon angerührt und fotografiert hatten. Er nickte, als er das Schneidbrett mit den gehackten Kräutern betrachtete, nickte, als sein Blick zuerst den gefüllten Fisch streifte, der nur darauf wartete, gegrillt zu werden, und dann den Topf mit der kochenden Fischsuppe. Greta wusste, dass er sich die einzelnen Kochbuchseiten vorzustellen versuchte und seine Aufnahmen dazu auf Vollständigkeit prüfte. Vermutlich machte er im Geiste gerade Häkchen an die einzelnen Szenen, die er darstellen wollte.

»Sicher?«, fragte sie, als er zögernd die Stirn runzelte.

»Hmm ... müsste passen.«

Greta lächelte. »Scheint so, als wäre da noch jemand nicht ganz bei der Sache.«

Als Antwort bekam sie wie erwartet ein halbes Lächeln.

Chris trat zurück und nahm die Kamera noch einmal auf. »Wundert es dich?«, fragte er und sah sie über das aufgesteckte Blitzlicht hinweg an. »Ich hab dich ständig im Fokus – und sollte doch nicht an *dich* denken, sondern an *Fischsuppe*!« Das Lächeln breitete sich aufs ganze Gesicht aus. »An Fischsuppe!«, wiederholte er lachend und knipste Greta, wie sie vor dem dampfenden Topf stand.

Er legte den Kopf schief und runzelt die Stirn. Wieder kam er näher. Vorsichtig zog er ihr den Haargummi aus dem Haar und löste den schweren Zopf, den sie sich für diesen Tag geflochten hatte. Seine Finger fuhren durch ihr Haar, brachten es kunstvoll in Unordnung.

»Was ...?«

Er schüttelte den Kopf. »Vertrau mir«, bat er und ließ seinen Blick zärtlich über sie gleiten. Er zögerte, ehe er einen Knopf an Gretas Bluse öffnete. Der Stoff fiel weich auseinander und weckte die Phantasie, ohne zu viel zu enthüllen. Zufrieden trat er zurück und nahm die Kamera auf.

»Benetz deine Lippen«, bat er und drückte den Auslöser, als Greta tat, worum er gebeten hatte.

Ihr Puls flog nur so dahin, und sein Blick brannte sich in ihre Haut. Mit jedem Blitz, der seine Aufnahme begleitete, verstärkte sich ihre Unruhe, ihre Sehnsucht, ihm endlich näherzukommen.

»Perfekt!«, murmelte er und stellte die Kamera ab. Er kam auf Greta zu, als zöge es ihn magisch zu ihr, doch ehe er sie erreichte, räusperte er sich und blieb stehen. »Wir ... sind dann fertig hier.«

Auch Greta löste sich aus ihrer Starre. Sie stellte die Herdplatte ab und räumte beiläufig das schmutzige Geschirr in die Spüle. Sie spürte seinen Blick in ihrem Rücken und wandte sich langsam zu ihm um.

»Das war es also? Wir sind fertig?«

Er nickte. »Ich habe gerade das Titelbild geschossen. Wir sind durch.«

Das zu hören fühlte sich komisch an. Als würde ihr etwas genommen. Sie schluckte dieses komische Gefühl hinunter und wischte sich die Hände am Geschirrtuch ab.

»Dann geht es für dich jetzt ab nach Indien?« Sie wollte das nicht fragen, weil sie die Antwort ja schon kannte. Trotzdem musste sie es wissen, denn schließlich hing ihr Glück davon ab.

Er trat näher und sah ihr in die Augen. »Ich werde voraussichtlich drei Monate weg sein.«

Drei Monate? Das erschien Greta wie eine Ewigkeit. Sie wollte nicht, dass er ging. Es gab so viel zu klären zwischen ihnen. So vieles, was sie sagen wollte. Greta zitterte.

»Und ... und wann geht es los?« Sie kam ihm etwas entgegen, suchte seine Nähe. Warum küsste er sie nicht endlich? In Rom hatte er es doch auch gewollt!

Er lächelte und strich ihr eine der Strähnen, die er ihr zuvor ins Gesicht gezupft hatte, zurück auf den Rücken. »So schnell wirst du mich nicht los«, flüsterte er. »Ich schicke später Frischmann das Material und deine Rezepte. Dann warten wir auf sein O.K. Und erst dann sind wir hier wirklich fertig.« Er beugte sich über sie, aber anstatt sie zu küssen, nahm er einen Stapel Teller aus dem Schrank. »Wir sollten essen, ehe alles kalt wird«, schlug er gut gelaunt vor und trug die Teller hinaus auf die Dachterrasse, als hätte es dieses Kribbeln zwischen ihnen nicht gegeben.

Frustriert drängte Greta den Impuls zurück, mit dem Fuß aufzustampfen. »Du solltest mich besser küssen, ehe ich dich kaltmache!«, brummte sie mordlustig vor sich hin.

»Dann habt ihr euch also wieder vertragen?«, fragte Christoph mit vollem Mund und blickte von Katrin zu Greta.

Beide sahen sich kurz an, ehe sie nickten.

»Vertragen ist das falsche Wort«, erklärte Katrin. »Wir ... kennen uns so gut, dass wir einander nicht loslassen wollen. Auch wenn sich einiges ändern wird.« Bedauern lag in ihrem Blick. »Wir sind jetzt eigenständiger.«

»Vorher gab es die beiden nur im Doppelpack!«, bestätigte Frank.

»Ich finde das eine natürliche Entwicklung«, überlegte Christoph laut. »Als Greta mir erzählt hat, wie dicht ihr aufeinandergesessen habt, hat mich gewundert, dass das so lange gutgegangen ist.«

»Nur, weil du so ein Einzelgänger bist, müssen ja nicht alle so sein«, mischte sich Greta ein und sah ihn herausfordernd an.

»Ich bin kein Einzelgänger«, verteidigte sich Christoph. »Mit den richtigen Menschen … bin ich sogar sehr gerne zusammen.« Er wischte sich mit der Serviette die Lippen ab und grinste sie an. Offenbar war es ihm egal, dass ihre Freunde der Unterhaltung gespannt folgten. »An so einem schönen Abend wie diesem würde ich mit dem richtigen Menschen zum Beispiel an den Strand gehen – und über meine Prioritäten reden.« Er bot Greta die Hand, die sie glücklich lachend ergriff.

Sie blickte ihre Freunde entschuldigend an und stand auf. Seine Finger verschränkten sich besitzergreifend mit ihren, und er legte ihr sanft die andere Hand in den Rücken, als sie an seine Seite trat.

»Nachtisch ist im Kühlschrank!«, erklärte sie. »Bedient euch, falls wir …« Sie schaute Chris unsicher an, aber sein Lächeln machte ihr Mut. »… falls wir länger weg sein sollten.«

Hand in Hand stiegen sie die Stufen hinunter, und Greta fühlte sich plötzlich befangen. Es war eine erwartungsvolle Befangenheit. Wie sollten sie anfangen, was sagen? Der Hauch seiner Berührung in ihrem Rücken verhinderte jeden klaren Gedanken.

Sie suchte Christophs Blick. Wollte herausfinden, was er dachte, aber er lächelte nur geheimnisvoll.

»Ich habe über etwas nachgedacht«, begann sie das Gespräch, als sie die natürliche Felstreppe zum Strand hinunterstiegen.

»Worüber?« Er setzte sich auf die unterste Stufe und zog seine Sneakers aus. Greta grinste, denn heute wäre es durchaus warm genug für Sandalen gewesen.

»Über deine Masche.« Auch sie schlüpfte aus ihren Ballerinas und grub ihre nackten Zehen in den Sand. Er war kühl, obwohl der Tag sehr mild gewesen war. Doch das störte sie nicht. Es war vielmehr, als beruhige dies ihre angespannten Nerven. Sie stellte ihre Schuhe ordentlich neben seine und lächelte über das Bild, das die Schuhpaare boten. Es passte erstaunlich gut. Beinahe, als gehörten ihre Schuhe nebeneinander.

»Meine Masche?«, hakte Christoph nach und wandte sich unschuldig in Richtung der azurblauen Wellen.

Greta folgte ihm mit der Gewissheit im Herzen, dass sie nichts zu verlieren hatte. Sie fühlte sich wohl hier in Gallipoli. Wohl hier am Strand, im Sonnenuntergang. Und mit dem Mann an ihrer Seite.

Als sie neben ihm angelangt war, schwappten die Ausläufer der Wellen über ihre Füße.

»Ja, ich hab wirklich lange über deine Masche nachgedacht.«

»Und bist du auch zu einem Ergebnis gekommen?« Er grinste sie so frech an, dass Greta sich fragte, wie er ihr jemals als kühl und unbeteiligt hatte erscheinen können.

»Ja, aber das Ergebnis gefällt mir nicht«, gestand sie.

»Warum nicht?«

»Weil sie funktioniert. Deine blöde Masche – funktioniert!«, rief sie gespielt empört, stimmte aber schließlich in sein Lachen mit ein.

»Was du nicht sagst?«, gab er sich immer noch cool. »Dann kann ich mich also jetzt mit diesem Wissen und meiner super Masche auf die Suche nach einer Frau machen, ja?«

Greta schlug nach ihm, aber er machte einen Satz zur Seite. »Du bist doof!«, rief sie und packte ihn am Arm, um eine weitere Flucht zu verhindern. »Warum machst du es mir so schwer, Chris?«

Atemlos blieb er stehen und fasste nach ihrer Hand. Nur langsam zog er sie näher an sich, sah ihr in die Augen. Die untergehende Sonne spiegelte sich in seinem Blick und verschleierte seine Gefühle.

»Ich will, dass du dir sicher bist«, raunte er und ließ seine Finger ihre Arme hinaufwandern. »Ich will später nicht der Mann sein, der dir nur für eine kurze Weile Trost gespendet hat, als dein Leben in Trümmern lag.«

»Denkst du, das bist du?« Greta schüttelte ungläubig den Kopf. »Siehst du nicht, dass ich …«, sie gab ihre Deckung auf und legte die Hände an seine Brust, »dass ich mich in dich verliebt habe?«

Er lächelte. »Doch. Das sehe ich. Aber ich werde schon bald für drei Monate weg sein, Greta. Ich bin nicht sicher, ob du gerade jetzt damit klarkämst. Du … bist nicht gerne allein, schon vergessen?«

»Ich bin nicht allein!«, widersprach sie energisch und spürte ihr italienisches Temperament hochkochen. »Ich habe mich mit Katrin ausgesöhnt, habe Tommaso, der mir helfen wird, mich hier einzurichten, und eine Idee, wie ich mir hier neben den Kochbüchern, von denen ich hoffe, noch eine ganze Reihe mit dir machen zu können, das Leben finanzieren werde. Ich will ein Lokal aufmachen, und vielleicht finde ich dabei sogar wieder beruflich mit Katrin zusammen. Sie scheint dem nicht abgeneigt.« Greta sah ihn beinahe flehend an. »Das Einzige, was mir zu meinem Glück noch fehlt, bist du. Ich habe Angst, dich … zu verlieren, sollte ich München wirklich den Rücken kehren.«

»So entschlossen kenne ich dich ja gar nicht.«

»Herrgott, Chris!« Sie schlug nach ihm, und diesmal traf sie auch, was zur Folge hatte, dass er sie fest umarmte, um einen weiteren Angriff zu verhindern. »Was ist nur mit dir los? Warum …? Warum sagst du denn nie das Richtige?« Greta spürte, wie ihr die Tränen kamen. Seine Nähe machte sie fertig, sein inzwischen so vertrauter Duft, die Arme, die sich so wunderbar um sie schmiegten. »Seit du hier angekommen bist, versuche ich … versuche ich, dir zu sagen, was ich fühle, und du weichst mir immer nur aus! Du hast mich nicht mal richtig begrüßt!«

Christoph zögerte. Dann zuckte er mit den Schultern und grinste sie an. »Du bist eine Gefahr für meine Professionalität«, gab er leise zu. »Hätte ich dich begrüßt, wie ich es mir während der gesamten Autofahrt ausgemalt habe, dann …«

»Dann?«

Er lachte. »Dann hätte ich wohl für lange Zeit nicht mehr an die Arbeit gedacht.«

»Deine Ehrlichkeit ist erfrischend«, foppte ihn Greta glücklich und hob ihre Hände in seinen Nacken. »Und mir ist egal, ob du nach Indien gehst, wenn du nur versprichst zurückzukommen. Denn wie du weißt, lerne ich mich gerade selbst kennen. Und da tut es ganz gut, auch mal allein zu sein. Nur auf Dauer ist das eben nichts für mich.«

»Dann ist es ja gut, dass Frischmann noch mindestens drei weitere Kochbücher herausbringen will«, flüsterte er und kam näher. »Du wirst mich also so schnell nicht los.« Er suchte ihren Blick. »Und gerade weil das so ist, sollten wir uns sehr sicher sein, ehe …«, langsam senkte er den Kopf, »ehe ich tue, was ich mir seit Wochen ausmale.« Seine Lippen strichen über ihre, und seine Bartstoppeln rieben sanft über ihre Haut.

Greta spürte seine Hände in ihrem Rücken, die sie zugleich unnachgiebig wie auch zärtlich an ihn drängten. Mit einem Seufzen lehnte sie sich an ihn und kam ihm auf Zehenspitzen entgegen und erwiderte seinen Kuss.

»Ich bin mir sicher«, flüsterte sie und genoss seine Lippen auf ihren. Ihr Herz schlug ruhig, als wusste es, dass die Reise nun beendet war. Als wäre sie dort angekommen, wo sie immer hatte sein wollen. Sie hatte dank all der Menschen, denen sie begegnet war, dank ihrer Erlebnisse und auch dank des Streits mit Katrin zu sich selbst gefunden.

»Großmutter hatte recht«, murmelte Greta gegen seine küssenden Lippen. »Sie sagt, man hat erst dann richtig gelebt und richtig geliebt, wenn man Italien gesehen hat.«

Chris lachte und hob sie hoch. »Ich hab auch einen Spruch für dich – oder dein Kochbuch«, erklärte er ernst und ließ einen ganzen Schauer kleiner Küsse auf ihre Lippen regnen. »Die Liebe erkennt man nicht durch ein Objektiv!«

Greta kicherte und schmiegte sich fester in seine Arme. »Klar! Schließlich geht sie durch den Magen – zumindest in unserem Fall, oder nicht?«

»Bei all den Weisheiten scheint es fast so, als hätten wir gar keine andere Wahl gehabt, als zueinanderzufinden.«

»Das muss es sein! Es war Schicksal!« Sie gluckste vor Lachen, als die Sonne am Horizont im Meer versank. »Anders ist es auch nicht zu erklären, dass ich mich ausgerechnet in einen Mann verliebt habe, der gerne Sandalen trägt!«

Ende

Kathryn Hughes

Wünsche, die uns tragen

Roman.
Aus dem Englischen von Uta Hege.
Taschenbuch.
Auch als E-Book erhältlich.
www.ullstein-buchverlage.de

Ein großes, ergreifendes Familiendrama – der neue Roman von Bestsellerautorin Kathryn Hughes

Als Beth' Sohn Jake dringend eine Spenderniere braucht, bleibt als einziger möglicher Kandidat Beth' unbekannter Vater. Die Suche führt sie in den englischen Küstenort Blackpool: An einem Wochenende im Sommer 1973 wurde dort durch einen tragischen Unfall ein unbeschreibliches Geheimnis verschleiert. Als Beth im Nachlass ihrer Mutter auf einen wichtigen Hinweis stößt, werden all ihre Wünsche und Hoffnungen auf die Probe gestellt – kann Jake am Ende gerettet werden?

Corina Bomann

Sturmherz

Roman.
Taschenbuch.
Auch als E-Book erhältlich.
www.ullstein-buchverlage.de

Eine große Liebe, eine Naturkatastrophe und ein lang ersehnter Neuanfang

Alexa Petri hat schon seit vielen Jahren ein schwieriges Verhältnis zu ihrer Mutter Cornelia. Doch nun liegt Cornelia im Koma, und Alexa muss die Vormundschaft übernehmen. Sie findet einen Brief, der Cornelia in einem ganz neuen Licht erscheinen lässt: als leidenschaftliche junge Frau im Hamburg der frühen sechziger Jahre. Und als Leidtragende der schweren Sturmflutkatastrophe. Als ein alter Freund von Cornelia auftaucht, ergreift Alexa die Chance, sich vom Leben ihrer Mutter erzählen zu lassen, die sie schließlich auch verstehen und lieben lernt.